하늘북

하늘북

하

이재운 장편소설

그 사람은 신인이 아니다

어스름 새벽, 북하와 이차현이 주막을 나섰다. 자신들보다 일찍 길을 떠나는 보부상들에게 서신을 각각 부탁한 뒤 괴나리봇짐을 챙겨들었다.

아직 해가 뜨기엔 멀었지만 검푸른 어둠 속으로 흐린 빛이 안개처럼 젖어든다. 금방 눈이라도 쏟아질 것만 같은 하늘이다. 이차현은 부싯돌을 챙겨 호주머니에 집어넣고, 북하는 검을 등에 졌다.

두 사람은 빠른 걸음으로 민가가 빼곡히 들어서 있는 골목길을 빠져나갔다.

달리다시피 걷는 중에도 이차현은 생각이 많은지 이따금 고개를 가로저었다.

"그 청년이 신인이라면, 왜 동학당에 잡혀갔을까? 하늘에서 내려왔다면 신통력이 있어서 척척 도술도 부리고 변신도 할 수 있을 텐데 말야."

"그러게. 축지법이라도 써서 달아나든지."

북하도 같은 생각을 하면서 걸었다. 신인이라면 예사 사람과 뭔가 달라야 할 것 같은데 자신들과 너무나도 같은 모습에 도리어 신비감이라고는 거의 들지 않았다.

그러거나 말거나 북하와 이차현은 지금 한가롭게 그런 의구심에 매여 있을 처지가 아니다. 당장 목숨이 위태로운 청년을 구출하는 것이 더 급하다. 신인인지 아닌지는 살려 놓고 따져도 된다.

두 사람은 부지런히 걸어 김개남 군閏의 군영에 도착했다. 김개남은 전라우도의 전봉준 다음 가는 장수인데, 이때 그는 전봉준과 다른 생각을 갖고 있었다. 대원군 이하응과 뜻을 같이하며 비밀 소통을 해오던 전봉준은 동학군의 목표를 왕비인 민자영 일파를 소탕하는 데만 두고 조선왕조를 바꾼다든가 탐관오리들을 모조리 혁파하고, 농민들의 신분을 더 높이는 데에는 거의 뜻을 두지 않고 있었다. 이 때문에 두 사람 사이에는 가끔 엇박자가 나기도 했다. 서로 다른 혁명의 목표 때문에 수뇌부에 혼란이 생기면서 조직이 흔들리는 일이 생겼다. 그러다 보니 김개남 군영에는 조정을 엎어버리고 새 나라를 세우자는 급진 청년들이 더 많이 몰려들었다.

그래도 아직 세는 부족해, 군영이라고 해 봐야 특별한 것은 없고, 양반 가옥 몇 채와 공터마다 천막 몇 동이 서 있는 게 전부다. 큰 가옥들은 동학교도가 김개남 군을 위해 내놓은 큰 집이다.

군영 외곽을 따라 군데군데 모닥불 몇 개가 가느다랗게 타오르고, 모닥불마다 몇 명씩 모여 수군거리고 있다. 경계를 맡고 있는 김개남 군들이다.

군 안쪽은 비교적 평화스런 분위기다. 경계를 하는 사람도 없고, 특별히 군영이란 느낌도 들지 않는다. 사람만 많지 총이나 대포가 있는 것도 아니다. 이들이 들고 있는 죽창만 아니라면 마치 한적한 시골 동네만 같다.

"여보게, 북하. 그 청년이 갇힌 곳이 어디쯤인가?"

이차현이 새벽 한기에 몸을 잔뜩 움츠리며 물었다.

"형님, 저쪽 뒤에서 세 번째 집 보이시죠? 어제 제가 정탐했을 때는 그 집 헛간에 묶여 있었습니다."

산방에서 학문 닦는 일에 전념해온 이차현은, 이럴 때 어떻게 해야 할지 막막하기만 하다. 그러나 남사당으로 오랜 눈칫밥을 먹고 살아온 북하는 금세 전략을 짜나갔다.

"제가 보기에는 외곽 경비만 따돌리면 군영 안쪽에서는 문제가 없을 것 같습니다. 저는 저쪽 내를 건너 몰래 들어가겠습니다."

북하는 동학 군영을 손가락으로 가리키며 전략을 설명했다.

"형님은 여기서 기다리다가 제가 내를 건너는 걸 확인하는 대로 저 반대쪽에 있는 집 헛간에 불을 지르십시오. 그 다음은 제가 알아서 처리하겠습니다. 절대로 무리해서는 안 됩니다. 불을 놓거든 얼른 몸을 빼 공주 가는 길목에 있는 그 주막으로 숨으십시오. 오늘 있던 데는 위험하니까요. 불안하다 싶으면 향적산으로 튀시고요."

"잘 알겠네. 걱정 말고 그 청년이나 잘 구하게."

이차현은 준비해 온 부싯돌을 꺼내들고 북하가 가리킨 헛간 쪽으로 재빠르게 이동했다.

북하는 동학군을 따라다니며 미리 익혀 둔 수칙대로 빈틈없이 척척 움직였다. 우선 냇물을 잽싸게 건너 동학 군영으로 가까이 다가간 뒤 잠시 몸을 숨기고 안쪽의 동정을 살폈다.

그동안 헛간까지 이동한 이차현은 그 안을 살폈다. 다행히 불을 붙일 지푸라기며 솔가지가 넉넉하게 쌓여 있다.

이차현은 북하가 내를 건너는 것을 확인하고는 재빨리 부싯돌을 쳐서 불을 피웠다. 그러고는 몸을 일으켜 김개남 군영이 한눈에 내려다보이는 곳에 몸을 숨겼다. 연기는, 이차현이 몸을 피한 뒤 한참 지나서야 피어오르기 시작했다.

한편 반대쪽으로 잠입한 북하는 외곽 경비를 뚫고 군영 안쪽으로 들어가서는 태연히 움직이기 시작했다. 동학군이라고 해서 특별한 복장이 있는 게 아니다 보니 서로 구분이 되지 않는다. 전라좌도와 우도의 동학당들이 쓰는 사투리가 암구호인 셈이다.

북하는 모닥불 근처에 모인 장정들과 어울려 농담을 주고받으며 이차현이 붙인 불이 세내보 나오늘 때까지 기다렸다.

이윽고 건너편 군영이 소란스러워졌다.

"불이야!"

이차현이 지른 불이 제법 거센 기세로 솟아올랐다.

아직 먼동이 트지 않은 새벽, 어둠에 덮여 있던 김개남 군영이 금세 훤해졌다. 모닥불을 쬐던 장정들은 불이 난 헛간으로 달려가고, 북하는 슬그머니 뒤로 빠져 청년이 갇힌 곳으로 다가갔다.

장정 두 사람이 창을 기대둔 채 헛간을 지키고 있다. 그 외에 다른 인기척은 느껴지지 않는다.

북하는 천연덕스럽게 그들 앞으로 다가섰다.

"어이구, 이거 밤을 새우신 모양이군요? 난 새벽 순찰 중인데, 춥진 않으시오?"

장정들은 별로 경계하는 빛을 보이지 않고 북하를 반겼다. 밤새 서 있느라 지친 표정들이다.

"밖에 무슨 일이 났소? 왜 이리 소란스러워?"

약간 늙수그레한 남자가 바깥이 궁금하다는 듯이 물어왔다.

"예, 저쪽 빈집에 불이 났나 봅니다. 지금 불 끄러 간다고 난리들이네요. 신입 장정들이 많아서 매사 서툴다오."

"거 구경은 불구경이 최곤데."

"우리도 불 끄러 가야 하는 거 아닌가?"

"그래도 하는 수 없지. 저 안에 갇힌 놈은 누가 지켜? 도망이라두 치면 어쩌려구?"

그 틈새를 북하가 놓칠 리 없다.

"아, 그렇다면 제가 대신 보초를 서지요. 전 한숨 자고 일어나서 괜찮습니다. 그 대신 빨리 다녀오세요. 순찰이라야 하는 일도 없이 왔다갔다하는데 여기서 잠시 다리나 쉬죠, 뭐."

장정들은 기다렸다는 듯이 불구경을 하러 뛰어나갔다.

그 사이에 북하는 재빨리 헛간문을 열고 안으로 들어갔다. 두 손이 묶인 청년은 간밤에 매를 많이 맞았는지 헛간 구석에 웅크리고 있다.

"이보시오, 일어나시오. 이보시오!"

북하는 쓰러져 있는 청년을 일으켜 세웠다. 그는 몸을 가누지 못할 지경으로 지쳐 있었다. 가슴께에 발길질을 당했는지 저고리에 흙이 많이 묻어 있다.

북하는 청년의 등과 어깨를 두드렸다. 차디찬 몸에 따뜻한 피부터 돌려야 한다.

얼마 후 청년은 정신이 돌아오는지 몸을 뒤척였다.

"다, 당신은 누구요?"

청년이 놀란 눈으로 묻자 북하가 나직이 귀에 대고 속삭였다.

"당신을 구하러 온 사람이오."

"날 죽이려는 거요?"

"가만 좀 있으시오. 이놈의 새끼줄부터 풀어야 하니까."

북하는 청년의 손에 묶인 새끼줄을 끊어내고 청년을 일으켜 세웠다.

"우리 선생님께서 당신을 지켜드리라고 하셨소. 난 왜놈도 되놈도 아닌 조선 사람이니 마음 놓으시오."

북하는 청년의 어깨를 잡아 반쯤 들쳐 메고 밖으로 나섰다.

"선생님이라니, 난 당신의 선생이 누구인지 모르오."

"우리 선생님은 김金 자 항恒 자를 쓰시는 일부一夫 선생님이오. 상황이 급하니 어서 밖으로 나갑시다."

북하는 청년을 이끌고 헛간 밖으로 나섰다. 그 순간, 낯선 장정 셋이 갑자기 나타났다.

"너희들은 누구냐?"

당황한 북하는 정신을 가다듬고 일부러 당당하게 상대방의 신분을 물었다.

"흐흐, 그건 알 것 없다."

세 장정은 여느 동학군과 달리 죽창 대신 칼을 차고 있었다. 세 사람은 북하와 청년을 에워싸며 한발 한발 다가섰다.

스윽.

장정 하나가 뒤로 돌아섰는가 싶을 때다. 뒤에서 기분 나쁜 금속성이 들렸다. 칼집에서 칼을 빼는 소리다.

어느 결에 북하의 목덜미에 차가운 칼끝이 와 닿았다. 섬뜩한 느낌이 들더니 순간적으로 온몸에 소름이 쫙 돋았다.

"녀석의 괴나리봇짐부터 뒤져."

앞에 선 장정이 명령을 내리자, 뒤에 서 있던 장정이 칼을 빼들며 앞을 가로막았다.

"왜들 이러시오?"

북하는 그 자리에 붙박여 선 채 따져 물었다. 그 사이 뒤에서 누군가 북하의 괴나리봇짐 끈을 칼로 쳐냈다. 봇짐이 밑으로 툭 떨어지자 장정은 칼끝으로 그것을 들어 앞에 선 장정에게 던졌다.

그는 생선 배를 가르듯이 괴나리봇짐을 칼로 갈랐다. 그러고는 안을 뒤적거렸다.

"여긴 없군. 몸을 뒤져봐."

앞의 장정이 눈짓을 하자 뒤의 장정이 두 손으로 북하의 몸을 더듬었다.

"없어."

뒤의 장정이 외치면서 다시 북하의 목에 칼끝을 들이댔다.

"이차현은 어디 있는가?"

앞에 섰던 장정이 물었다.

"이차현 형을 아는 분들이오? 도대체 누구시오?"

이차현의 존재까지 알고 있는 것을 보니, 이들은 예사 동학군이 아닌 듯했다.

"우리가 누군지는 알 것 없고, 이차현은 어디 있느냐니까?"

앞의 선비가 칼을 들이대며 위협적으로 다가왔다.

"난 모르오."

"어젯밤에만 해도 너희 두 놈이 주막집에서 함께 묵지 않았느냐. 한 놈은 어디로 갔느냔 말이다."

"고, 고향으로 돌아간다는 말은 들었지요."

북하는 생각나는 대로 둘러댔다.

"이놈에게 없다면 그놈에게 있겠구나."

앞의 장정이 뒤의 장정에게 말했다.

"대체 뭘 찾는데 살벌하게 칼까지 들이대며 설치는 것이오? 돈이라도 찾는 거요?"

북하는 여차하면 한바탕 칼부림을 할 각오를 하고 바짝 긴장한 채 물었다.

"《정역》 진본을 찾고 있다. 필시 이차현과 너, 두 놈 중 한 놈이 몸에 지니고 있을 터."

장정들은 북하를 노려보았다.

"《정역》이라니? 《주역》은 몰라도 《정역》 책이 있다는 말은 처음 듣는 소리요. 우린 아무것도 가지고 있지 않소."

북하는 한사코 부인했다. 아니, 사실이기도 하다.

"거짓말! 그렇다면 왜 《정역》을 발표하던 날 너희 둘이 급히 하산했느냐?"

장정들은 북하와 이차현의 행적을 소상히 알고 있는 듯했다.

"뭐요? 그걸 당신들이 어떻게 알지? 하여튼 나는 동학당에 돌아오려고 하산하고, 이 선비는 어머님 병환으로 고향에 갔다오. 그뿐이오."

북하가 본래 짜놓은 각본대로 대답했다.

"교활한 녀석. 너희 따위가 잡아뗀다고 해서 쉽게 속을 우리가 아니다. 너희 두 놈이 하산한 이래 쭉 함께 다닌 걸 본 사람이 있어. 자, 이 자리에서 이차현의 행방을 말하든가, 아니면 목을 내밀어라."

그 순간, 북하는 칼집을 잽싸게 잡아, 목을 겨누던 장정의 손목을 쳐 칼을 떨어뜨렸다. 그러면서 청년을 헛간 벽에 있는 짚가리 쪽으로 밀쳤다. 청년은 마른 짚단처럼 풀썩 쓰러졌다.

"하잇!"

앞의 장정이 북하를 향해 대각선으로 칼을 그었다. 그는 오른쪽으로 살짝 비켜서면서 칼끝을 피했다.

"이얍."

이번에는 뒤에 있던 장정이 바람처럼 달려와 찌르기로 공격했다.

"헉."

북하는 칼을 쳐내면서 왼쪽 발로 장정의 가슴께를 걷어찼다. 발차기 공격을 받은 장정은 다리를 휘청거렸다. 그 사이에 북하는 칼을 빼들었다.

"검술 솜씨가 제법이군."

이번에는 세 장정이 한꺼번에 공격해 들어왔다. 북하의 몸이 한 발 빠르다. 그는 잽싸게 세 장정의 칼날을 피했다.

셋이 한꺼번에 덤비자 북하는 힘이 달렸다. 몸이 워낙 빨라 쉽게 제압당하지는 않지만 시간이 지날수록 자꾸만 뒤로 밀렸다. 더구나 짚가리에 쓰러져 있는 청년이 신경 쓰여 더더욱 제 실력을 발휘하지 못한다.

"웬 놈들이냐!"

그때 동학군 한 무리가 나타났다. 이들도 불길을 잡기 위해 헛간 쪽으로 달려가던 중이었다. 북하는 그들을 향해 다급하게 소리쳤다.

"관군 첩자요. 첩자가 왔소!"

북하는 급한 김에 세 장정을 첩자로 몰았다.

"요 쥐새끼들이 감히 어딜?"

동학군들은 무서운 기세로 죽창을 들이댔다.

장정 셋은 주춤거리며 물러서더니 변변히 저항도 못하고 줄행랑을 쳤다.

"다친 데는 없소?"

장정들을 쫓은 동학군들 가운데 두 사람이 북하에게 가까이 다가서며 물었다.

"아니, 당신들은?"

북하는 두 사람을 보고 깜짝 놀랐다. 그 두 사람은 향적산방에 입문한 적이 있던 영덕 출신이라는 두 선비, 신대평과 민부안이다.

"아니, 두 분도 동학당에 드셨습니까?"

북하는 반가워하며 물었다. 아는 얼굴들이니 잘만 하면 쉽게 위기를 피해 나갈 길을 찾을 것 같다.

"하, 그러고 보니 북하 당신이었구먼. 동학당에 입당하러 갔다더니 과연 그렇군."

키가 큰 신대평이 아는 체를 했다.

"저자는 누구요?"

몸집이 작은 민부안이 죽창 끝으로 청년을 가리켰다.

북하는 얼른 신대평에게 다가가 작은 목소리로 속삭였다.

"싸움을 반대했다 하여 왜놈 첩자 혐의를 받고 잡혀 온 청년이랍니다. 김항 선생님께서 이 청년을 구하라는 밀명을 내리셨지요. 좀 도와주시오."

북하의 설명을 들은 신대평은 다른 동학군들이 눈치채지 못하게 고개를 끄덕였다. 그러고는 여러 사람이 들을 수 있게 큰 목소리로 외쳤다.

"김개남 장군이 직접 문초를 하신다고 해서 데리고 가는 참이라고?"

"호, 그래? 그럼 어서 데려가시구려."

눈치를 챈 민부안도 신대평의 말에 장단을 맞추어 주었다.

"자, 우린 불이나 끄러 갑시다. 더 지체했다가는 온통 불바다가 되겠소."

두 선비는 동학군들을 몰다시피 하며 앞으로 달려갔다.

동학군들이 보이지 않게 되자, 북하는 청년을 들쳐 업고 달리기 시작했다.

"여보시오, 북하. 함께 갑시다."

"혼자서는 무리요. 우리가 지켜 주겠소."

동학군들과 함께 불을 끄러 달려가던 신대평과 민부안이 어느새 그들을 따돌리고 북하의 뒤를 따라왔다.

북하는 두 선비의 도움을 받아 김개남 군영을 빠져나왔다.

북하가 미리 약속한 주막에 이르렀을 때, 이차현은 벌써 도착해 몸을 숨기고 있었다.

"으으음."

북하와 이차현이 김개남 군영에서 구출한 청년은 시름시름 앓았다. 동학군이 어찌나 두들겨 팼는지 성한 곳이 한 군데도 없을 정도다.

북하와 이차현은 우선 의원을 데려와 청년을 치료하게 했다. 의원을 찾아 데려오는 데도 신대평과 민부안이 앞장서서 도움을 주었다. 도망친 몸이라 몰래 치료해야 하는데, 마침 신대평과 절친한 의원이 있어 별 어려움 없이 치료를 할 수 있었다.

"김항 선생님께서는 무슨 일로 이 청년을 구하라고 하셨답니까?"

의원이 청년을 치료하고 약까지 처방해 주고 돌아간 뒤 한시름 놓게 되자, 신대평이 먼저 궁금한 얼굴로 물었다.

"그건 잘 모르겠습니다. 다만 그리 말씀하시기에 따른 것뿐이오. 선생님이 아는 사람이겠지요. 친척이든지."

이차현이 무뚝뚝하게 대답했다.

"혹, 이 사람이 신인인가 하여 구한 건 아니오?"

이번에는 민부안이 다 알고 있다는 얼굴로 물었다.

"신인이라니? 그게 뭐요?"

이차현은 그게 무슨 말이냐는 얼굴로 되물었다.

"정 말씀하시기 어려우면 하지 않아도 되오. 우리도 풍문으로 들은 소리니까."

이차현이 딱 잡아떼자 민부안의 얼굴에 섭섭한 표정이 떠올랐다.

"김항 선생님이 《정역》을 전할 신인을 찾고 있다는 소문을 들었소만……. 혹 두 분이 그 중책을 맡고 계신 건 아닌가 하여, 부럽기도 하고요. 실은 우리도 목숨 걸고 그대들을 도와 이 자리까지 온 것이오."

민부안은 겉으론 괜찮다고 하면서도 속으로는 퍽이나 야속한 듯 목소리가 가라앉았다.

"실은, 선비님 말씀대로입니다. 같은 선생님 제자라 말씀드리니 반드시 비밀을 지켜 주시기 바랍니다. 우리는 김항 선생님의 명을 받아 신인을 찾으러 세상에 내려왔습니다."

북하는 위기에서 목숨을 구해 준 두 사람에게 너무 박정하게 대한다는 생각이 들어 성심껏 답해 주었다.

"그러면 이 청년이 신인이오?"

신대평이 호기심 어린 눈으로 물었다.

"에이, 아직은 아무도 모릅니다. 혹시 몰라서 일단 목숨부터 구해 놓은 겁니다."

북하가 설명을 하는 동안 이차현은 더 이상 말하지 말라는 눈짓을 자꾸 보내왔다. 북하는 목숨까지 구해 준 사람들에게 사실을 숨기고 거짓을 말하기는 싫었다. 그래서 아는 한껏 대답해 주었다.

"혹 이 청년이 신인이라면 두 분이 갖고 있는 《정역》을 전해 주겠구려? 그렇지 않소?"

신대평이 다시 질문을 했다.

"그거야 선생님이 갖고 계시겠지요? 저야 무식하게 자란 몸이라 《정역》이 뭔지도 모릅니다. 다만 신인이라고 생각되는 사람을 찾으면 김항 선생님께 보고 드리는 것이 우리 임무입니다. 신인인지 아닌지는 선생님이 보고 판단하시겠지요."

"그렇다면 《정역》은 아직 김항 선생님이 갖고 계시겠구려? 숨겨 두신 거지요?"

신대평이 끈질기게 물었다.

"그거야 당연한 일 아니겠습니까? 그렇게 귀한 걸 우리에게 맡길 이유가 없지요. 평생 쓰신 책이라는데요."

이차현이 말을 자르기라도 하려는 듯 무뚝뚝한 목소리로 나섰다.

"우리가 산방에 있을 때 《정역》 원본을 누군가가 훔쳐갔답디다. 이후로 김항 선생님이 기억을 되살려 강의를 하시는데, 핵심은 빠진 겉껍데기일 뿐이라고 학인들 사이에 불평이 많다오. 학인들이 다 애가 타고 있답니다."

산방을 떠나와 있던 북하와 이차현으로서는 《정역》 도난 사실을 모르고 있었다.

"그래요? 원본이 없어져요? 그거 참 큰일이군요."

북하의 얼굴에 걱정이 서렸다. 이차현도 마찬가지다.

"하지만, 김항 선생님이 잃어버린 것은 가짜 《정역》이라고 하오. 진본 《정역》은 어디론가 빼돌렸다는 소문이 파다하오. 산방에는 흔적도 없답니다."

"두 분이 하산할 때 진본 《정역》을 갖고 떠났다고 하던데……?"

"그래서 아까 그 작자들도 《정역》 진본을 찾자고 달려든 것이 아니겠소?"

신대평과 민부안은 번갈아가며 질문을 퍼부었다.

"진본 《정역》이 따로 있다구요? 우리는 처음 듣는 소리요. 그걸 왜 우리에게 줘요? 우리 능력으로는 읽지도 못할 어려운 책이라는데?"

북하와 이차현은 동시에 고개를 가로저었다. 두 사람으로서도 정말 모르는 일이고, 모를 일이다.

신대평과 민부안은 그런 두 사람을 보더니 서로 눈짓을 주고받았다. 이 두 사람은 진짜 모르는가 보다 하는 표정이다.

"이 청년이 별 탈 없이 회복했으면 좋겠구려. 너무 많이 맞아서 영 정신을 차리지 못하네요."

신대평과 민부안은 동학 군영으로 돌아가겠다며 자리에서 일어섰다.

북하는 며칠 동안 청년을 정성껏 간호했다. 하지만 청년을 바라볼 때마다 의심이 자꾸 머리를 쳐들었다. 동학군의 뭇매를 맞고 처참하게 뭉개져 버린 청년, 의식을 찾지 못하고 며칠째 신음만 하고 있는 이 청년이 과연 김항이 찾는 그 신인일까 하는 의심이 든다. 자신의 몸도 온전히 지키지 못하는 어린 청년이 어떻게 세상을 개벽시킬 수 있을지 상상이 가지 않는다. 어린 나이에 하늘天과 땅地을 알고 학문을 폐했다는 소문 하나만으로 너무 경솔하게 판단을 한 것은 아닌가 하는 자책도 든다.

북하는, 신인이라면 구름을 일으키든 바람을 부를 수 있어야 하는 거 아닌가, 그런 생각으로 고개를 갸웃거렸다.

어쨌거나 북하와 이차현은 청년이 건강을 되찾도록 성심껏 보살폈다. 한 사람이 청년의 상처를 살피면 나머지 한 사람은 주변 경계를 하며 며칠을 보냈다.

"당신들은 누구길래 날 구한 거요? 그리고 또 칼을 들고 위협했던 자들은 누구요?"

며칠 후 의식을 회복한 청년은 그동안 궁금했던 사연을 한꺼번에 물었다.

"나는 이차현이고, 이 사람은 북하라고 하오. 우리는 둘 다 연산에서 향적산방을 열고 계시는 일부 김항 선생님의 제자로, 스승님의 명령으로 사람을 애타게 찾고 있소."

"누굴 찾고 있소?"

청년이 호기심 어린 눈빛으로 두 사람에게 물었다.

"묵은 세상을 뜯어고쳐 새 세상을 만들 일꾼을 찾고 있소. 우리는 그 사람을 가리켜 신인神人이라고 부르는데, 산이 태극을 이루고, 강도 태극을 이룬다山太極水太極는 금강 이남에서 태어난 사람이라고 하오. 금강이 두 손을 모은 자리 어디쯤에서 자라며, 장차 후천태극을 크게 돌릴 인물이란 뜻이지요."

"묵은 세상을 뜯어고쳐 새 세상을 만들 신인이라구요? 그가 누군지 알면 나도 한번 만나게 해 주십시오."

청년은 천진한 얼굴로 부탁했다.

순간, 옆에 앉아 있던 북하의 얼굴에 실망의 빛이 어렸다. 그러다가 다시 어느 정도 희망의 빛이 감돌았다. '그분은 몸은 이미 내려오셨으나, 뜻은 아직 찾지 못한 것 같다'던 김항의 말이 생각났다.

"혹, 청년이 그 신인이 아닐까요?"

북하는 에두르지 않고 바로 물었다.

"내가 그 신인이라고요? 내가 세상을 개벽시킬 사람이라고요? 그래서 나를 구해 준 거요? 헛수고를 하시었습니다."

청년은 어이가 없다는 듯 한바탕 허허로운 웃음을 터뜨렸다.

"난 내 인생도 바꾸지 못하고, 부모도 제대로 돌보지 못하는 어린 선비요. 갈 길이 아득히 멀고, 가산家産이 없어 공부조차 제대로 못하고 있다오. 살아남기 급급한 야생이나 다름없지요."

청년은 손사래를 휘휘 내저었다.

"우리 선생님이 찾으시는 사람인지 아닌지는 솔직히 우리도 모릅니다. 하지만, 인명이 소중하기 때문에 우선 목숨부터 구해 놓고 본 것이지요. 그건 그렇고, 고향이 고부 맞습니까?"

이차현이 그동안 들은 바를 하나하나 확인해 나가기 시작했다. 먼저 출신을 알아야 한다.

"그렇소. 동학군이 맨 처음 봉기를 일으킨 땅이지요."

"금강이 그리는 산태극 수태극 안에 있으니 그건 됐고, 이름은 무엇이오?"

이차현은 마치 심문을 하듯 물었다. 그래도 청년은 아무런 거부감을 보이지 않고 순순히 대답했다.

"성은 천千, 이름은 제석帝釋이라고 합니다."

"나이는 몇이시오?"

이번에는 북하가 물었다.

"신미생辛未生이오."

올해가 갑오년甲午年, 1894년이니 신미생이라면 스물네 살이다.

"신미생에 고부 사람, 천제석이라."

이차현은 혼자 중얼거리고는 말을 이었다.

"난 경신생庚申生으로 서른여섯이고, 여기 이 사람 북하는 을해생乙亥生이니 올해 스무 살이오. 그런데, 천 선비는 무슨 일로 그렇게 동학당을 따라다니며 이래라저래라 꾸짖는 거요? 지난 1차 봉기 때는 동학군더러 한양까지 쳐들어가라고 전주까지 찾아가 소리쳤잖소? 그런데 이번에는 싸우지 말라고 하니 그 앞뒤가 다른 까닭이 궁금하오."

"다른 뜻이 있는 게 아니라 단지 이 나라와 이 나라 백성들을 살려보려고 한 말입니다. 그냥 눈에 보이길래 아까운 목숨 잃지 말라는 거지요. 전에는 오늘의 이 사태가 보이니 또 그렇게 말씀 드린 거고요."

"오직 이 나라 백성만 살리려는 것입니까? 천하 모든 생령을 다 살리자는 건가요?"

이번에는 북하가 물었다. 신인인지 아닌지 가늠해 보려는 질문이다.

"생명을 구하고 싶을 뿐, 이 나라 저 나라를 따지지는 않습니다. 다만 이번에 몰려올 일본군은 원래 타고난 악마들이라 잔인하기 이를 데 없고, 불쌍한 우리 백성들이 많이 다치고 죽을까봐 걱정돼서 그러는 것이오. 놈들은 임진왜란 때 억울하게 죽은 저들의 조상 신명神明들이 불러들인 원귀들이오. 임진왜란 때 조선 땅에 들어와 굶어 죽고, 얼어 죽고, 물에 빠져 죽고, 불에 타 죽고, 화살 맞아 죽고, 칼 맞아 죽은 일본군 원혼들이 산마다 들마다 가득하답니다."

천제석은 북하가 알아듣기 어려운 말을 늘어놓았다. 신명은 뭐고 원귀는 또 뭐란 말인가. 게다가 임진왜란 때 죽은 원혼들이 산과 들에 가득하다는 말을 들으니 사방에서 귀신 곡소리가 들려오는 듯해 머리털이 쭈뼛 선다.

"과거科擧는 준비하오?"

이번에는 이차현이 질문을 던졌다.

"난 한 고을이나 다스리자고 세상에 태어난 것은 아닙니다. 더 큰 데 뜻을 두고 있습니다."

"더 큰 거리면 뭘 말하는 건가요?"

북하가 호기심 어린 눈으로 천제석을 찬찬히 뜯어보았다. 천제석의 눈에 광채가 인다. 오랫동안 앓은 사람이라고 볼 수 없을 만큼 기운이 형형하다.

"사람 농사를 지을 거요. 농사는 천하의 근본이고, 농사의 근본은 사람을 기르는 것이라고 생각하오. 그러자면 원한 맺힌 신명들의 한부터 풀어야 합니다."

"사람 농사라?"

북하는 천제석의 말에 뒤통수를 한 대 얻어맞은 것 같은 충격을 느꼈다.

사람 농사를 짓는다 ―.

북하는 상상도 못해 본 말이다. 김항은 하늘과 땅의 개벽을 얘기했는데, 천제석은 '사람'을 먼저 들고 나오는 것 아닌가. 하늘과 땅의 이치는 알지만, 사람의 이치는 모르겠다며 탄식하던 김항이 생각났다. 그래서 김항은 《정역》을 준비해 놓고 그것을 쓸 사람을 기다린다고 말했다.

"난, 피곤하오. 잠을 좀 자야겠습니다."

한참 동안 대화를 나눈 청년은 피로한 기색으로 자리에 누웠다. 북하가 얼른 이불을 덮어 주었다.

"이봐, 북하."

다시 잠에 든 청년을 방에 두고 밖으로 나왔을 때 이차현이 북하의 귀에 대고 속삭였다.

"저 청년이 선생님이 말씀하신 그 신인이 틀림없는 듯하이. 나이는 어리지만 기상이 남달라."

이차현은 확신이 드는 모양이다. 세상의 작은 벼슬 따위에는 관심 없이 더 큰 데 뜻을 두고 있다는 청년, 신명의 원한을 볼 줄 알고, 사람을 기른다는 큰 뜻을 가진 사람이라면 김항이 말하는 신인임에 틀림없다.

"하지만, 그 큰 뜻에 비해 실체는 너무도 초라하고 지나치게 평범하군요."

이번에는 북하가 한 발 뒤로 뺐다. 하늘에서 내려온 신인이라면 별의별 요술을 다 부리고, 기적도 마음대로 일으키고, 적군을 휘파람 한 번 부는 것으로 물리칠 수 있으리라고 기대한 그로서는 힘없이 방에 누워 있는 청년이 신인이라는 사실을 도무지 받아들이기 어려웠다.

며칠 후, 천제석의 건강이 눈에 띄게 좋아질 무렵이다. 향적산방 김항으로부터 전갈이 왔다. 인편에 전해 온 말이 '두 사람 다 즉시 산방으로 돌아오라'는 내용뿐이다. 보고를 올린 천제석에 대한 의견은 한 마디 없고, 그에 대해 무엇을 어찌 하라는 지시도 없다.

"이제 제 몸은 다 나은 것 같습니다. 그러니 두 분은 걱정 마시고 스승님께 돌아가십시오."

천제석은 북하가 달여 온 약사발을 천천히 들이킨 후 두 사람에게 감사를 표시했다.

"그동안 정이 들있는데, 이렇게 헤어지자니 서섭하구려. 하지만 스승님께서 부르시니 어쩌겠소."

이차현은 천제석에게 미련이 남는지 주저주저했다.

누구보다 난처한 사람은 북하다. 석전 노인은 신인을 만나면 신장으로서 철저히 호위하라고 했다. 그런데 김항의 명으로 신인일지도 모를 천제석을 버려두고 가야 할 판국이다.

"천 선비님, 앞으로 어쩌실 참이오?"

북하는 천제석의 행방이나 알아두어야겠다는 요량으로 물었다.

"동학군을 따라갈 생각이네."

"다시 동학군을? 아니, 그렇게 경을 치고 왜?"

이차현이 깜짝 놀라서 나섰다.

"그러다 정말로 목숨을 잃으면 어쩌려고 그러오? 그러지 말고 고향으로 돌아가는 게 어떻겠소?"

"제가 동학군을 말리는 것은 사람 목숨, 하나라도 더 건지자는 뜻입니다. 세상모르고 죽창 하나 달랑 들고 총과 대포를 향해 덤벼드는 저 농민들이 얼마나 불쌍합니까? 사마귀가 큰 수레에 맞서는 당랑거철, 승산 없는 전쟁에 아까운 인명만 다칠 게 뻔합니다."

"백성들의 목숨이 귀하듯이 천 선비님의 목숨도 귀한 것 아닙니까? 그러다가 무슨 일이라도 생기면 어쩌려고요? 천 선비까지 죽어버리면 백성도 없고 세상도 없는 겁니다. 만약 천 선비님이 신인이라면, 하늘이 내신 목숨을 함부로 버리는 엄청난 실수를 저지르게 되는 겁니다. 전쟁터에 무슨 도가 있고 법이 있습니까. 죽느냐 사느냐 뿐입니다. 신인이라면 절대로 그래서는 안됩니다."

북하가 안타까운 목소리로 천제석을 말려 보려 노력했다. 약이 잔뜩 오른 동학군더러 싸우지 말라고 연설하며 다니다가는 언제 변을 당할지 모른다.

"또 그 소리! 신인은 무슨 신인. 내 한 몸도 추스르지 못해서 두 분 신세를 지지 않았소?"

천제석은 쓸쓸히 웃었다. 그 얼굴을 바라보는 북하의 마음은 미어지는 것 같다. 천제석이 신인이 아니라 해도 그저 그의 곁을 따라다니며 지켜 주고 싶다.

천제석한테는 묘한 기품이 서려 있다. 이 세상 사람이 아닌 듯 전혀 현실감이 없는 표정, 어딘가 초연해 보이는 웃음, 그러면서도 때로 강렬하게 타오르는 눈빛.

북하는 그런 천제석한테 자신도 모르게 마음이 끌렸다. 바라만 보고 있어도 허전하고 메마른 가슴에 잔잔한 물결이 찰랑찰랑 밀려왔다. 때로는 뜨겁게 끓어오르던 격정이 차분히 가라앉는 것도 같다. 약을 구하러 밖으로 나가면 그 창백하면서도 투명한 얼굴이 눈에 삼삼하게 떠오르고, 앞에 보고 있을 때도 안타까운 마음이 울컥 차오르기도 한다.

이렇게 북하는 요 며칠 천제석을 돌보며 참으로 이상하리만치 큰 마음의 동요를 겪었다. 나모하린을 사랑하고 그리워하는 감정과는 또 다르다. 나모하린을 생각할 때면 잔잔하던 가슴에 파문이 일어 급기야 격랑으로 바뀌는데, 천제석을 바라보고 있자면, 가슴 속에 응어리진 온갖 묵은 감정과 삶의 굴곡이 차분하고 평온하게 가라앉으면서 잔잔해진다. 호호탕탕 달리던 시냇물이 바다로 흘러내려 커다란 대양과 하나가 되어 비로소 안정을 찾는 것만 같다. 한없이 약하지만 막상 강해 보이는 면모, 그게 천제석이다.

"그야 싹이 나기 전에는 무슨 싹이 날지 모르는 씨앗 같은 것 아닐까요?"

북하가 다시 물었다. 꽃이 피기 전에는 무슨 꽃이 필지 모르는 메마른 나뭇가지처럼, 아직 천제석이 신인으로 발현되지 못해서 그렇지 신인의 씨앗을 지닌 것 아니냐는 뜻이다.

"자네가 그렇게 말하니 난 더더욱 나를 모르겠네. 수운 선생께서 인내천人乃天이라고 하신 말씀이 옳기는 하지만, 내 얘기는 아닌 것만 같다네. 그래서 내가 진짜로 인즉천人即天이 되도록 해보고 싶다네."

천제석은 두 손으로 머리를 감싸고 흔들었다.

"어쨌든 난 동학군을 따라가 목숨 하나라도 더 건져야겠어. 모르면 그만이지만 뻔히 알고서는 내버려둘 수가 없다네. 난 그렇게 모질지 못해. 매사 여리고 무르지. 비참하게 죽어갈 농민들을 생각하면 눈물이 앞을 가린다구."

천제석이 동학군을 따라가겠다고 우기는 바람에 북하와 이차현은 더 이상 말리지 못했다.

그동안에도 전투는 계속되어 동학군 대 관군·일본군 연합군 간에 크고 작은 전투가 곳곳에서 벌어지고 있다는 소문이 들려왔다.

"사람은 총을 이기지 못해. 대포도 못 이기고, 총알이 빗발치는 기관총이라는 괴물을 어떻게 이기나. 아무래도 농민들을 구하러 나서야겠어."

천제석은 아예 섶을 지고 불에 뛰어들겠다는 격이다.

"저도 한때는 동학도였고 지금은 비록 동학을 떠나 있지만 그래도 옳은 일을 하는 것은 오직 동학뿐이지 않습니까?"

참다못한 북하가 한번 더 설득에 나섰다.

"천 선비님, 지금 농민 말고 왜적에 맞설 사람이 누가 있습니까. 목숨을 던져서라도 나라를 살려야 하는 게 백성의 도리 아닙니까?"

"옳고 그름을 따지자는 것이 아니야. 죽고 사는 것을 따지자는 것이지. 지금은 시시비비를 가릴 만큼 한가한 때가 아니야. 목숨 앞에서 이치 따지고 명분 따져 무엇에 쓰겠나? 수많은 목숨이 하루 이틀 뒤에 모두 죽을 운명이야. 저이들, 지금은 신이 나서 용맹스럽게 다니지만 하루살이요, 산송장들이야. 이대로 가만히 앉아 저 많은 목숨이 죽어가는 걸 구경할 수는 없지 않겠나? 저 순박한 농민들, 며칠 지나면 원귀가 되고 말 걸세."

"저들이 죽어서라도 꿈꾸던 세상이 이루어지면 그것으로 보람 있는 일 아니겠습니까?"

북하가 다시 반박하자, 천제석은 눈을 질끈 감았다.

"저들이 죽어간 이후라도 동학이 꿈꾸던 대로 이루어진다면 목숨을 버린 의미라도 있겠지. 하지만 그럴 가망이 하나도 없으니 그게 더 통탄스럽네. 저들이 죽으면 적의 위세는 더 커진다네. 목숨이 살아 있어야 훗날을 도모하지, 죽은 다음에는 다시 살아날 수가 없지 않은가."

천제석은 절절하게 말했다. 북하로서는 그의 고집을 꺾을 수가 없다.

다음날, 북하와 이차현은 조마조마한 마음으로 천제석을 동학군의 진군로로 들여보냈다. 마치 겨우 걸음마를 하는 어린애를 물가에 내보내는 심정이다.

두 사람은 천제석에 대한 걱정은 애써 떨치며 북쪽으로 길을 잡아 연산 향적산으로 향했다.

향적산에는 어느새 눈이 하얗게 쌓여 있었다. 오가는 사람이 없는지 향적산방으로 향하는 길은 발이 푹푹 빠졌다.

"저희, 돌아왔습니다."

그동안 김항은 몸이 조금 야위었을 뿐, 별로 늙지 않은 듯했다. 도리어 눈빛은 전보다 더 날카롭다.

"애들 썼다. 세상 구경해 보니 어떻더냐?"

신인을 찾으라고 두 사람을 내려보낸 김항은, 마치 그들이 유람이라도 다녀온 것마냥 싱거운 질문을 던졌다.

"문자에 없는 것을 많이 배웠습니다."

이차현이 의례적으로 대답했다. 대답하는 그의 얼굴에 불만의 기색이 어려 있다.

북하는 말할 것도 없다. 목숨을 걸며 신인을 찾아다니고, 또 신인일 듯한 사람을 찾아내어 보고를 올렸더니 이렇다 저렇다 말이 없는 스승이 못마땅하다.

"선생님, 서신에도 올렸듯이 낯모르는 장정 셋이 《정역》을 찾겠다고 북하 이 사람을 위협하고 칼까지 들이댔다고 합니다. 산방에서 《정역》 도난 사건이 있었다던데, 그자들은 저희가 《정역》을 빼돌렸다며 의심하니 도대체 뭐가 어떻게 된 사연인지 모르겠습니다."

이차현이 궁금한 얼굴로 물었다.

"도난당한 것은 《정역》 진본이 아니다. 훔쳐간 자들이 그게 진본이 아닌 줄 알아채고는 혹 너희가 진본을 빼돌린 게 아닌가 하여 접근했는가 보구나."

김항은 태연하게 말했다.

"그렇다면 그자들이 어쨌든 《정역》을 훔쳐간 것이로군요? 그자들의 정체는 무엇일까요?"

북하가 스승의 얼굴을 올려다보았다.

"내가 일부러 내준 셈이다. 호시탐탐 내 방을 노리는 자가 있다는 것을 전부터 알았다. 그래서 그날로 북하 너를 내려 보낸 것이다."

김항은 북하의 얼굴을 빤히 바라보았다. 김항은 북하가 자신을 지키고 있다는 것을 진작 알고 있었다. 따라서 그가 산방에 남아 있으면 김항의 방에 누군가 접근할 경우, 즉시 달려와 그들을 막아낼 것 같았다. 하는 수 없이 북하를 내려 보내 그들이 책을 훔쳐갈 기회를 열어준 것이다. 김항 자신도 그날 밤 산에 올라가 자리를 일부러 피해 주기도 했다. 훔쳐가라는 뜻이다.

"왜 그들에게 기회를 주신 겁니까? 그 귀한 책을요?"

북하가 궁금하여 물었다.

"목적하는 바를 얻지 못하면 그들은 필시 사람을 해칠 것이다. 사람보다야 책을 잃는 게 낫지 않겠느냐? 헌데, 그들이 진본과 위본을 구별해 낼 정도로 영민한 줄은 내가 미처 몰랐구나."

그렇게 말하는 김항의 얼굴에 불안한 빛이 감돌았다.

"저, 서신으로 올린 천제석이라는 젊은 선비에 대해서는 어떻게 생각하십니까?"

얘기가 길어져도 본론이 나오지 않자, 기다리다 못한 이차현이 대놓고 물었다.

"음, 의로운 선비로구나. 요즘에도 그토록 백성을 생각해 주는 양반이 있다니 가상하다. 양반들은 대부분 동학을 욕하고 헐뜯건만."

김항의 대답은 싱겁기 그지없다. 그 뜻이 아니라는 걸 모를 리 없는데, 반응이 시원치 않다.

"그 선비가 신인 아닐까요?"

북하가 확신을 담아 물었다.

"신인? 그렇게 나약한 신인도 있다더냐? 서당에 앉아 글만 읽은 서생도 그보다는 나을걸? 그뿐이다."

김항은 간단하게 잘라 말했다.

"하지만……."

"뭐가 하지만이냐?"

"그 선비는 인간 농사를 짓겠다 하고, 또……."

북하가 미처 말을 마치기도 전에 김항은 버럭 화를 냈다.

"그런 눈으로 찾아다니니 여태껏 신인을 못 찾았지."

"제가 보기에도 그 선비는 예사롭지 않은 데다……."

이차현까지 끼어들었으나 역시 무안만 당하고 말았다.

"나잇살이나 먹은 너마저? 내가 사람을 잘못 보았구나. 너희 둘 다 신인을 알아볼 재목이 못 되는 것을……. 내가 언제 남산골 김 서방을 찾아오라던?"

김항은 한숨을 푹 쉬었다. 그러고는 체념한 듯이 말했다.

"이북하, 너는 물한이를 도와 농사나 지어라. 겨우내 움츠려 있던 씨앗이 봄에 싹터서 여름에 잎을 틔우고, 그리고 가을에 결실을 맺어 다시 씨앗 속으로 숨는 이치를 체험하다 보면 눈이 좀 트이리라. 그런 다음에 공부해라. 차현이는 이곳에서 공부를 좀 더하고."

"그럼 신인 찾는 일은 그만두는 겁니까?"

"《정역》은 언제 전하시고요?"

북하와 이차현은 못내 아쉬워했지만, 김항은 여유있게 대답했다.

"지금은 때가 아닌 듯하다. 때가 되면 내가 다시 부르마."

북하는 기운이 쭉 빠져가지고 김항의 방에서 물러나왔다. 스승이 급히 부를 때에는 뭔가 더 중요한 일을 맡기기 위해서인 줄 알았다. 그런데 기껏 농사나 지으라니, 허탈하기 짝이 없다.

"이보게, 북하. 우리가 여태 헛걸음했나 보이."

이차현도 실망하는 빛이 역력하다.

"우리도 맥이 빠지지만, 선생님도 많이 실망하셨을 게야. 솔직히 말해서 신인이라면 좀 더 훌륭해야 하지 않을까."

"하지만, 제가 보기엔 천 선비는 여느 사람과 달랐어요. 선생님께서도 신인이 이 세상에 나오긴 하셨지만, 뜻은 아직 찾지 못한 것 같다고 하지 않으셨습니까?"

"그래도 내가 천 선비에 대해 상세히 적어 올렸는데 그걸 보고도 아니라 하시니 선생님의 판단을 받아들여야지 어쩌겠는가? 신인은 우리 눈으로는 보이지 않는 엄청난 분이시겠지. 그보다도, 나는 오늘 선생님의 깊은 배려에 목이 메인다네."

이차현은 울먹거리며 말했다.

"예? 그건 무슨 말씀이신지요?"

"선생님께선 우리가 걱정되셔서 이렇게 급히 불러올리신 듯하네."

"우리 걱정으로요?"

"자네가 동학 군영에서 천 선비를 구출할 때 장정 셋이 나타났지. 그놈들은 우리가 《정역》 진본을 가진 걸로 의심하며 칼을 휘두르지 않았는가? 그 때문에 신인 찾는 일이고 뭐고 다 미루자고 결심하신 것 같으이. 그 얘기는 적지 않아도 될 걸 공연히 선생님 심기만 불편하게 했는가 보네."

이차현의 말을 듣고 나서야 북하는 김항에게 섭섭한 마음이 조금 가셨다. 죽을 위기를 넘나들며 신인을 찾아 헤맨 두 사람한테 안목이 그 정도밖에 안 된다는 둥, 자신이 사람을 잘못 보았다는 둥 할 때 정말이지 북하는 서운한 감정이 들었다.

"다 우릴 위해서 하신 말씀이네. 그러니 잠자코 선생님 말씀을 따르세."

이차현은 북하의 어깨를 툭툭 쳤다.

다음 날 아침, 북하는 바로 향적산을 내려가 음절리에서 농사를 짓고 있던 물한을 찾아갔다.

"부, 북하. 잘 왔네. 잘 왔어."

물한은 말을 더듬거리며 북하를 반겼다.

"자, 자네 안사람이 아기를 낳았네. 아, 아주 예쁜 딸일세."

황부영이란 존재에 대해 잠시 잊고 있던 북하는 '안사람'이니 '딸'이니 하는 말에 잠시 머리가 멍해졌다. 그제야 자신이 얼떨결에 부영의 지아비 노릇을 떠맡고 있으며, 이제는 아비 역할까지 해야 한다는 현실을 깨달았다. 얼핏, 세상사가 다 남사당 살판에서 연극을 하는 것만 같다는 생각이 든다.

부영은 물한이 미련해 준 집에 서처하고 있었다. 물한의 집 바로 뒷집으로 두 집 담 사이에 쪽문까지 나 있어 왕래하기가 편하다.

"돌아오셨군요."

황부영은 서먹서먹한 표정으로 북하를 맞이했다.

"몸은 괜찮고?"

북하도 어색하기는 마찬가지다. 손도 안 잡아 본 사이에 부부
처럼 굴려니 말 한 마디 한 마디가 껄끄럽고 어색하다.

"이 방을…… 쓰셔요."

부영은 북하가 묵을 방을 따로 마련해 두고 있었다. 자신과 아
기의 인생을 책임지라고는 요구했지만, 실제로 지아비 노릇까지
해 줄 것까지는 감히 바라지 못하는 모양이다. 그도 그럴 것이, 부
영은 북하가 새언니 나모하린을 얼마나 그리워하고 있는지 잘 알
고 있다.

"아기는?"

"여, 여기 있네. 아, 아기가 꽃처럼 곱다네."

부영 대신 물한이 대답을 하며 먼저 안방으로 들어섰다.

태어난 지 한 달도 안 된 아기는 이제야 황달기를 벗고 뽀얗게
얼굴이 피어오르고 있다. 아기는 작은 몸집에 갸름한 얼굴, 둥글
면서도 꼬리가 약간 올라간 눈, 작으면서도 옹골찬 입매가 꽤나
또릿또릿하다. 순해 보이는 제 어미와는 별로 닮은 데가 없다.

그런 아이를 내려다보는 북하의 가슴에 만감이 교차했다.

'어떤 녀석이 이렇게 고운 씨를 함부로 뿌리고 갔단 말인가?'

북하는 아이의 얼굴에서 부영을 겁탈한 친부의 모습이 보이는

듯하여 눈을 질끈 감았다.

'아이한테 무슨 죄가 있으랴.'

북하는 머릿속 잡념을 떨쳐 버리려 고개를 세차게 흔들었다. 그리고 어린아이의 작은 손바닥 안에 검지손가락을 대어 보았다. 아이는 본능적으로 북하의 손가락을 꽉 움켜쥔다. 그 손에서 부드럽고 따뜻한 기운이 전해져 온다.

"아이구, 내 새끼. 아기 이름은 지었나?"

북하는 부영에게 물었다.

"아직…… 지어 주기를 기다리고 있어요."

부영이 어렵게 말했다.

"가만, 내 성이 이가이니, 그럼 이……."

북하가 이름을 짓기 위해 천장을 올려다보며 생각에 잠기자 부영이 고마운 표정으로 그를 건너다보았다. 아이한테 자신의 성을 붙이는 것은 곧 아버지 노릇을 하겠다는 뜻이다.

"우리 아기 얼굴을 보아하니 꽃처럼 곱구려. 그러니 그냥 꽃님이라 부르면 어떻겠소?"

"꽃님이요?"

"음, 문자를 쓰면 이화李花, 성과 이름을 붙여 말하자면 오얏꽃이 되오. 내 성이 이씨이니 '이리화李李花'라고 합시다."

"그, 그거 예쁜 이름이로구먼. 아, 아기하고 꼭 어울려."

엄마보다 물한이 더 반겼다. 부엉도 만족한 듯 고개를 끄덕였다.

"그, 그래. 쓰기는 이화李花로 쓰고, 부르긴 꼬, 꽃님이라고 하면 되겠어."

물한이가 더듬거리며 칭찬하자 부영은 아기를 품에 안으며 작은 목소리로 이름을 불러보았다.

"꽃님아. 이화야."

아기는 마치 알아듣기라도 하는 듯 작은 두 팔을 바리작거렸다.

북하는 이날부터 여느 내외처럼 부영과 한 집에 살았다. 서로 합방을 하진 못했다. 부부 역할을 할 뿐이지, 실제로 부부는 아니기 때문이다. 그래도 속사정을 모르는 물한과 마을 사람들은 두 사람이 진짜 부부인 줄로만 알고 그렇게 대했다.

가을걷이가 끝난 농촌에서는 할 일이 별로 없다. 새끼를 꼬거나 섬을 짜거나, 멍석을 치는 일이 고작이다.

북하는 물한이를 도와 짚으로 섬을 짜면서 석전으로부터 소식이 오기만 애타게 기다렸다.

음절리 집에 머물기 시작한 지 얼마 후, 북하는 석전에게 서찰을 띄워 다음 임무를 물었다. 천제석 때문이다. 천제석이 신인이리라는 믿음에는 변함이 없다. 그런데 김항은 신인이 아니라며 그를 돌볼 필요도, 다시 찾을 것도 없이 농사나 지으라고 하니 북하로서는 답답하고 속이 탄다. 그 사이에 천제석이 동학군을 따라다니다 변이라도 당하면 신장인 북하는 결과적으로 제 의무를 저버리는 셈이다.

그래서 굳이 서신을 띄웠다. 김항은 천제석이 신인이 아니라지만 북하는 그가 신인임을 확신한다며, 천제석을 지켜야 할지 말아야 할지 어서 명을 내려달라는 내용이다.

석전으로부터 답신이 곧바로 왔다. 북하가 서신을 보낸 지 보름이 안 되어 도착했다.

김항 선생이 허튼 말씀 하실 분은 아닐 터!
허나 네 믿음이 그리 확고하다니, 일단 그 청년을 지켜라. 될 수 있는 대로 청년의 눈에 띄지 않게 먼 데 숨어서 지키거라. 그러면서 특별한 일이 생기면 그때마다 보고하라.

석전의 서신을 받은 북하는 뛸 듯이 기뻤다. 다시 천제석의 곁으로 가게 된 것만으로도 세상을 다 얻은 듯 가슴이 뿌듯하다.

북하는 그길로 괴나리봇짐을 쌌다. 그리고 물한의 집으로 찾아가 부영과 꽃님이를 부탁했다.

"형님, 동학군이 관군과 일본군에게 크게 밀리고 있다네요. 이대로 집에만 있을 수는 없습니다. 내 한 몸이라도 던져야겠어요."

북하는 시국을 핑계로 대었다.

"그, 그래. 사내대장부가 이럴 때는 나, 나서야지."

물한은 북하를 붙잡지 못했다. 본래 동학군 신분으로 향적산방에 찾아온 사람인지라, 동학을 구하기 위해 나간다니 의심 없이 받아들였다.

북하가 짐을 싸는 것을 보고, 부영은 서운한 기색을 누르지 못했다. 그동안 두 사람은 한 집에서 잠을 자고 밥을 함께 먹었지만 따뜻한 대화 한 번 제대로 나누지 않았다.

"또 떠나네요?"

북하의 방에 저녁상을 들여온 부영이 미리 싸놓은 괴나리봇짐 위로 쓸쓸한 시선을 던졌다.

"동학군이 위기에 몰려 있다오. 나라도 힘을 보태야지 어쩌겠어."

북하는 물한에게 했던 말을 반복했다.

"그렇다면, 혹 고부 쪽으로도 가요?"

"전선이 어디인지는 모르지만 가게 될지도 모르오."

"그렇다면, 혹 꽃님이 생부를 찾을 수도 있지 않을까요?"

"꽃님이 생부? 당신을 겁탈한 사내를 찾아서 뭐하려고?"

북하가 기가 막히다는 듯이 목소리를 높였다.

"궁금해서요."

"그런 사악한 놈을 왜 찾으려 하오? 잊는 게 제일이지."

"아이 생부가 누군지, 뭐하는 자인지 근본이라도 알고 싶어요. 누구 자식인지도 모를 아이를 낳아 기르고 있는 제 처지가 답답하고 억울하고……."

부영은 고개를 숙이고는 눈물을 방울방울 떨어뜨렸다.

"내 참, 꽃님이는 내 딸이오. 딴 생각 마오. 다만, 겁탈한 사내의 얼굴은 기억하오?"

그들의 신분이 역졸이었다고 하니, 얼굴만 기억하고 있다면 찾는 일이 불가능한 것도 아니다. 고부에 나타난 역졸이라면 고부 근처 전라우도 어느 역관에 속해 있을 터. 그들을 하나하나 찾다 보면 못 찾을 것도 없다.

"경황 중에 얼굴을 보긴 했는데, 너무 무서워서 그런지 눈앞이 뿌연 것이 아무것도 보이질 않았어요. 절 먼저 겁탈한 사람은 키가 크고, 나중에 덤벼든 사람은 작은 것밖에……."

"그런 정도 갖고야 어떻게 범인을 찾겠소? 이제 그 일은 잊도록 하오. 우리, 꽃님이만 잘 기릅시다."

북하는 어깨를 들썩이는 부영을 위로했다. 볼수록 여러 모로 미안하다.

"걱정 마오. 우리 꽃님이 아버지는 바로 나요. 성도 이가이고. 다신 그런 생각 말고 아이나 잘 키우구려. 내가 언제고 돌아오면 알뜰살뜰 살림도 잘 하지 뭐."

그래도 부영이 눈물을 그치지 않자, 북하는 부영의 어깨에 손을 얹고 한참이나 토닥거렸다.

우금치의 눈물

'어디로 가면 천 선비를 찾을 수 있을까?'

다음날 아침 길을 떠나기 위해 북하는 일찍 잠자리에 들었다. 잠이 쉬 오지 않는다. 천제석을 다시 만날 생각을 하니 웬일인지 가슴이 설렌다.

'천 선비가 유난히 눈에 띄는 행동을 하니 쉽게 찾을 수는 있을 거야. 본진만 찾아가면 되겠지.'

북하는 이렇게 생각하며 다시 잠을 청했다.

똑똑똑.

그때, 누군가가 북하의 방문을 살며시 두드렸다. 북하는 누군지 묻지도 않고 문을 열었다. 보나마나 부영이다. 그는 말없이 북하의 방으로 들어왔다. 늦가을의 싸늘한 밤공기도 함께 밀려들어온다.

"왜 안자고?"

북하는 캄캄한 방안에 불을 밝히려고 더듬더듬 부싯돌을 찾았다. 요즈음 성냥이라는 물건이 들어와 부잣집에서는 쉽게 불을 붙일 수 있지만, 값이 워낙 비싸 웬만한 집에서는 아직도 부싯돌을 쓴다.

"불은…… 켜지 마요."

부영은 더듬거리고 있는 북하의 팔을 잡았다. 밖에 오래 있었던 듯 손이 차갑다.

"자나깨나 나모하린 언니를 그리는 꽃님이 아버지 마음은 잘 알고 있어요."

부영이 작은 목소리로 말했다.

"하지만, 어느 결에 제 가슴 속에도 꽃님이 아버지를 향한 마음이……."

부영은 말을 제대로 잇지 못했다. 북하는 잠자코 다음 말을 기다렸다. 무슨 말인지 왜 짐작하지 못하랴. 지금은 그저 들어줘야만 한다.

"다른 사내한테 더럽혀진 몸으로 이런 부탁드리는 게 염치없는 일인 줄 알고 있어요. 하지만, 나도 북하님 아기를 낳고 싶어요. 아버지가 누군지 아는 아기를 낳아 떳떳하게 키우고 싶어요. 띠니 시기 전에 소녀를 한 번만 품어 주신다면……."

부영은 말을 마치지 못하고 그의 품으로 쓰러졌다.

당황스럽다. 하늘을 날던 새 한 마리가 화살에 맞아 자신의 품속으로 날아든 것만 같다. 살려달라고 찾아온 새를 그대로 내쫓을 수는 없다는 생각이 든다. 그간 살림을 살면서 어느새 정이 든 바도 있다.

북하는 한동안 그대로 부영을 품에 안은 채 기다렸다. 바깥바람으로 차갑던 몸이 따뜻하게 풀려간다.

"미안하오. 미안해. 미친놈처럼 이리저리 뛰어다니다 보니 내 생각만 했구려. 오늘에야 우리 부부가 신방에 든 셈이네. 허허허."

북하는 부영의 옷고름을 천천히 풀었다. 부영은 비록 먼저 용기를 냈지만 제 몸을 바들바들 떨었다.

저고리를 벗긴 북하는 속저고리까지 벗겼다. 치마끈을 동여맨 매듭은 부영이 직접 풀었다.

부영의 몸에서는 비릿하면서도 달착지근한 냄새가 난다. 아기한테 젖을 먹이는 어미의 몸에서 나는 냄새다. 향기 좋은 봄꽃 냄새 같다.

어느 결에 북하의 몸에도 생기가 돌기 시작했다. 쑥스러운 마음에 부영의 얼굴을 가만가만 쓰다듬었다. 그러다가 목덜미를 어루만졌다. 부드럽고 따뜻하다.

"아."

부영은 작게 신음을 토해내면서 몸을 약간 비틀었다.

북하도 온몸의 근육이 뻣뻣해지면서 잔뜩 긴장돼 가는 걸 느졌다.

이번에는 용기를 내어 부영의 젖무덤을 가만가만 만졌다. 아기에게 젖을 주는 어미의 젖답지 않게 자그마한 것이 손주먹 안에 살풋이 들어온다. 손바닥이 촉촉해지는 것이 젖이 조금 흘러나온 듯하다.

북하는 혀로 그 젖을 핥아 보았다. 밋밋하고 싱거운 맛이다.

이번에는 손을 내려 부영의 몸을 더 깊이 찾아 들어갔다. 잘룩한 허리 아래로 넉넉한 엉덩이가 만져진다.

부영은 북하의 손길을 느끼는 듯 바튼 숨을 쉬면서 가만히 받아들였다.

북하는 어둠 속에서 부영의 얼굴을 들여다보았다. 희미하나마 윤곽이 보인다. 눈에 띌 만큼 예쁜 얼굴은 아니지만, 귀티와 귀염성이 다 있는 얼굴이다. 어디에 내놓아도 잘 살 듯 복스럽다. 어쩌다가 이리 되었는지 그 운명이 야속하다.

그 얼굴에서 북하는 잠시 나모하린을 보았다. 서글프도록 큰 눈에 터질 듯 붉은 입술, 그리고 서늘하리만큼 희고 투명한 살갗. 곳집에서 하얀 천을 깔고 옷을 하나씩 벗을 때 꿈처럼 드러나던 나모하린의 하얀 몸이 떠오른다. 달빛을 받아 눈부시도록 희던 나모하린의 등과 엉덩이를 잊을 수 없다.

나모하린 생각으로 북하가 잠시 손길을 멈추자, 부영이 두 팔을 뻗어 북하의 목덜미를 끌어당겼다.

부영의 가슴으로 무너진 북하는 갑작스레 주체할 수 없는 욕정이 끓는 걸 느꼈다. 어떻게 할 수가 없다. 나모하린을 향한 것인지, 부영을 향한 것인지는 알 수 없다. 뜨거운 불길처럼 온몸을 훑는 욕정에 북하의 몸은 확확 달아올랐다. 그와 함께 가슴 속에서는 울음이 복받쳐 올랐다.

'어흐, 어흐.'

북하는 부영의 몸에 뜨거운 살기운을 전하기 위해 뒤엉켜 몸부림을 쳤다. 욕정인지 설움인지 모를 것이 물밀 듯이 밀고 들어간다.

"북하님, '아타라시'라는 말이 무슨 뜻이에요?"

격정으로 끓어오른 북하가 부영의 몸으로 막 돌진하려 할 때다. 갑자기 부영이 엉뚱한 질문을 했다. 뜨거운 불에 녹은 엿처럼 북하에게 착착 감기던 부영의 몸은 어느 결에 뻣뻣하게 굳어 버렸다.

"아타라시? 난 모르는 말이오. 충청도나 전라도 말은 아니니 다른 지방 말이겠지. 그건 왜?"

뜨겁게 달아오르던 북하의 몸도 멈칫했다.

"저를 겁탈한 역졸이 같이 있던 역졸한테 한 말이에요."

부영이 옛일을 떠올리며 천천히 말했다. 북하가 나모하린을 떠올렸듯이 부영은 고부에서 겪은 끔찍한 기억을 떠올린 모양이다.

"저를 가리키면서 '아타라시 맛 좀 보게.' 그랬어요."

부영은 자신이 조금 전에 북하와 무엇을 하고 있었는가는 까마득히 잊은 듯 겁탈당하던 옛 기억에 사로잡혀 있었다.

"맛을 보라는 걸 보니 먹는 건가 보구려."

북하는 싱겁게 웃으면서 부영을 다시 품에 안았다.

"또 한 녀석이 말하길, '난 설익은 아타라시는 싫다네. 농익은 오바상이 좋지.' 하고 말했어요. 지금에서야 생각이 나네요. 하도 끔찍한 일이라서 잊을 수가 없어요."

북하는, 그날의 충격에서 헤어나오지 못해 헛소리를 하듯 중얼 거리는 부영의 말을 한쪽으로 흘려들으며 그의 몸 이곳저곳을 부 드럽게 어루만져 주었다. 하지만 딱딱하게 굳어 있는 부영의 몸은 쉽게 풀리지 않았다.

"꽃님이 아버지, 그자들의 웃음소리가 귀에 들려와요. 자다가 도 악몽을 꿔요."

부영은 몸을 잔뜩 움츠리며 진저리를 쳤다.

"이제 그 일은 잊어버리구려. 꿈이었다, 이렇게 없던 일로 생각 하고 파묻어 버립시다. 여긴 우리 둘뿐이잖소. 이젠 임자 곁에 내 가 있고 꽃님이가 있잖소?"

북하가 애를 써도 부영의 몸은 식어가는 재처럼 점점 차가워질 뿐이다.

한참이나 부영의 몸을 풀기 위해 애를 쓰던 북하는 별 수 없이 뻐근해진 아랫도리를 추스르며 부영의 옆으로 누웠다. 허탈감이 밀려온다.

부영은 북하를 등지고 모로 눕더니 어깨를 들썩거린다.

"미안해요. 저 때문에……. 저도 이럴 줄은 몰랐어요. 그놈들도 처음이고, 당신도 처음이라.”

부영이 고통스럽게 흐느꼈다.

“어찌 그대 때문이겠소? 다, 그 녀석들이 몹쓸 짓을 했기 때문
이지. 잊읍시다. 우리 꽃님이 생각해서라도 잊읍시다. 보란 듯이
잘 살아보자구.”

북하는 부영의 어깨를 자신이 있는 쪽으로 잡아당겨 꼭 안아
주었다.

“그때 받은 충격이 아직 가시지 않아서 그럴 거요. 어서 잊어버
리는 게 좋아요.”

두 사람은 서로 부둥켜안은 채 잠이 들었다.

이튿날, 부영은 새벽같이 일어나 길을 떠나는 북하에게 따뜻한
밥을 해 먹였다. 소금과 깨소금을 넣은 주먹밥까지 큼직하게 만들
어 괴나리봇짐에 넣어 주었다.

“몸조심해요. 우리 모녀는 당신 없으면 언제 꺼질지 모르는 촛
불이랍니다. 꽃님이 아버지만 아니면 난 벌써 죽었을 거예요.”

부영은 북하를 바로 보지도 못한 채 인사를 했다. 귀밑볼이 붉
게 물들어 있다. 간밤에 제대로 합궁을 못하고 어색하게 끝난 때
문인 듯하다.

몸조심하라는 말 한 마디에 부영의 온갖 감정이 다 녹아 있는
걸 북하는 느낄 수 있다.

“내 걱정 말고, 꽃님이 잘 키우며 기다려요. 제발이지 당신도 건

강하고."

북하는 아기방을 열어 꽃님이를 한 번 더 들여다보고는 대문 밖으로 나섰다.

동학군의 전투는 막바지에 이르고 있었다. 11월 하순, 전봉준이 이끄는 동학군은 전라도를 휩쓴 다음 관군의 근거지인 공주를 향해 진격하였다. 하지만 일본군과 관군 연합군이 쳐들어온다는 소문이 돌자 이탈자가 많이 생겼다. 남은 수가 1만 명밖에 안되었다. 이후, 관군과 쫓고 쫓기며 전투를 벌이던 전라우도 동학군은 12월 11일, 전봉준의 지휘로 웅치 방면을 향해 총공격을 퍼부었다. 여기서 일본군의 반격을 받아 수많은 사상자를 내고는 공주에서 30리 밖으로 물러났다. 이때 김개남이 이끄는 동학군 5천명이 호남에서 올라오자, 양측이 힘을 합쳐 다시 충청 감영이 있는 공주로 밀고 들어갔다.

동학군은 공주 우금치에서 운명을 건 일대 혈전을 벌였다. 특히 일본군이 들여온 개틀링 기관총을 쏘아대는 관군 앞에서 농민들은 그야말로 늦가을 낙엽처럼 떨어져나갔다.

6, 7일 동안 40회에서 50회의 격전을 치르는 동안 동학군은 우수한 총포와 장비로 훈련된 일본군과 관군에게 연전연패했다. 주력부대 1만여 명 중 살아남은 자가 겨우 5백여 명 뿐이다. 동학군은 앞사람이 죽어도 물러서지 않고 진격했다. 그때마다 길목에 숨어 있던 일본군과 관군은 총과 대포를 쏘아대며 무차별 살상

을 즐겼다. 일본군은 거의 맨손이다시피 한 농민들을 토끼몰이하듯 궁지로 몰아 죽이고, 관군들도 제 나라 백성이라는 사실은 생각조차 않는 듯 농민들을 향해 기관총을 마구 쏘아댔다. 결국 관군에 밀린 패잔병들은 다투어 산으로 강으로 도망치고, 관군들은 그 뒤를 뒤쫓으면서 총을 쏘아댔다.

북하가 공주 우금치에 이르렀을 때는 전투가 끝난 뒤였다. 우금치는 그야말로 산마다 들마다 시체뿐이고, 내는 핏물로 붉게 물들었다.

북하는 그 참상을 보고는 참지 못하고 기어이 구토를 했다.

죽어 있는 시신들은 천자문千字文은커녕 한자든 한글이든 제 이름 석 자도 쓸 줄 모르는 무식한 농민들이 대부분이다. 시체들은 하나같이 창이며 쇠스랑, 칼이나 도끼 같은 것들을 움켜쥐고 있다. 일본군을 왜 물리쳐야 하는지도 모르고, 그저 나라를 위한다고 괭이를 들고 낫을 들고 달려나왔다가 허무하게 죽어간 사람들이다.

안타까운 건 부적을 몸에 지니면 총에 맞아도 죽지 않는다고 믿고 대포와 기관총을 향해 미친 듯이 달려가다가 죽어간 농민들이다. 이들은 등에다 동학의 호신부護身符를 붙인 채 죽어 엎어져 있었다. 시천주侍天呪를 외우면서 총알이 빗발치는 곳으로 뛰어 들어가다가 죽고, 부적을 믿고 고개를 뻣뻣이 쳐들고 일어나 싸우다 죽기도 했다.

"전봉준이 큰 죄를 지었어. 이게 어디 전쟁하다 죽은 사람들인

가. 모두 다 자살한 사람들 형국이지 않은가. 전봉준이는 철모르는 백성을 사지死地로 몰아댔어."

오래지 않아 북하는 우금치 들판에 널린 시신 사이를 헤매고 있는 천제석을 발견했다. 그는 눈물을 흘리면서 불쌍한 시신들을 어루만지며 다니고 있었다. 모두 다 멋모르고 뛰어들었다가 억울하게 죽어간 사람들이다.

"천 선비님, 그만 고부로 돌아가세요. 안타까워하신다고 해서 죽은 사람들이 살아나겠습니까?"

북하가 그를 위로하자, 천제석은 그를 알아보고는 그 자리에 풀썩 주저앉았다.

"이보게. 내가 자네 말처럼 신인이라도 되면 오죽 좋겠나? 그러면 죽은 사람 살려내진 못하더라도 억울한 신명들 위로라도 해 줄 수 있을 게 아닌가? 난 지금 무얼 해야지? 도대체 이 사람들이 왜 죽어야 하는가."

천제석은 창백한 얼굴로 자기 자신을 한탄했다.

북하와 이차현의 간병으로 목숨을 구한 천제석은 그 뒤 동학군을 쫓아다니며 전투를 말렸다. 그 수가 열 명이면 열 명을 붙잡고, 한 명이면 한 명이라도 붙잡고 설득했다. 살아달라고 호소했다.

"저 일본놈들은 살인마들이오. 이번에 의병의 씨를 말려 버리고 장차 저희들 마음대로 조선은 집어삼기려고 빌이는 수삭이오. 그 수작에 걸려들지 마시오. 이번에 무너지면 나라도 무너지고, 그러면 백성도 무너집니다. 이 땅은 지옥이 됩니다."

"이번 싸움은 백 번 싸워 백 번 다 질 것이오. 아까운 인명만 빼앗기게 될 것이니 제발 싸우지들 마시오. 지금 다 죽고 나면 나중에 저들이 국왕을 몰아내고 조정을 무너뜨릴 때는 누가 나서서 싸운단 말이오? 이번 전쟁은 일본군이 일부러 덫을 쳐놓고 기다리는 판이니 제발들 싸우지 말고 물러서시오!"

서너 군데서 동시다발적으로 전투가 벌어지고, 시세가 워낙 급하게 돌아가는 판이었다. 동학군들은 독기를 품고 진군했다.

천제석이 아무리 피를 토할 듯 사정해도 동학군들은 쓸데없는 소리 말라며 역정을 냈다. 어떤 사람은 죽창으로 천제석의 등을 때리기도 하고, 어떤 사람은 성을 내면서 욕지거리를 하거나 침을 뱉었다.

그런 일이 끊이지 않건만 천제석은 포기하지 않았다. 주막에 이르면 그곳 객들을 상대로, 장터에 이르면 장꾼들을 상대로 이번 전쟁에는 나가지 말라고 목이 터져라 외쳤다.

"이 전쟁은 왜놈들이 덫을 깔아놓고 기다리는 함정이오, 함정! 임란 때 저들이 의병에 쫓겨 뜻을 이루지 못한 걸 후회하여 이번에는 의병이 될 농민들부터 때려잡으려고 저러는 것이오. 어서들 집으로 돌아가시오. 동학군에 나가 있는 형제를 불러들이시오! 지금 다 개죽음당하면 정작 급할 때는 누가 나섭니까."

반응은 어디서나 싸늘했다. 그러나 천제석은 쉬지 않고 동학군이 모이는 곳을 따라다녔다.

천제석은 호남뿐만 아니라 충청도 유성 장터까지 가서 연설을 하고, 그 뒤에는 청주까지 가서 사태가 불리하다며 소리치고 다녔다. 짚신이 닳거나 끼니가 떨어지면 민가에 들러 노동을 자청했다. 그러다가 곡식이라도 얻고 노자라도 모이면 또 길을 갔다.

그렇게 해서 동학군의 기세가 완전히 꺾이게 된 우금치까지 흘러온 것이다.

"천 선비님, 그만 일어서십시오. 천 선비님의 그 애가 타고 속이 타는 마음은 알았으니, 이들도 저세상으로 가는 길이 그리 쓸쓸하지만은 않을 것 아닙니까."

북하는 천제석을 부축해 일으켰다. 야윈 몸은 속빈 강정마냥 가볍다.

"이런 몸으로 돌아다니시다니. 그만 고부로 돌아가시지요. 거기까지 제가 모셔다 드리겠습니다."

천제석은 북하의 말을 따라 고부로 발길을 돌렸다. 백성들의 목숨을 하나라도 더 건져 보겠다고 찾아왔건만, 이미 상황은 끝나 버린 뒤라는 걸 그도 인정해야 했다.

소규모 전투가 연일 계속되고, 도망치는 동학군을 잡는 관군 초소가 곳곳에 설치되었다.

들리는 소문은 갈수록 흉흉하다. 대구·성주·안동 등지에서 일어난 동학교도들도 섬선 끝에 패퇴했다는 소문이 들려왔다. 경기도에서는 양반 유생들이 의병을 조직해 관군이나 일본군을 공격한 게 아니라 도리어 동학군을 공격하는 데 앞장섰다는 믿지 못할 소문도 들린다. 경기도처럼 양반 유생들이 직접 동학군을 진압하지는 않았지만 다른 지방의 양반 유생들 역시 동학당을 째려보고 혀를 차기는 마찬가지다.

날씨는 겨울로 접어들면서 아침저녁으로 몹시 쌀쌀하다.

풀이 죽어 집으로 돌아온 천제석은 정신나간 사람처럼 아무 일도 하지 않고 방에만 틀어박혀 지냈다. 끼니도 거르기 일쑤고, 가끔 실성한 사람처럼 웃다가 울다가 하면서 하루를 보냈다. 그러다가 모처럼 정신을 차릴 때는, 그의 말을 듣고 전쟁터에서 급히 발길을 돌려 목숨을 구한 동학교도들이 인사차 찾아올 때뿐이다.

천제석이 집안에 틀어박혀 있는 동안 호남의 동학군은 완전히 무너지고 수뇌부와 가담자들도 속속 잡혀가거나 처형당했다는 소식이 들려왔다. 또다시 수많은 목숨이 무참히 학살당했다.

천제석은 동학군 출신 농민들이 찾아올 때마다 바깥소식을 물었지만 상황은 이미 그가 예측한 대로 흘러가고 있었다. 결국 동학은 일본군에게 조선 진출의 명분을 안겨 주어 그들은 제 마음대로 조선 팔도를 휘젓고 다니게 되었다.

우금치 전투를 끝으로 동학군은 사실상 완전히 무너져 버렸다. 참으로 끔찍한 전쟁이다. 그 엄청난 초반 기세에 비해 너무도 허무하게 꺼져 버린 아우성이다. 이 난리의 끝에 친일파로 구성된 김홍집 내각이 출범하는 것으로 조선의 갑오년은 쓸쓸히 마감됐다. 동학은 썩은 조정도, 악귀 같은 일본군도 한 입 제대로 물지도 못하면서 여태 짖기만 한 셈이다.

북하는 천제석이 사는 마을에 거처를 정했다. 급한 대로 일꾼을 구하는 집을 찾아가 몸을 맡겼다. 석전의 분부대로 될 수 있는 한 천제석의 눈에 띄지 않는 곳에서 그를 지켜야 한다.

북하는 상황에 따라 별안간 일을 그만두어야 할지도 모르기 때문에 머슴을 살면서도 새경을 따로 받지 않기로 했다. 다만 밥을 얻어먹고 잠을 자는 조건으로만 품을 팔았다. 그러면서도 언제나 천제석에게서 눈을 떼지 않았다.

그러던 어느 날.

천제석이 모처럼 외출을 했다. 건너 마을 작은 시회詩會에 참석했다.

근방 선비들이 모여 시를 짓고 읊으며 노는 시회에서도 천제석의 어두운 얼굴은 펴지지 않았다. 한쪽 구석에서 무료하게 앉아 있던 그는 다른 사람들보다 일찍 자리를 떴다. 함께 간 마을 선비들도 천제석을 따라 일어섰다.

천제석 일행이 고갯길에 다다랐을 때였다. 동학 잔당을 자처하는 도적 무리가 나타났다. 도적들은 재물뿐만 아니라 천제석 일행의 목숨까지도 거침없이 앗아갔다.

일행 서넛은 벌써 노석늘의 칼날 아래 죽고, 그들에게 비웃음과 욕을 당하면서도 끝까지 그들을 교화시켜 보려던 천제석의 목에도 칼날이 들어왔다.

"이보게들, 자네들이 정녕 동학당이라면 이래서는 안 되네. 어찌 동족의 목에 칼을 댄단 말인가?"

"웃기는 수작 말라. 너희 양반놈들이 언제 우리 동학을 도왔느냐! 관군이나 왜군 편에 서서 제 재산이나 뺏기지 않으려고 전전 긍긍하지 않았느냐! 오늘도 너희 양반 나부랭이들은 시회네 뭐네 하면서 음풍농월하며 질펀하게 술 처먹고 계집질하다 오는 것 아니더냐!"

"그래도 그렇지. 도적이면 재물이나 탐할 일이지 어찌 사람 목숨까지 앗아가느냐! 너희가 왜병이냐!"

"우리라고 도적이 되고 싶어 도적질을 하는 게 아니다! 동학질을 하면서 너희 양반놈들한테 한이 맺혀 원수를 갚고자 하느니라! 나라는 털끝만치도 생각하지 않으면서 입으로는 목민牧民이네 인의仁義네 헛소리나 지껄이는 너희 양반놈들이 참으로 가증스럽다!"

"너희 양반놈들이야말로 왜군한테 식량과 재물을 대주면서 동학을 토벌하라고 부추겼잖느냐! 머슴들이 죄다 동학에 나가니까 농사지을 손이 아쉬웠겠지! 언제 그 머슴들의 목숨 따위를 걱정한 적이 있느냐!"

말씨름이 길어질수록 도적들은 천제석을 살려 줄 기세가 아니다.

"이놈들, 감히 누구한테 칼을 들이대느냐?"

그때, 북하가 홀연히 나타나 벼락같이 소리를 질렀다.

북하는 그날 주인집에 잔치가 있어 바쁘게 일을 돕다가 천제석의 외출 사실을 뒤늦게 알게 되었다. 부랴부랴 시회 장소로 찾아가던 중에 천제석 일행이 도적떼한테 당하는 장소에 이르게 된 것이다. 때는 너무 늦어, 천제석 일행은 모두 도적들의 칼에 맞아 쓰러지고, 천제석만 겨우 목숨을 부지하고 있었다.

"나는 이분을 지키는 신장이다. 털끝 하나라도 건드리면 번갯불로 응징하리라."

북하가 재차 소리 지르자 도적들은 움칠움칠 뒤로 물러섰다.

북하는 천제석을 노리던 칼날부터 냅다 쳐냈다. 북하의 칼에서 번갯불이라도 솟는 듯, 도적이 들고 있던 칼이 날카로운 금속성을 내며 반으로 동강나 버렸다.

도적들은 뒤도 안 돌아보고 숲속으로 달아났다. 북하는 칼 한 번 휘두르는 것으로 인명을 살상하는 도적떼를 물리쳤다.

"자네가 또 날 구해 주는군. 이렇게 여러 번 신세를 지다니, 자네는 역시 날 지켜 주는 신장인가 보이."

전쟁이 휩쓸고 지나간 뒤끝이라 곳곳에서 화적들이 출몰하고, 대낮에도 강도들이 떼 지어 다닌다. 죽다 살아난 동학당들이 분풀이를 하는 것이다. 그런 걸 모르고 외출했다가 변을 당할 뻔한 천제석은 거칠기만 한 북하의 손을 맞잡았다.

"하지만, 이렇게 무능한 사람을 지켜 무슨 보람이 있단 말인가? 미안하이. 미안하이. 날 살려 준 자네한테도 미안하고, 내가 지켜 주지 못한 이들한테도 미안하이."

천제석은 우금치에서 그런 것처럼 강도들한테 목숨을 잃은 마을 선비들의 시신을 부둥켜안고 눈물을 흘렸다. 죽은 사람들은 도적들의 말처럼 권세나 재물을 뽐내지도 못하고 근근이 목숨을 이으며 책이나 읽던 가난한 선비들에 불과하다.

강도 사건 이후 천제석은 날마다 술독에 빠져 지냈다. 동학군을 따라다니면서 겪은 일이며 강도 사건 등으로 해서 그는 더 혼란에 빠졌다.

그러던 어느 날, 또 한번 큰 사건이 일어나고 말았다.

그날 천제석은 아침부터 거나하게 취해 고부 장터로 나갔다.

천제석은 하릴없이 장터를 쏘다니더니 낮술을 한잔 더 걸쳤다. 그러고는 얼큰히 취해 집으로 향했다.

"이놈아, 바른대로 대지 못해?"

천제석이 집으로 가는 길목에서 한바탕 소란이 벌어지고 있었다. 동학 잔당 여섯 명이 웬 사내를 붙잡고 다그치고 있었다.

"아이구, 천 선비님. 저 좀 살려 주세요."

천제석을 발견한 사내는 지나가던 천제석의 바짓가랑이를 붙잡고 살려달라고 애원했다. 그는 예전의 고부 군수 조병갑의 하인으로, 천제석과도 안면이 있었다.

"선비님도 아시다시피 저는 이 동네 사람이잖아요? 조병갑이 누군지도 모르는데 이 사람들이 저더러 조병갑이 개라고 하면서 이렇게 생사람을 잡는답니다. 제발 아니라고 말씀 좀 해 주세요.

저는 여기서 농사만 짓고 살아온 소작인이라고요."

멀찌감치서 천제석의 뒤를 따르던 북하는 얼른 달려갔다. 사태가 어떻게 돌아가는지 지켜보기로 했다.

"이보시오. 당신, 이 사람을 알고 있소?"

칼을 뽑아든 동학 잔당들은 천제석을 위협하듯이 물었다.

난처한 입장이다. 한 사람의 목숨이 오로지 천제석의 대답 한마디에 달려 있다. 그가 아니라고 말만 해 주면 살아날 수 있는 상황인 듯했다. 그러나 그렇게 간단한 문제가 아니다. 조병갑의 하인을 농사만 짓던 소작인이라고 거짓 증언하면 동학당들은 천제석까지 엮어서 칼을 휘두를 태세다. 아니나다를까, 동학당들은 천제석에게도 엄포를 놓았다.

"거짓말하면 같은 패거리로 알고 가차 없이 죽일 것이다. 우린 독이 오를 대로 오른 사람들이다. 동지들이 다 죽은 마당에 우리는 어차피 죽은 목숨이란 말이닷!"

천제석은 선뜻 대답하지 못하고 머뭇거렸다. 이마에서는 식은땀이 흘러내렸다.

"천 선비님, 아이구 천 선비님, 저 농사꾼 맞지 않습니까? 왜 말씀을 안 해 주십니까? 저더러 조병갑의 하인이라고 덮어씌우다니 이건 정말 억울합니다."

조병갑의 하인은 눈물을 펑펑 쏟으면서 목숨을 구걸했다.

"나, 이 사람 모르오. 나한테 묻지 마시오."

천제석이 더듬거리며 말하는 순간, 뒤에서 지켜보던 북하의 가슴 속에서는 억장이 무너져 내리는 소리가 났다. 만백성의 목숨을 걱정하던 이가 바로 눈앞에 있는 한 사람의 생명도 건지지 못하고 있다.

"천 선비님, 어찌 저를 모른다고 하십니까? 어떻게 이럴 수가 있습니까. 나를 살려 주시오! 선비님 같은 사람이 날 모른다고 하면, 나같이 천한 사람은 어떤 세상에서 살아야 합니까. 아이고 선비님!"

조병갑의 하인은 소리소리 지르면서 천제석의 바짓가랑이를 잡아당겼다. 천제석은 손을 떼어내지도 못하고 망연히 서서 하늘만 쳐다보았다.

"그러면 그렇지. 이놈은 고부 군수 조병갑이의 하인놈이 틀림없어."

동학군들은 그것 보라면서 조병갑의 하인을 땅바닥에 내팽개치더니 짚신발로 마구 짓밟았다. 그러고는 싸늘하게 웃었다.

"이런 점잖은 선비까지 모르는 체하는 놈이라면 단칼에 목을 벤들 아까울 생명이 아니군. 조병갑이는 잡아죽이지 못했지만 너 같은 앞잡이라도 쳐죽여야 동학 원혼들의 한이 풀릴 것이다."

"그래, 얼른 죽여 버려. 천제석 선비라고 하면 고부에서 다 알아주는 사람인데, 이런 분이 모르는 작자라면 농부가 아니야. 죽여 없애자고."

과연 그들은 즉석에서 칼을 뽑아들었다. 그러고는 천제석이 보는 앞에서 조병갑 하인의 목을 뎅강 베어 버렸다.

뚝 떨어진 하인의 머리가 데굴데굴 굴러 천제석의 발 앞까지 굴러왔다. 날씨가 춥다 보니 잘린 목에서 피가 흘러나오면서 김이 모락모락 피어오른다.

천제석은 두 다리를 덜덜 떨면서 그 자리에 붙박혔다.

"하하하. 조병갑의 개를 죽이고 나니 이제야 속이 후련해지는 구나."

동학 잔당들은 시체를 향해 다투어 침을 뱉고는 껄껄 웃으면서 그 자리를 떴다. 구경꾼들도 진저리를 치면서 황급히 자리를 떴다.

진땀을 흘리고 서 있는 천제석과, 그에 대한 실망과 절망으로 휩싸인 북하만이 남았다.

"나 때문에 사람이 죽었네."

천제석은 그 자리에 주저앉았다.

"실은 이 사람, 내가 잘 아는 사람일세. 비록 조병갑의 하인인 건 틀림없지만 이 마을에 사는 소작인이야. 살릴 수도 있었는데, 살릴 수도 있었는데……."

천제석은 터져 나오는 울음을 누르지 못하고 땅을 치며 통곡했다.

"이보게, 북하. 자네도 여러 번 보아서 알겠지만, 나는 만백성의 목숨은커녕 한 사람의 목숨도, 아니 내 목숨도 온전히 지킬 줄 모르는 용렬한 위인일세. 이런 나를 신인이라고? 히히히."

천제석은 실성한 사람처럼 울다웃다 했다.

"돌아가게, 돌아가. 난 이대로 못난 채 살다 가겠네."

천제석은 엉엉 울면서 맨손으로 길옆의 땅을 파기 시작했다. 추운 날씨로 얼어붙은 땅은 쉽게 파이지 않았다. 그러거나 말거나 천제석은 쉬지 않고 땅을 팠다. 얼마 안 가 손에서 피가 흐르기 시작했다. 그래도 그는 울면서 땅을 팠다.

"이 사람, 조병갑의 하인으로 있으면서 백성들의 피를 빨아댄 벌을 받은 셈이니 자책하지 마십시오."

뒤에서 물끄러미 지켜보던 북하가 다가가 그를 위로했다. 그러고는 함께 시신을 수습하여 땅에 묻어 주었다.

북하는 그길로 머슴 사는 집으로 돌아와 짐을 쌌다. 그러고는 길을 떠났다.

'그래. 천 선비는 신인이 아니다. 그의 말대로 제 몸 하나 추스르지 못하는 가련한 선비일 뿐이다.'

신인으로 믿어온 천제석에게 실망한 북하는 가슴이 산산이 부서져 내리는 듯했다.

'이제 무엇을 위해 살아간단 말인가?'

북하는 살아갈 의미를 송두리째 잃어버린 듯 허탈하고 절망스러웠다.

북하의 발걸음은 며칠 밥을 못 먹은 사람마냥 허청거린다.

전주 감영 앞에서 전봉준을 만나 따져야겠다고 소리치던 천제석의 목소리가 귓가에 맴돈다. 장터에서 전쟁에 나가지 말라고 외치던 그의 피맺힌 목소리가 웅웅거린다. 우금치에서 시신을 붙잡고 눈물 흘리던 그의 얼굴이 눈앞에 어른거린다. 일으켜 세울 때 옷소매만 잡힐 정도로 가녀리던 천제석의 팔, 그 감촉이 다시 느껴진다. 도적떼 앞에서 혼자 살아났다고 미안하이, 미안하이를 부르짖던 나약한 그가 떠오른다. 그리고 바로 오늘, 자신의 부인^{초認}으로 목이 날아간 조병갑 하인의 시신을 묻으며 통곡하던 천제석의 절규가 귀에 맴돈다.

'그래도, 그래도 저 사람은……'

천제석의 환영이 자꾸 북하의 발목을 잡는 듯하다.

'그래, 연민일 뿐이다. 마음 착하고 여린 선비에 대한 그저 그런 값싼 연민일 뿐이다.'

북하는 고개를 세차게 흔들었다. 자꾸만 떠오르는 그에 대한 미련을 떨쳐 버리고 싶다.

'저런 선비는 조선 팔도에 수없이 많다. 내가 지킬 사람은 이 세상을 바꿀 신인이지, 저렇게 나약한 선비 정도가 아니다. 그래, 신인을 찾자. 진짜 신인을 찾자.'

고부 장터에 이르자, 북하는 주막을 정해 들어갔다. 아직 해가 많이 남았건만 일찌감치 국밥을 사먹고 객방에 들었다.

오늘 하루 겪은 일로 너무 진이 빠져 더 이상 걸을 기력이 없다.

이부자리를 펼 힘도 없어 벌렁 누워 천장을 바라보던 북하가 부스스 일어났다. 그리고 스승 식진에게 시신을 썼다.

고부 선비 천제석은 신인이 아닙니다. 자신이 구할 수 있는 생명을 바로 앞에 놓고도 구하지 못한 여리고 불쌍한 선비일 뿐입니다. 그에 대한 연민으로 판단이 흐려 제가 그를 신인으로 착각했습니다. 역시 김항 선생님의 판단이 옳았습니다.

밖에서 사삭사삭 모래를 밟는 듯한 소리가 나는 걸 보니 눈이 내리고 있는 듯하다.

방문을 열어 밖을 내다보았다. 아직 해가 넘어가지 않았는데도 벌써 컴컴하다. 그 사이로 함박눈이 소담지게 펄펄 내린다. 힘겨웠던 갑오년을 덮어 버리려는 듯, 전라·충청·경상·황해·강원의 동학군이 처참하게 궤멸된 흔적이라도 덮으려는 듯, 북하의 갈가리 찢긴 가슴을 감싸주려는 듯, 흰 눈이 온 세상을 하얗게 뒤덮는다.

아, 나모하린!

다시 봄이 왔다. 따뜻한 기운이 서리자 꽃님이는 꽃보다 더 곱게 피어났다. 갓 낳았을 때는 머리가 너무 무거워 늘 건들거리던 목도 이제 제법 실해져 제대로 가눈다.

"임자. 우리 꽃님이가 점점 나를 닮아가는 것 같지 않소?"

북하는 부영에게 일부러 이런 말을 자주 하여 두 사람 사이의 정을 키웠다.

고부를 떠나 집으로 돌아온 이래 북하는 부영과 진짜 부부처럼 살았다. 다만 남 보기에만 그렇지, 실제 부부생활은 하지 못했다. 부영의 몸이 말을 듣지 않는다. 첫날밤에도 그러했듯이, 부영은 북하와 한 몸이 되기 직전이면 몸이 딱딱하게 굳어 장작처럼 굳어버린다. 그럴 때마다 북하와 부영은 굳은 몸을 풀기 위해 서로 애를 썼으나, 부영의 몸은 의지대로 움직여 주질 않았다.

몇 번이나 합궁을 시도해도 번번이 실패하자, 부영은 북하에게 미안해하고 나아가 죄스러워했다. 그래도 북하는 아내를 위로했다.

"당신 탓이 아니오. 언젠가는 나아질 테니 조급해하지 마오. 난 임자가 이대로 좋아요. 꽃님이를 낳아준 엄마니까 더 좋고."

그때마다 북하는 부영을 더 따뜻하게 위로해 주고 더욱 다정하게 어루만졌다.

부영의 일이 아니라 해도 북하의 가슴 한구석은 언제나 바람이 쌩쌩 지나가는 것처럼 횅하다. 한겨울에 여름 삼베옷을 입은 것마냥 오한이 나기도 한다. 그러다가 어떤 때는 김장독에 지질러 놓은 커다란 돌멩이가 가슴을 내리누르는 것같이 답답하기도 하다. 그 돌멩이는 밥을 먹을 때도 가슴에 얹혀 있고, 잠을 잘 때도 묵직하니 내리누른다.

"이, 이보게 북하."

싹이 나오기 전에 캐낸 고들빼기무침을 향적산방에 갖다 주고 온 물한이 저녁 때 북하의 집으로 건너왔다.

"서, 선생님께서 산방에 올라오라고 하시네."

"무슨 일이시랍니까?"

물한은 모르겠다는 얼굴로 고개를 저었다. 그러고는 부영의 품에 안겨 있는 꽃님이부터 받아 안았다.

"우, 우리 꽃님이가 서, 선녀보다 곱지?"

물한은 아비인 북하보다도 꽃님이를 더 예뻐한다. 들일을 나갔다 들어오면 반드시 북하의 집에 들러 꽃님이 얼굴을 한 번씩 들여다보았다. 그러면 꽃님이는 물한을 보고 방긋방긋 웃으며 작은 손을 내밀었다. 신기한 건, 드문드문 보는 북하를 그래도 아버지인 줄 알고 더 달라붙는다는 사실이다. 북하도 그게 신기하고 재미있고 고맙다고 여겼다.

북하가 향적산방으로 올라가 보니, 스승 김항은 마침 국사봉 꼭대기에서 수련을 마치고 내려오는 중이었다. 여전히 이차현이 모시고 있다.

"들어오너라."

김항은 별채 밖에 칼을 진 채 멀뚱하니 서 있는 북하에게 다정하게 일렀다.

"동학에 다시 갔었다고?"

김항은 북하가 동학을 핑계로 천제석을 찾으러 간 사실을 알고 있는 듯했다. 아니면 부영과 물한에게 한 말을 그대로 전해 듣고 진짜 동학군에 합류한 것으로 알고 있을지도 모른다.

"예."

북하는 간단히 대답했다.

"그래, 네가 찾는 것은 구했느냐? 무엇을 찾으러 그리 쏘다니느냐?"

김항의 목소리는 늘 그렇듯이 잔잔하다. 북하는 그 목소리에서 김항이 이미 모든 것을 다 알고 있음을 알아차렸다.

"오히려 잃었습니다."

북하는 힘없이 대답했다.

"이제 천 선비에 대한 미련은 버렸느냐?"

역시 김항은 북하가 왜 집을 떠났다 돌아왔는지 알고 있다.

"예."

북하는 침통하게 대답했다.

"그렇다고 불꽃을 꺼뜨리면 못쓴다. 희망을 주마. 신인을 다시 찾아나설 때가 되었다. 너희 둘이 함께 길을 떠나거라."

김항은 북하와 이차현을 그윽한 눈길로 바라보며 말했다.

드디어 그가 바라던 임무가 떨어졌다.

두 사람은 기운차게 나섰다.

산방을 내려가는 이차현은 가뿐가뿐 걸었다.

"북하, 사람이 무엇인가를 잃는다는 게 정말로 잃기만 하는 것은 아닌가 보이. 안그래?"

북하는 씨익 웃었다. 그의 하얀 이가 햇빛에 반짝인다.

이차현이 보니, 북하는 지난겨울 동안 정신적으로 부쩍 성숙했다. 지난해만 해도 패기만만하고 혈기방장한 젊은이에 불과했는데, 올봄에 다시 보니 그는 원숙한 성인이 되었다. 감정을 조절할 줄 아는 듯하다. 이차현은, 그가 아내와 딸을 보살피면서 얻은 성정이 아닌가 생각했다.

"어떤가? 한때나마 가슴 속에 연모할 이가 있었다니, 그땐 그래도 행복했지? 나도 우리 김항 선생님을 모실 수 있어서 얼마나 행복한데. 누군가를 사랑하고, 존경하며 사는 것, 이게 진짜 행복이야."

이차현은 천제석이란 청년이 북하의 가슴 속에 얼마나 큰 자리를 차지하고 있었는지 알고 있는 듯하다.

"예, 형님."

북하가 고개를 깊이 끄덕였다.

"여인을 그리는 마음과는 또 다르더라구요. 온 세상을 얻은 듯 뿌듯하고, 함께 있기만 해도 모든 것이 이루어질 듯 희망이 넘쳤더랬습니다."

북하가 하늘을 올려다보며 대답했다. 뿌연 봄 하늘엔 새 몇 마리가 한가로이 날고 있다.

"허허. 자네가 천 선비를 그 정도로 그리는 줄은 몰랐네. 그래, 선생님이 천 선비가 신인이 아니라고 했는데도 굳이 찾아갔다가 실망해서 온 연유는 무엇인가?"

이차현의 물음에 북하는 입을 꾹 다물었다. 조병갑의 하인이 살려달라고 매달리는데 식은땀만 흘리며 서 있던 천제석의 초라한 모습을 굳이 회상하고 싶지 않다. 죽은 시신을 묻기 위해 땅을 파며 눈물을 흘리던 그 심약한 광경도 되새기고 싶지 않다.

"알겠네. 말하기 싫으면 안 해도 되네. 공연히 괴로운 길 물어 자네 심기만 어지럽혔는가 보네."

이차현은 괜찮다는 표시로 북하의 어깨를 툭툭 쳤다.

"내게도 그런 분이 있지 않은가. 한때 나도 그분에게 실망하여 갈등한 적이 있지만 역시 우리 선생님이 최고야."

"김항 선생님이시지요?"

"그렇다네. 나는 평생 선생님이 신인이라고 생각하며 모셔왔네. 그런데 어느 날, 당신은 신인이 아니라시며 다른 신인을 찾으라고 하실 때, 세상이 무너져 내리는 듯했다네. 그뒤 자네하고 신인을 찾으러 다니면서 어느 결에 내 마음은 다시 평화로워졌다네."

"어떻게요?"

북하가 관심 어린 눈으로 물었다.

"신인이 아니어도 좋다. 나는 선생님을 지금 계신 그 모습 그대로 존경한다⋯⋯. 이런 생각이 들더라구."

지금 모습 그대로 존경한다? 북하도 천제석에 대해 그럴 수는 있다. 아니, 지금의 마음이 그러하다. 여리고 착하나 불쌍한 모습 그대로 천제석을 연모하고 있다. 어쩌면, 천제석이 그러하기 때문에 더욱 마음이 끌리는지도 모른다.

그러나 북하는 신장이다. 하늘에서 내려온 신인을 지키는 신장. 그가 지켜야 할 사람은 따로 있다. 그런 북하가 나약한 선비에게 연민 따위나 느끼고 있을 수는 없다. 진짜 신인과 천제석, 나모하린과 황부영, 세상은 참 어렵다.

"이번엔 어느 쪽을 둘러볼까요?"

북하가 일부러 목소리를 높여 이차현에게 물었다.

"지난번에는 숫계룡이 있는 충청도를 돌아보았으니 이번에는 암계룡이 있는 호남 쪽을 돌아볼까?"

숫계룡은 공주 계룡산, 암계룡은 김제 모악산이다. 이차현은 지난번에 신인을 찾으러 나설 때와는 달리 더 기운차게 말했다.

"예, 그러지요."

북하는 보폭을 넓혀 발걸음을 성큼성큼 떼어 놓았다.

두 사람은 이번에는 무주로 길을 잡았다. 일본군의 득세로 관군의 위력이 한결 물러지긴 했지만 그래도 늘 조심해야 한다. 관의 수배를 받는 인물로서 얼굴을 꼿꼿이 쳐들고 다니기는 어렵다. 동학혁명 이후 관아 나졸, 포졸들이 동학 주모자들을 잡는다면서 그쪽에 신경을 더 쓰는 덕분에 북하는 그나마 운신할 수 있다.

무주에 이르자 그곳 사람들은 바둑의 고수라고 불리는 사람을 기인으로 천거했다. 그냥 바둑 잘 둔다는 정도라면 만나 볼 것도 없지만 사람들이 하는 말로 그 기사棋士는 '신神과 마주 앉아 바둑을 둔다면 반집만 접어도 될 만한' 사람이라는 것이다. 결국 신도 두렵지 않을 정도로 지혜로운 사람이라는 말이다. 그래서 사람들은 그의 이름을 단주丹朱라고 불렀다. 단주는 요 임금의 아들로, 그로 인해 바둑이 처음 생겨났다는 전설이 내려온다. 즉, 요 임금이 아들 단주의 지혜를 닦아주기 위해 오묘한 술수를 가르쳤는데 그것이 바로 바둑이라는 것이다.

"형님, 제가 그 기사를 상대해 볼까 합니다."

"자네가? 돌 놓는 길이나 제대로 아나?"

이차현이 뜻밖이라는 듯 눈을 둥그렇게 떴다.

"사당패에 있을 때 잡기雜技란 잡기는 다 잡아보았는 걸요. 제게 한번 맡겨 보세요. 정말로 그렇게 잘 둔다면 그 사람이야말로 신인이 아니겠습니까?"

"그것도 그럴듯하긴 하네."

"바둑의 가로세로 줄이 원래 우주의 경위經緯라고 하지 않습니까. 우주를 주재해야 신이라고 하는 거잖습니까?"

"그래서 바둑을 신선들의 오락이라고 하지."

두 사람은 길을 물어 기사 단주를 찾아갔다.

바둑의 고수 단주의 사랑채에는 기객棋客들로 붐볐다. 동학 따위를 아는 사람조차 없다. 단주는 대국對局을 청하는 사람은 누구나 맞이했다. 실력을 따지지도 않고 돈을 받지도 않는다. 그저 자신과 바둑 두기를 원하는 사람은 누구나 받아들였다.

기객들은 그냥 수를 배우기가 뭣한지 저마다 나름대로 성의 표시를 했다. 북하 역시 돈냥을 놓고 자기 차례를 기다렸다. 그 사이에도 기객들은 기사의 바둑에 빠져 시간 가는 줄 모르고 구경했다. 북하와 이차현도 차례가 올 때까지 앞사람들이 두는 바둑을 구경했다.

과연 단주의 수는 무궁무진하다. 한 수 한 수 가는 길이 놀랍다. 국수國手라고 해도 과찬이 아닐 성싶다.

북하는 가만히 바둑기사 단주를 살펴보았다. 나이는 마흔 살쯤, 키는 크지 않지만, 앉아 있는 자세가 차돌멩이처럼 단단해 보인다. 그런데 얼굴에서 표정을 엿볼 수가 없다. 움직임이라고는 없는 깊은 물 같다. 상대방에게 몰릴 때도, 자신이 상대방을 몰고갈 때도 표정이 한결같다. 체體도 용用도 도무지 가늠할 수가 없다.

단주가 재주를 팔아 밥벌이를 하는 술객術客에 불과할 거라고 지레짐작하고 접근한 북하는 그의 묵직한 무게에 압도당하는 기분이 들었다. 바둑 한 판 두어 주고 돈이나 받고, 이따금 내기바둑이나 있으면 돈을 따먹는 정도로만 생각했던 게 잘못이었음을 금세 알 수 있었다.

단주의 실력은 대단했다. 전국 각지에서 모여든 난다, 긴다 하는 대국자들이 아얏 소리 한 번 못하고 번번이 무너졌다.

마침내 북하에게 차례가 왔다.

그가 바둑판 앞에 자리를 잡고 앉자 단주는 손가락 다섯 개를 펴보였다.

"무슨 뜻이신지요?"

북하가 영문을 몰라 묻자, 옆에서 지켜보던 단주의 제자인 듯한 사람이 다섯 점을 선착하라고 알려주었다.

북하는 화점을 찾아 다섯 점을 놓았다.

단주는 북하가 선착한 곳을 찾아다니며 한 수 한 수 응수해 왔다. 북하가 다섯 점을 먼저 놓은 만큼 기사가 공격을 하는 형국이다. 그 기운이 몹시 매섭다. 심장을 송곳으로 후벼 파는 듯하기도 하고, 기껏 쌓아놓은 방죽을 꼬챙이로 쑤셔 구멍을 뚫어 무너뜨리는 기세 같기도 하다.

사십여 수가 흐르자 판세는 단주의 뜻대로 흘러가기 시작했다. 북하의 실력 가지고는 이기기는커녕 대패를 면할 수 없는 지경이 되었다. 아니, 자존심을 지키려면 이쯤에서 "졌소." 하고 일어나면 딱 알맞을 판이다.

"반상盤床이 곧 삼라만상이라더니 그 말이 맞는군요. 기사님 손길이 한 번 스칠 때마다 달도 뜨고 별도 뜨네요."

착지할 곳을 찾지 못한 북하가 탄식처럼 내뱉었다. 잘못 두면 자충수가 되니 차라리 돌을 거두니만 못하다.

"눈을 한 번 부릅뜨면 폭풍이 일고 우레가 꽈르릉 치면서 천지가 벌떡 일어나지. 적진이 아무리 튼튼하다 해도 돌 몇 개가 결사대로 들어앉으면 금세 자중지란이 일어나고, 머지않아 성채가 궤멸된다네."

북하의 말에 단주가 점잖게 응수했다. 얼굴은 변함없이 무표정하다.

"불쌍한 백성들은 저 죽는 길이 어딘지도 모르고 전봉준이를 따라가고, 불나방은 불길 속으로 몸을 던진다더니, 김개남이 불쌍하고, 나 역시 그 형국이구려."

북하는 항복하기 전에 한 마디 던졌다. 단주는 묵묵히 턱을 들어 다음 대국자를 부를 뿐이다.

"어떻던가? 그 기사, 대단하지 않던가?"

북하가 졌다는 뜻으로 돌을 내려놓고 나오자, 기다리던 이차현이 물었다.

"모르겠소, 형님. 난 바둑에 져서 약오르다는 생각밖에 안 나오."

단주의 가차 없는 공격에 꼼짝없이 당하고 난 북하가 아직도 분해서 씩씩거리며 대답했다.

"단주가 자네하고 바둑 두는 걸 유심히 지켜보니, 깊은 물처럼 끄떡도 않는 게 예사 사람이 아닌 것 같네. 더구나 바둑판의 구조는 《주역》의 이치와 상통하고, 자네 말대로 바둑판이 삼라만상이네. 그 삼라만상을 자유자재로 움직이니, 그 사람이 바로 신인이 아니고 누구겠는가? 그런 생각 안했나?"

흥분한 이차현은 주막에 돌아오자마자 곧바로 김항에게 편지를 썼다. 신인감을 만났다는 내용이다.

북하는 이차현처럼 마음이 움직이지는 않았다. 그 바둑기사가 실력이 대단하고 묵직한 사람인 것은 알겠으나, 신인은 아니라는 생각이 든다. 바둑판을 움직이는 솜씨로 비유하자면, 높은 지략을 갖고 적진 깊숙이 뚫고 들어가 적을 궤멸시키는 능력은 대단하다. 그렇지만, 그는 지혜와 용맹을 겸비한 장수이지, 장차 이 세상을 바꿀 신인은 아닌 듯싶다.

북하는 스승 석전에게 따로 서신을 올리지 않았다. 마음에 딱 이 사람이 신인이다 싶지 않으니 굳이 편지를 보낼 필요가 없다고 생각했다.

이차현은 바둑기사 단주에 대한 기대가 컸다. 김항에게 서신을 올린 뒤로는 그를 산방으로 모셔오라는 지시가 내려오기를 손꼽아 기다렸다.

북하는 다른 데 마음이 가 있었다. 초파일이 다가오니 가슴이 떨린다. 초파일이 되면 나모하린이 모악산 금산사에 아들을 보러 나타날 것이라는 부영의 말을 북하는 잊지 않고 있다.

초파일을 이틀 앞둔 날, 북하는 이차현에게 어렵게 입을 떼었다. 북하는 나모하린과 얽힌 사연을 이야기한 뒤, 사흘간 말미를 얻었다. 무주에서 전주 아래 김제의 모악산 금산사까지 가는 길은 험한 산길이다. 발 빠른 북하라 해도 가는 데 하루, 오는 데도 하루는 넉넉히 잡아야 한다. 그리고 초파일 하루는 나모하린을 기다려야 하므로 사흘이 꼬박 걸리는 거리다.

"어쩐지, 그래서 자네가 혼자 있을 때면 그렇게 쓸쓸해 보였구먼. 아이 참, 부인하고 뜻 맞춰 잘 사는가 했더니."

북하의 사연을 듣고 난 이차현은 고개를 끄덕이며 노자까지 두둑히 내주었다.

이차현은 주막에서 김항으로부터 소식을 기다리며 신인을 더 탐문하기로 하고 북하는 될 수 있는 대로 빠른 걸음으로 금산사를 다녀오기로 했다.

금산사는 큰 절답게 초파일 신도로 붐볐다. 전주 양반가의 마님네는 거의 다 온 듯, 비단옷에 하인 두서넛씩 거느린 부인들이 떼를 지어 찾아와 연등을 달기도 하고, 법당 안 부처님께 절을 올리기도 했다. 조선조 이래 남정네들은 불교를 찍어 누르고 공자 맹자만 찾는 성리학 광신에 호응해 부처를 멀리하지만, 부인네들은 그런 남편들의 출세며 영화를 막상 부처에게 빌었다.

북하는 절의 일주문이 한눈에 보이는 곳에 자리를 잡고, 오가는 부인네를 눈여겨보았다. 전주 황 진사의 부인부터 찾기로 했다. 나모하린은 어차피 자신의 모습을 드러내지 않으려 애쓸 것이므로 차라리 황 진사 부인을 뒤쫓는 게 더 쉬울 것으로 계산했다.

기다린 보람이 있어 과연 정오가 가까워오자 황 진사 부인이 젊은 하인 다섯과 계집종 둘을 거느리고 나타났다. 하인들은 등에 쌀 한 섬씩을 짊어지고, 계집종 가운데 나이 든 아낙은 머리에 큰 광주리를 이고, 어린 처녀는 아이를 등에 업었다. 지난번에 북하가 본 바로 그 계집종이다.

"영재야, 이제 절에 다 왔다. 내려서 걸어 올라가거라."

일주문에 다다르자, 황 진사 부인이 계집종의 등에 업혀 있던 사내아이한테 말했다. 나모하린의 아이다.

"예, 어머니."

사내아이는 공손히 대답하며 계집종의 등에서 내려섰다. 두 해 전에 북하가 처음 보았을 때는 뒤뚱거리며 간신히 걸음마를 하던 이이가 이제는 제법 꼿꼿해져서 걸음을 노막노막 떼어 놓는다.

"아이구, 보살님 오셨군요."

일주문 안쪽에서 서성이던 젊은 중이 일주문 안으로 들어서는 황 진사 부인을 보더니 허리를 깊이 굽히며 합장을 한다.

"예. 큰스님께서는 무고하신지요?"

황 진사 부인은 기품 어린 태도로 합장을 했다.

"예. 동학 난리에도 별 탈 없이 지나갔습니다. 이게 다 보살님 덕분이지요."

젊은 중은 황 진사 부인보다 몇 발 앞서서 종종걸음으로 걸어갔다.

북하는 황 진사 부인 일행이 눈치채지 못하게 초립을 눌러쓰고 조심조심 뒤따랐다.

"저 왔다고 큰스님께 여쭈어 주세요. 부처님께 먼저 예배드리고 찾아뵙겠습니다."

황 진사 부인이 법당으로 올라가자, 쌀을 지고 온 하인 다섯과 광주리를 이고 온 하녀는 젊은 중을 따라 법당 뒤쪽에 있는 조실로 올라갔다. 사내아이와 아이를 업고 온 계집종만 부인을 따라 법당으로 들어갔다.

"영재야, 너도 부처님께 절을 올리려무나."

"예, 어머님."

황 진사 부인이 양반가 부인답게 묵직하게 내리깐 목소리로 말하자, 아이는 어린애답지 않게 절도 있게 대답하고는 두 손을 앞으로 모았다.

"마음을 비우고 네가 쌓은 모든 공덕을 중생에게 회향하고, 그

공덕으로 모든 사람이 성불하기를 기원하며 절을 올려야 하느니라."

"예. 그러겠습니다. 어머님."

황 진사 부인이 어린아이로서는 알아듣기 어려운 말을 했지만, 아이는 공손히 대답하고는 불상을 향해 섰다. 그러고는 절을 하기 시작했다.

모자 간에 나이 차이가 많이 난다는 것 말고는 전혀 어색할 것 없는 광경이다. 뼈대 있는 가문에서 제대로 교육시킨 전형적인 양반 도령을 보는 듯하다. 아이에게 생모가 따로 있고, 그 생모를 억지로 내쫓은 여인이 친모 노릇을 하고 있다는 것은 조금도 눈치채기 어려울 정도로 자연스럽다.

"자, 이제 큰스님을 찾아뵙자."

예불이 끝나자, 황 진사 부인과 아이는 법당에서 나와 조실을 향해 올라갔다. 뒤에선 계집종이 두 사람 뒤를 그림자처럼 따랐다.

북하가 세 사람을 따르다 보니, 쌀을 짊어지고 간 하인들과 하녀가 내려오고 있었다. 쌀과 음식을 운반해 놓고 점심 공양을 하러 요사채로 가는 중인 듯하다.

북하는 그들을 내려오는 길에 비켜섰다가 조실이 한눈에 내려다보이는 삼성각으로 올라갔다.

황 진사 부인과 아이가 인기척을 내자, 조실이 열리면서 조금 전에 그들을 안내하던 젊은 중이 나왔다.

"큰스님께서 기다리고 계십니다."

황 진사 부인은 젊은 중의 안내를 받으며 아이를 데리고 방으로 들어섰다. 계집종은 방에 들어가지 못하고 툇마루에 걸터앉았다.

북하는 삼성각 계단에 걸터앉아 그들의 움직임을 주시하며 주변의 사람들도 빠짐없이 살폈다. 나모하린이 아들을 만나러 왔다면 분명 모습을 드러낼 만한 때다.

절에는 신도가 엄청나게 많았다. 다들 가난하면 가난한 대로, 부자는 부자대로 깨끗하게 옷을 차려입고 모여들었다. 황 진사 부인처럼 하인들 등에 공양미를 가득 지고 온 사람이 있는가 하면, 보리 한 말을 겨우 마련해 머리에 이고 온 아낙도 있다.

가슴에 품고 온 소원만은 다들 엄청나게 큰지, 법당에서 부처님에게 비는 것만으로는 모자라 일주문을 들어서면서부터 빌기 시작하여, 극락전에 가서 지장보살께도 빌고, 나한전을 찾아 나한들에게도 빌고, 명부전 앞에서 돌아가신 귀신들에게도 빌고, 삼성각에 올라가 산신에게도 빌었다. 일 년치 소원풀이를 초파일 하루에 다 해 주십사고 손이 닳도록 빌고, 무릎이 닳도록 절을 했다. 연등에 촛불을 켜면서도 두 손을 싹싹 비빈다.

북하가 오가는 사람들을 살피고 있을 때, 행자승 둘이 커다란 교자상을 들고 조실로 들어가는 게 보였다. 얼핏 보아도 고기로 만든 음식은 없는 듯하지만, 갖가지 산나물 무침, 튀김과 부침개, 유과와 과일 등 여느 부잣집 잔칫상 못지않은 진수성찬이다. 절에서 보아 귀한 신도임에 틀림없을 황 진사 부인을 접대하기 위해 일반 신도들과 다르게 특별히 차린 상인 듯하다.

상이 들어가고도 한참이나 지난 뒤에야 황 진사 부인과 아이가 밖으로 나왔다. 큰스님으로 보이는 노승도 문 밖으로 나와 합장을 하며 두 사람을 배웅했다.

"큰스님, 가을걷이가 끝나면 햅쌀 한 수레 보내겠습니다."

황 진사 부인은 큰스님에게 인사를 하고 돌아섰다.

부인이 하인과 계집종을 거느리고 절 마당을 지날 때였다. 다 해진 옷을 입은 거지 여인이 일행의 앞을 가로막았다. 이 여인은 꾀죄죄한 얼굴에 머리는 산발을 하고, 등에는 갓난 것으로 보이는 어린애를 업고 있었다. 어린애 역시 구질구질한 얼굴로 침을 질질 흘리며 잠을 자고 있었다.

"마님, 한 푼만 적선해 주세요."

거지 여인은 가늘고 쉰 목소리로 황 진사 부인 앞에 머리를 조아렸다.

"아니, 더러운 거지가 감히 뉘 앞을 가로막아?"

뒤따르던 하인들이 앞으로 달려나가 거지 여인을 밀쳐버렸다. 거지 여인은 맥없이 그 자리에 풀썩 쓰러졌다. 그러자마자 등에 업혀 곤히 자던 아기가 깨어 자지러지게 울어대기 시작했다. 그런데도 여인은 포기하지 않고 달려들었다.

"한 푼만 주십시오. 도련님."

거지 여인은 우는 아기는 아랑곳하지 않고 무릎걸음으로 황 진사의 아들 영재에게 다가가 매달렸다.

"귀하신 도련님, 불쌍한 거지 모녀에게 한 푼만 적선하세요."

어린 영재는 거지 여인을 측은한 눈빛으로 바라보았다.

"아니, 이 발칙한 것이!"

하인들은 주인 도령에게 달려든 거지 여인을 아이들이 돼지불 알을 차듯 발로 뻥 찼다. 여인은 옆으로 벌렁 나자빠졌다. 그와 함께 잠시 울음이 잦아들었던 여인의 아기는 다시 빽빽거리며 울기 시작했다.

"그러지 마."

어린 영재가 하인들을 무서운 눈초리로 노려보았다. 그러고는 주머니에서 무엇인가를 주춤주춤 꺼내며 쓰러져 있는 여인에게 다가갔다.

"이거라도 먹어."

영재가 준 것은 조실 상에 올랐던 유과다. 나중에 집에 가서 먹겠다며 챙겨둔 것이다.

거지 여인은 영재가 준 유과를 두 손으로 받아들었다.

"고맙습니다, 도련님. 귀하신 도련님. 도련님 같은 분은 복 받으실 거예요. 부디 훌륭히 자라 행복하세요."

거지 여인은 머리를 땅에 대고 말했다.

"잘했다, 영재야. 지나가는 거지도 모두 어린 백성이니 네 식솔처럼 어여삐 여겨야 하느니라."

황 진사 부인은 영재를 칭찬하며 동전 몇 닢을 꺼내들더니 여인에게 던져 주었다.

"고맙습니다, 마님."

거지 여인은 땅에 이마를 댄 채 계속 중얼거렸다.

북하는 신경을 곤두세우고 황 진사 부인 일행을 뒤따랐다. 어디선가 나모하린이 접근하려 할지도 모른다는 사실에 북하는 황 진사 부인 일행은 물론 주변에 오가는 사람의 면면도 빠짐없이 살폈다.

금산사 안에서는 그들에게 접근하는 사람이 없었다. 그들은 점심마저 일반 신도들과 따로 먹어서 특별히 접촉한 사람이라곤 젊은 중과 노스님, 그리고 행자승밖에 없었다.

북하는 황 진사 부인 일행이 전주 집에 다다르도록 뒤를 밟았다. 역시 길에서도 그들에게 접근하는 사람은 아무도 없었다. 나모하린은커녕 비슷한 사람도 없었다.

실망하여 돌아서던 북하는 아차 하며 자신의 머리를 쳤다. 거지 여인이 생각났다.

'그 거지가 혹시 나모하린이 아닐까? 이, 이런!'

북하는 고개를 흔들었다. 몸집은 비슷하지만, 목소리가 전혀 아니다. 가마솥을 긁는 듯 쉰 그 목소리는 봄 하늘을 나는 종달새 같던 나모하린의 목소리는 정녕 아니다. 게다가 아기를 업고 있는 것도 그렇다. 나모하린에게 또 아기가 있다는 것은 상상이 가질 않는다.

'하지만…….'

아무리 거지라지만 얼굴 전체를 가릴 정도로 산발을 한 머리, 일부러 숯검댕이라도 칠한 듯 꾀죄죄하던 얼굴이 북하의 머릿속에 떠올랐다. 상대방이 자신을 알아보지 못하게 하려고 일부러 그런 것인지도 모른다.

'맞아. 그 거지가 나모하린이야.'

북하는 거지 여인이 황 진사의 아들 앞에 무릎걸음으로 다가가 한동안 뚫어져라 들여다보던 광경이 생각났다. 황 진사 부인 앞에 느닷없이 나타나 하인들이 밀쳐 휘청거리면서도 영재 쪽으로 넘어졌다.

'일부러 그랬구나.'

여기까지 생각이 미치자, 북하는 황급히 방향을 돌려 미친 듯이 금산사 쪽으로 달려갔다.

절에 이르고 보니 이미 때는 늦었다. 북하가 몇 시간을 숨도 쉬지 않고 달려갔건만, 절 마당에는 신도들이 거의 없고, 중들만 마당을 쓸고, 한편으로 저녁 공양 준비를 하느라 바삐 움직이고 있었다.

북하는 절 곳곳을 샅샅이 뒤지며 돌아다녔다. 어디에서도 나모하린의 흔적은 찾을 수 없었다.

허탈하고 야속하다. 다시 내년 초파일을 기다릴 생각을 하니 아득하고 막막하다.

벌써 해가 서쪽 산으로 넘어가고 있다. 엷은 구름 위에 엷은 노을이 서서히 번져나간다. 허망하다.

북하는 금산사 숲길을 밟아 내려오며 소리없이 눈물을 흘렸다. 나모하린을 바로 앞에 두고도 알아보지 못한 자신의 어리석음이 한스럽다. 진짜로 거지가 되어 떠돌고 있을지도 모를 나모하린이 가여워 미칠 것만 같다. 제 아들을 앞에 두고 아는 척도 하지 못한 채 거지 행세를 할 수밖에 없는 나모하린의 모정이 쓰라리다.

북하는 밤새 길을 걸었다. 그렇게라도 해야 가슴 속 허전함이 메워질 것 같다. 길을 가다가 쉬면 허망함이 밀려와 그 자리에서 부스러질 것만 같다.

"으흐흐."

북하는 주체할 수 없이 흐르는 눈물을 훔치며 하염없이 밤길을 걷고 또 걸었다. 마침 서녘으로 기운 초승달빛이 어슴푸레 비추어서 북하는 어렵지 않게 밤길을 갈 수 있었다.

북하가 너털걸음으로 이차현이 기다리고 있는 무주의 주막집에 돌아왔을 때는 해가 막 떠올랐을 아침이었다. 부엌에서는 주모와 중노미^{주막에서 주모의 시중을 드는 남자아이}가 부지런히 아침 준비를 하고 있었다. 주모는 가마솥에 쌀을 씻어 안치고 중노미는 아궁이에 불을 지폈다.

북하와 이차현이 쓰고 있는 객방 앞에는 짚신 한 켤레가 가지런히 놓여 있다. 이차현이 아직 일어나지 않은 모양이다.

"형님, 저 돌아왔습니다."

북하는 밖에서 인기척을 내고 방문을 열고 안으로 들어섰다.

누군가 후다닥 자리에서 일어나 뒷문고리를 잡고 밖으로 내뺄 자세를 갖추었다.

"아아, 걱정 말게. 내 아우일세."

아랫목에 앉아 있던 이차현이 뒷문으로 도망치려던 사내를 불러세웠다.

"이 사람은?"

짚신 한 켤레가 밖에 놓여 있는 걸 보고 방안에 이차현 혼자 있으려니 하고 들어왔던 북하 역시 사내 못지않게 놀랐다.

"아이구, 선비님이셨군요. 저는 또……."

사내는 북하로서도 안면이 있는 보부상 최 서방이다.

최 서방은 누구에게 쫓기기라도 하는 사람마냥 잔뜩 긴장한 자세로 자리에 앉았다. 손에 짚신을 들고 있는 품이 여차 하면 들고 뛸 태세다.

"무슨 일입니까?"

심상치 않은 낌새를 눈치챈 북하가 자리에 앉지도 않은 채 이차현에게 물었다.

"우선 앉게나. 당장 무슨 큰일이 나진 않을 테니……."

이차현이 침착하게 두 사람을 진정시켰다.

"얼마 전 바둑 도인을 만나고 온 다음 바로 김항 선생님께 편지를 써서 이 사람 편으로 보내지 않았나? 그게 문제가 생겼다네."

최 서방은 보부상 노릇을 하면서 서찰을 전해 주는 일을 겸하고 있었다. 다른 보부상도 서신 운반을 하지만, 최 서방과 조금 다르다. 다른 보부상들은 자신들이 본래 가려던 목적지나 경유지와 방향이 맞을 때만 서신을 배달하지만, 최 서방은 이와 반대로 서신 목적지에 맞추어 길을 잡는 사람이다. 그러니까 서신 배달이 주업이고 가는 길에 물건을 파는 것은 부업인 셈이다.

그런 만큼 서신 배달의 신뢰가 높다. 자신이 맡은 서신은 반드시 원하는 시간에 전해 주기로 인근에 소문이 나 있다. 그래서 이차현도 최 서방을 따로 불러 김항에게 가는 편지를 부탁한 것이다.

그런데 서신 배달에 차질이 빚어졌다. 차질 정도가 아니라 아예 서신 자체를 잃어버리고 만 것이다.

최 서방이 무주에서 연산으로 향하던 중, 금산을 지나 대둔산 기슭으로 난 지름길을 걷고 있을 때였다. 사내 둘이 갑자기 나타나 최 서방에게 칼을 들이댔다.

"갖고 있는 것을 다 내놓아라."

최 서방도 몸이 빠르고 힘깨나 쓰는지라 웬만한 사내 둘은 단숨에 해치울 수 있는 능력이 있었다. 그러나 날이 시퍼렇게 선 장검을 보는 순간, 그리고 사내들의 매서운 눈초리를 보는 순간 오금이 졸아들어 꼼짝도 하지 못했다.

"달라는 것 다 드릴 테니 제발 목숨만 살려 주십시오."

최 서방은 등에 신 봇짐을 사내들 앞으로 툭 던졌다. 그러면서도 속으로는 이차현이 준 서찰을 속바지 주머니에 따로 넣기를 천

만다행이라고 안심했다.

사내 가운데 하나가 최 서방의 봇짐을 열십자로 내리긋더니 물건을 샅샅이 뒤졌다. 그러고는 덜덜 떨고 있는 최 서방을 향해 소리쳤다.

"여기엔 없다. 저놈 몸을 뒤져라."

최 서방은 순간적으로 두 사내가 노리는 것이 이차현의 편지라는 것을 알아차렸다. 봇짐 안에는 인삼·화장품·향료 등 큰돈이 될 만한 귀한 물건이 잔뜩 들어 있는데, 그걸 마다한다는 것은 뭔가 다른 것을 찾고 있다는 뜻이다. 최 서방이 지닌 뭔가 다른 것은 이차현의 편지밖에는 없다.

서신을 정확하고 빠르게 배달하는 것을 긍지로 삼아온 최 서방으로서는 서신을 빼앗긴다는 것은 있을 수 없는 일이다. 돈과 물건은 다 빼앗겨도 괜찮지만 서신만큼은 빼앗길 수 없다는 절박한 심정이 들었다. 한번 신뢰를 잃으면 다시는 서신을 배달하기 어렵다.

"이건 안 된다, 이놈들아."

최 서방은 몸을 돌려 냅다 도망치기 시작했다.

"저놈 잡아라."

사내 둘은 죽을힘을 다해 도망치는 최 서방을 쫓기 시작했다.

산길을 얼만큼 달렸을까.

보부상으로 단련된 최 서방의 튼튼한 다리도 더 이상 버티지 못할 지경에 이르렀다. 무엇보다 숨이 가빠서 한 발짝도 더 떼놓을 수가 없다.

최 서방은 산등성이에서 나무등걸을 붙잡고 서서 숨을 몰아쉬었다. 그러자 바로 뒤에서 최 서방을 쫓던 두 사내가 곧바로 최 서방을 따라잡더니 멱살을 틀어쥐었다.

"이 좁은 조선 땅에서 뛰어야 벼룩이지."

사내들도 숨을 몰아쉬었지만, 최 서방처럼 지치지는 않은 듯했다. 사내 하나는 여전히 최 서방의 멱살을 잡아 꼼짝도 못하게 하고, 다른 사내는 최 서방의 몸을 뒤져 속주머니에 있던 이차현의 편지를 찾아내었다.

"됐다. 이거다."

편지를 찾은 사내가 신이 나서 소리치자, 멱살을 쥐었던 사내는 최 서방을 내려놓았다. 그러고는 공을 차듯 최 서방의 엉덩이를 힘껏 걷어찼다.

"으아아."

최 서방의 몸은 산기슭 쪽으로 마구 굴러 내려갔다. 이윽고 커다란 바위에 뒷머리가 쾅 부딪치면서 최 서방은 의식을 잃고 말았다.

"죽었어."

시간이 얼마나 흘렀는지, 최 서방이 어렴풋이 의식이 들 무렵, 사내 가운데 하나가 최 서방의 눈꺼풀을 까보더니 그렇게 중얼거렸다. 최 서방은 의식이 돌아온 기척을 내지 않았다. 그랬다가는 정말로 칼에 맞아 죽을 판국이었다.

"피를 많이 흘렸네. 산짐승들이 모처럼 포식하겠군."

두 사내는 만족한 표정으로 손을 탈탈 털고는 그 자리를 떠났다.

"이게 그날 입은 상처입니다."

최 서방이 머리를 깊이 숙여 뒤통수를 북하와 이차현에게 보여주었다. 뒤통수에 주먹만한 혹이 불쑥 튀어나오고, 그 위로는 피와 머리털이 엉겨붙었다.

"의원 말이, 바위에 머리를 부딪칠 때 피가 안 났으면 정말 죽었을 거랍니다."

최 서방은 자신이 서신을 빼앗기지 않으려고 얼마나 노력했는가 알아달라는 듯 열심히 당시 정황을 설명했다.

"아니, 이 사람. 고지식하긴. 그까짓 편지 내주고 말지, 귀한 목숨과 바꾸려 했단 말인가?"

이차현은 최 서방을 짐짓 나무라면서도 안타까운 눈으로 바라보았다. 과장이야 있겠지만, 편지 하나에 목숨까지 걸 만큼 약속을 소중히 여기는 최 서방이 대단하다는 눈길이다.

"헌데, 대체 그 편지에 무슨 내용이 들어 있기에 그 녀석들이 사람 목숨까지 해치려 하면서 빼앗은 겁니까?"

"나도 그게 제일 이상하다네. 김항 선생님께 그저 안부 서신을 올린 것뿐인데 말일세."

이차현은 고개를 갸우뚱거렸다. 북하도 일이 뭔가 심상치 않게 돌아간다는 생각이 들었다. 물론, 이차현의 말과 달리 편지는 단순한 안부 편지가 아니다. 북하와 이차현이 바둑 도인 단주를 만난 내용을 쓴 것이다. 편지 말미에는 그가 신인일지도 모르니 속히 답신을 달라는 이차현의 의견도 달았다. 하지만, 그렇다고 해서 그 편지가 살인을 불러올 만큼 엄청난 내용을 담았다고는 볼 수가 없다.

"서신을 다시 써주시지요. 이번에는 틀림없이 전달해 드리겠습니다."

"그랬다가 또다시 자네 목숨이 위험하면 어쩌려고?"

이차현이 걱정스런 얼굴로 최 서방을 바라보았다.

"걱정 마십시오. 이번에는 선비님을 몰래 찾아와서 아무도 눈치채지 못할 겁니다. 그래서 이렇게 신발까지 들고 방으로 들어온 것 아니겠습니까?"

최 서방은 자신이 찾아왔다는 걸 아무도 알아채지 못하게 짚신을 방안으로 들여 놓았다. 그러고도 여차하면 뒷문으로 들고 튈 요량이다.

"그렇다면 다행일세. 그나저나 자네가 살아난 것을 녀석들이 알면 가만두지 않을 텐데?"

"그래서 이번 서신만 전해 드리고 몇 해 먼 고장으로 떠나가 있을까 합니다. 그러면 녀석들도 저를 잊겠지요."

최 서방은 이차현의 편지를 건네 주기로 한 약속을 마지막으로 지키기 위해 위험을 무릅쓰고 일부러 찾아온 것이었다.

이차현은 그 자리에서 먹을 갈아 서신을 다시 썼다. 지난번과 같은 내용에다, 편지를 전해 주러 가던 보부상이 도적을 만나 편지를 빼앗겼다는 말과 선생님도 몸 조심하시라는 내용을 추가했다.

"그럼, 저는 이만 가겠습니다."

최 서방은 이차현이 다시 적어 준 서찰을 품속에 고이 간직하며 일어섰다. 등에는 봇짐도 없이 짚신만 몇 켤레 매달았다.

"이건⋯⋯."

이차현이 심부름값을 주기 위해 엽전을 꺼내자 최 서방은 손사래를 쳤다.

"돈은 지난번에 받은 것으로 됐습니다."

"그래도 일을 두 번씩이나 맡기는데⋯⋯."

"제 불찰로 서신을 잃어버렸으니 마땅히 돈을 받아서는 안 됩지요. 이번 일을 용서해 주신 것만으로도 저는 감지덕지입니다. 저도 제 업을 지켜야 합니다."

최 서방은 머리를 조아리고는 자리에서 일어섰다.

"조심하게."

이차현은 못내 안심이 안 되는 듯 도둑고양이마냥 뒷문으로 살금살금 빠져나가는 최 서방의 등 뒤에 걱정어린 시선을 던졌다.

"형님, 저도 잠시 다녀올 데가 있습니다."

그때까지 가만히 앉아서 사태가 돌아가는 모양을 지켜보던 북하도 벌떡 일어섰다.

"아니, 돌아오자마자 어딜 간다는 건가? 아침이라도 먹고 가지 그러는가?"

이차현이 놀라서 물었다.

"급히 가볼 데가 있습니다. 하루는 족히 걸릴 일이니 이 주막에 그대로 머물러 계십시오."

북하가 밖으로 나와 보니 최 서방은 벌써 어디론가 가고 없다. 그렇지만, 그가 가는 곳이 연산에 있는 김항의 산방이므로 가는 길은 뻔하다. 무주에서 서북쪽으로 길을 잡아 금산을 지나 연산으로 향할 것이다. 금산에서 연산까지는 길이 여러 갈래지만, 무주에서 금산으로 가는 지름길은 외길이므로 쉽게 따라잡을 수 있다.

"주모, 나 주먹밥 좀 빨리 만들어 주시오."

부엌의 가마솥에서는 벌써 김이 나면서 밥 냄새가 솔솔 피어올랐다. 밤새 길을 걸어온 북하는 시장기가 돌아 밥부터 챙겼다.

"밥이 아직 뜸이 덜 들었는데요?"

북하는 설익은 밥이라도 괜찮다며 주모를 채근했다.

주모는 마지못해 하면서 밥솥을 열었다. 그리고는 뜨끈뜨끈 김이 오르고 있는 밥을 퍼서 주먹밥을 만들어 주었다.

북하는 주모가 만들어 준 주먹밥 세 덩이를 봇짐에 넣고 얼른 주막을 빠져나왔다.

북하가 뛰다시피 마을을 빠져나와 동구 밖 산기슭을 돌 즈음, 길 멀리 앞쪽에 최 서방이 걸어가는 게 보였다. 북하의 발걸음이 워낙 빠른데도 최 서방의 발걸음 또한 북하 못지않게 빨라 북하는 잠시도 쉬지 않고 뒤를 따라갔다.

정오가 가까워질 때쯤 최 서방은 무주 산길을 벗어나 금산에 도착했다. 최 서방은 금산 주막에 들러 국밥으로 허기를 때우더니 물 한 모금을 마시고는 또다시 길을 갔다. 주막 밖 담장 곁에 서서 주먹밥을 씹으며 최 서방의 동태를 살피던 북하도 부지런히 최 서방의 뒤를 따랐다.

북하가 최 서방을 뒤따르는 이유는 세 가지다. 하나는 무슨 이유에서인지 모르나 최 서방이 편지를 빼돌리고 다친 척 자작극을 꾸몄을지도 모른다는 의심이 들었다. 그렇다면 이번 편지를 어떻게 처리하는지 뒤를 밟아 보면 그 진실을 밝힐 수 있을 것이라고 생각했다. 두 번째 이유는 최 서방과 편지를 지켜주기 위해서다. 지난번처럼 누군가가 나타나서 편지를 가로채려 하면 편지는 물론 최 서방의 목숨도 위태롭다. 세 번째 이유는, 편지를 빼앗으려는 자가 누군지를 알아내고 싶다. 최 서방을 뒤따르다 보면 이 세 가지 목표를 모두 이루거나 적어도 첫 번째 이유만이라도 풀 수 있을 것 같았다.

저녁 밥 때가 되어서야 최 서방은 연산에 도착했다. 다른 사람 같으면 하루 만에 도착하기 어려운 먼 길이지만, 최 서방과 그 뒤를 좇는 북하의 발걸음이 워낙 빨라 그 시각에 도착한 것이다.

최 서방은 연산 주막거리에 있는 오동나뭇집에 들어가 저녁밥을 청해 먹었다. 목적지에 가까이 다다른 때문인지 최 서방은 점심때하고는 달리 밥을 천천히 먹었다.

북하도 조금 떨어진 곳에 자리를 잡고 앉아 국만 한 그릇 시켰다. 북하는 따뜻한 국물에 아침에 무주 주막집에서 싸준 주먹밥을 말아 한 술 먹었다. 점심때는 설익어서 서걱서걱하던 밥을 따뜻한 국물에 말아 먹으니 부드럽게 풀려 제법 맛이 난다.

밥을 다 먹고 난 최 서방은 막걸리까지 한 사발 부탁해 마시고는 자리에서 일어났다. 점심때도 저녁때도, 길을 걸으면서도 최 서방은 아무하고도 만나지 않고 누구하고도 말을 나누지 않았다. 지금까지만으로는 최 서방이 무슨 이유인가로 자작극을 꾸몄을지도 모른다는 북하의 첫 번째 의심은 풀린 셈이다.

최 서방은 산방이 있는 향적산으로 향했다. 벌써 어둠이 깔리고 있다. 향적산은 그리 높지 않은 야산이라 길만 어둡지 않으면 밤길도 걸을 만하다. 북하는 앞서가는 최 서방이 눈치채지 못하도록 멀찌감치서 뒤를 따랐다.

최 서방이 향적산방에 다다랐을 때 학인들은 이미 저녁을 먹고 휴식에 들어간 시각이었다.

"뉘시오?"

향적산방에 다다른 최 서방이 인기척을 내자 방문이 열리면서 누군가 빠끔히 내다보았다.

"김항 선생님께 드릴 서찰을 가져왔습니다만……."

학인들 가운데 두 사람이 밖으로 나왔다.

"선생님께선 지금 국사봉에 올라가 계시오."

"서찰을 내게 대신 주시오. 선생님께서 내려오시면 전해 드리겠소."

최 서방에게 말을 건네는 학인은 뜻밖에도 영덕 출신의 선비, 신대평과 민부안이다. 지난번에는 동학 군영에서 만났는데, 산방에 있는 걸 보니 다시 입문한 모양이다.

뒤에서 몰래 숨어 보고 있던 북하는 두 사람을 보고는 반가운 나머지 뛰어나가기라도 하고 싶은 심정이었다. 그럴 만도 한 것이, 두 선비가 동학 군영에서 위기에 빠진 천제석과 자신을 빼돌린 것 때문에 혹 다치지는 않았나 내내 마음이 무거웠다. 두 선비가 무사한 걸 보고 나니 북하는 큰 짐을 하나 벗어놓은 기분이다.

"안 됩니다. 제가 직접 전해드리겠습니다."

최 서방은 서찰을 맡기라는 두 선비의 배려를 거절했다. 그러고는 두 선비가 안내해 준 별채 마루에 걸터앉아 김항이 내려오기를 기다렸다.

한 시간이 지난 다음에야 김항은 산에서 내려왔다. 그러고는 최 서방이 건네주는 이차현의 서찰을 받아 마당에 선 채로 읽어 보았다.

서찰을 읽는 김항의 태도에는 별 동요가 없다. 예사 안부 편지를 보듯 무심한 표정이다.

"답신을 주시면 제가 후딱 전해 주겠습니다."

김항은 고개를 가로저었다.

"지금은 달리 전할 말이 없네."

김항은 퉁명스레 대답을 하고는 방으로 들어갔다. 최 서방은 김항의 등에 대고 꾸벅 절을 하고는 뒤돌아섰다.

벌써 밤이 이슥하다.

졸음이 밀려온다. 북하는 간밤에 한잠도 자지 못하고 전주에서 무주까지 밤길을 걸은 데다 오늘 역시 한숨도 눈을 붙이지 못하고 길을 걸어온지라 몸이 노곤한 게 천근만근 무겁다.

최 서방을 뒤따를 필요가 없어진 북하는 최 서방이 산방을 내려와 마을 주막에 드는 걸 보고는 길을 갈라섰다.

북하는 무심결에 부영과 물한이 사는 음절리로 향하고 있었다. 몰래 찾아온지라 산방에서 묵을 수도 없고, 다른 사람의 눈에 띌까 염려되어 주막에서 묵기도 껄끄럽다.

어린 시절부터 일정한 거처가 없던 북하다. 사당패 어머니와 아버지를 따라 구름처럼 바람처럼 떠돌며 살았다. 그런 자신에게 어쩌다 맺은 인연이나마 부부처럼 연을 맺어 살아가는 여인이 있고, 또 돌아갈 집이 있다는 게 새삼 신기하다.

"아니, 언제 돌아오셨어요?"

꽃님이와 함께 잠이 들었던 부영이 놀라서 깼다.

"물한 아저씨 말로는 몇 년 걸릴지도 모른다던데……."

부영은 느닷없이 나타난 북하를 보며 꿈인가 생시인가 싶은지 눈에서 잠을 털어냈다.

"쉿, 잠시 들른 것이오. 내가 다녀갔다는 말은 아무한테도 하지 마시오."

부영은 더 이상 묻지 않고, 요를 깔고 이불을 폈다.

"불을 덜 땠더니 윗방은 방바닥이 차요. 여기서 함께 주무세요."

　북하는 부영이 펴준 이불 속으로 들어갔다. 그러고는 눈을 붙이기 무섭게 잠에 빠져 들어갔다. 나모하린을 찾아 금산사에 갔던 일도, 최 서방을 뒤따라 향적산방에 다녀온 일도 먼 과거의 일처럼 아득하다.

　북하는 아늑하고 깊은 잠에 푹 잠겼다.

시회(詩會)

북하와 이차현이 신인을 찾아 무주에 머물고 있을 때, 북하가 한때 신인으로 생각하며 호위했던 천제석은 겨울잠을 자는 짐승마냥 고향땅에 틀어박혀 지냈다. 동학군을 따라다니다 돌아온 이래 너무도 많은 일을 겪은 천제석은 그 충격에서 쉽게 벗어나지 못하고 아직도 괴로워하는 중이다. 삶과 죽음의 경계가 바로 눈앞에서 펼쳐지는데도 자신이 할 수 있는 일은 아무것도 없었다. 그 무기력감이 밀려들면서 천제석은 밥도 제대로 못 먹고 글을 들여다볼 기운도 내지 못한 채 나날을 보냈다. 북하를 만난 인연조차 아득히 잊은 채 천제석은 자신의 내면 속으로 깊이 숨듯이 빠져들었다.

그러던 어느 날.

천제석은 모처럼 문밖으로 나와 들길을 서성거렸다.

시루봉 꼭대기에서부터 피어 내려오는 흐드러진 진달래꽃 붉은 핏빛을 보니 가슴이 더 저린다. 사흘 전 교수형을 당한 전봉준과 동학군 두령들의 넋이 한 조각 붉은 마음으로 산을 타고 내려오는 듯하다.

지난 갑오년 한 해 동안 참으로 많은 사람들이 죽고 또 많은 사람이 태어났다. 죽은 사람들의 넋이 핏빛 진달래로 피어 산꼭대기에서부터 땅으로 내려오고, 새로 난 사람들의 넋인 양 개나리는 산자락 낮은 개울둑에서부터 피어나 와글와글 높은 산을 향해 달린다.

전봉준을 취조한 사람은 조선의 관리가 아닌 일본 공사원 스기무라라고 했다. 괴이한 일이다. 나주에서 한양으로 압송되는 동안 경비를 맡은 것도 조선 관군이 아니라 일본군이었다고 한다. 그것도 괴이한 일이다. 전봉준은 그 사실을 더 치욕스러워했다고 한다. 마침내 일본의 야욕이 하나둘 성취되어 가는 게 천제석의 눈에도 보인다.

"형님, 무슨 생각을 그리 골똘히 하고 계십니까?"

동생이다.

"올 진달래 꽃빛은 유난히도 서럽구나."

천제석이 진달래꽃에서 눈길을 떼지 못하고 대답했다.

"또 동학을 생각했지요? 형님 혼자 그런다고 막을 수 있는 일이 아니었잖아요? 상심하지 마세요. 너무 큰 것만 생각하지 마시고 이제 식구 생각도 하시고, 집안도 좀 돌아보세요."

천제석은 서늘한 눈빛을 시루봉 위에 걸쳤다.

"형님은 동학이 실패할 걸 미리 알고 계셨으면서 뭘 그렇게 아쉬워하세요? 형님 주장대로 수많은 동학군이 도망쳐 나와 목숨을 부지했잖아요? 처음 삼례역에 모인 동학군이 11만 명인데, 공주 우금치까지 간 것은 겨우 1만 명이었다잖아요? 거기서 살아남은 게 5백 명이라고는 하지만 실은 대부분 도망쳤대요. 일단 10만 명이 돌아왔잖아요? 형님 뜻대로 인명 손실을 많이 줄였잖습니까? 뭘 안타까워해요?"

동생은 아깝게 목숨을 잃은 동학군 때문에 가슴 아파하는 형을 위로하려 애썼다.

"난 동학을 막으려 한 게 아니야. 다만 예상되는 실패를 알려주고 다른 방법을 모색해 보고 싶었을 뿐이지. 그런데 인명이 너무 많이 다쳤어. 더 중요한 건 기를 꺾었다는 거지. 우리 조선 백성들은 장차 십 년은 아무것도 못할 만큼 기가 죽었어. 작든 크든 실패해서는 안 되는 건데 동학 수뇌들은 그걸 모른 거야. 호랑이 같은 맹수가 하찮은 토끼 사냥에도 온힘을 기울이는 이치를 몰랐던 거야."

천제석의 입에서 탄식이 저절로 흘러나왔다.

"다른 방법이 없었잖아요?"

"내가 아쉬워하는 것이 바로 그 점이다. 일본이 끼어든 다음부터는 다른 방법을 찾을 수가 없어. 우리 땅에서 우리끼리 옳은 건 옳은 대로 그른 건 그른 대로 가려야 했는데 말이야. 결국 그러기 위해 일어난 동학을 하필 일본군이 찍어눌렀다니, 통탄할 노릇이로구나. 저 바닷가 군산에는 왜놈들이 자주 나타난다더라."

천제석은 고개를 떨구면서 시큰해진 눈두덩을 슬쩍 비볐다.

"나는 이 세상 주인이라도 되는 양 우쭐했는데, 막상 죽은 사람 목숨 하나 살리지 못하는 바보였구나. 이런 능력으로 감히 하늘을 바라보고 살 수 있겠느냐? 부끄럽구나."

"그러면 한 사람 힘으로 무얼 어떻게 합니까? 형님 혼자 자책하실 일이 아닙니다. 우리 식구 먹고 사는 것도 힘든데 어떻게 나라까지 걱정해요?"

동생은 은근히 형이 나라나 백성같이 너무 큰 걱정을 하기보다, 집안 살림이 어떻게 돌아가는지 관심을 갖는 현실적인 사람이 되었으면 하는 바람을 실어 말했다.

"내 세상에서 일어난 비극인데 내가 슬퍼하지 않으면 누가 슬퍼하겠느냐? 이건 다 내 책임이다. 이 세상이 슬프면 내가 슬프고, 이 세상이 아프면 내가 아프다."

천제석의 눈에는 어느 결에 눈물이 맺혔다.

"아이구 참, 형님도. 아무리 우리 형님이라지만 가끔 이해가 안 갈 때가 많다니까요. 당장 집안에 보리가 떨어지고 조카들 옷 사줄 돈도 없는데, 세상은 무슨 얼어죽을 세상입니까. 형님이 이 세상의 주인이라도 되십니까. 국왕조차 손놓고 있는데?"

결국 동생은 다시 한 번 제 가슴을 치고 말았다. 제석이 하는 말이 늘상 땅을 밟지 않고 구름 속을 나는 사람의 말 같으니, 집안 살림을 맡고 있는 동생으로서는 답답하기만 하다.

"형님, 그러지 말고 바람 쐬러 두승산이나 갔다오세요. 그러면 마음을 툭툭 털어내고 다른 데 관심을 가질 수 있을 겁니다."

동생은 크게 절망하고 있는 형이 안타까워 나들이를 다녀오라고 권했다.

"두승산에 뭐가 있는데?"

천제석은 그렇지 않아도 동학이 끝난 뒤의 세상 형편을 살피러 한번 나서 볼 참이었다.

"모레 큰 시회詩會가 열린대요. 동학군을 진압한 기념으로 여는 시회라나 뭐라나. 한가한 양반놀음이라고 욕이나 안 먹을지 원."

천제석은 잠시 망설였다. 지난 번 작은 시회에 다녀오다가 못볼 걸 본 뒤로 얼마나 시름했던가.

더구나 동학군을 진압한 기념 시회라니, 역시 양반 유생들이라서 동학군을 적대시하는 모양이다. 주권이야 누가 갖든 계속해서 권세만 가질 수 있다면 일본이든 청나라든 상관없다는 축들이다. 하긴 조선조 5백 년 동안 제 나라 조선보다 중국을 더 섬겨 온 선비들이니 그럴 만도 하다. 그 버릇이 도져 또다시 일본이 들어와 행패를 부려도 놈들한테 적당히 붙어 부귀영화를 도모할지도 모른다. 동학군의 배후를 친 것은 바로 양반들이었다. 이들이 돈을 대어 모집한 의병으로 도리어 동학군의 뒤를 쳤다. 죽어간 농민들만 억울할 뿐이다.

"고부뿐 아니라 원근 유림이 모두 모이는 아주 큰 시회라고 합니다. 유명한 선비들을 만나볼 겸 가보세요. 세상인심이 어떻게 돌아가는지도 알 수 있겠지요."

"동학을 진압한 기념으로 모이는 자리라니 영 마음에 안 드는구나. 그렇지만 이런 세상도 있으면 저런 세상도 있는 법이지. 그래, 한번 가보지 뭐."

천제석도 이제는 그만 동학의 서러운 패배감에서 벗어나고 싶다. 두승산에 가보면 뭔가 새로운 변화의 계기를 찾을지도 모른다고 생각하면서 천제석은 꺼진 마음을 다독거렸다.

두승산 가는 길의 개나리는 끝물이었다. 노란 꽃은 다 지고 팽팽하게 물오른 가지마다 연녹색 이파리가 비죽비죽 고개를 내밀었다. 바람에 실려 오는 흙냄새도 분명 봄다운 상긋한 향기다.

봄빛에 흠뻑 싸인 회장會場 모춘정 옆으로는 산꼭대기에서부터 흘러내려오는 맑은 물줄기가 쾌청한 소리를 내며 떨어져 내렸다. 산으로 올라가는 길에는 비단옷을 맵시있게 차려입은 선비 몇이 술과 먹을거리를 들린 종들을 앞세워 걸음을 재촉하고, 산 아래에서 올려다보이는 정자에도 일찌감치 온 선비들이 모여 웅성거렸다. 동학군이 일어날 때는 코빼기도 보이지 않던 유림들이 어디에 숨어 있다가 나타났는지 정말 많이도 모여들었다.

천제석은 잠시 길옆 큰 바위에 기대 가쁜 숨을 고른 후 다시 발걸음을 옮겼다. 산에선 시절 모르는 새들이 요란스럽게 지저귀었다.

시회는 해가 중천에 올라선 뒤에야 시작되었다. 얼핏 보아도 예순 명은 족히 될 것 같은 많은 선비들이 지필묵을 펼쳐놓고 시상을 가다듬었다. 그동안 정자 아래 개울가에서는 선비들을 따라온 가마꾼이며 머슴들이 모여 투전을 하기도 하고 힘겨루기를 하면서 상전들의 놀이가 끝나기를 기다렸다.

"어이, 자네 차례야."

"알았어. 정신 좀 가다듬고……."

천제석은 이들의 말소리며 웃음소리에 귀를 기울였다. 윗사람 기세에 눌려 허리 한 번 제대로 펴지 못하는 사람들이지만, 그래도 조선 사람이라고 어수선한 시국을 의식해서인지 기운있게 떠들지는 못한다.

어쨌거나 봄꽃이며 물오른 나뭇가지와 이파리로 화려한 두승산은 시회에 참석한 사람들로 북적거렸다. 다른 세상은 꺼질 듯한데 이 세상은 아무렇지도 않다.

천제석은 시를 지을 마음이 생기지 않았다. 음풍농월이라니, 가당치 않은 시국이다.

천제석은 개울을 차지하고 노는 머슴들을 하염없이 바라보았다. 동학당에 머슴이며 노비들이 많이 참여하여 목숨을 잃은 사람이 많다. 주인들이 달아난 노비를 잡으러 전쟁터까지 쫓아간 경우도 있었다. 그러고 보면 여기 모인 사람들은 동학당에 나갔다가 도망쳐 온 사람들이거나, 아니면 처음부터 나가지 않은 사람들이다.

안 나갔다고 해서 이들을 나무랄 수는 없다. 나라가 이들에게 해 준 게 없고, 양반들조차 이들을 아랫것이라고 천시하며 부려먹기만 했지 사람으로 알아준 적이 없다.

천제석도 머슴이나 하인들처럼 어서 시회가 끝나기만을 기다렸다.

두세 시간이 지나자 시회가 파하면서 장원도 뽑고 상도 주고 떠들썩한 행사가 마무리되었다. 그런 뒤 선비들은 삼삼오오 흩어져 시국을 얘기하거나 머슴들이 싸들고 온 술과 음식을 가져다가 술자리를 폈다.

천제석도 그중 낯이 익은 한 무리 속으로 끼어 앉았다. 시사時事나 들어볼 요량이다.

술잔이 한 순배 돌고 나자 눈 주위가 발그레하게 물든 선비가 천제석을 반갑게 맞았다.

"아, 제석이었군. 그렇지 않아도 소식이 궁금했어."

정읍 박 부호 집 둘째아들인 박정규다. 천제석이 아홉 살 나던 해 잠시 그 집에 들어가 사숙할 때 함께 공부를 한 죽마고우다.

"댁내 무고하신가? 춘부장은 여전하신지 모르겠네?"

천제석도 반가운 얼굴로 인사를 받았다.

"물론 염려 덕택에 동학 난리에도 잘 견디셨다네. 아버님께서는 지금도 자네 얘기를 하며 소식을 묻곤 하시지. 큰일을 할 인물이라고 칭찬이 대단하시거든."

"고마우신 말씀이긴 하지만 먹고 살기도 힘든 처지인걸. 찾아뵙고 인사도 여쭈어야 할 텐데 형편이 안돼 돌아다닐 새가 없네."

박정규의 아버지 박우진은 정읍 최고의 부자로 말 그대로 만석꾼 지주인 데다가 정읍 장을 한 손아귀에 쥐고 있을 만큼 장사에도 밝은 사람이다. 거기에 장리長利, 곡식을 일 년간 꾸어 주고 이자를 받는 일. 이자는 대부분 빌려준 곡식의 절반도 겸하고 있어 근동에서 박 부자의 도움을 받지 않은 사람이 없을 정도다.

그러니까 천제석이 아홉 살 나던 해.

그의 아버지 천문회는 박 부호에게 빌려쓴 돈 4백 냥 때문에 고민했다. 벼슬도 없고 돈도 없어 그야말로 상민과 다를 바 없는 허울뿐인 양반. 몇 두럭 짓던 농사마저 거듭되는 흉년으로 소출이 없자 평소 안면이 있던 박 부호를 찾아가 돈을 빌려 급한 대로 입에 풀칠하듯 견뎠다.

약속한 원금 상환 날짜는 다가오는데 아무리 애를 써도 갚을 돈을 구할 길이 없었다. 농사 소출로는 어림없고, 온 식구가 나서서 품을 팔아도 마련할 수 없는 큰돈이었다. 그 때문에 집안 분위기가 침울해지자 어린 천제석이 사정을 물었다.

"아버님, 갚아야 할 돈이 얼마나 되는데요?"

"어른들 일이니 넌 알 것 없다. 그저 공부나 열심히 해라. 이 지긋지긋한 가난을 벗어나려면 과거에 급제하는 길밖에 다른 도리가 없다."

"저도 이 집 식구인걸요. 또 빌린 돈도 다 자식들을 위해 쓰셨을 테니 저도 함께 걱정해야지요."

천제석은 날 때부터 다른 아이들과는 다른 데가 있었다. 성장하면서도 가족을 놀라게 하는 기이한 일을 자주했다. 하늘 '천' 따 '지' 두 자를 배운 뒤에 공부를 그만하겠다고 떼를 써서 어른들을 놀라게 하더니, 그 뒤 아버지가 사정사정해서 서당에 계속 다닌 천제석은 늘 동네에 얘깃거리를 만들고 다녔다. 주위에서 신동이라는 말이 주저 없이 나올 정도로 하는 일마다 보통이 아니었다. 그런 영명함을 어른들은 장차 과거에 급제하여 한 자리할 것이라는 뻔한 기대로 여길 뿐이었다. 천제석이 가슴 속에 어떤 뜻을 품고 있는지는 아무도 알지 못했다.

"우리가 진 빚이 얼만데요? 갚을 수 있는 돈은 얼마나 되고요?"

천제석이 재차 묻자 아버지는 결국 아들의 궁금증을 풀어 주기로 했다.

"갚아야 할 돈은 4백 냥인데, 구하느라고 구해도 갚을 돈은 5십 냥밖에 안 되는구나."

숫제 말이 안 된다. 부자父子는 말없이 마주 바라보았다. 어색한 침묵 속에서 아버지가 먼저 쓰디쓴 잎담배를 장죽에 재웠다.

천제석은 작은 머리로 뭔가 한참 궁리하더니 이윽고 입을 열었다.

"그 돈 5십 냥이라도 주세요. 제가 박 부자를 만나 보겠습니다."

"무슨 소리냐? 어린 네가 박 부자를 만나서 뭘 어쩌겠다는 얘기냐? 턱없는 짓하지 마라."

"저한테 좋은 생각이 있습니다."

아버지는 연거푸 담배연기를 빨아 삼키며 허공으로 흩어지는 담배연기에 눈길을 주었다.

"이건 애들이 나설 일이 아니다. 어줍잖게 처신했다간 애들 내세워 돈 떼먹을 수작을 벌인다고 욕만 더 먹을 게다."

아버지는 놋쇠재떨이에 큰 소리가 나도록 담뱃재를 털었다. 결국 허락을 받지 못한 천제석은 달리 방도를 마련하기로 했다.

돈 많은 부호나 벼슬아치 출신들이 식객을 거느리면서 지역 유지로 행세하는 건 조선조의 한 풍속이다. 정읍 부호 박우진의 집에도 항상 식객들로 붐볐다. 만석지기에 장리업까지 하는 부호지만 이재理財를 타고난 인생과는 달리 박우진의 성품은 학문을 좋아하고 남의 어려움도 함께 나누는 마음까지 있었다. 돈이 넘쳐서 그렇다기보다 일찍이 학문을 하지 못한 한 때문이었다. 박우진 자신은 돈 버느라 바빠 막상 학문을 깊이 닦을 새가 없지만, 집안에는 항상 가난한 선비 식객들로 줄을 이었다.

박우진은 집안 사랑채를 식객들에 내놓을 만큼 공부하겠다는 선비들은 끔찍이 후원했다. 박우진은 하루 종일 장사와 셈에 몰두하다가도 일이 끝나면 사랑채로 건너가 식객들과 어울리며 시사를 얘기하는 걸 큰 즐거움으로 여겼다. 이러한 주인의 희망대로 사랑채는 항상 선비들이 글 읽는 소리며 토론하는 소리로 생동감이 돌았다.

"돈 세는 소리도 좋지만 글 읽는 소리는 더 괜찮단 말이야."

박우진은 절간에서 올리는 염불 소리처럼 하루 종일 글 읽는 소리가 이어져야만 재수財數가 뻗친다고 우스개로 말하곤 했다.

그러던 어느 날, 박우진은 사랑채에서 앳되고 낭랑한 목소리가 흘러나오는 것을 들었다. 여태껏 들어 보지 못한 목소리다.

호기심이 당긴 박우진은 목소리를 따라 사랑채로 나가보았다.

"어서 오시지요."

좌장으로 있는 늙은 선비가 박우진을 맞았다. 식객들이 많다 보니 질서를 지키고 위계도 세울 겸 식객들의 출입을 맡아 보는 사람이다.

"누가 새로 오셨나?"

"저기 저 어린 학동입니다, 나으리. 어린 나이에 예사롭지 않은 실력이군요. 장차 큰 선비로 클 재목입니다."

좌장이 가리키는 곳을 보니 과연 어린아이가 하나 앉아 있었다. 행색은 여느 상민처럼 초라하고 궁색하지만, 앉아 있는 자세와 눈빛, 목소리는 여느 아이들하고 다른 구석이 있다.

"그래, 우리 아기 선비님의 춘추는 몇이신가?"

박우진은 아이 앞으로 다가앉으면서 살갑게 물었다.

"신미생辛未生으로 올해 아홉 살입니다."

"그 어린 나이에 어찌 그런 문자를 다 아시는고? 어느 선생님한 테서 배우셨는가?"

"그저 어깨너머로 배웠습니다."

"어깨너머로 배웠다? 어허."

박우진은 혀를 찼다. 동갑내기인 둘째아들 정규는 《동몽선습》 조차 걸음마하듯 더듬거리고 있는 정도인데, 이 아이는 사서삼경 은 물론이고 경 외의 다른 공부까지 하고 있질 않은가.

"그래, 열심히 공부하시게. 어서 자라서 이 나라의 대들보가 되 어야지. 우리 집에서 부디 큰 인물 좀 났으면 좋겠네."

박우진과 천제석은 그렇게 첫 대면을 했다.

그로부터 며칠이 지났다. 그 사이에도 천제석은 어른들 틈에 끼어서 글을 읽으며 지냈다. 글을 아는 선비들이 많으니 모르는 글자가 나와도 묻기가 수월하고, 세 끼 꼬박꼬박 밥을 얻어먹을 수 있어서 무엇보다 좋았다.

그러는 가운데 박우진이 매달 한 차례씩 식객들을 상대로 주 최하는 시회가 열리게 되었다. 박우진의 집에 붙어사는 식객들은 꼭 참석하여 기량을 가려야 한다. 박우진은 이 자리에서 장원한 사람에게 특별히 큰 상을 내리고, 시회가 끝난 후엔 큰 잔치를 열 어 주었다. 그러다보니 식객들은 모두 이 시회를 손꼽아 기다렸다.

시회날이 되자 박우진네 집에서는 사랑채 앞마당에 멍석을 깔 고 차일을 치고 갖은 음식을 만드는 등 잔치 준비를 했다.

마침내 시제詩題가 내걸리자 선비들은 먹을 갈면서 시상을 가다듬고 먹물을 듬뿍 찍어 글을 써내려갔다.

시간이 되어 모두 작품을 내자 나이 많은 선비들이 사랑방에 모여 심사를 했다.

심사가 끝나자 이윽고 박우진이 사랑채 대청에 나와 섰다.

"오늘은 특별히 장원 한 사람에 차석도 한 사람을 뽑았네. 두 사람의 실력이 엇비슷하여 우열을 가리기 힘들었네. 두 사람한테 모두 상을 내리고 싶은 마음이 간절하여 오늘은 다 상을 내리고자 하니 그리들 알게."

선비들이 웅성거리며 결과 발표에 귀를 기울였다.

"장원에는 김제에서 오신 이장헌 선비!"

선비들은 모두 예상했다는 듯 고개를 끄덕였다. 평소 문장이 좋기로 다 인정하는 사람이기 때문이다.

장원한 선비는 박우진에게 나가 푸짐한 상을 받고 들어왔다. 그러자 선비들은 이제 차석으로 뽑힌 선비가 누구일까 촉각을 세웠다.

"차석에는…… 고부에서 오신 아기 선비 천제석!"

발표가 되자 선비들은 모두 상상 이외의 결과에 입을 다물지 못했다.

"이야! 아홉 살짜리 제석이가 차석이라네."

"신동이야, 신동!"

선비들이 저마다 한 마디씩 감탄사를 내뱉었다.

"아기 선비는 앞으로 나오시게."

박우진이 천제석을 불러냈다.

천제석은 선비들의 눈길을 한몸에 받으면서 박우진 앞으로 걸어 나갔다.

"시격詩格은 참으로 절묘했으나 나이가 모자라 장원을 드리지 못했으니 섭섭히 생각 말게. 이해하시겠는가, 아기 선비님?"

박우진이 함박웃음을 머금은 얼굴로 천제석에게 말했다.

"아닙니다. 부끄럽습니다."

천제석은 두 손을 모으고 대답했다.

"차석의 경우가 없기 때문에 미리 준비한 상이 없어 이거 민망하군. 대신 원하는 게 따로 있다면 무엇인지 말해 보게나. 내가 한 가지는 꼭 들어줌세."

천제석은 그제야 진작부터 가슴에 품어 온 말을 꺼냈다.

"그러시면 청을 하나 들어주십시오."

"무엇인가? 어서 말해 보게. 한 가지는 들어주지."

박우진이 여전히 미소 띤 얼굴로 천제석을 바라보았다. 아홉 살짜리가 원해 봤자 별 거 있으랴 싶은 표정이다. 식객들도 모두 어린아이가 어떤 선물을 원할지 호기심에 귀를 기울였다.

"저희 아버지가 나으리께 진 빚이 좀 있는데 아무리 발버둥쳐도 기한 내에 갚을 요량이 없습니다. 얼마간 말미를 더 주신다면 꼭 갚도록 하겠습니다."

"부친의 빚이라니? 그대 부친의 함자는 어찌 되시는가?"

"'문' 자 '회' 자를 쓰십니다."

"오, 그분의 자제였던가? 내 미처 몰라보았구나. 훌륭한 아드님을 두셨구먼. 네 아버지 천문회가 부럽도다."

"송구스럽습니다."

천제석은 부끄러운지 고개를 들지 못했다.

"그래, 부친의 빚이 얼마나 되는지 혹 아는가?"

"예, 4백 냥으로 알고 있습니다. 그런데 그동안 모은 돈은 5십 냥뿐인 줄 압니다. 나머지는 말미를 주신다면 온 가족이 허리띠를 졸라매고 일을 하여 갚을 요량이 있겠습니다."

순간 박우진의 얼굴에 오른 미소가 슬며시 가셨다. 말하는 게 아홉 살 어린아이가 아니다. 참으로 당돌하다.

"그래 부친이 진 빚이라면 부친이 오셔서 해결해야 될 것이 아닌가? 어찌 어린 선비가 그런 소리를 하시는가?"

"송구스런 말씀이나, 아버지가 빚을 진 것은 오로지 자식들 때문이었습니다. 아무리 철없고 어린 자식이지만 아버지가 어렵게 마련한 돈인 줄 어찌 몰랐겠습니까? 아버지는 제가 이 댁에 드는 걸 몹시 나무라셨지만 제가 무엇이라도 하여 말미를 구한다면 조금이라도 도움이 될까 하여 감히 식객으로 나서게 된 것입니다."

박우진은 어쩔 줄 몰라 크게 놀라는 얼굴이 되었다. 어린아이 입에서 나올 말들이 아니다.

박우진은 잠시 말문을 닫고, 웅성거리던 식객들도 숨을 죽이고는 두 사람을 지켜보았다.

"허 참, 난감하군."

이윽고 생각을 가다듬은 박우진이 입을 열었다.

"집사는 천문회 차용증을 찾아 이리 가져오게나."

잠시 뒤에 집사가 차용증을 찾아 가져다가 건넸다. 박우진은 차용증을 들여다보더니 식객들이 보는 앞에서 쭉 찢어 날려버렸다.

"이제 자네 집에서 내게 진 빚은 한 푼도 없네."

그러고는 천제석의 머리를 쓰다듬으며 새로운 제안을 걸었다.

"나도 부탁 하나 하고 싶은데 어떤가? 한 가지는 들어줄 수 있겠지?"

"말씀만 하십시오, 나으리."

천제석은 공손히 대답했다.

"이 집에 계속 머물면서 내 아들과 함께 공부해 주었으면 하네. 그게 내 부탁이네."

박우진은 아직도 철모르는 둘째아들 정규를 천제석과 함께 나란히 앉아 공부시키고 싶었다.

천제석은 고개를 숙여 고마움을 표시했다. 어린아이답지 않게 대견하다.

박우진은 대청에서 내려와 천제석의 손을 이끌고 멍석 안으로 들어섰다. 긴장했던 잔치판이 활기를 되찾았다. 그제야 모두가 즐겁게 잔치를 즐겼다. 그때 그렇게 만난 친구가 바로 박정규다.

"여기 이 친구가 고부에서 온 천제석 선비라네. 나하고는 한 일 년 간 함께 공부했는데 감히 내가 이 사람의 발치도 못 따라갈 정도로 공부가 높고 깊었지. 친구가 아니라 내 스승이었다니깐."

"쑥스럽게 어릴 적 일을 아직까지 기억하다니?"

박정규는 풍성한 입담으로 무거운 분위기를 띄우는 재주를 지 녔다. 천제석은 박정규의 그런 너스레가 싫지는 않다. 박정규의 호 탕한 성격 덕분에 천제석은 이내 어색함 없이 그 자리에 어울려 들었다.

"그나저나 전봉준을 비롯한 동학의 주장^{主將}들이 처형당한 모 양이던데?"

이야기는 자연스럽게 동학으로 흘러갔다.

"전봉준은 공주 우금치 싸움에서 패한 뒤 백양사로 쫓겨갔다 가 순창 피노리에 사는 옛 부하 김경천의 집에 숨어 있었다는군. 경천이란 놈은 동학이 성할 때는 전봉준의 충성스런 부하였는데, 아, 동학이 몰락하자 현상금 몇 푼에 장군을 팔아먹고 말았다지 뭔가. 누구 꾀임에 넘어갔다는 말도 있고."

"저런! 동학 잡아먹는 귀신이 따로 있었군. 바로 돈 아닌가."

다른 선비들의 말에 박정규가 무릎을 탁 쳤다.

"그날 새벽 전봉준이 뭔가 낌새를 채고 담을 뛰어넘어 피하려 는 순간 어디서 나타났는지 모를 장정들이 달려들어 몽둥이로 마 구 팼다더군. 결국 전봉준은 크게 얻어맞고 다리가 부러져 잡히고 말았다는 게야. 다 돈 때문이지."

"불세출의 영웅이라더니, 영웅이 맞은 최후치고는 너무 비참하구면."

선비들은 동학 얘기를 마치 남의 나라 이야기하듯 한다.

"전봉준을 취조한 건 스기무라인지 뭔지 하는 왜놈이었다는군. 놈이 일본에 협조하면 살려 주겠다고 꾀었는데도 그에 맞서 봉기의 뜻을 당당히 설명했다는군."

"사형 집행이 다가오자 어두운 골방에서 목 졸라 죽이지 말고 한낮 큰길에서 목을 베어 백성들이 보는 앞에서 피를 뿌려 달라고 요구했다는 말도 있어. 하지만 소원은 이루지 못했지. 하도 고문을 당해 걸음을 걷지 못하자 옥리가 안아서 데려다가 교수형을 집행했다는군."

선비들이 동학 이야기를 하는 동안 천제석은 말없이 술잔만 비웠다.

"김개남도 밀고로 잡혔다지? 청주 싸움에서 대패하고 태인의 매부집에 숨어 있다가 체포당했다는군."

김개남이라면 태인 접주로, 한때 동학군의 전쟁을 반대하던 천제석을 잡아다 가둔 적이 있는 장수다.

"전봉준을 녹두장군으로 빗댄 파랑새 노래처럼, 김개남이 짚둥우리에 실려 잡혀가는 모습이 하도 처량해 노래가 다 생겼다더군."

"나도 그 노래 들어본 적이 있지. '개남이 개남아 긴개남아 수천군 군사 두고 짚둥우리가 웬말이냐.'"

선비 하나가 백성들 사이에 돌고 있는 노래를 구성지게 불렀다.

"김개남은 전주로 이송되었는데 전라감사 이도재가 그의 명성에 겁을 집어먹고 한양으로 압송도 하지 않고 효수해 버렸다는 거야."

"그 정도가 아닐세. 효수하기 전에 열 손가락 열 발가락에 못질을 해서 죽였다는 소문도 있네. 왜놈보다 조선 관리가 더 무섭다니깐."

말을 전하던 선비는 끔찍하다는 듯 몸을 부르르 떠는 시늉을 했다.

"전라좌도에서 일어난 손화중도 잡혀 죽었는데 참으로 비장한 얘기가 전해오더군."

손화중은 전봉준의 격문을 받고 광주에서 궐기한 동학군 장수다.

"손화중은 홍덕현의 한 재실齋室에 숨어 지냈는데, 거기서 한날 죽기로 맹세한 전봉준과 김개남이 체포당했다는 소식을 들었대. 그때부터 실의에 빠진 손화중은 몰래 밥을 갖다 주던 재실지기를 불러 자신을 고발해달라고 했다는 거야. 어차피 전봉준이 잡혔는데 자기만 남아 어찌 살겠느냐면서, 자기를 팔아 잘 살아달라고 부탁했다네. 재실지기는 손화중의 뜻이 너무 강해 시키는 대로 고발을 했지."

"재실지기는 그 공로로 영광 군수로 제수되는 복록을 얻었다면서?"

선비 하나가 입맛을 쩝 다셨다. 자신에게는 왜 그런 벼슬운이 오지 않느냐는 속마음을 담아서.

"한양으로 압송된 손화중은 자신이 원하던 대로 전봉준과 한날 교수형으로 세상을 떴지. 가는 길이나마 외롭진 않았다네."

"자, 자. 그만두세. 어디 장군들만 죽었겠어. 백성들도 수없이 죽었지 않은가? 피비린내가 여기까지 풍겨오는 듯하이."

천제석처럼 말없이 술잔만 기울이던 백남신이란 선비가 이맛살을 찌푸리며 팔을 내저었다. 그는 천제석이나 박정규보다 열서너 살 위의 나이 지긋한 선비로 전주에서 대를 이어오는 큰 부자다.

"동학에 죽은 백성이 팔도에 걸쳐 자그마치 20만 명이나 된다네. 아니 30만이란 말도 있지. 가담했다고 죽인 건 물론이고 심지어는 머릿수를 채운다며 동학이 뭔지도 모르는 사람들까지 잡아다가 목을 끊어갔다니 그럴 만도 하지. 왜놈들 계획대로 이 땅에서 의병의 씨를 말리려는 모양이지."

얼굴이 발그레할 정도로 술기운이 오른 백남신이 허탈한 목소리로 말했다. 그제야 천제석도 백남신의 말을 이어 입을 열었다.

"그래도 북접 세력은 왜놈들의 토벌이 전라도 일대에만 집중되는 바람에 명맥이나마 유지하고 있다고 합니다. 2대 교주 최시형과 손병희 등이 아직 잡히지 않고 피신중이니 뒷날이나마 도모할 수 있게 되었습니다."

"이 마당에 뒷날은 무슨 뒷날이 있겠는가. 동학을 빌미로 이제 왜놈들 천지가 되었으니 앞날이 걱정이지. 과거도 없어졌다니 왜놈이나 친일파 대신들 말대로 양반도 사라지겠지. 갑오경장인지 뭔지 왜놈들 계책에 따르면 장차 왜놈들의 준동이 끊이질 않을 걸. 깜짝 놀랄 일이건만 어쩔 방법이 없군."

백남신은 술을 한 잔 따라 입에 털어넣으며 한탄했다.

"저, 선비께서는 앞으로 이 나라가 어찌 될 걸로 보시는지요?"

천제석이 여지껏 먹은 술도 모자라다는 듯 술만 퍼마시고 있는 백남신에게 물었다. 그는 허탈하게 한번 웃고는 입을 열었다.

"글쎄. 이제 민씨 세력도 끝난 거나 다름없고, 대원군도 밀려났으니 호랑이 없는 굴이나 다름없지 않겠는가? 주상께서 다시 전면으로 나오시겠지만 그동안 애비와 마누라한테 질질 끌려 다닌 소인배가 이제 와 갑자기 잘할 리는 없고…… 게다가 등 뒤에서는 총칼을 앞세운 왜놈과 친일파가 득세를 하고 있으니 까마득하기만 하이. 이런 세상에서 출세해 봤자 왜놈의 개나 되는 거지 뭐."

좌중의 선비들이 모두 백남신의 다음 말을 기다렸다. 백남신의 얼굴은 시국만큼이나 어둡다.

"임란王亂 이후 가장 치욕적인 수모라네. 임란이야 우리 힘으로 이겨냈으니 망정이지만 이제 동학도 저 지경이 되고 말았으니, 우리 힘으로 그놈들을 몰아낼 방도가 없구려."

"청국中國이나 아라사러시아가 있지 않습니까?"

천제석이 다시 백남신에게 물었다.

"그놈들도 속셈이야 왜놈들과 다를 바 뭐 있겠는가. 그놈들까지 끌어들이면 나라꼴이 더 어수선해질 거네. 내 땅에서 날뛰는 남의 나라 야수들을 제 힘으로 쫓지 못하다니. 이거, 양반이라고 이런 데 모여 술이나 처먹으며 한가하게 구는 것도 큰 죄라네. 큰 죄."

백남신은 술잔을 한 잔 더 따르며 긴 한숨을 내쉬었다.

천제석은 답답한 마음으로 시국에 관해 이야기를 나누다가 저물녘이 되어서야 산길을 내려왔다. 시회에 모인 사람들도 역시 그의 갈증을 해결해 주지는 못했다. 그들도 세상 돌아가는 대로 허겁지겁 쫓아가는 평범한 선비에 지나지 않는다.

산에 올라갈 때보다 더 가슴 속이 답답해져 견디기가 어려웠다. 그래도 한 사람, 백남신 같은 선비를 만난 것으로 실낱같은 희망이 생긴다. 전주 부호의 자제라지만 돈을 내세워 세상을 살아가는 인물은 분명 아닌 것 같다. 그의 속내에도 뭔가 모를 울분이 느껴진다. 그와는 무언가 얘기가 될 것 같다.

터벅터벅 산길을 내려오며 천제석은 이제 무엇을 할 것인가 생각했다. 그저 시회에 모인 사람들처럼 그렇게 입신출세의 길에 몸을 맡기고 백성들이야 어떻게 살든 내 한 몸 잘 되는 길을 가야 할 것인가, 아니면 다시 난리라도 일으켜 세상을 바로잡을 것인가.

천제석은 산모롱이에 잠시 앉아 취기도 다스릴 겸 지친 다리를 쉬었다. 그러다 잔디에 누워 하늘을 올려다보았다. 구름 몇 점 떠 있는 하늘로 노을이 엷게 퍼지고 있다. 천천히 날아가던 텃새 몇 마리가 퍼드더거리며 날갯짓을 재촉한다. 하늘과 구름과 새는 봄을 봄으로 즐기지만, 인간 세상은 오로지 숨 막힐 듯 갑갑하기만

하다.

"여보시오, 젊은 양반."

바람소리인 줄 알았다. 어지러운 천제석의 마음속을 뚫고 누군가가 부른다.

천제석은 고개를 돌려 소리 난 쪽을 바라보았다.

"여기요. 이쪽으로 오시오."

목소리는 길 아래 개울 쪽에서 흘러나오는 것 같다.

'누가 날 부를까?'

천제석은 불안 반 호기심 반으로 길옆 웃자란 풀을 헤치고 개울가로 내려섰다. 개울은 작지만 발원지가 산 깊은 마르지 않은 샘인 듯, 가늘게 흐르는 맑은 물줄기 옆으로 바위마다 푸른 이끼가 더께를 이루었다. 초록색 바위틈으로 흘러내리는 물은 땅속에서 막 솟은 샘물처럼 맑디맑다.

그 가운데 넓적하고 커다란 바위에 노인 한 사람이 앉아 있었다. 상투도 틀지 않은 백발에 머리띠만 두른 차림이다. 옆에는 노인이 벗어두었음직한 삿갓과 지팡이, 망태기가 놓여 있고, 무엇을 싼 것인지 조그만 보퉁이도 눈에 띄었다. 차림새를 보아서는 약초를 캐러 다니는 노인 같다.

"거기 좀 앉으시오. 할 얘기가 있으니."

영문도 모르고 서 있는 천제석에게 노인은 자리부터 권했다.

"저를 아십니까?"

"나는 여기서 그대가 지나가기를 오래전부터 기다리고 있었소.

기다린 지 한 백 년은 된 것 같소. 허허허."

"백 년이나 저를 기다리셨다고요?"

천제석이 의아해하며 물었다.

"그렇고말고. 사실 그대를 기다린 지 꼭 17년이 되었다오."

17년이나 기다렸다는 말은 거꾸로 계산하면 기묘년부터 기다렸다는 뜻이고, 그해는 바로 김항이 《정역》을 발명한 해다.

천제석은 낯선 노인의 이상한 말에 어떻게 대응해야 좋을지 몰라 헛웃음만 지었다.

"무슨 말씀이신지요?"

노인은 어리둥절하다는 천제석을 올려다보며 소리내어 크게 웃더니 거듭 앉으라고 권했다.

"할 말이 좀 있으니 우선 자리에 앉아 보시오. 이 늙은이가 젊은이를 해칠 것도 아니고, 단지 말 몇 마디 해 주려는 것뿐이오."

천제석은 노인에게 준 눈길을 거두지 않고 주춤주춤 바위에 걸터앉았다.

"이게 무언지 알겠소?"

노인은 작은 씨앗 한 개를 주워들고 천제석에게 내보였다.

"너무 작아서 모르겠군요. 무슨 씨앗인가 본데……."

"솔씨요. 이 작은 것이 그 쓰임새에 따라 경복궁 같은 대궐 기둥이 될 수도 있고, 아흔아홉 칸 저택의 대들보가 될 수도 있소. 이 작은 씨앗이 바로 낙락장송落落長松이란 말이오. 낙락장송도 근본은 아주 작은 종자라 이 말이오. 눈에 잘 보이지 않고, 발길에 채여도 모르고, 바람에 날아가도, 물살에 쓸려도 모르는 그런 하찮은 존재처럼 보인다오."

노인은 손에 들고 있던 씨앗을 입으로 훅 불었다.

씨앗은 맥없이 날아가 냇물에 떨어져 물길을 타고 두둥실 흘러내려간다.

"사람도 이와 같소. 동네 골목길을 뛰어노는 코흘리개 어린아이 가운데 정승판서도 있고, 전봉준처럼 세상을 소란케 할 아이도 있소. 사람이 무엇이 될지, 그 싹은 처음부터 타고나는 법이오. 난 그대를 일찍부터 보아 왔소. 아니, 태어나기 전부터 보았다고 말해야 정직하지."

천제석은 노인이 무슨 말을 하고 있는지 잘 알아듣지 못해서 멍하니 바라보기만 했다.

"그대는 나를 잘 모르겠지만, 나는 그대에 관한 일이라면 시시콜콜 뭐든지 알고 있소. 그대의 과거와 현재 그리고 미래까지도. 내가 오늘 그대를 기다리고 있는 까닭은 그대에게 전해 줄 말 한마디가 있기 때문이오."

천제석은 혼란스러워지는 머리를 털어가며 물었다.

"저는 노인장을 뵌 적이 없습니다만 어떻게 저를 알고 계신지요? 다른 사람을 잘못 보신 건 아니신지요?"

노인은 절대로 그럴 리 없다는 듯 손사래를 치면서 머리까지 힘 있게 저었다.

"세상사에는 모두 정해진 이치가 있다오. 비 오고 바람 부는 것은 물론 손톱에 가시 드는 것 하나도 다 까닭이 있지. 나는 그 이치에 따라 움직이는 것뿐이오. 물론 이 모든 것이 그대와 둘이서 함께 짠 것이지만……."

노인의 얼굴에 발그레한 화기가 잔잔하게 번져 오른다. 백발조차 저녁 햇빛을 받아 불그레하게 빛나건만 도무지 모를 소리만 한다.

"동학이 무너진 걸 두고 너무 슬퍼 마오. 슬퍼하기엔 이미 때가 늦은 혁명이었소. 누만년 누천년 곪아온 상처를 째는데 그 정도 아픔이 왜 없겠소? 최제우가 조금만 더 생각을 깊이 했더라면 상황이 이렇게까지는 되지 않았을 텐데……. 허나, 그만큼으로도 하늘의 힘은 보여준 것 아니겠소? 어쨌든 이제 그대가 할 일은 동학에 사로잡혀 슬퍼하는 일이 아니오. 더욱 큰일이 남아 있소."

"소생의 짧은 식견으로는 노인장의 말씀을 알아들을 수가 없습니다."

천제석은 노인의 말대로 오늘 이 노인과 만나는 게 미리 정해져 있는 것이라면 무엇을 위한 만남인지 제대로 알고 싶다. 일단 노인의 말에 귀를 기울여 보기로 했다.

"오래전부터 죽은 하늘을 뒤집어 산 하늘을 만드는 대역사가 천상 저 하늘에서 이루어지고 있소. 내가 그대를 기다리고 있던 까닭이 바로 이 말을 전하기 위해서요. 하늘에서 정한 인물은 다름 아닌 바로 그대요. 그대는 하늘과 땅과 인간을 새롭게 바꿀 신인이오. 무슨 말인지 아시겠소?"

노인의 말에 천제석은 말문을 잃었다. 작년에 북하와 이차현이 자신을 신인이라며 비슷한 말을 할 때도 황당했지만 이번은 그보다 더 충격이 크다. 그것도 상대가 그런 일과는 거리가 멀 것 같은 약초 캐는 노인이기에 더욱 그러하다.

"저같이 가난한 학인에게 하늘이 왜 그런 큰일을 맡기겠습니까? 아마 다른 사람을 저로 잘못 보신 것일 겁니다. 만일 제가 신인이라면 이렇게 오죽잖은 삶을 살겠습니까. 빚지고, 가난하고, 돌아다니며 조롱받고 얻어 터질만큼 무능할 리가 있겠습니까."

"그런 말 하지 마시오. 내가 죽지 못하고 여태 살아 있던 것도 실은 그대를 만나 이 말을 전해 주기 위해서라오. 물론 나도 그대를 찾아내지 못해 그동안 이 사람인가 저 사람인가 수도 없이 많은 사람을 만나고 돌아다녔소. 이제 그대를 만났으니 내 방랑은 끝났소. 나는 해야 할 말을 모두 전했소. 이제 내 임무도 끝났으니 홀가분하게 하늘로 돌아갈 수 있겠구려. 그리고 내가 틈틈이 적어 모은 이 책을 그대에게 남기고 가니 잘 읽어 보시오. 그대가 구하는 해답을 찾을 수 있을 것이오……."

말을 끝낸 노인은 천제석에게 책을 한 권 건네고는 바지를 털면서 일어났다. 노인은 약초가 든 망태기를 짊어진 다음 삿갓과 지팡이를 집어들었다.

"어르신. 아직도 뭐가 뭔지 도무지 영문을 모르겠습니다."

"내가 해 줄 수 있는 말은 다 해 주었소. 나는 너무 오랜 세월 그대만을 기다려왔기 때문에 이젠 많이 지쳤소. 나는 늙고, 이제는 저 하늘에 난 내 길을 가야만 하오. 나머지는 오직 그대에게 달렸소."

"노인장의 말씀이 사실이라면, 절 도와 주셔야 하는 거 아닙니까. 제 곁에 계시면서 뭘 어떻게 해야 할지 일일이 가르쳐 주셔야 하는 거 아닙니까."

"굳이 그렇게 청한다면 나는 이렇게 대답할 수밖에 없소이다. 나 역시 그대가 미리 보낸 사자使者에 불과하다고 말이오. 이 모두가 다 그대가 전날 짜놓은 도수에 따라 움직이는 것일 따름이오. 내 역할은 딱 여기까지. 하늘사자가 따로 있으니 그대를 지켜 줄 것이오. 그러니 이제 그만 나를 놓아 주시오."

노인은 호탕한 웃음을 남기면서 낙엽을 밟고 그 자리를 떠났다.

천제석은 노인이 주고 간 책을 펼쳐보았다. 스무 쪽 정도밖에 안 되는 얇은 책이다. 게다가 책에 쓰인 건 글자가 아니라 이상한 그림이다. 부적 같기도 하고, 물형物形 같기도 하다. 혹은 괘卦 같기도 하다. 스무 쪽을 다 넘겨도 모두가 다 낯설다.

천제석은 노인이 주고 간 책을 가슴에 안고 개울가에 물끄러미 섰다. 천제석의 귀엔 개울물 흐르는 소리 말고는 아무것도 들리지 않는다.

'내가 하늘과 땅과 인간을 새롭게 바꿀 신인이라니……'

엄청난 말을 듣고 난 천제석은 하늘이 무너지고 땅이 꺼지는 듯한 충격을 받았다. 지신이 한낱 수많은 선비 중 한 명에 불과한 줄 알고 지내왔는데 갑자기 노인의 말을 듣고 나니 혼란스럽기만

하다.

그 자신도 이제껏 살아오면서 뭔가 이것이 아니라는 막연한 기대만은 저버린 적이 없지만, 신인이라니.

'으, 추워!'

한기가 돌아 천제석은 몸을 부르르 떨었다.

눈을 떠보니 그새 혼곤히 잠에 들었던 모양이다. 사위는 어둑해지고, 노인은 간 곳이 없다.

취기가 좀 가신 듯 천제석은 머리가 한결 맑다.

'꿈 치고는 별난 꿈이로군. 북하란 청년이 날 신인이라고 하더니 그래서 꾼 꿈이군.'

천제석은 머리를 갸웃거리면서 산길을 내려왔다.

만상(萬象)

　　최 서방의 편지를 받고도 김항은 한동안 답신을 보내오지 않았다.

　　"그것 보세요. 선생님은 그 바둑 도인한테 관심이 없으시다니까요."

　　북하가 아무리 채근을 해도 이차현은 단주에 대한 미련을 쉽게 버리지 않았다. 그가 보기엔 그가 틀림없이 신인이라는 것이다.

　　"선생님이 직접 편지를 받으셨다고 했지? 자네가 분명 봤다고 했잖아?"

　　이차현은 김항헌데서 답신이 오지 않는 게 이해가 가지 않는 듯 북하에게 물었던 말을 묻고 또 물었다.

"그렇다니까요. 최 서방이 편지를 전해 드리자 선생님은 그 자리에서 봉투를 뜯어 읽어 보셨어요. 그리고 답신을 달라는 최 서방에게 이렇게 말씀하셨어요. '지금은 달리 전할 말이 없네.' 딱 그뿐이라니까요."

"지금이란 말씀을 한 걸 보면 분명 나중엔 뭔가 하실 말씀이 있기는 있다는 건데…… 그렇다면 지금쯤은 답신이 오고도 남을 시간이련만……."

북하는 김항의 답신을 기다리느라 뭉그적거리는 이차현의 등을 떼밀다시피 하여 새로운 신인감을 찾아나섰다. 두 사람은 의술과 덕망이 뛰어난 도인으로 소문난 명의^{名醫}를 만나기로 하여 길을 떠났다.

북하와 이차현이 명의가 있다는 함양에 닿은 날은 비가 부슬부슬 내렸다. 두 사람이 함양에 이르러 명의가 살고 있는 한의원을 찾아가는 도중 젊은이 한 사람이 도롱이도 쓰지 않은 채 침통^{鍼筒}을 들고 뛰어가는 게 보였다. 사람들에게 물어보니, 그가 바로 함양에서 제일 유명한 허 의원이라고 했다.

함양 사람들 말을 들어 보니, 허 의원은 귀신같은 솜씨로 각종 병을 감쪽같이 치료한다는 것이었다. 신의^{神醫}라는 소문이 돌 정도로 의술이 뛰어나다고들 입을 모았다. 게다가 가난한 사람한테 서는 약재 값이나 받을 뿐 치료비를 따로 받지 않는단다. 그 대신 부자들한테서는 넉넉하게 치료비를 받아 가난한 사람들을 보살핀다는 것이다.

북하와 이차현이 의원에 가보니 치료를 받으러 온 사람으로 그야말로 발 디딜 틈이 없다. 환자가 워낙 많다 보니 허 의원은 침 몇 대 놓아 주고, 뜸을 뜨고, 종이에 휘휘 갈겨 쓴 처방전을 문하생들에게 내주어 약을 지어 주게 했다.

들리는 말로 허 의원은 혈색血色과 성색聲色, 안색顔色 세 가지만 들여다보고도 어디에 병이 났는지 알아차리고 처방을 한다고 했다. 그것도 그 사람의 머리카락을 몇 개 뽑아 쓰거나 오줌이며 인분, 손톱, 침, 코딱지까지 약으로 쓴다는 것이다. 아무리 어려운 병에 걸린 환자를 보더라도 들에 한 번 나갔다 와서는 금세 약을 짓는데, 허 의원이 뜯어온 것을 보면 귀한 약재가 아니라 논두렁 밭두렁에 흔히 나는 잡초란다. 그 가운데서 환자에게 약이 될 만한 것만 골라 뜯거나 뽑거나 캐 오는 것이다. 한겨울이 되어 산천에 나뭇잎과 풀이 말라 줄기가 없어지고 나면 그 뿌리를 캐다가 약재로 삼아 여름이고 겨울이고 별 어려움을 겪지 않는다 했다.

북하와 이차현은 차례가 되어 허 의원을 직접 얼굴을 마주했다.

"실은 아까 의원께서 빗속에 급히 달려가는 것을 보았지요. 어딜 그렇게 바삐 달려가셨습니까?"

북하가 먼저 점잖게 물었다.

"급한 환자가 있는데, 몸을 움직이지 못하는 분이라 하여 내가 직접 갔지요. 게다가 몸이 너무 허해 아무 시각에나 침을 놓을 수 없어 그분에게 운기가 도는 시각을 맞추느라고 뛰어서 갔습니다.

그 시각을 놓치면 며칠을 더 기다려야 하고, 그러면 소생을 장담할 수 없어서 부랴부랴 달려간 겁니다."

"그래서 그분은 살아나셨소?"

이차현이 호기심에 차서 허 의원에게 바짝 다가앉았다.

"오늘 한 번만 더 가면 쾌차하실 듯하오이다. 그러나 저러나 두 분은 환자가 아닌 듯하구려. 혈색을 보아하니 다들 건강할뿐더러, 이쪽 분은 기운이 충만하여 질병이 침노할 여지가 전혀 없구려. 무슨 일로 오셨소?"

허 의원은 북하를 가리키며 말했다.

"저, 사실 우리는 연산에 있는 향적산방에서 온 사람들인데, 혹 정도령이나 미륵 같은 신인이 계신가 하여 소문을 쫓고 있소이다."

북하가 뒤에 기다리는 사람들을 생각하여 얼른 본론으로 들어갔다.

"나도 그런 소문은 많이 들었는데, 글쎄요. 다 허튼소리 아니겠소?"

허 의원은 북하의 말에 시큰둥하게 답했다.

"실은, 허 의원께서 그 신인이 아닌가 하여 여쭙고자 왔소이다."

"허허허. 나더러 신인이 아니냐고요?"

허 의원은 너털웃음을 짓더니 이내 고개를 가로저었다.

"나는 그런 신인이 될 수는 없을 듯하오. 왜냐하면, 내가 치료해 준 사람들이 다시 찾아오는 경우가 허다하기 때문이오. 한번 다녀가면 다시는 오지 말아야 하는데 오고 또 오고, 일 년에 서너 차례씩 드나들고 있소."

허 의원의 얼굴에 어두운 그늘이 서렸다.

"왜 다시 오게 되는 것이오? 혹시 진료에 무슨 문제라도……?"

북하가 허 의원의 심기를 불편하게 할까봐 조심스런 목소리로 그 까닭을 물었다.

"환자들이 섭생을 그르치기 때문이오. 제대로 먹지를 못해서 병이 자꾸 재발하게 되는 것이오. 사람한테는 먹는 게 제일 좋은 약인데, 여기 오는 환자들은 하루 한 끼도 먹기 힘드니 병이 안 생길 리가 있겠소? 그런 그들에게 내가 하는 치료는 그저 임시방편일 뿐이오."

"그런 병이라면 약으로 고치는 것에 한도가 있겠습니다."

뒤로 떨어져 앉아 있던 이차현이 한 마디 거들었다.

"그렇소이다. 약이나 침은 그저 막힌 것 뚫어 주고 떨어진 걸 붙여 주는 정도에 불과하지요. 결국은 잘 먹어야 하는데 가난한 사람들이 먹을 게 어디 있어야 말이지요. 배나 곯지 않으면 다행인 사람들한테 체질 보아가며 이건 먹고 저건 먹지 마라 할 수도 없으니 가슴 아픈 일이라오. 모르면 차라리 마음 편할 텐데 의술을 좀 안답시고 한숨만 늘어간다오. 정말 큰 의원이 되려면 이 사람들에게 약이 아니라 밥을 주어야 하오. 밥을 마음껏 먹일 수 없으니 의원 노릇도 제대로 못하시오. 나는 그게 늘 한이라오."

밥이 문제라는 허 의원의 말에 북하와 이차현은 고개를 몇 번이고 *끄덕거렸다.* 임금도 해결하지 못한다는 게 밥이다. 작년에 고부 농민들이 들고 일어난 것도 따지고 보면 밥이나마 실컷 먹어 보고 싶기 때문이었다.

"의원께서는 사람의 몸에서 나는 것이며 산에 들에 흔히 자라는 풀과 나무와 뿌리 같은 것으로 약을 삼는다고 하던데 그런 것들이 정말 약이 되나요?"

북하가 다시 물었다.

"삼라만상이 다 약 아닌 것이 없소이다. 병 있으면 약 있다는 게 우리 조선 의술 아니겠소? 다만 양을 많이 써야 하는 게 있고, 적게 써야 하는 게 있고, 또 효과가 빠른 게 있고, 느린 게 있다 뿐이오."

"그렇지만《동의보감》에 나오는 약재도 있는데 굳이 가까운 데서 약을 취하는 깊은 뜻이라도 있으신가 해서……."

북하의 물음에 허 의원이 더 상세하게 답을 해 주었다.

"물론 좋은 약재야 돈만 주면 구할 수 있지요. 그렇지만 그런 건 아무래도 비싸기 때문에 가난한 농민들이 쓰기에는 큰 부담이 됩니다. 산삼이나 웅담, 사향, 녹용 따위를 쓰고 싶은 마음이야 환자보다도 병을 고치는 의원이 더 간절한 법이오. 허나 가난한 사람들은 그런 비싼 약재를 쓸 수가 없어요. 그래서 큰병이 아닌 것으로 죽어가는 경우도 많습니다."

"안타깝기 이를 데 없는 일이군요."

듣고 있던 이차현이 한숨을 내쉬었다.

"그렇다고 나라도 큰 부자가 돼서 그런 비싼 약재를 마음껏 사다가 환자들에게 쓰면 좋지만 내 살림도 빠듯하니 그러지도 못하고……, 그래서 어쩔 수 없이 산과 들에 흔한 잡초를 뜯어다 약효를 내기 위해 이것저것 궁리를 하게 됐소이다. 아무리 연구해도 들풀로는 속효速效를 보기 어려워 시간이 많이 걸리긴 하지만, 배고파 오는 병이야 임시 속이면서 조금씩 낫게 할 수는 있지요. 가난한 농민들한테는 시간이 더 걸리더라도 돈이 덜 드는 게 좋지 않겠소?"

"가난한 백성을 가엾게 봐주시는 그 생각만 해도 어디입니까? 젊은 의원께서 그런 큰뜻을 품었으니 장차 신기神氣가 발동하여 세상의 질병까지 돌려놓을 수 있겠습니다."

이차현이 은근히 허 의원을 칭찬했다.

허 의원은 웃기만 할 뿐 역시 고개를 저었다.

"내가 정말 여러분께서 찾아다니는 신인이라면 이렇게 환자 몇 사람 치료할 게 아니라 저 하늘과 땅의 상象을 보고 약을 짓든지 침을 쓰든지 뜸을 뜰 것이오. 실은 몹시 가물거나 장마가 질 때면, 먹지 못해서 생기는 환자가 또 얼마나 늘까 걱정이 됩니다. 그러면 하늘이든 땅이든 어디고 침으로 찔러서 비라도 내리게 할 수 없나 망상을 부리기도 하지요. 허나 나는 역시 잔병이나 고쳐 주는 의원일 뿐 천지天地를 고치는 의원은 못됩디다. 혹시 모르지요. 먼 훗날 그렇게 될 수 있을는지. 아니면 우리네 소원내로 대의왕 ★醫王이 탄강하실는지."

북하와 이차현은 허 의원의 말에 고개를 숙였다. 비록 그의 말대로 그가 아직 신인은 아닐지 몰라도 그의 뜻에는 그야말로 백성을 사랑하는 마음이 절절이 묻어 있다.

"두 분께서 이렇게 이야기하는 동안 저 밖에 있는 사람들은 병마의 고통을 참으면서 기다려야 합니다. 두 분, 돈 많이 벌어 가난한 사람들에게 먹을거리 좀 많이 나눠 주십시오. 그게 대의왕입니다."

허 의원이 넌지시 자리에서 일어나 달라고 말하자 북하와 이차현은 예를 표하고 의원을 물러나왔다.

의원을 나서는 북하와 이차현의 가슴은 화롯불을 쬔 듯 훈훈했다.

바둑기사 단주, 허 의원 모두 그릇이 자못 적지 않다. 둘 다 신인이 아니라고 단언하기 어려운 사람들이다.

"세상이 저런 의원 같은 사람으로만 있다면 굳이 신인이 내려오지 않아도 좋지 않겠습니까?"

북하가 방금 떠나온 의원을 돌아보자 이차현은 하늘을 올려다보았다.

"그게 우리 선생님이 《정역》에서 밝히신 후천 세상이 아니겠나? 후천 개벽이 되면 그런 사람들만 사는 좋은 세상이 된다고 하셨다네."

북하도 이차현을 따라 하늘을 올려다보았다. 비는 그쳤지만 구름이 잔뜩 끼어 있다. 그래도 구름 위에서는 해가 밝게 빛나고 있을 것이다.

북하는 이런 생각을 하며 눈이 부신 사람처럼 눈썹 위에 손그늘을 만들고 하늘을 올려다보았다.

북하와 이차현이 다음으로 찾아가기로 한 사람은 가야금의 대가로 소문난 소금素琴이라는 여인이다. 남원에 살고 있는 이 여인은 잔치나 놀이에 불려가 가야금을 타서 먹고 사는 사람이다. 아들 하나를 데리고 있는데 농사도 짓지 않고 누가 돌봐 주는 사람도 없어서 소리만을 팔아 근근이 먹고 산다.

이 여인의 음악이 얼마나 신기한지 인근에서는 소금이라는 그이름을 모르는 사람이 없을 만큼 명성이 자자하다. 고관들은 남원에 유람 오면 꼭 한 곡씩 청해 듣고는 한단다. 병통이 하나 있다면 소금이라는 여인이 청각장애를 가졌다는 사실이다. 이 때문에 재가도 못한 채 오로지 가야금을 생업으로 삼고 있는 것이다.

"여자라고 해서 신인이 되지 말라는 법은 없지 않겠어요?"

북하는 가야금의 대가가 여자라는 말에 시큰둥해하는 이차현의 마음을 돌리기 위해 애썼다.

"하긴, 김항 선생님께서는 우주도 음악에서 탄생한 것이라고 말씀하셨다네. 음악을 다스릴 줄 아는 사람이라면 분명 심상치 않은 뭔가가 있을 것이네."

북하와 이차현은 직접 소금의 집으로 가서 가야금을 한 곡 청해 듣기로 했다.

소금을 만나 보니 막상 생각보다 훨씬 젊다. 청상青孀이라더니 미모며 혈색, 음색, 복식 중 어디 하나 빠지는 것 없이 아름답다. 미인이라고 하는 것보다는 격조 있고 우아하고 깨끗하다는 말이 어울릴 여인이다.

소금의 어린 아들은 두 사람이 들어서는 걸 보더니 쪼르르 방으로 달려가서 소식을 알렸다.

소금은 귀가 들리지 않는다면서도 두 사람의 입을 보고 무슨 말을 하는지 금방 알아들었다.

"우리는 연산에서 공부하는 학인들인데 소문을 듣고 한 곡조 청하러 왔소이다."

"가난한 살림살이라서 멀리서 오신 손님들께 다른 건 드릴 게 없고, 원하시는 가야금 한 곡조를 올리겠습니다."

소금은 북하와 이차현을 앞에 앉힌 다음 가야금의 음을 골랐다.

두 사람은 방석에 앉아 가만히 귀를 기울였다.

준비를 마친 뒤 북하와 이차현을 물끄러미 바라보던 소금은 눈을 감고 잠시 숨을 골랐다. 그러고는 가야금에 손을 얹었다. 귀가 들리지 않아서 그런지 소금은 가야금 줄을 똑바로 보면서 한 줄씩 뜯기 시작했다.

처음에는 그저 청각장애인이 어떻게 음률을 듣고 소리를 조화시킬까 신기하다는 생각만 했는데, 시간이 갈수록 그게 아니었다. 연주가 계속될수록 북하의 가슴은 파도치듯 울렁거렸다. 이차현도 음악에 취해 스르르 눈을 감고 고개를 좌우로 살살 움직였다. 어느 결에 두 사람은 그윽한 눈길이 되어 소리에 빠져들었다.

참으로 기이한 음률이다. 곡조가 너무 슬퍼 저절로 눈물이 난다. 그 슬픔을 느꼈는지 등잔불조차 파르르 떠는 듯하다. 굴뚝에 앉아 있던 참새 떼도 포르르 날아 마당을 왔다갔다하고, 담장 밖 잣나무도 잔가지를 흔들어댄다.

'아, 천상의 음악이 바로 이와 같으리라.'

사실, 소금을 만나는 일이 별로 내키지 않던 북하와 이차현은, 어느 결에 저도 모르게 감탄하며 연주에 빠져들었다.

소금의 가야금소리는 어떤 때는 발을 간질이는 개울물처럼 다가오고, 어떤 때는 밀물처럼 밀려들고, 썰물처럼 빠져나간다. 그런가 하면 소리가 폭포수처럼 쏟아지는 듯하다가 이슬비처럼 내리고, 구름이 피어오르는 듯한다. 음악이 깊어질수록 눈물이 저절로 솟아나왔다.

연주가 끝나자 북하는 눈물이 맺힌 눈두덩을 손등으로 찍어냈다. 이차현 역시 자신도 모르는 사이에 눈물이 묻어나는지 옷소매로 눈가를 훔쳤다.

"태어나서 이렇듯 감동적인 음률은 처음 들어 보았습니다. 귀가 들리지도 않는다면서 어떻게 이렇듯 곱고 신비로운 음률을 빚어낼 수 있으시오? 칠정七情이 솟구쳐 그 슬픔을 억제하지 못할 지경이었소이다."

이차현이 큰숨을 몰아쉬며 소금의 연주를 찬탄했다. 여인은 혈기가 올라 발갛게 물든 얼굴을 숙이면서 입을 열었다.

"부처님 책을 보니 천축天竺, 인도에는 음악을 깨닫기 위해 일부러 눈을 찔러 장님이 된 사람이 있었다 합니다. 그래야 귀가 예민해져서 소리를 잘 들을 수 있기 때문이라지요. 과연 그 사람은 훌륭한 음악가가 되어 좋은 음악을 부처님께 공양할 수 있었답니다."

말을 하고 있는 소금의 눈에 일순 슬픔이 서렸다.

"그래도 그 사람은 귀가 들렸잖아요? 저는 포악한 서방을 만나 날마다 얻어맞다가 그만 귀가 들리지 않게 되었습니다. 그 슬픔을 누를 길이 없어 전부터 가까이 하던 가야금을 뜯어보았는데 도무지 소리가 들리지 않더군요. 그래도 미련을 버리지 못하고 그냥 줄을 당기기만 했지요."

어느덧 소금의 얼굴에 서린 슬픔은 사라지고, 초연한 표정으로 바뀌었다.

"그러던 어느 날 저는 소리가 귀로만 듣는 게 아니라는 걸 깨달았습니다. 소리가 울릴 때마다 제 손바닥에 울림이 전해 오고, 제 저고리도 가느다랗게 떠는 게 보였습니다. 그러다가 문풍지가 우는 걸 보고, 나중에는 우리 집 모든 기물器物이 즐거워하기도 하고 슬퍼하기도 하는 걸 보았습니다. 저는 이제 소리를 눈으로 보고 살갗으로 느낄 수 있게 되었습니다. 이 가야금 속에 세상이 들어 있습니다. 참 신통한 악기지요."

"소리를 본다고요? 그렇다면 빛을 들을 수 있는 경지도 있겠구려?"

북하가 신기해하며 물었다.

"아직 그런 경지에는 이르지 못했습니다. 다만 해가 먼 하늘을 흘러가는 걸 보고 음악을 듣고, 비바람이 몰아치는 속에서 음악을 보는 정도지요."

이차현은 소금의 설명을 듣고는 북하를 돌아다보며 말했다.

"이분은 하늘의 선관仙官이 하강하신 게 틀림없어."

이차현은 바둑기사를 만난 것 못지않게 감동하는 눈치였다.

"하지만 우리가 찾는 분은 아닌 것 같습니다."

소금은 두 사람이 나누는 말을 보더니 조심스레 물었다.

"누굴 찾으시는가 보군요?"

"예. 세상을 구원할 신인을 찾고 있소이다."

북하가 솔직히 말했다. 소금은 고개를 가로저으며 두 사람을 위로했다.

"죄송합니다. 저는 그럴 만한 인물이 못 됩니다. 저는 그저 이 세상에 음악을 들려주다 가려는 생각뿐입니다. 게다가 제가 하는 건 너무나 슬픈 소리 일색이어서 듣는 이의 기운을 돋우기보다는 눈물만 뽑아내니 그다지 이롭지도 못합니다. 저는 아직 멀었으니 부디 좋은 분을 찾아 뜻을 이루십시오."

북하는 소금의 말을 긍정했다.

"그렇소이다. 우리가 찾는 사람은 하늘을 감동시킬 율려를 빚을 수 있어야 한 것이오. 그대는 사람과 땅을 감동시키기는 하나 하늘에는 아직 이르지 못한 듯하오. 이만 겸손하신 말씀을 듣고 송구스럽게 물러가오. 허나 언젠가는 그대의 음악 속에서 하늘도 나올 수 있겠지요. 그때야 비로소 새 하늘이 열리는지도 모르겠구려."

북하는 아쉬운 걸음으로 소금의 초막을 나섰다.

"여보게, 북하. 자네는 어째 그렇게 속단을 하는가? 저 여인이 신인일 수도 있잖은가. 그렇지 않고서야 저렇게 음률을 자유자재로 다스릴 수는 없을 것일세."

"여인 스스로 아니라고 말하지 않습니까?"

답이 궁색해진 북하가 소금이 한 말로 핑계를 댔다.

"하지만, 천제석 선비도 신인이냐고 물을 때 그 사람 스스로 아니라고 하지 않았는가? 그런데도 자네는 그 사람이 신인일 거라며 한참 동안이나 모시지 않았는가? 신인인지 아닌지 척척 알아 볼 수 있으면 우리도 신인이게?"

이차현의 말에 북하는 할 말을 잃었다. 김항이 아니라고 했는데도 그때 왜 그렇게 고집을 피워 천제석을 신장으로 생각하고 몰래 호위했는지, 지금 생각해도 부끄럽다.

'그따위 용렬한 문자에 갇혀 사는 백면서생을……'

북하는 천제석 생각만 하면 가슴이 저미는 듯했다. 제 목숨이 아까워 죽어가는 불쌍한 목숨 하나 못 구해 준 나약한 선비. 그를 신인으로 생각한 근거조차 지금은 생각나지 않는다. 그를 생각하면 그저 속이 싸아하니 쓰려올 뿐이다.

"어쨌든 저 여인은 아직은 아닌 것 같습니다. 김항 선생님이 말씀하시지 않았습니까? 바로 이 사람이다 싶은 사람이 그 사람이라고요. 저는 기사 단주도 저 여인도 바로 이 사람이다 하는 생각이 들지는 않습니다. 그게 문제입니다."

"이런. 자네는 그렇지만, 나는 만나는 사람마다 바로 이 사람이다 하는 생각이 든다네."

이차현은 뜨악해하는 북하가 이해가 안 간다는 표정이다.

"만나는 사람마다 모두 신인 같으니 도무지 갈피가 잡히지 않네그려. 이런 사람들이 있으니 아직 조선이 무너지지 않은 것 같으이."

"그렇지요? 언젠가는 조선이 살아나겠지요? 그때가 후천 개벽이겠지요."

비가 다시 내리고 있다. 장마철이 가까운지 요즘 들어 비가 잦다.

북하와 이차현은 몸을 쉬기 위해 주막을 찾아 하룻밤 묵을 방부터 잡았다.

북하는 객방에 들어 문을 열어놓고 제법 굵은 빗줄기를 하염없이 바라보았다. 비가 주룩주룩 내리는 풍경이 마치 하늘이 구슬픈 눈물을 흘리고 있는 것만 같다. 사람들이 아프니 하늘도 아프고 땅도 아픈 것 같다. 둥둥둥 하늘북소리가 들려오는 것 같다.

하늘 여인

하루 종일 여름의 열기를 식히는 비가 내린다.

천제석은 마당으로 난 봉창을 열고 넋을 놓고 빗줄기를 구경했다. 꿈에서 노인을 만난 이래 제대로 잠을 잔 일이 없다. 눈만 감으면 홀연히 나타났다 사라진 노인이 떠오른다.

"내가 과연 그가 말한 신인이란 말인가? 내가 묵은 하늘을 뜯어내고 새 하늘을 열기 위해 이 세상에 내려온 신인이란 말인가?"

지붕을 타고 흘러내린 빗물이 처마 끝에서 굵은 줄기를 이루며 흙마당으로 떨어져내린다. 비가 내리기 시작한 지 한나절도 넘은 뒤라서 처마 밑엔 물이 흐르면서 푹 패인 물고랑이 한 줄로 길게 나 있다.

마당에 떨어진 물방울은 제멋대로 퍼져 있다가 어느 정도 양이 차면 또다시 낮은 데로 흘러간다. 그 평평한 마당에도 높고 낮음이 분명하다. 그럴 때마다 물길이 난다.

비가 내릴수록 괸 물이 흐르면서 가는 물고랑이 마당 여기저기에 주름살처럼 생겨난다. 처음엔 몇 줄이 보일 듯 말 듯하더니 비가 내린 지 한나절을 넘기면서 마당에는 실핏줄 같은 물길이 점점 늘어난다. 그 중에서 어떤 것들은 저희들끼리 모여 굵은 줄기를 이루는 것도 있고, 가는 것은 가는 대로, 굵은 것은 굵은 대로 제각기 제 깊이만큼씩 물을 담아 낮은 데로 흘려보낸다.

아침부터 비를 뿌린 하늘은 아직도 성이 차지 않는 듯 검은 빗물을 잔뜩 머금고 있다. 시각은 한낮인데도 꼭 초저녁의 어스름같이 어둑하고 음침하다. 큰 집안에 드나드는 사람이 별로 없어서인지 더욱 그렇다.

"내 마음이 그런 게지."

천제석은 생각 끝에 혼자 중얼거렸다.

이윽고 그는 방을 나와 마당 쪽으로 붙은 마루에 나가 섰다. 담 너머로 긴 밭고랑이, 산자락이 시작되는 마을의 경계까지 뻗어 있다. 맑은 날에는 검붉게만 보이던 기름진 흙이 비를 맞고는 검푸르게 변했다.

검은 흙에 뿌리를 내린 연녹색 배추가 비를 맞고 있다. 그 배추 포기들만이 빗속에서 오로지 제 빛깔대로 빛난다.

천제석은 문득 빗속으로 뛰어나가고 싶은 충동을 느꼈다. 바짓

단을 말아 올리고 팔소매도 걷어붙인 채 저 검은 밭고랑으로 뛰어나가 배춧잎도 묶어 주고 잡초도 뽑아 주며 흙을 실컷 만지고 싶다. 내리는 빗속에 몸을 맡기고 비라도 흠뻑 맞고 싶다. 타는 갈증을 풀어낼 수만 있다면 온몸에 흙칠을 하고 뒹굴고 싶다.

"꿈만 같은 이 현실을 생생하게 절절하게 느끼고 싶다. 이게 과연 내 세상인가. 내가 사랑하고 아끼고 보듬어야 할 생명들인가."

천제석은 목구멍까지 치밀어 오르는 뜨거운 충동을 억누르고 천천히 마루 위를 오갔다. 뒷짐을 지고 마루 이 끝에서 저 끝까지 오가기를 반복했다. 비록 발걸음은 천천히 옮기지만, 마음속에서는 불길이 확확 타오른다.

몇 차례 걷고 나니 마음이 제법 가라앉는지 빗소리도 가볍게 들린다.

시회에서 만난 선비 백남신의 집에 묵은 지도 벌써 보름이 지났다. 이 큰 별당에 홀로 들어와 그동안 무엇을 했나 생각하니 천제석은 또다시 심란해져서 견딜 수가 없다.

"정녕 나는 어디서 온 누구인가. 나는 무엇 때문에 세상에 났는가. 내 운명이 애초에 정해져 있었다니, 이건 또 무슨 말인가."

하루하루가 어떻게 지나가는지 모를 정도다. 마치 허공에 떠 있는 것처럼 몸도 자신 같지 않게 느껴진다. 어떤 때는 책상 앞에 앉아 책을 펼쳐 보지만 책장은 넘어가도 글자는 눈에 들어오지 않는다. 글자 대신 시커먼 먹물만 보이고, 그 사이사이 잡념과 환영이 들어찬다.

"이렇게 무기력한 내가 하늘을 뜯어고치고 뒤엉킨 이 세상의 도수를 돌릴 신인이라고? 노인은 도대체 무슨 말을 한 것인가. 노인이 보여준 그 책의 내용은 또 무엇인가. 알 수 없는 그림과 부호…… 나는 과연 무엇이란 말인가? 왜 아무 생각이 안 나지?"

천제석은 마루 한가운데 우뚝 서서 눈을 감아 버렸다. 아무리 꿈속 일이라지만 결코 잊을 수 없는 기이한 일이다.

눈을 감자 이번에는 그 이상한 그림들이 마치 살아있는 것처럼 눈앞에서 너울너울 춤을 추듯이 흔들린다. 도무지 이 세상의 글이라고는 볼 수 없는 희한한 그림과 문자로 빼곡히 적혀 있던 그 책, 한 장도 읽어낼 수 없었지만 머릿속에 생생히 떠오른다.

천제석은 긴 한숨을 내쉬며 눈을 떴다. 아침보다는 약해진 빗발이 여전히 마당을 적시고 있다.

천제석이 몸을 돌려 방으로 들어가려 할 때 별당문이 열리는 소리가 들렸다. 마당으로 도롱이를 뒤집어쓴 머슴이 뛰어 들어왔다.

"저 선비님, 사랑채로 건너오시랍니다."

머슴은 마당에 선 채 방을 향해 소리를 질렀다.

"무슨 일인지 모르지만 거기 서 있지 말고 이리로 올라오게. 비가 내리고 있지 않나?"

천제석은 마당에 서서 비를 맞고 있는 머슴을 마루로 불러올렸다.

"하면 비나 피하겠습니다."

머슴은 도롱이를 벗어들며 토방으로 뛰어 올라왔다. 마루 끝에 머리를 조아린 머슴의 다른 손에는 기름이 곱게 먹은 우산이 들려 있다.

"아니, 우산이 있으면 쓰고 올 일이지 왜 들고만 있어?"

천제석이 머리가 흠뻑 젖은 머슴을 바라보며 안쓰럽게 물었다.

"선비님께서 쓰실 우산인데 제가 감히……."

"허어, 참. 자네 목숨이나 내 목숨이나 다 한 목숨이거늘. 자네 없이 어찌 내가 있을 것이며, 나 없이 어찌 자네가 있겠는가. 우리는 다 같은 사람 아닌가. 어휴, 이 빌어먹을 놈의 묵은 하늘."

한숨이 절로 나온다. 신분 때문에 하대는 하고 있지만 참으로 답답한 노릇이다.

"그래, 무슨 일이신가?"

"정읍에서 박 선비가 오셔서 지금 사랑채에 주인님과 함께 계십니다. 벗이 모처럼 오셨으니 함께 회포를 푸셔야겠답니다."

그렇지 않아도 갑갑한 심사를 풀길이 없던 천제석은 홀가분해진 마음으로 머슴을 따라나섰다. 사랑채에는 백남신과 박정규가 천제석을 기다리고 있었다.

"그간 잘 지냈는가?"

박정규가 먼저 일어나 천제석의 손을 끌어잡았다.

"그래, 자네도 별일 없었고?"

"거, 씨름판이라도 벌일 텐가? 어서들 앉게. 아직도 하루해가 남아 있고, 밤 또한 길고 기네. 여유만 있다면 해는 내일도 뜨고 모레도 뜨니 걱정 말게."

서 있는 두 사람을 보고 백남신이 끼어들었다. 두승산 시회에서 박정규가 천제석에게 백남신을 소개한 이후 백남신은 그를 초청하여 별채에 묵게 할 정도로 가까운 사이가 되었다. 애초에 백남신을 소개한 박정규도 두 사람이 가까워지면서 천제석과도 더욱 친분이 두터워졌다.

"그래, 그래, 앉고 보세. 앉아서 쓰러질 때까지 우리 한번 회포를 풀어 보세."

세 사람이 함께 얼굴을 마주하기는 두승산 시회 이후 처음이다. 그날부터 겨우 달포 정도가 지났지만 세 사람은 만나자마자 이내 친한 벗처럼 마음이 푸근해졌다. 나이는 백남신이 훨씬 많지만 품은 생각이 서로 비슷하니 세 사람은 친구이자 좋은 경쟁자로 서로 좋아한다.

"그래, 그간 어떻게 지냈는가?"

천제석이 먼저 박정규의 근황을 물었다.

"나야 뭐 항상 하던 일이네만, 요즘들어 부쩍 왜놈들 상대하는 일이 많아져서 분주하게 시간을 보냈네."

"그쪽도 그런 모양이구먼. 이쪽도 마찬가지야."

백남신이 고개를 주억거렸다.

"무슨 말씀이십니까, 형님? 왜군들이 다시 내려왔다는 말입니까?"

천제석은 두 사람의 얘기가 처음부터 무슨 소리인지 알 수가 없었다.

"아니, 그런 얘기가 아닐세. 요즘 왜놈들이 항구가 있는 군산 쪽으로 몰리고 있거든."

백남신이 천제석의 궁금증에 답해 주었다.

"군산? 서해안에서야 목포와 강경이 있잖습니까? 더 위로는 한양이 가까운 제물포도 있는데 무엇 때문에 왜인들이 군산으로 몰리지요?"

"군산뿐만이 아닐세. 이곳 전주나 정읍에서도 왜인들이 자주 보이고 있어."

백남신이 설명을 보태 주었다.

"왜놈들 속셈을 알 수가 없단 말이야. 뭔가 꿍꿍이가 있기는 있는 모양인데."

"군산이 열리면 왜인들이 얻을 수 있는 게 뭐겠나? 왜구들이 자주 출몰하던 곳에 합법적으로 밀고 들어왔으니 옛날 그 짓을 할 수밖에."

물산에 대해서는 도통 아는 게 없는 천제석이 그제야 눈치를 챘다.

"그러면 쌀? 우리 호남 땅에서 질 좋은 쌀이 많이 나니까 그놈들 군량미를 구하자는 거로군요?"

"그래. 목포나 강경이 개항되었다고는 하지만 여기만큼 좋은 쌀이 나오지는 않지. 헐값으로 마구 실어가겠다는 거 아니겠나."

박정규와 백남신 두 사람은 마치 일본인들의 속셈을 다 알아차린 듯 얘기를 계속했다.

"청일전쟁에서 일본이 이기고, 일본군이 동학군을 막고 난 후부터 그자들의 동태가 더욱 빨라지고 대담해졌어. 조선 땅을 마치 제집 안방 드나들 듯이 하니 말이야. 일본군 장사꾼이 득실거리고, 보부상 놈들은 죄다 그쪽하고 줄을 대놓고 양물洋物을 받아다 판다니까."

비교적 한양 사정에 밝은 백남신이 원인을 캐기 시작했다.

"예상한 일이지만 무력으로 밀고 들어와 이젠 조선 사람 곳간까지 털겠다는 속셈이지요. 머지않아 왜구의 손에 떨어져 나갈 게 한두 가지가 아닙니다."

박정규도 한 마디 거들고 나섰다.

"그렇다면 조정은 무엇을 하고 있는 겁니까? 이제 왜놈들이 총에 대포에 돈까지 들고 들어온다면 우리 백성들의 앞날이 어찌 될는지는 뻔한 일인데. 아무리 힘없는 나라라지만 우리 조선도 임금이 있고 조정이 있는 나라인데 도대체 무엇들을 하고 있단 말이지요?"

듣고만 있던 천제석이 끼어들었다.

"조정은 친일파로 바뀐 지 오래됐지. 세금 뜯느라고 정신이 없다네. 불난 집 불 끌 생각은 하지 않고 패물 따위나 건져내려는 처사지. 도대체 위정자들은 제 한 몸과 문중 생각뿐이고, 나라 걱정하는 놈은 한 놈도 없이 재물 모으는 데 혈안이 되어 있다니까."

"갑오개혁으로 세제도 개혁되지 않았던가요? 아직도 왕실에서 세금을 거둔다는 말입니까?"

"갑오개혁안 중에서도 왕실에 득이 되는 것은 이용하고 그렇지 않은 것은 다 없애버렸다네. 세금만 해도 옛날식으로 돌아간 지 이미 오래전 일이네. 여전히 관찰사와 군수가 세금을 거두고, 그러다 보니 동학이 일어나기 전처럼 부정부패도 여전하다네. 어디 왕실이란 게 백성을 위해 존재한다던가? 그런 적이 조선조 내내 한 번이라도 있었던가?"

"한심한 일이군요. 세금만 거둔다고 없는 왕권이 다시 생기는 것도 아니고. 그 사이에 저 음흉한 왜놈들이 꾸밀 일을 생각하면 소름이 끼칩니다."

박정규도 혀를 찼다.

"그자들이 노리는 게 쌀뿐인가? 필시 더 큰 걸 원할 거야."

천제석은 다시 일본을 거론했다.

"지금은 그것뿐이지만, 여기서 끝낼 위인들이 아니지. 놈들은 감히 하늘의 섭리에 도전하고 있는 거지. 놈들 야욕은 결코 그치지 않을 거야. 다 줘도 목숨까지 더 내놓으라고 할 테니 두고 보세."

"그렇다면 놈들이 노리는 건 결국 조선 땅 아닌가?"

백남신이 깜짝 놀란 표정으로 두 사람을 번갈아 쳐다봤다.

"예. 땅을 노리겠지요. 그자들이 이 땅을 넘본 지 벌써 몇 백 년 되지 않았습니까? 임진란을 일으킨 뒤로 호시탐탐 그 맛을 잊지 못하고 있지요. 말이야 바른 말이지 그놈들 입장에서야 팥죽 끓듯 지진 많고 화산 많은 섬나라에 누가 살고 싶겠습니까?"

"오, 안 되네. 땅만은, 땅만은 절대로 내줘서는 안 되네. 땅을 내주면 나라를 통째로 집어삼키려 들 거야. 조선은 없어지고 놈들에게 무릎 꿇고 들어가는 셈이지. 아, 어떻게 왜놈들 밑에서 살 수 있단 말인가."

박정규도 굳은 표정으로 말했다. 대지주의 아들답게 땅에 대한 애착이 남다른 데가 있다.

"힘을 기르기도 전에 왜놈들 자본까지 밀려들어 오니, 조선의 앞날이 사뭇 걱정스럽네."

세 사람이 얘기를 하는 동안 비가 그치고 하늘에 몰려 있던 구름이 흩어지기 시작했다. 구름 사이로 드러난 하늘에 초저녁별이 반짝거린다.

"서방님, 저녁상 올리겠습니다."

방문 앞에서 계집종의 목소리가 들린다.

"우리, 저녁이나 들면서 얘기함세. 금강산도 먹어야 보인다고 하지 않는가?"

"그렇고말고요."

백남신의 제안에 박정규가 흔쾌히 동의했다.

저녁을 먹으면서 시작한 반주는 저녁상을 물리고는 아예 본격적인 술자리로 이어졌다.

"여봐라, 하린이를 불러오너라. 오늘 같은 날 하린이의 노래를 아니 들으면 언제 또 듣겠느냐?"

백남신이 밖에 대고 소리치자 계집종이 종종거리며 뛰어가는 발소리가 들려왔다.

"하린이라니? 형님, 그 사이에 새 첩을 두셨습니까?"

박정규가 호기심 어린 얼굴로 물었다.

"허허. 첩은 무슨? 내, 이번에 불쌍한 여인 하나 잠시 거두었다네."

백남신이 수염을 쓸어내리며 하린이란 여인을 거두게 된 사연을 말해 주었다.

얼마 전 백남신이 이웃 마을에 다녀오던 길이다. 동네 입구 성황당 나무 뒤에서 울음소리가 흘러나왔다.

"아이고, 아이고. 날 두고 네가 가다니, 나 혼자 어찌 하란 말이냐. 아이고오."

목소리가 어찌나 고운지 백남신의 귀에는 구슬픈 울음소리가 음악소리처럼 들렸다.

"무슨 일이 있는지 가보아라."

백남신은 하인에게 일렀다. 하인은 여인의 구성진 울음소리에 겁을 먹었는지 머뭇거리며 고목 뒤로 돌아갔다.

"아이고, 아이고오."

그곳에는 거지 행색을 한 여인이 어린 아기를 안은 채 울고 있었다. 아기가 움직이지 않는 것으로 보아 이미 숨을 거둔 듯했다.

"거지 여인이 죽은 아기를 끌어안고 울고 있사옵니다."

여인에게 말도 붙여 보지 못한 하인이 백남신에게 와서 아뢰었다.

백남신은 그날로 여인을 집에 들였다. 아기와 여인 둘 다 돌림병에 걸려 고생한 끝에 몸이 약한 아기가 먼저 저 세상으로 가버린 것이다.

백남신은 우선 의원을 불러 여인을 치료하게 하고, 아기의 시신은 깨끗하게 염해서 양지바른 곳에 묻어 주었다.

"좋은 일 하셨군요. 그래, 어디서 온 여인이던가요?"

박정규가 물었다.

"본래 여진족인데, 어렸을 적에 사당패에 들어와서 컸다는군. 한때 양반가의 소실 노릇도 했는데, 영감이 몸져누우면서 본부인에게 쫓겨났다네. 본부인이 돈푼깨나 집어 주며 한집에 살던 머슴과 짝을 지워 멀리 떠나보냈는데, 머슴 녀석이 돈만 갖고 도망쳐 여태 혼자 떠돌며 살았다는군. 그 와중에 머슴의 아이를 낳았는데, 거지 생활을 하며 살던 중에 제대로 못 먹인 데다 병까지 얻어 죽게 된 거라네."

"기구한 운명이로군요."

여인의 한스런 삶을 듣고 있는 천제석의 가슴은 천길 아래로 무너져 내리는 듯했다.

'이 무겁고 힘든 세상을 나더러 어쩌란 말인가?'

천제석은 속으로 탄식했다. 자신더러 신인이라며 비서^{秘書}를 전해 주고 간 꿈속의 노인, 그 노인이 한 말이 운명보다 더 무거운 짐이 되어 천제석을 짓눌렀다.

"부르셨사옵니까?"

그때 문밖에서 고운 목소리가 들려왔다. 백남신이 말하던 바로 그 여인이다.

여인은 치마저고리를 곱게 차려입고 있었다. 새 옷은 아닌 듯하나, 깨끗하게 다려 입은 맵시가 썩 잘 어울린다. 머리칼 역시 반듯하게 뒤로 빗어 넘겨 정갈해 보인다. 어느 모로 보나 바로 얼마 전까지 거지로 떠돈 여인이라는 말이 거짓으로 여겨질 정도다.

"하린이 대령했사옵니다."

여인은 맵고 신 고단한 삶을 살아왔음에도 아름다운 자태가 전혀 사그라들지 않았다. 얼핏 보아 나이는 스무 살 안팎. 조금 야윈 얼굴이 창백해 보이긴 하지만, 남정네라면 누구나 탐낼 정도의 미색이다.

"그래, 몸은 많이 나았느냐?"

"예, 덕분에."

하린은 백남신의 물음에 짤막하게 대답했다.

"내 눈에도 좋아 보이는구나."

백남신은 여인을 마치 귀한 손님 대하듯 했다. 종이나 첩처럼 마구 다루지 않는다.

"네 노래가 듣고 싶어서 불렀다. 자, 술부터 한 잔하고 한 곡 불

러 보려무나. 네가 부르는 여진족 노래가 가슴을 쥐어뜯는 것 같
단다."

백남신은 자신이 마시던 술잔을 들어 입에 털어넣더니 그 잔을
하린에게 주고는 손수 술을 따라주었다.

박정규는 그런 백남신을 놀란 눈으로 쳐다보았다. 인근에서 알
아주는 부호인 백남신은 어느 자리에서든 뻣뻣한 편이다. 시국에
관한 얘기가 나오면 비판적이고, 기생이라도 불러 놀라치면 짓궂
게 군다. 그래서 기생들도 백남신을 모시라면 몹시 서로 몸을 뺐
다. 그런 백남신이 떠돌이 여인 하린에게는 마치 친구를 대하듯
격의 없이, 여동생을 대하듯 다정하게 군다.

"무슨 곡을 부르오리까?"

하린은 술잔을 받아 몸을 옆으로 돌려 마셨다.

"네가 부르고 싶은 여진족 노래를 불러라. 오늘 네 노래를 이
두 아우에게도 들려주고 싶구나."

백남신의 말에 하린은 술잔을 내려놓았다. 그러고는 방안에 앉
아 있는 세 사람을 차례차례 돌아보았다. 그곳에 있는 사람들한
테 맞는 노래로 부르려는 것이다.

먼저 자신의 왼쪽에 앉아 있는 백남신한테 닿은 하린의 눈길이
박정규에게 잠시 쉬었다가 천제석한테 다다랐다. 그런데 천제석에
게 닿은 여인의 눈길은 좀처럼 움직일 줄을 몰랐다. 마치 지남철
처럼 천제석의 얼굴에 딱 붙어 떨어지질 않는다.

"허허. 하린아. 그러다가 천 선비 얼굴에 구멍 나겠다."

백남신이 우스갯소리를 한 뒤에야 하린은 "어머!" 하면서 천제석의 얼굴에서 시선을 거두어 갔다.

세 사람을 찬찬히 살핀 하린은 자세를 바로잡고 앉았다. 그러고는 허공을 바라보며 살며시 입을 뗐다.

"아으—."

하린의 입에서 천상에서 들려오는 듯 구슬픈 노래가 흘러나왔다.

"어어으어—."

곡조도 따로 없고, 가사는 여진족 말이니 알아들을 수가 없다. 하린이 그 자리에서 세 선비의 마음을 읽어 그대로 표현해 내는 노래다.

백남신은 눈을 스르르 감았다. 그리고 하린의 노래를 따라 몸을 좌우로 천천히 흔들었다.

박정규도 눈을 감고 몸을 앞뒤로 흔들었다.

천제석은 노래를 부르고 있는 하린의 얼굴을 바라보았다. 손가락으로 살짝 밀어도 풀썩 쓰러질 듯 가냘픈 몸에서 노랫소리만큼은 심금을 울리도록 깊은 곳에서 울려나오고 있다. 천제석은 그 노래에 하린의 고달픈 인생이 들어 있고, 두 선비의 울울㵂한 심중이 들어 있고, 자신의 막막한 심경이 들어 있음을 알 수 있었다.

"아으 아 어으—."

하린은 뒷곡조를 가늘게 떨며 길게 빼고는 노래를 끝냈다.

"물러가겠습니다."

한 서린 노래를 구성지게 부르고 난 하린이 무릎을 하나 세우고 백남신에게 절을 했다. 백남신은 고개를 끄덕여 허락했다.

하린은 뒷걸음으로 물러가며 술을 마시고 있는 천제석을 다시 한 번 바라보았다. 그리움을 담뿍 담은 눈길이다.

하린은 서러움이 가득 담긴 서늘한 시선을 천제석의 머리에 뿌리고는 그림자처럼 소리 없이 밖으로 나갔다.

"첩이 아니라면, 대체 저 여인은 형님한테 뭐란 말씀입니까?"

박정규는 궁금증을 참기 어렵다는 듯 계속 백남신의 심중을 캐려고 애를 썼다.

"허허, 이 사람 참. 가인歌人일 뿐이야. 잠시 거두었다고 하지 않았는가? 하린이는 건강이 회복되면 필시 이곳을 떠날 걸세."

"이런. 절 속이려 들지 마십시오. 형님이 이렇게 한 여인한테 마음을 빼앗긴 걸 처음 보았습니다. 그런데 왜 형님 사람으로 만들지 않고 보내려 하십니까?"

박정규가 이해가 가지 않는다는 듯 계속 백남신을 추궁했다. 백남신은 대답 대신 술을 한 잔 자작했다.

"난 이게 좋네. 저 여인의 쓸쓸한 영혼이 잠시나마 내게 의탁했다는 것만으로도 만족하네."

"흠. 꽃이 너무 아름다워 차마 꺾지 못하고 핀 자리에 그대로 놓아두셨다는 말씀?"

박정규의 말에 백남신은 긍정도 부정도 아닌 웃음을 보였다.

천제석은 그 웃음을 보며 고개를 깊이 끄덕였다. 그 심정이 어떤 건지 알겠다는 뜻이다.

술자리는 자정이 넘어서야 파했다. 세 사람은 다시 시국과 조선의 운명에 대해 이야기를 주고받으며 권커니 잣거니 했다. 어지간히 술을 마시고 나자 취기가 오른 천제석은 흔들거리는 몸을 이끌고 간신히 별채로 건너갔다.

밤바람이 제법 한기를 몰고 왔지만, 얼큰하게 취기가 오른 천제석은 오히려 그 찬바람이 시원하게 느껴졌다. 심란한 마음으로 마신 술인 데다가 하린이란 여인의 노래를 듣고 나니 서글픔이 가슴속에 가득 밀려온다.

천제석은 열려 있는 봉창으로 구름이 가시는 밤하늘을 바라보았다. 구름 사이로 비온 뒤의 별빛이 더욱 밝게 빛난다.

천제석은 잠을 청하지 못했다. 봉창을 열어놓고 벽에 기대앉아 하염없이 하늘만 올려다보았다. 바깥에서 들어온 바람으로 등불이 깜박거리자 방안에 불 그림자가 일렁거린다.

먼 하늘만 바라보던 천제석은 벽에 기댄 채 설핏 얕은 잠에 빠져들었다.

사르륵.

꿈인지 생시인지 분간이 되질 않는다. 방문이 열리는 소리가 들리는 것 같기도 하고 하얀 그림자가 방안으로 들어온 것 같기도 하다. 천제석은 비몽사몽간에 눈앞에서 일어나고 있는 일이 꿈이려니 생각했다.

　방으로 들어온 하얀 그림자는 천제석의 눈앞에 다소곳이 앉았다. 천제석은 여전히 얕은 잠에 빠져 정신을 차리지 못했다.

　눈앞의 흰 그림자 위로 등불 그림자가 흔들거리며 불그스레한 빛을 만들어냈다. 천제석은 점점 잠 속으로 빠져들었다.

　꿈속에서 천제석은 야릇한 분내를 맡았다. 달착지근한 술내 같기도 하다. 가슴이 뜨거워지는 것 같기도 하고 얼굴이 후끈 달아오르기도 한다. 이상한 꿈이다.

　천제석은 천천히 눈을 떴다. 방안이 어둡다. 등잔 기름이 다 탔는지 일렁이던 불빛도 보이지 않는다. 그 사이 바람이 제법 세게 불었던지 별빛이 보이던 봉창도 닫혀 있다.

　천제석은 눈을 뜬 채 어두운 방안에 익숙해질 때까지 기다렸다.

　이상한 일이다. 꿈속에서 맡았던 분내며 단 술내가 아직도 느껴진다. 천제석은 잠시 눈을 감았다가 떴다. 그래도 향기가 여전히 느껴진다.

　아직도 꿈꾸는 중이란 말인가.

　천제석은 천천히 손을 들어 자신의 얼굴을 만져 보았다. 어둡지만 분명 자신의 손이 느껴지고 손이 움직이는 것을 볼 수 있다.

　'꿈이 아니면…… 아, 생시로구나!'

　천제석은 긴장하기 시자했다. 눈은 크게 뜨고 천천히 주변을 살폈다. 벽에 기대어 있던 자신이 어느새 이부자리에 누워 있었다.

의관도 벗은 상태다.

천제석은 벌떡 몸을 일으켜 앉았다. 방문 옆 벽에 그가 벗어놓았을 갓이 걸려 있다. 기억나지 않는 일이다. 다시 몸을 돌려 자리에서 일어서려던 천제석은 멈칫 제자리에 멈추고 말았다.

"누, 누구요?"

천제석이 놀란 목소리로 자신의 머리맡에 앉아 있는 하얀 그림자에게 물었다.

그림자는 움직이지 않는다. 그 야릇한 냄새는 하얀 그림자가 풍기는 것이 틀림없다. 그리고 자신이 이부자리에 누워 있는 것도 그림자가 한 일 같다.

천제석은 일어서려다 말고 도로 자리에 앉았다.

"누구신지는 모르겠으나 방을 잘못 찾으신 것 같소. 돌아가시오."

천제석은 등잔불을 밝히려고 성냥을 찾았다.

"불은…… 켜지 말아 주시옵소서."

하얀 그림자가 입을 열었다. 천제석은 성냥을 찾던 손길을 멈췄다. 목소리가 귀에 익다.

"하린이 아니오? 이 밤중에 무슨 일로?"

목소리는 분명 하린이다.

하린은 자리에서 일어섰다. 그가 움직일 때마다 강하게 풍기는 분내가 천제석의 후각을 파고든다.

하린은 선 채로 저고리 고름을 풀었다. 바스락거리는 소리와 함께 하린의 저고리가 방바닥으로 떨어진다. 어둠 속에서도 하린의 맨 어깨는 알아볼 수 있을 만큼 보인다. 약간 야위었지만 매끄럽고 동그란 어깨다.

하린이 저고리를 벗어 버리자 천제석은 그제야 무슨 일인지 알았다.

"뭘 하려는 거요?"

하린을 꾸짖는 천제석의 목소리가 가느다랗게 떨린다.

하린은 여전히 대답이 없다. 다만 바스락바스락 하던 일을 계속한다. 천제석은 눈앞에 벌어지는 일을 어찌 감당할지 당황했다. 그 사이 하린은 치마도 벗어놓고 속적삼까지 벗었다.

천제석은 저녁 때 술자리에서 자신을 바라보던 하린의 눈빛을 생각했다. 다른 사람은 알아차렸는지 모르지만, 천제석을 바라보는 하린의 눈빛에는 알 수 없는 그리움이 가득 담겨 있었다.

천제석 나이, 피 끓는 스물다섯 청춘이다. 결혼한 몸이라고는 하지만 아내와 잠자리를 함께 하는 일이 드물었다. 부모가 반대한 결혼, 부부 불화로 밖으로만 돌아다니느라 부부의 정을 나누기가 어려웠다.

어느새 속적삼도 벗어버린 하린은 이제 버선을 벗고 마지막 남은 속곳까지 벗었다. 천제석은 아무 말도 아무것도 할 수가 없었다. 오히려 하린을 지켜보기만 했다. 손가락 끝도 까딱할 수 없을 정도로 온몸이 굳어 버렸다.

하린의 몸에서 마지막 남은 가림까지 떨어져나갔다. 옷을 다 벗은 하린은 본능적으로 아랫도리를 손으로 가렸지만 이내 손을 떼어 버렸다.

어둠 속에서 방문에 비친 별빛만으로도 하린의 하얀 몸은 환하게 빛난다. 아니 스스로 빛나고 있는지도 모를 일이다.

하린은 손을 머리 뒤로 올려 비녀를 빼내었다. 그러자 치렁치렁한 머릿단이 어깨 위로 툭 떨어져 등 뒤로 흘러내린다.

표정까지는 잘 보이지 않지만 하린의 미모는 어둠 속에서도 느낄 수 있다.

'아······.'

천제석은 눈을 감고 말았다. 그래도 잔상은 남아, 그는 여전히 하린의 벗은 몸을 볼 수 있다.

천제석은 다시 눈을 떴다.

하린이 천천히 다가왔다.

그는 눈을 감지 않기로 했다. 바로 앞에서 하린의 숨결이 느껴지고 분내가 더욱 강하게 다가온다. 숨을 쉴 때마다 느껴지는 단 술내로 숨이 막힐 듯하다.

"그대하고 나는 가까워질 수 없는 사이요. 어찌 내게 와서 이러는 거요?"

천제석은 점잖게 하린을 나무랐다.

"······선비님한테서 하늘을 보았나이다."

하린이 떨리는 목소리로 말했다.

"하늘을 보다니 그게 무슨 말이오?"

천제석이 되묻자, 하린은 가느다랗게 대답했다.

"제가 돌아가야 할 하늘을 보았나이다. 선비님을 통해 먼 그리움을 보았나이다. 이승에 지친 제가 돌아가 쉴 곳, 하늘이 보였습니다. 그만 하늘로 돌아가고 싶습니다. 묵은 하늘, 묵은 땅에서는 너무 힘들어 못살겠습니다."

천제석은 그제야 자신한테 머물러 있던 하린의 그윽한 눈길의 정체를 알아냈다. 천제석을 통해 하린은 자신의 그리움을 느낀 것이다.

"선비님이 하늘이시잖습니까. 부디 제 그리움을 눅여 주옵소서. 제 그리움을 품어 주옵소서. 저를 죽여주소서."

하린은 자신의 그리움을 이겨내지 못해 천제석의 방을 찾은 것이다.

"그대의 그리움은 그대의 그리움, 그 대상이 누군지는 모르지만 나는 아니오. 내 품에 안긴다고 그 그리움이 풀리는 것도 아니오. 더구나 이 집 주인이 그대를 소중히 여기는 걸 알면서 어찌 이러는 거요?"

"저는 이 땅에서 사랑을 잃었습니다. 저는 누구의 어미도 아니고, 누구의 아내도 아닙니다. 저는 조선 사람도 아니고 청국 사람도 아닙니다. 우리 주인께서도 허락하셨나이다. 선비께서 저를 하늘로 보내주십시오. 저는 이 하늘 이 땅에서는 더 살기 싫습니다."

하린은 천제석의 품에 얼굴을 묻었다.

"하늘이시여, 거두어 주지 않으신다면 소녀, 이 방을 살아서 나가지 않으리다. 죽겠습니다. 제 하늘로 돌아가겠습니다."

하린이 얼굴을 들며 당돌하게 말했다. 방안으로 비쳐든 흐릿한 달빛에 하린의 둥그런 눈망울이 반짝인다. 그 눈망울에서 천제석은 허무를 보았다. 죽음으로 다가서는 절망이다.

'그리움의 끝이 하늘이라.'

천제석은 여인이 어떤 생각을 품고 있는지 알 수 있었다. 여인은 세상에 대한 모든 그리움을 눅이고 끄른 다음 하늘로 돌아가고 싶다는 것이다.

천제석은 말없이 방문을 열었다. 고달픈 세상이나마 살아가는 게 태어난 자의 도리라는 생각이 들었다.

"정녕 저를 내치시는지요? 저를 하늘로 보내주소서."

하린의 목소리가 떨렸다.

"죽고 싶으나 죽을 수 없는 몸입니다. 죽으려 애써도 죽어지지 않는 운명입니다. 차라리 선비께서 지켜보는 이 자리에서 내 하늘로 돌아가렵니다."

천제석이 고개를 돌리자 하린의 손에는 시퍼렇게 날이 선 은장도가 눈에 들어왔다.

"무슨 짓이오? 어서 칼을 거두시오. 은장도는 정조를 지키자는 칼이지 자살하는 데 쓰는 칼이 아니지 않소?"

"저는 두만강 근처에서 여진족으로 태어나 조선 땅에 놀러왔다가 뜻밖에도 사당패에 잡히면서 이제까지 말 못할 고초를 다 겪었습니다. 혼약을 맺은 오라버니와 강제로 헤어져 늙은 부자한테 팔려간 뒤 죽으려고 몸부림친 게 한두 번이 아니었습니다. 아들을 빼앗기고 쫓겨난 뒤로도 온갖 수모를 겪으며 살아왔습니다. 나중에는 딸마저 잃었습니다. 이제 저는 이 지친 몸을 떠나렵니다. 너무 낡은 하늘과 너무 아픈 땅에서 저도 떠나렵니다. 제 하늘로 돌아가고 싶습니다. 그런데 죽으려 애를 써도 죽어지지 않습니다. 제 하늘이 허락하지 않습니다. 제 하늘이 막습니다. 제발 죽도록 허락해 주소서."

하린은 칼을 든 손을 번쩍 쳐들었다. 그러자마자 천제석이 하린을 향해 뛰어들었다. 그의 손목을 잡긴 했으나 그만 알몸을 덮친 꼴이 되고 말았다.

"윽."

천제석의 손등에서 피가 흘렀다. 하린의 은장도에 살짝 베였다.

천제석은 하린의 손목을 힘껏 비틀어 칼을 빼앗고 하린의 몸에서 물러났다. 약쑥 같은 향긋한 감촉을 털어내듯이.

"나도 딱하고 그대도 딱하구려. 난 하늘이 아니오. 그러니 죽어서는 안 되오. 하늘을 찾거든 그에게 허락을 받으시오."

"선비님, 저의 눈은 틀리지 않습니다. 왜 아직도 당신이 하늘이신 줄 모르시나요?"

"그러지 마오. 내 삶도 고달프다오. 난 모르오."

"아직도 내 고통은 끝날 수가 없군요. 하늘이 야속합니다."

하린은 옷을 주섬주섬 주워 입더니 반절을 하고는 밖으로 불러나갔다.

하린은 흐트러진 매무새로 사랑방으로 돌아갔다. 그곳에서는 백남신이 혼자 술잔을 기울이고 있었다.

"허어. 천 선비가 네 그리움은 아니더냐?"

백남신은 허청걸음으로 들어오는 하린을 쓸쓸한 눈으로 바라보았다.

"예. 그분은 자신이 누군지 아직 모르고 있습니다."

하린은 힘겹게 대답을 하고는 제 방으로 가기 위해 뒤돌아섰다.

"괜찮다. 여기서 쉬거라."

백남신이 아랫목에 놓인 보료를 손가락으로 가리켰다. 하린은 비틀비틀 걸어가 보료 위에 누웠다. 백남신이 이불을 꺼내 덮어주었다.

백남신은 술상 앞으로 가 앉아 술잔을 기울였다. 하린의 얼굴을 건너다보는 백남신의 취한 눈에도 그리움이 그득 담겨 있다.

하린은 누운 채 그런 백남신의 시선을 고스란히 받았다. 하린은 이 그리움이 백남신 스스로를 향한 것이지, 하린 자신을 향한 것이 아니라는 것을 잘 안다. 천제석이 말한 그대로다.

자신의 가슴 속에 있는 그리움의 정체가 무엇인지도 모르는 사람들. 천제석의 말대로 하린 자신도 딱하고, 백남신도 딱하다. 하늘도 딱하고 땅도 딱하고 사람도 딱하다.

천제석은 날이 밝는 대로 짐을 꾸렸다. 하린을 향하는 백남신의 마음, 그리고 자신을 향한 하린의 마음을 아는 이상 더 머물 수 없다. 무엇보다도 자신의 얼굴에서 하늘을 보았다는 하린의 말이 자꾸 걸린다.

자신이 신인일지도 모른다며 생명의 위험을 무릅쓰고 사지에서 구출해 준 북하라는 청년, 두승산 시회에 다녀오던 중 꿈에 만난 노인과 그 노인이 꿈속에서 전해 준 비서^{秘書}, 그리고 하린이란 떠돌이 가희^{歌姬}가 자신에게서 보았다는 하늘.

이 모두가 우연은 아닌 듯싶다. 분명 필연이 깊숙이 박혀 있다는 생각이 든다. 게다가 비서를 전해 준 노인은 이 모든 것이 천제석 자신이 이전에 이미 짜놓은 도수라고 말하지 않던가.

'그래. 이 수수께끼를 풀자. 내가 과연 누구인지, 무엇인지 찾아내자.'

천제석은 굳은 결심을 했다. 몇 년이 흐르든 끈질기게 이 화두^{話頭}를 파고들기로 작정했다.

여우 사냥

일본군과 일본군이 무장하고 있는 기관총, 대포 등을 끌어들여 동학군을 무자비하게 진압한 조선은 가파른 내리막으로 치달았다. 내리막이라면 바닥이라도 있으련만, 조선이 굴러가는 바닥은 그 끝이 보이지 않는다.

더욱 무서운 것은 현실을 체념하는 사람들이 한둘씩 늘어간다는 점이다. 일군日軍이 개틀링 기관총과 사거리가 긴 대포 등 우수한 군사 장비로 속속 동학군을 격파하고 한양에 입성할 때마다 차라리 일본의 도움을 받아 우리도 개화해야 한다고 믿는 사람들의 주장이 힘을 얻었다. 프랑스·미국·영국보다는 같은 동양 국가인 일본의 도움을 받는 게 차라리 낫다고 생각하는 사람들도 있었다.

을미년乙未年, 고종 32년, 1895년 6월 1일. 조선 주재 공사 이노우에 가오루가 갑자기 물러나고 새 공사 미우라 고로가 들어왔다. 양반들은 동학군 평정을 기념하는 시회詩會를 열어 한가하게 시를 짓고 담소를 즐기던 그 무렵, 새 공사 미우라 고로는 조선을 통째로 먹을 준비를 착착 해나가기 시작했다.

미우라 고로.

그가 조선 공사에 임명된 것은 뜻밖의 사건이다. 그는 외교 경험이 전혀 없는 육군 장성 출신으로, 조선과 같이 복잡 미묘한 정세를 능란하게 처리할 만한 인물이 전혀 아니다. 게다가 더욱 특이한 일은 미우라 고로를 후임 공사로 추천한 인물이 바로 전임 공사인 이노우에라는 점이다. 여기에 또 한 가지 특이한 일은, 이노우에가 미우라의 부임 이후에도 일본으로 돌아가지 않고 17일 동안이나 공사관에서 함께 기거했다는 사실이다. 전임과 후임 공사가 함께 주재하는 일은 외교가에서는 지극히 이례적인 일이다. 이상한 일 몇 개가 겹치면 뭔가 비밀이 진행되고 있다는 뜻이지만 그걸 아는 사람이 없었다.

미우라는 입국한 지 며칠 만에 극비회의를 열었다. 참석자는 전 공사인 이노우에와 일등서기관 스기무라, 무관 오카모도, 그리고 일본인 마두들의 두목 이시다다.

"청나라를 쫓아내니 러시아가 등장했소. 이대로 가다간 조선을 러시아에 빼앗길지도 모르오. 조선이 아시아의 등신을 자처하며 이놈저놈에게 붙어 바짓가랑이를 잡으니 아주 골치가 아프게 되었소."

"지금 조선의 머리는 민비閔妃입니다. 그 여우 대가리만 없애면 몸통은 흐물거리니 아주 깨끗이 해결할 수 있습니다."

회의를 주재한 미우라가 먼저 운을 떼자 이시다가 나섰다. 이시다는 왕비를 낮춰 부르기 위해 성씨에다가 '비妃' 자를 붙여 민비라고 불렀다.

"자칫 잘못했다간 여우같이 교활한 그 여인 때문에 모든 일을 망칠 수 있소. 그러니 민비부터 죽여야만 하오. 그 여우만 없애고 나면 조선 조정은 저절로 우리 수중에 떨어지는 것이오. 왕은 아주 바보라서 그렇게 겁주면 말을 잘 들을 것이오."

이시다는 공식적인 직함이 있는 관리도 아니면서 일본 공사에서 열리는 비밀회의에는 반드시 참석한다. 회의는 형식상 공사가 주재하지만, 실질적인 소집자는 이시다인 경우가 많았다. 일본 공사와 그 밑의 관리들은 조선 사정에 훤하고 지략이 뛰어난 이시다에 의존해 조선 문제를 처리해 나갔다. 마두단을 거느리는 이시다의 정보망이 워낙 확실한데다가 부하들의 무력 또한 튼튼해 그의 말을 따르면 모든 계획이 아무런 차질 없이 척척 이루어진다. 동학 교주 최제우, 남학 교주 김치인, 동학군 전봉준, 김개남 등이 잡히거나 죽는데 이들이 알게 모르게 숨어 장난질을 쳤다. 아무도 말은 안하지만 누구나 다 안다. 그래서 조선 주재 일본 공사는 물론 본국에서도 이시다는 대對 조선 정책에 관한 한 일인자로 인정받는다.

"그러나 우리 일본이 앞장서서 여우 사냥을 하면 곤란해질 겁니다."

일등서기관 스기무라가 조심스럽게 의견을 냈다.

"이런, 한심한 사람 같으니. 우리 일본이 왜 나서는가? 지난해 경복궁 기습 때처럼 조선인 등신 하나를 내세우면 되지. 조선인 얼굴을 한 우리 마두단도 있고."

이시다와 오래전부터 함께 계략을 세워 온 이노우에가 스기무라에게 핀잔을 주었다. 이노우에는 이시다와 함께 동학군을 진압함으로써 의병이 다시 일어설 가능성을 완전히 끊어 버린 다음, 일본의 대 조선 정책을 방해하는 왕비를 살해하여 러시아의 간섭을 원천 봉쇄하고, 조선 조정에 친일 내각을 확실히 조직하기로 이미 작전을 짜놓고 있다. 의병이 일어나도 우두머리가 될만한 거물들은 그때그때 제거했다. 이 모든 사전 작전을 승인한 일본은 군사 작전 전문가인 미우라를 전격 발탁하여 조선에 파견한 것이다.

"그렇다면…… 또 대원군?"

미우라가 벌써 눈치를 챈 대원군을 거명했다.

"그렇소. 현 정권을 대체해서 조선 신민이 수긍할 만한 인물은 오직 대원군밖에 없소. 전봉준이도 대원군이 부추긴 거잖소. 잡아 죽인 건 우리지만."

이시다가 더 이상 얘기할 필요 없다는 듯 단호히 말했다. 대원군은 지금 며느리에게 실권을 빼앗긴 후 공덕리 아소정에 유폐중이다. 이시다 측이 적당히 먹잇감을 던져 주어가며 관리하고 있다.

"대원군이라면 오카모도 군이 맡아 줘야겠군."

이시다의 말에 고개를 끄덕이던 미우라가 무관인 오카모도에게 몸을 돌렸다.

"자, 이제부터 차질 없이 준비하라."

미우라는 군사 작전 전문가답게 벌써 상황 파악을 정리하고 부하들에게 명령을 내렸다.

"이 작전명은 '여우 사냥'으로 하겠소."

"여우 사냥이라? 흐흐. 그거 꼭 맞는 말입니다."

이시다의 말에 미우라가 큭큭 웃었다.

일본 공사관에서 왕비 살해 계획을 준비해 나가던 어느 날, 경복궁.

고종은 사실상 일본군이 지휘하던 훈련대에 해산령을 내렸다. 그리고 군부대신은 이 사실을 일본 공사관에 통고했다.

통고를 접한 일등서기관 스기무라는 헐레벌떡 뛰어가서 미우라 공사에게 이 사실을 보고했다.

"조선 정부에서 훈련대 해산령을 내렸다고 합니다."

"뭐라고?"

미우라는 자리에서 벌떡 일어났다. 허를 찔렸다.

"훈련대가 해산되면, 여우 사냥에 그들을 이용할 수 없게 됩니다."

미우라는 스기무라의 보고를 들으며 안절부절못하다가 입을 열었다.

"우리 계획을 수정해야 하는가?"

"수정이 아니라 계획을 앞당겨야 합니다. 어차피 우리에게 맞설 러시아군이나 청군조차 없는 마당에 하루라도 더 빨리 실행해야 합니다. 국왕 하나만 남는다면 얼마든지 쥐락펴락할 수 있잖습니까? 이 모든 계책이 여우 한 마리의 머리에서 나오고 있으니까요. 그 머리만 자르면 간단합니다."

잠시 멍한 시선으로 스기무라를 보고 있던 미우라가 이윽고 단호하게 내뱉었다.

"요시좋아! 당장 이시다 상에게 밀지를 전하라."

한양의 비밀 장소에서 훈련을 거듭하던 마두단 두목 이시다에게 마침내 작전 명령이 떨어졌다. 그와 함께 첩자, 마두, 낭인 조직이 소리나지 않게 착착 모여들었다.

8월 19일 저녁.

미우라는 공사관에서 최종 명령을 전했다.

"거사 예정일은 사흘 뒤였으나 사태가 절박하므로 계획은 오늘 밤 안으로 결행한다. 각자 맡은 임무는 변동이 없다."

미우라는 조선 조정의 경계를 교란하기 위해 오후 7시부터 우치다 영사가 주최하는 만찬을 열기로 계획을 짰다.

"야마모토 중좌, 다케시타 소좌."

미우라는 절도 있게 임무를 맡을 사람들을 호명했다.

"너희는 일본군 수비대와 해산 명령을 받은 조선군 훈련대를 동원한다. 1중대는 대원군 호위와 광화문 돌파를 맡는다. 2중대는 궁성의 동북 방면 경계를 맡는다. 3중대는 공사관 방위와 궁성의 서쪽 방면 경계를 맡는다!"

"하이!"

부하들은 목소리를 높이며 차렷 자세를 했다.

"다나카, 이토오. 너희는 한성신보사의 일본인 기자들과 지사들을 동원한다. 지사들의 일대⁕는 대원군의 집으로 보내고 다른 일대는 궁성으로 직행한다."

일본군은 뒤를 맡고, 최일선은 이시다가 직접 지휘하여 왕비를 살해하기로 한 것이다.

작전 명령을 내린 미우라는 아무 일도 없다는 듯이 태연하게 일본 영사관 연회장으로 향했다.

연회장에는 휘황찬란한 조명과 흥겨운 가락이 넘쳐흘렀다. 영사, 공사 모두 '여우 사냥' 작전이 개시되었음을 알고 있으므로 연회를 더욱 시끄럽고 화려하게 진행했다.

앞뒤 사정을 전혀 알지 못하는 조선의 친일파 대신들과 관리들은 마냥 즐겁게 연회를 즐겼다. 그 자리에는 왕비를 따르는 친러파 대신들도 참석했으나 아무도 이상 징후를 눈치채지 못했다.

새벽 1시.

대원군이 유폐되어 있는 공덕리 아소정에 수십 개의 그림자가 다가갔다. 별장을 지키던 왕실 소속 경위병이 그림자를 발견하고 소리쳤다.

"누구냐?"

경위병이 소리치는 순간 묵직한 주먹이 얼굴로 날아들었다. 순식간에 별장 마당은 격투장이 되어 버렸다.

얼마 안 가 대원군 별장을 지키던 경위병 10여 명은 일본군과 마두, 낭인 등 30여 명의 공격으로 간단히 제압되어 모두 포박당했다. 그 사이에 오카모도가 마당으로 들어섰다.

"조선 경위병의 옷으로 갈아입어라."

이때 대원군의 방에 불이 켜지며 문이 벌컥 열렸다.

"네 이놈들, 내 집에서 무슨 수작들이냐?"

오카모도가 불빛에 얼굴을 드러냈다.

"합하閤下, 저희들과 함께 가 주셔야겠습니다."

대원군은 깜짝 놀랐다.

"보아하니 일본 공사관에 딸린 놈들이구나. 누가 하는 장난이더냐!"

대원군은 마루 끝에 버티고 서서 호통을 쳤다.

"합하를 위해 우리 일본국이 나섰습니다. 민비를 처단하고 합하를 모시고자 합니다. 합하께서 서희와 함께 궁으로 가 주셔야 일이 순조로울 것 같습니다. 비밀작전인만큼 사전에 보고 드리지 못했습니다."

오카모도는 대원군을 달랬다.

"흠."

대원군은 좀처럼 따라나설 기미를 보이지 않았다. 대원군 이하응, 며느리 민자영에게 쫓겨나 '내가 나를 비웃는다'는 뜻의 아소정 별장에 갇혀 지내던 중이니, 며느리를 친다는 건 반갑지만 일본인의 속셈이 뭔지는 계산이 바로 나오지 않는다. 청나라에 속고, 일본에 속고, 늘 속기만 하다가 이 지경이 되었다.

1882년 6월 10일에도 경복궁에 들이닥쳐 명성왕후를 찾아 죽이려다 실패하고 민씨 일족들만 죽이고 말았다. 그때 달아난 명성왕후가 나중에 청나라와 내통하여 대원군은 이홍장에게 납치되고 천진으로 끌려가면서 거사는 끝장났다. 그 뒤 숨도 못 쉬고 있다가 겨우 아소정에 몸을 숨기고 있다. 그동안에도 동학군을 일으키는 등 몇 번이나 명성왕후를 끌어내리려고 시도했지만 일본과 청이 돌아가며 배신하는 바람에 이 지경으로 있다. 지금 그의 호칭은 대원군이 아니라 흥선군 興鮮君이다. 명성왕후를 따르는 조정의 대소 신료들이 대원군을 흥선군이라고 낮춰 부른다.

그러니 일본이 나선다고 한들 선뜻 믿을 수가 없다.

급해진 일본 측은 일등서기관 스기무라를 아소정으로 보내 대원군을 설득시켰다.

"합하, 우린 단지 합하를 능멸하는 못된 며느리를 처단하고자 할 뿐입니다. 조선 땅은 한 치도 요구하지 않겠습니다. 선린우호를 하고자 할 뿐입니다."

"흠."

대원군의 태도가 누그러졌다.

눈치를 읽은 오카모도는 행동대원들에게 턱짓으로 신호를 보냈다. 조선 경위병 복장으로 갈아입은 일본군과 낭인들이 대원군에게 달려들어 팔과 다리를 붙들었다.

"이놈들, 놔라! 감히 어디라고."

목소리는 담을 넘지만 행동은 고분고분하다. 노쇠해 가는 조선의 처지 그대로다.

오카모도는 새벽 4시 반경, 대원군을 가마에 태우고 경복궁을 향해 출발했다. 대원군을 설득하는 데 무려 두 시간 이상이나 걸렸다.

새벽 5시 30분.

예정 시간에서 한 시간이 지났다.

희끄무레한 새벽빛이 감도는 경복궁은 고요하기만 하다. 그러나 그때.

"탕탕탕!"

요란한 총소리와 함께 거친 발자국 소리와 비명이 뒤섞이며 경복궁을 흔들어댔다.

5시 50분.

육중한 광화문이 열리면서 그 안으로 일본인 수십 명이 밀려들어갔다. 그 뒤를 이어 총을 든 일본군 1개 중대 병력의 옹위를 받는 대원군이 가마를 타고 들이닥쳤다.

일흔여섯 살의 노인 대원군은 가마 속에서 지그시 눈을 감았다. 초췌한 낯빛에는 말 못할 비분悲憤이 서렸다. 이제는 어쩔 도리가 없다. 며느리 명성왕후를 죽이고 대권을 돌려받아야 한다. 그런 다음에 청병과 왜병을 상대하리라. 혼자 머리를 굴렸다. 당장은 며느리 민비가 더 밉다.

가마 밖에서는 일본인 지휘관들의 고함과 발자국 소리가 쉴 새 없이 들려온다.

"빨리 빨리! 날이 밝기 전에 일을 끝내야 한다!"

"궁궐 안을 샅샅이 뒤져라!"

"반항하는 놈은 무조건 죽여라!"

새벽을 틈타 경복궁을 습격한 일본인들은, 이를 막아내려는 궁성 시위대와 총격전을 벌이며 시시각각 경복궁 대전으로 진입했다. 단단히 무장한 일본인들은 궁성 시위대를 가볍게 돌파하고 경복궁 대전으로 진입하여 사방으로 퍼져나갔다.

새벽 6시 10분.

총을 든 일본군과 칼을 든 낭인, 마두들이 경복궁 옥호루에 모습을 드러냈다. 왕비의 침소가 있는 곳이다. 그들은 방문을 일일이 열어젖히며 소리쳤다.

"왕비는 어디 있느냐? 왕비를 찾아라!"

그 시각, 바깥에서 벌어지고 있는 사태를 짐작한 왕비와 궁녀들은 옥호루 안에서 한쪽 벽면에 바짝 붙어 공포에 떨었다.

"이것들이 나를 노리는구나."

왕비의 말이 끝나기가 무섭게 상궁은 궁녀 한 사람의 옷을 벗겨 왕비에게 갈아입혔다. 그리고 그 궁녀에게는 급히 왕비가 벗은 옷을 입혔다.

그때 문이 벌컥 열리면서 칼을 든 낭인이 방으로 들어섰다. 얼굴은 늙었으나 몸은 청설모처럼 재빠른 노인, 바로 이시다.

이시다는 방안의 분위기와, 여인들의 얼굴을 살피다가 냅다 소리쳤다.

"오이, 고코다여기다!"

이시다의 소리를 듣고 다른 일본군과 낭인들이 몰려들었다.

이시다는 칼을 치켜들고 덫에 걸린 사냥감을 대하듯 살기등등한 눈길로 공포에 질린 여인들의 얼굴을 찬찬히 살폈다.

"옷을 보아하니, 네가 왕비로구나."

이시다는 왕비 복장을 하고 있는 궁녀에게 다가섰다. 궁녀는 사시나무 떨듯 몸을 떨었다. 이시다가 고개를 갸웃거렸다.

"조선을 좌지우지하던 불여우가 이렇게 겁을 낸다? 시아버지 대원군을 쥐새끼 놀리듯 가지고 논 여자가 겨우 이 정도 심장이라고? 너 따위가 왕비라는 걸 누가 믿겠느냐?"

이시다는 왕비의 옷을 입고 있는 궁녀의 목을 단칼에 베어 버렸다.

"아앗!"

"철퍼덕."

삽시간에 궁녀의 목이 떨어져 구르면서 방안에 피가 뿌려진다.

궁녀들은 깜짝 놀라 이리 뛰고 저리 뛰었다. 일본군과 낭인들이 문을 막고 있어 밖으로는 나갈 수가 없다.

"이년은 왕비가 아니야. 너희들 중 한 년이겠지."

느물거리는 말투로 중얼거리던 이시다는 갑자기 궁녀 한 사람의 면살을 거칠게 잡아채고는 흉포한 목소리로 소리쳤다.

"누가 왕비냐? 바른대로 대라!"

면살을 잡힌 궁녀는 낯빛이 하얗게 변하면서 비명을 질렀다. 그때 상궁이 앞으로 나서서 떨리는 목소리로 말했다.

"왕비 마마는 여기 아니 계시오. 총소리를 듣고 벌써 피신하셨소."

"아니 계신다?"

상궁의 말에 이시다는 미묘한 웃음을 흘리며 중얼거렸다. 그때다.

"마마…… 마마, 어디 계시오이까?"

곤녕합 복도에서 남자의 목소리가 들려옴과 동시에 방문이 벌컥 열리면서 궁내부 대신 이경직이 뛰어들었다. 이경직은 궁녀 복장으로 숨어 있던 왕비를 찾아 두 팔로 가로막으며 외쳤다.

"네 이놈들! 이 불한당 같은 놈들, 여기가 어디라고 감히 범접하는 게냐, 썩 물러가지 못할까!"

그는 왕비가 누구인지 정확하게 지목해 주는 실수를 저지르고 말았다.

"등신."

이시다는 이경직 덕분에 누가 왕비인지 알게 되어 고맙다는 듯 비웃음을 흘렸다. 이시다는 칼을 들어 왕비를 가리키며 소리쳤다.

"이년이 바로 우리가 찾던 여우다. 이년아, 네가 그렇게 똑똑하면 러시아로 아주 도망가지 왜 여기 앉아서 모가지를 쳐들고 있었느냐? 어리석은 것들. 여우가 여기 있다. 어서 잡아 죽여라!"

깜짝 놀란 이경직은 칼을 든 낭인들에게 무작정 덤벼들었다.

"안 된다. 네 이놈들! 감히 조선의 국모에게…… 흑!"

그 순간 방 한켠에 있던 일본군이 총을 뽑아들고 방아쇠를 당겼다. 이경직은 움켜쥐었던 낭인의 옷자락을 스르르 놓으며 쓰러졌다.

궁녀들은 다시 비명을 지르고, 왕비도 얼굴이 새파랗게 질렸다.

그 사이 이시다는 직접 왕비를 향하여 칼을 겨누었다.

"어이, 민자영이!"

이시다와 왕비의 시선이 서로 마주쳤다. 숨이 간신히 붙어 있던 이경직이 기어와서 다시 이시다의 옷자락을 움켜쥐며 꺼져가는 소리로 절규했다.

"마마…… 마마는, 아니 된다……."

이시다는 이경직을 힐끗 돌아보다가 등짝에 칼을 찍었다. 이경직이 푹 꺼진다.

"너같이 머리가 둔한 놈은 내시 자격도 없다!"

그러면서 이경직을 힘껏 걷어찼다. 그는 피투성이가 되어 나뒹 굴었다.

"으아아악."

궁녀들의 자지러지는 비명이 다시 한 번 옥호루에 울려 퍼진다. 그런 소란에도 아랑곳없이 이시다는 왕비 앞을 떡 버티고 서 있는 상궁을 밀어젖히고 왕비에게 다가섰다.

"시간이 있다면 욕을 보이면서 천천히 죽여야겠지만, 안타깝게 도 내가 좀 바쁘구나."

이시다가 칼을 높이 쳐들었다.

"네 이놈들. 감히 쪽바리 왜놈들이 조선의 국모를 시해하려 드 느냐! 천벌을 받을 놈들!"

상궁이 필사적으로 왕비를 감싸며 발악했다.

"국모國母? 하! 나라도 없어질 판국에 국모는 무슨 말라비틀어 진 국모! 조선은 저년 때문에 망하는 거야!"

이시다는 기가 차다는 표정으로 한 발 더 다가섰다.

"내가 죽으면 귀신이 되어서라도 너희 일본국에 저주를 내리겠 노라. 두고 봐라!"

왕비가 이시다의 얼굴을 쏘아보며 말했다. 이시다의 얼굴을 머 릿속에 새겨 저승까지 가서라도 기억했다가 기어이 복수하겠다는 표정이다.

"왜? 귀신이 되어 일본에 불폭탄이라도 떨어뜨릴래?"

"저승 귀신들에게 호소하여 너희 일본에 천벌을 내리리라! 그때

가서 불폭탄이 떨어지거든 내가 내리는 천벌인 줄이나 알아라!"

"그러시든지. 죽고 나서야 네 마음이지!"

이시다는 싸늘한 웃음을 보이며 칼을 높이 치켜들었다.

마침내 왕비는 자신의 최후를 예감하고 이시다를 쏘아보다가 몸을 홱 돌렸다. 그 순간 이시다의 칼이 쇳소리를 냈다.

"으으윽."

이시다는 죽어가는 왕비를 바라보면서 두 손을 높이 쳐들었다.

그러자마자 왕비는 피를 뿜으면서 쓰러졌다.

왕비는 눈을 부릅뜬 채 자신을 둘러싼 채 내려다보고 있는 이시다와 일본군, 낭인들의 얼굴을 하나하나 노려보았다.

"뭘 노려보느냐! 저 근정전 앞마당에는 네 대가리를 어서 끊어 오라는 대원군의 성화가 아까부터 시끄럽다."

"내… 귀신이 되어서라도… 일본을 기어이 가라앉히리라."

피를 뿜던 왕비는 마침내 고개를 떨구었다. 낭인들이 달려들어 저마다 칼을 꽂는다.

"자, 조선의 심장인 이 경복궁은 우리 대일본제국이 장악했다. 이로써 '분로꾸·게이쬬노 文祿 慶長의 역役'*이 끝났다. 길고 긴 전쟁이 이제 끝났다. 대일본제국 만세! 천황 폐하 만세!"

"천황 폐하 만세!"

이로써 조선의 왕비이자 흥선대원군의 정적으로서 조선 말기의

---

* 임진왜란의 일본 측 명칭. 당시 천황의 연호에 역(役)이란 명칭을 붙였다.

무능하고 부패한 정치사의 한 축을 끌던 왕비 민자영은 마흔다섯 살의 나이로 세상을 떠나고 말았다.

"자, 이제 여우 사냥이 끝났으니, 승냥이만 잡으면 된다. 그러면 조선은 이제 제 힘으로 일어서지는 못할 것이다!"

이시다가 하늘을 찌를 듯 칼을 높이 쳐들며 외쳤다. 승냥이란 신인을 일컫는 마두들의 암호다.

단주(丹朱)가 신인이다

북하와 이차현은 이 고을, 저 고을을 돌아다니다가 군산으로 이동해가며 신인을 수소문했다. 왕비까지 일본인 낭인의 칼에 절명하고, 나라의 형세가 기운만큼 두 사람의 마음은 더욱 급하다. 그러나 신인은 쉽게 찾을 수가 없다. 그새 계절이 두 번이나 바뀌었지만, 반드시 이 사람이다 할 만한 사람을 만나지는 못했다. 그래도 두 사람은 포기하지 않고 끈질기게 찾아다녔다.

군산에 도착한 두 사람은 저잣거리를 돌아다녔다. 세상 돌아가는 소문을 듣기에는 상점이 죽 늘어서 있는 저잣거리나 주막거리가 안성맞춤이다. 장꾼과 장시꾼들의 밀민 들어도 시국이 놀아가는 형세며, 고을 안에서 일어나는 대소사는 훤히 꿸 수 있다. 특히 저잣거리 공터에 장이 서는 날이면 군산은 잔칫날처럼 흥청거린다. 이날은 장꾼들의 입에서 군산뿐만 아니라 가까운 고을의 소식도 함께 묻어 왔다.

북하와 이차현은 느릿느릿 장 구경을 했다. 산방에서 내려온 이래 장사꾼보다 더 장터를 자주 찾건만 볼 때마다 신기하다. 채소, 빗자루, 숫돌, 옹기, 옷감, 떡…… 마을에 들어가 보면 굶는 사람이 많지만 막상 장터에는 없는 물건이 없다.

"자, 맛있는 빵 사세요. 서양 사람들이 밥보다 더 좋아하는 빵이므니다."

느긋한 걸음으로 장마당을 둘러보던 북하와 이차현의 눈에 사람들이 유난히 많이 모여 있는 좌판이 눈에 띄었다. 두 사람이 다가가 까치발을 하고 들여다보니 장사꾼 하나가 좌판에 '빵'이라는 걸 올려놓고 팔고 있었다.

"왜놈들이 여기까지 들어왔군."

이차현이 좌판에 앉아 있는 장사꾼을 보고는 얼굴을 찌푸렸다. 장사꾼은 조선말을 유창하게 했지만, 억양이 다른데다가 받침을 발음하지 못해 일본인임을 금세 알 수 있었다. 설령 말을 하지 않는다고 해도 얼굴 표정이 어딘가 조선인과 다르다. 조선인은 무뚝뚝하지만 정이 깊어 보이는 반면, 일본인은 살살거리는 웃음을 띠고 있지만, 그 내면에 무엇이 들어 있는지 가늠하기 어렵다.

"동학군을 진압하고 나더니 이제 본격적으로 밀고 들어오는가 봅니다. 군산에 왜인들이 많다더니 정말 그렇네요."

북하도 이맛살을 찌푸렸다. 동학군이 흩어진 이후 일본 상인들의 진출이 두드러져 이제 군산에서도 심심치 않게 일본인을 볼 수 있게 되었다. 이들은 대개 일본에 들어온 서양 물산을 조선으로 갖고 들어와 많은 이문을 남기고 되팔았다. 이들이 갖고 온 물산은 주로 그릇과 옷감, 과자, 화장품 등 조선 사람들로는 처음 보는 진귀한 물건들이다. 조선 사람들은 일본인에 대해서는 반감이 많은 반면에 그들이 갖고 온 물건에 대해서는 호기심이 컸다.

"거, 빵이란 게 뭐로 만든 거요?"

북하가 구경꾼 안쪽으로 성큼 들어서며 물었다. 좌판에 진열된 빵이란 음식은 생긴 건 떡하고 비슷한데, 빛깔은 거무스름한 게 먹음직스러운 데다 달콤한 향기가 난다.

"밀가루에다가 달걀, 꿀, 소금 등 몸에 좋고 맛나는 것은 몽땅 넣어서 만든 것이므니다."

일본인 장사치가 얍살스런 웃음을 입가에 물며 대답했다. 잔치 또는 제삿날에나 겨우 먹을 수 있는 달걀을 넣었다니, 귀하고 맛난 음식임에는 틀림없는 듯하다.

"맛 좀 봅시다."

이차현이 북하 옆에 서자 일본인 장사치가 맛보기 용으로 따로 썰어 놓은 빵조각을 하나 들어 이차현의 입에 넣어 주었다.

"난, 이것 말고 저것으로 맛 좀 보고 싶소."

북하가 옆에 있는 새 빵을 가리켰다. 이차현이 맛 본 빵보다 더 부드럽고 푹신해 보이는 것이다.

"그, 그건 안 되므니다. 아타라시라 돈 내야 먹을 수 있으므니다."

일본인 장사치는 북하가 빵을 빼앗기라도 할 듯 펄쩍 뛰었다.

"아타라시? 그게 무슨 뜻이오?"

일본인 장사치가 무심코 내뱉은 말이 북하의 귀에 날카롭게 박혔다.

"일본말로 새 것이라는 뜻이므니다. 여기 있는 것은 맛보기지만, 그건 막 만든 거라 돈을 내야 먹을 수 있으므니다."

일본인 장사치가 계속 떠들어댔지만, 북하의 귀에는 그의 말이 제대로 들어오지 않았다. 부영과 처음 잠자리를 같이 하다가 실패했을 때 부영이가 물은 말이 바로 일본인이 지금 한 말 '아타라시'이기 때문이다.

"이봐요. 사람한테 '아타라시'라고 한다면 그건 또 무슨 뜻이 되오?"

"남자라면 숫총각이라는 거고, 여자라면 숫처녀라는 뜻이므니다. 본래 숫총각은 키무스코라 하고 숫처녀는 키무스메라고 하지만, 속된 말로 아타라시라고 하는 사람도 있으므니다."

"그렇다면, '오바상'은 무슨 뜻이오?"

"부인네를 말하는 것이므니다. 아타라시가 설익어서 풋 냄새가 난다면 오바상은 농익어서 단 냄새가 나지요. 사내들이 농담 삼아 쓰는 말이므니다."

일본인 장사치가 야릇한 웃음을 지으며 대답했다.

금세 얼굴이 붉어진 북하는 좌판에서 얼른 물러났다. 그리고 생각해 보았다.

'그렇다면 부영을 겁탈했다는 역졸들은 왜놈?'

일본말을 섞어 쓰며 대화를 주고받았다는 걸 보니 그 역졸들은 일본인이 틀림없다.

'그럴 리가? 왜 일본인이 역졸을?'

북하는 고개를 흔들었다. 그때만 해도 일본인이 지금처럼 흔할 때도 아니고, 또 그렇다 치더라도 역졸이 되어 역관에 근무할 리가 없다.

'왜놈이 아니라면 일본말을 잘 아는 역졸일 텐데……'

이 역시 썩 들어맞는 추리는 아닌 성싶다. 일본말을 섞어 쓸 정도라면 일본인과 교류가 많거나 역관譯官, 통역하는 일을 맡아 보는 관리 정도는 돼야 할 텐데 고부 같은 작은 고을에는 역관이 있을 필요도 없을뿐더러, 일본말을 알 만한 역졸이 있을 리도 없다.

'이상한 일이로군.'

북하는 풀리지 않는 수수께끼를 앞에 둔 것처럼 답답하다.

"그것 참, 빵이라는 게 맛이 괜찮구먼. 하지만, 값이 저렇게 비싸서야 누가 사먹겠어?"

빵 한 조각을 시식하고 난 이차현이 입맛을 다시며 북하에게 다가왔다.

"형님, 역졸 가운데 왜놈두 있을까요?"

"예끼, 이 사람. 왜놈이 어떻게 역졸을 하겠나? 아무나 역졸이 되는 게 아니고 공노비로 세습되는 자리야. 왜놈들이 왜 노비질을 자청해?"

이차현은 북하의 질문에 웬 싱거운 소리냐며 핀잔을 주었다.

'그렇다면 왜인들이 역졸로 위장했다?'

북하는 일단 그 정도로 의심을 접어두었다.

북하와 이차현은 전주를 거쳐 진안 고원으로 향했다. 진안은 산태극수태극이라는 금강의 상류다.

두 사람이 진안 땅에 들어서자, 찾아온 손님의 얼굴만 보고도 무엇을 원하는지 알아내고, 원하는 점도 잘 치고 굿도 잘하는 무녀巫女가 살고 있다는 소문이 들려왔다. 연화蓮花라는 이름의 이 무녀는 얼굴까지 천하 미인이어서 더욱 손님이 많다고들 했다.

"큰무당이야말로 신인일 수 있을 겁니다. 단군 할아버지도 박수였다는 말이 있으니 말이에요."

북하의 주장에 이차현은 일리 있는 말이라고 고개를 끄덕였다.

미인 무녀가 어떤 사람이냐는 두 사람의 물음에 진안 사람들은 서로 신이 나서 선전을 해 주었다.

"돈 없어 쩔쩔매는 사람도 그 무당한테 가서 하룻밤 처방만 받으면 금세 운수대통하고, 아픈 사람, 운수 나쁜 사람도 그저 하룻밤이면 쾌차快差하고 열흘이면 발복發福하고, 일 년이면 개운開運한답니다."

만나는 사람마다 한결같은 평가다.

북하와 이차현은 길을 물어 무녀의 굿당을 찾아갔다. 손님들로 붐빌 것 같은 무녀의 굿당 앞에는 사람의 그림자조차 보이지 않는다. 커다란 당산나무만이 울긋불긋한 비단을 휘감은 채 우뚝 서 있다.

집 앞에 이르러 보니 대문도 굳게 닫혀 있다. 다만, 한지에 붉은색 물감을 들여 만든 붉은 종이연꽃 한 송이가 대문짝에 매달려 있는 게 다른 집과 다르다.

"이름이 연화라더니, 그래서 연꽃을 걸어놓았군요."

북하가 핏빛처럼 붉은 종이연꽃을 보고는 중얼거렸다.

"헌데, 아무도 없는가 보네."

이차현이 실망한 눈빛으로 북하를 돌아보았다.

"여기까지 왔는데 문은 두드려 보아야지요."

북하는 모든 일에서 쉽게 물러서지 않는다. 할 수 있는 데까지 다 해 보고서야 포기하는 게 북하의 성격이다.

"안에 누구 계시오?"

북하는 문고리를 흔들어 대문을 치며 안에 대고 소리쳤다.

"대문에 붉은 연꽃이 걸린 걸 못 보셨나요? 오늘은 손님을 받지 않습니다."

안에서 고운 목소리가 들려온다. 무녀 연화다.

"붉은 연꽃은 보았소만, 그게 대체 뭘 뜻하는 것이기에 오늘 점을 보지 않는다는 거요?"

북하가 붉은 연꽃을 바라보며 다시 물었다.

"제게 한 달에 한 번씩 찾아오는 달거리가 있는 날입니다. 달거리를 하는 동안에는 손님을 받지 않습니다."

무녀는 월경을 하고 있다는 사실을 부끄럼없이 말했다. 다른 여인들 같으면 무슨 죄라도 지은 듯 숨기는데, 이 무녀는 당당하게 말했다.

"우리는 점을 보러 온 것도 아니고, 굿을 하러 온 것도 아니오. 사람을 찾으러 왔소. 그러니 대문 좀 열어 보시오."

이차현이 간곡하게 말하자, 무녀는 밖을 내다보다가 대문을 열어 주었다.

"그대와 하룻밤만 자고 나면 운수運數가 열린다고 하던데, 그런 기운이 있으면 나랏님을 품어서 기울어가는 국운國運을 일으켜 보는 게 어떻겠소?"

북하는 자리에 앉자마자 뼈 있는 말을 던졌다.

"호호호. 어디서 무슨 말씀을 들으셨기에 나랏님까지 품으라고 하십니까? 한 달 내내 음기陰氣를 모아 겨우 몇 사람 운수 풀어 주는 게 고작인 저한테 그렇게 어려운 말씀일랑 하지 마세요."

이번에는 이차현이 나섰다.

"그런 도력이라면 큰일에 써야지 어찌 하찮은 일에 쓰시오?"

"동학당들이 말하기를 사람이 곧 하늘이라고 하더이다. 가난하고 불쌍한 사람들이라도 일부러 제 몸 아파 찾아오고, 민생에 쫓겨 오는 걸 못 본 척할 수 있으리까? 그분들도 하늘인데요?"

"그런데 어떻게 해서 그대와 하룻밤을 자고 나면 운수가 풀리는 것이오?"

"저는 손님이 가지고 있는 악기惡氣를 받고, 제 안에 있는 선기善氣를 실어 줍니다."

"그러면 진짜로 합궁合宮을 한단 말이오?"

이차현이 펄쩍 뛰었다.

"오는 손님에 따라 다릅니다. 합궁이 필요한 사람과는 합궁을 하고, 그렇지 않은 사람에게는 다른 방법을 쓰기도 하지요."

"점을 치거나 굿을 하거나 기를 나누면 될 텐데, 어찌 합궁까지 하시오? 그렇다면 그대가… 창부娼婦와 다를 게 뭐 있소?"

이차현은 도무지 있을 수 없는 일이라는 투로 물었다.

"솔직히 말해서 기를 나누는 데 가장 속速한 방법은 합궁을 하는 것이지요. 나야 합궁하지 않고도 기를 나눌 수 있지만, 환자들은 그런 경지를 모르는 사람들뿐이니 어쩌겠어요? 다행히 나를 만난 사람은 경락經絡이 터지고 혈기血氣가 왕성해진다니 그로써 족합니다."

무녀는 이차현의 비판에도 전혀 흔들리지 않고 차분하게 대답했다.

"그러다 보면 그대의 몸은 온통 환자들이 뿜어낸 악기로 뭉쳐 끝내 터져버리지 않겠소?"

북하가 걱정 어린 얼굴로 물었다.

"그렇기 않아도 내 생냉이 솜 길지 못합니다. 내가 배운 재수가 무당질뿐이니 이렇게 해서라도 아픈 사람들 다독거리는 게 내 할 일이라 생각하고 있을 뿐입니다. 적선도 공덕이니 하다하다 못하여 그때가 되면 미련없이 돌아가야지요. 곤충이나 들꽃 같은 미물도 말없이 세상을 떠나는데 하물며 섭리를 아는 인간으로서 어찌 사바에 미련을 두겠습니까?"

"그대는 온몸을 내던져 이렇게 희생犧牲을 자처하는데 나는 오로지 내 일신의 고통만 부르짖으면서 남들이 겪는 고통에는 관심을 그리 보이질 못했소. 참으로 부끄러운 일이오. 내게 정말 큰 도량이 있다면 산이나 강이나 달을 끌어안고 잘 수 있다면 좋겠소이다."

북하가 고개를 끄덕이면서 부끄러워했다.

"아닙니다. 그대는 하늘 일을 하시는 분입니다. 바람처럼 왔다가 이슬처럼 저버릴 나같이 미천한 사람하고 어찌 비교하시오?"

"하늘 일이라니요?"

무녀의 말에 북하는 섬뜩 놀라 물었다. 순간, 자신이 스승 석전의 말대로 신장이 맞는가 싶다.

"그대는 하늘 사람입니다. 그대의 얼굴에서 하늘이 보입니다. 이 묵은 하늘 말고 다가올 새 하늘이요."

무녀는 북하의 얼굴을 바라보기가 송구스럽기라도 한 듯 눈을 지그시 내리깔고 말했다.

"내가 하늘 사람이라니, 내 얼굴에서 하늘이 보이다니, 그게 무슨 말이오? 알아듣게 좀 말해 주시오."

북하가 재차 묻자 무녀 연화는 도리질을 했다.

"그 이상은 모릅니다. 그저 그렇게 보일 뿐입니다."

무녀는 안타까운 목소리로 거기까지만 말하고는 다른 말로 돌렸다.

"얼마 전에도 하늘 사람을 본 적이 있지요."

"그게 누구였소?"

북하와 이차현이 동시에 물었다. 무녀의 눈에 하늘 사람으로 보인다면 혹시 신인일지도 모른다는 생각이 들었다.

"거지로 떠돌다가 전주에 사는 부호의 눈에 띄어 소실 자리로 들어간 여인입니다. 헌데, 주인의 친구를 한 번 본 이후 상사병에라도 걸린 사람마냥 넋을 잃어, 주인이 그 여인의 병을 고쳐 달라고 데려왔더라구요."

"그래서요?"

북하는 거지로 떠돌던 여인이라는 말에 모악산 금산사에 나타났던 나모하린이 떠올랐다. 혹시나 하는 마음에 북하는 무녀의 다음 말을 재촉했다.

"제 힘으로는 여인의 병을 고칠 수가 없었지요. 하늘 사람이 하늘로 돌아가고 싶어하는 그 병을 제가 무슨 수로 고치겠어요. 하늘 사람만이 고쳐줄 수 있지요."

"그래서 어찌 되었소?"

"그냥 돌아가고 말았습니다. 여인을 데려온 부호가 여인을 등에 업고 산을 내려가는 모습을 보았지요. 소실이 아니라 딸을 대하듯 소중하게 여기더군요."

"혹, 그 여인의 이름이 무엇인지 아시오?"

북하가 잔뜩 기대하면서 물었다.

"부를 때 보니 하린아, 이러더라고요. 부호가 여인의 이름을 몇 번 부르던 게 기억나요."

하린?

역시 북하의 짐작대로다. 그렇다면 나모하린일 가능성이 높다. 나모하린이 여진족 이름이라는 걸 드러내고 싶지 않아 앞의 두 글자는 떼어 버리고 하린이란 이름을 썼을 수도 있다.

"그 두 사람, 전주에서 왔다고 했지요? 하린이란 여인을 데려온 사람의 이름은 혹시 기억하시오?"

북하는 "제발!" 하는 심정으로 애가 타서 물었다.

"모르겠어요. 전주에서 손꼽는 부자라는 사실밖에. 나이는 마흔이 넘어 보였습니다."

나모하린이 의탁하고 있는 집의 주인이 누군지는 알아내지 못했지만, 나모하린이 전주에서 이름난 부호의 집에 머물고 있다는 사실을 알아낸 것만으로도 북하는 뛸 듯이 기뻤다. 당장이라도 전주로 달려가 나모하린을 찾고 싶었다. 신인을 찾는 일조차 뒷전으로 미루고 싶은 심정이다.

"이보게. 자네 또 동생 찾을 생각을 하고 있구먼."

두 사람의 대화를 가만히 듣고 있던 이차현이 북하의 속마음을 헤아리고는 짐짓 나무랐다.

"선생님께서 찾으라는 분을 먼저 찾아내는 게 순서일세. 그분을 찾고 나면 자네 동생이야 돌아가는 길에 금세 찾을 수 있을 걸세."

이차현이 북하의 임무가 무엇임을 다시 한 번 강조했다. 그러고는 여인을 향해 물었다.

"우리는 북하 이 사람의 말처럼 산이나 강이나 달을 품을 수 있는 신인을 찾고 있소. 아니 이 온 세상을 통째로 끌어안고 잠을 자서 그 악기惡氣를 바꾸어 놓을 수 있는 그런 분을 찾고 있소이다."

"내가 늘 그런 상상을 하기는 하지요. 저 달을 품으면 더 많은 사람들을 고쳐 줄 수 있는데 하고 말입니다. 그러려면 마고麻姑, 태초의 창조 여신나 서왕모西王母, 곤륜산에 산다는 聖母쯤은 되어야 할 것입니다."

여인도 자신의 능력이 보잘것없다고 한탄했다.

"그렇소이다. 우리가 찾고 있는 분이 바로 마고나 서왕모보다 더 높으신 분이오."

"그런 분을 찾거든 부디 아픈 사람 질병이며 고통을 다 쓸어가 달라고 말씀 좀 해 주시오. 마음 아파 못살겠습니다."

"그러리다. 부디 큰 복을 지으시오."

이차현은 그쯤에서 자리를 파하고 일어섰다. 북하는 뭔가 아쉬운 듯 머뭇거리다가 따라 일어섰다. 그때 무녀가 북하를 불러 세웠다.

"북하님."

무녀는 이차현이 북하의 이름을 부르는 것을 새겨듣고 그새 이름까지 기억하고 있다.

"왜 그러시오?"

"제게 할 말씀이 더 있으실 텐데……?"

"하린에 관해서는 더 이상 모른다 하지 않았소?"

무녀의 말에 북하는 속에 있던 생각을 접어두고 하린에 대한 이야기로 넘어갔다.

"그것 말고 또 물으실 게 있지 않습니까? 제가 하늘 일은 몰라도 땅의 일은 웬만큼 아니 한번 물어보세요."

"오늘은 손님을 받지 않는다고 하지 않으셨소?"

북하는 말을 꺼내기가 거북하여 딴청을 부렸다.

"기왕 오신 손님이 미덥지 못하여 그냥 가시는데 어찌 모르는 척하겠습니까?"

북하는 무녀의 끈질긴 요청에 별 수 없이 자리에 도로 주질러 앉았다.

"저……."

한참 망설이던 북하가 마침내 다시 입을 열었다.

"양반가 처녀의 몸으로 모르는 사내에게 겁탈당한 여인이 있소. 그 일로 아이까지 낳고, 다른 사내와 부부가 되어 살고 있는데, 잠자리에 들기만 하면 그때 일이 생각나서 몸이 뻣뻣하게 굳곤 한답니다. 그럴 때는 어쩌면 좋겠소?"

북하가 질문을 마치자 무당은 북하의 얼굴을 빤히 들여다보았다.

"부인을 데리고 한번 오세요. 그러면 고쳐 드리리다."

북하가 다른 사내의 이야기인 척 말했지만, 무녀는 그 이야기가 북하 본인의 사연인 줄 다 알고서 말했다. 그럼 더 할 말이 없다. 언제고 데려와야지 어쩌랴 싶다.

무녀를 만난 북하와 이차현이 머물던 주막에 돌아왔을 때, 주막의 밥 손님들은 한창 덕유산에 출몰한다는 활빈당 얘기로 떠들썩했다. 활빈당은 동학이 흩어진 뒤에 한 젊은이가 농민군들을 끌어모아 만든 것이라고들 했다. 그런데 진안 사람들은 활빈당을 두려워하기는커녕 도리어 반겼다.

"고리대금으로 축재한 부자나 일본에 아첨하는 무리들만 골라 때려잡으니 시원하겠다. 뺏은 재물을 몰래 가난한 양민들에게 나누어 주니 기쁘겠다, 이 아니 좋소?"

이차현은 활빈당 이야기에 관심이 가는 눈치다.

"여보게, 북하. 그 청년이 혹 신인이 아닐까?"

이차현이 북하의 귀에 대고 물었다.

"그럴지도 모르겠군요. 농민을 몰살당하도록 사지로 이끈 전봉준보다는 낫군요."

북하도 백성들이 반기는 도둑 얘기를 듣고 있노라니 예사 도둑은 아니다 싶다.

두 사람은 잠시 의논한 뒤 활빈낭 누복을 만날 수 있도록 수를 써보기로 했다.

"손바닥으로 해를 가릴 수는 없지. 남아로 태어나 세상을 건져야지 겨우 몇몇 궁민窮民이나 구제하려고 세상에 났나? 그러느니 현감 군수를 하는 게 낫지."

먼저 북하가 나섰다.

"그러게 말일세. 쳐부수려면 왜놈들을 다 쳐부숴야지 지나가는 제 나라 백성 한두 놈 때려눕히는 게 무슨 애국인가. 탐관오리나 도적떼나 그저 말은 번지르르 해서 죽어나는 건 항상 양민들뿐 아닌가. 어리석은 것들."

이차현도 주막에 있는 사람들이 다 알아들을 정도로 큰 목소리로 활빈당을 깎아내렸다. 혹시라도 연이 닿으라는 신호다.

"저, 혹시 연산에서 오신 이차현 선비님 아니신지요?"

그때 웬 사내가 다가와서 이차현 앞에서 허리를 굽신거렸다. 하는 양으로 보아서 뉘집 하인쯤 되어 보인다.

"그렇소만?"

이차현은 활빈당이 벌써 출현했나 하는 얼굴로 사내를 바라보았다.

"저희 집 서방님께서 저쪽 주막에 묵으시는데, 선비님이 이 주막에 계신다는 말을 듣고 모셔오라 하셨습니다."

"그래요? 누구시기에?"

이차현은 사내한테 물어 놓고는, 힐끗 북하를 돌아다보았다. 함께 가지 않겠느냐는 표정이다.

"서방님께서 이 선비님만 모시고 오라고 하셨습니다."

사내 역시 이차현의 의중을 눈치채고는 얼른 끼어들었다. 북하는 가보라는 뜻으로 눈짓을 해 주었다. 대낮 주막거리인데 별일 있겠느냐는 표정도 얼굴에 담아 보였다.

"그럼, 금세 다녀옴세."

"안심하고 다녀오십시오, 형님."

북하는 미심쩍으면 언제든 이차현이 간 곳으로 찾아가겠노라는 심중을 담아 말했다.

사내가 이차현을 안내한 곳은 그리 멀지 않은 다른 밥집이다. 북하가 있는 주막집으로부터 바로 다음, 다음 집이다. 주막거리에서는 제법 번듯한 곳이라 귀한 손님들이 많이 찾는 곳이다.

북하는 사내와 이차현이 들어가는 방까지 먼눈으로 확인하고는 홀로 앉아서 술을 마셨다. 그러면서도 이차현이 간 쪽을 흘깃흘깃 돌아다보았다.

"북하야."

그때다. 누군가가 뒤쪽 가까이서 나직이 북하를 불렀다. 기척을 전혀 느끼지 못했는데, 북하는 소스라치게 놀랐다.

"아니, 스승님."

북하를 부른 사람은 뜻밖에도 석전이다.

그는 얼굴을 알아보기 힘들 정도로 넓은 삿갓을 깊숙이 눌러쓰고, 손에는 길다란 지팡이를 들고 있었다. 그 지팡이가 어느 검보다도 강한 무기임을 북하는 잘 알고 있다.

"어쩐 일로 여기까지 오셨습니까?"

북하는 반가운 마음에 자리에서 벌떡 일어났다.

"저기 가서 이야기 좀 하자."

석전은 북하를 주막의 구석자리로 데리고 갔다.

"북하. 너는 어찌 신인 찾는 일에 대한 보고를 게을리하고 있느냐?"

석전은 역정 어린 목소리로 나직이 말했다.

북하는 그동안 석전에게 서신을 올리지 않았다. 만난 사람들이 모두 기인이긴 하지만 신인이라는 생각은 들지 않기 때문이었다.

"여러 사람을 만나 보았지만, 신인이다 싶은 사람이 없습니다. 스승님께 보고 드려 봤자 눈만 어지러우실 것 같아서……."

북하는 솔직히 털어놓았다.

"네가 만나는 사람이 신인인지 아닌지는 네가 판단할 일이 아니다. 너는 네가 만나고 다니는 사람들에 관해 한 사람도 빠짐없이 소상히 적어 올리면 된다. 신인이다 싶은 사람이 있으면 내가 따로 지시를 내릴 것이다."

"예, 스승님."

북하는 내키지 않지만, 스승의 명령인지라 공손히 대답했다.

"네가 무주에서 만난 바둑기사 단주가 예사 사람이 아닌 것 같더구나."

석전이 신중한 목소리로 말했다. 북하가 따로 서신을 올리지 않는데도 석전은 북하가 바둑기사를 만난 것을 이미 알고 있었다. 그리고 그가 예사 사람이 아닌 것 같다고 말하는 것으로 보아 북하가 기사를 만났다는 것만 단순히 아는 것이 아니라 만나서 나눈 대화까지도 어느 정도 아는 모양이다.

'스승님은 역시 대단하시군.'

북하는 속으로 감탄하면서도 석전이 그런 사실을 어떻게 알았는지 신기하고 궁금하다.

"그 사람을 다시 한 번 만나보고 신인인지 아닌지 시험해 보아라."

석전이 지시를 내렸다.

"시험을요? 어떻게 시험을 하면 될까요?"

북하가 얼른 묘안이 떠오르지 않아 물었다.

"이런! 요령까지 일러 주어야 아느냐?"

석전은 예전에 산에서 대하던 시절과 다르다. 그때는 인자하고 다정했는데, 이번에는 태도가 차가워서 냉기까지 느껴진다. 게다가 뭔가 급한 일을 꾸미는 사람처럼 서두르는 빛이 또렷하다. 북하는 상금을 타내기 위해 석전이 일부러 자신을 감옥에 넣고 관에 아첨하는 연기를 했을 때처럼 섬뜩한 기운이 느껴졌다.

"여기 일은 네가 알아서 해야지, 한양에 있는 나까지 내려오게 해서야 되겠느냐? 네가 하는 일이 오죽 답답했으면 내가 이렇게 먼 길을 내려왔겠느냐? 신장이 돼 갖고서 몇 년이 지나도록 자신이 지킬 신인조차 찾아내지 못한대서야 어디 말이나 되는 소리냐? 빨리 네 주인을 찾아내야 한다."

석전은 나직이 나무랐다.

"누차 말하지만, 내 존재는 아무에게도 알려서는 안 된다. 물론 네가 신장이라는 사실도 누설하지 말아야 한다. 함께 행동하고 있는 이차현에게도, 김항 선생에게도 말하지 말아라."

"언제까지 비밀로 해야 하는지요?"

북하는 이차현에게는 물론, 김항에게도 말 못할 비밀을 갖고 있는 게 영 부담스럽다. 게다가 신인을 찾고 있는 지금, 자신이 그 신인을 지킬 임무를 띤 신장이라는 사실조차 숨겨야 한다는 게 납득이 가지 않는다.

"때가 되면 내가 직접 밝힐 것이다. 그때까지는 입을 굳게 다물 도록 하라."

석전은 준엄하게 이르고는 자리에서 일어섰다. 마침 이차현이 손님들과 헤어졌는지 주막문을 들어서고 있었다. 석전은 이차현 옆을 스쳐 지나 밖으로 나가더니 이내 자취를 감추었다. 노인의 몸으로도 행동이 어찌나 가볍고 빠른지 한 줄기 바람이 왔다 간 것만 같다.

"조금 전에 그 사람 누군가?"

이차현이 주막에 들어서면서 북하와 함께 앉아 있던 석전을 본 모양이다.

"누구 말씀이에요?"

북하는 시치미를 뚝 떼었다.

"자네 앞에 앉았던 사람 말일세. 삿갓 쓴 사람. 자네하고 술을 같이 한 것 아닌가?"

"아, 그 사람이요? 자리가 없는지 제 앞에 와서 막걸리 한 사발 청해 먹더니 곧 가버렸어요."

북하는 능청스럽게 거짓말을 꾸며냈다.

"으응, 그래? 난 자네하고 그 사람이 긴한 얘기를 나누는 줄 알았지."

이차현은 자신이 잘못 보았는가 보다 하는 얼굴로 고개를 갸우뚱했다.

"그래, 누가 불러서 가신 겁니까?"

북하도 이차현을 불러낸 사람이 궁금하여 물었다.

"영덕에서 온 두 선비가 저쪽 주막에 머물더라구. 동학군 군영에서 자네하고 천제석 선비를 빼돌리고 얼마 뒤 후환이 두려워 동학군에서 나와 산방으로 올라갔다고 하네. 요즘 며칠 쉬러 이 근방을 유람하다가 우리 둘이 크게 떠드는 모습을 보고는 여기 있다는 걸 알아차렸다는군."

"그래, 무슨 급한 얘기라도 있으셨어요?"

북하는 신대평과 민부안 두 선비가 이차현은 물론 자신도 잘 아는 처지인데 굳이 이차현만 불러낸 이유가 미심쩍었다.

"아니. 그런 이야기는 전혀 없었네. 산방 학인들 소식과 김항 선생님 근황을 들었을 뿐이네."

"왜 굳이 형님만 불렀을까요? 저도 잘 아는 사람들인데요?"

"그러게 말일세. 오래 앉아 있으면 자네가 걱정할까봐 얼른 자리를 털고 일어서긴 했네만, 돌아오면서 생각해 보니 나도 그게 영 찜찜하더군."

이차현도 고개를 갸우뚱거렸다.

"형님, 우리 지난번에 만난 바둑기사 한 번 더 찾아가 볼까요?"

북하가 말머리를 돌려 제안했다.

"지난번에는 그 기사가 신인이 아닌 것 같다더니 왜 마음이 변했나?"

이차현은 의아한 눈초리로 쳐다보았다.

"지난번에 만난 것만으로는 좀 미련이 남아서요. 형님 말씀대로 어쩌면 그분이 신인일지도 모르는데, 너무 쉽게 지나쳐 버렸다는 생각이 드는군요."

"다시 만나 본다고 무슨 수가 있겠나?"

바둑기사 단주를 만난 이후로도 그에 못지않은 신인감을 만나봐서 그런지 이차현으로서는 그리 내키지 않는 모양이다. 게다가 김항에게서 이렇다 저렇다 답신이 없으니 더욱 흥미를 잃은 듯하다. 하지만 석전의 지시를 직접 받은 북하로서는 마음이 급하다.

"다시 가보면 무슨 수가 생길지도 모르지요."

북하는 이차현을 재촉해 무주로 발길을 향했다. 마음은 나모하린이 있을지 모르는 전주로 달려가고 싶지만, 몸은 그 반대 방향인 무주로 갈 수밖에 없다.

진안에서 운산, 월포를 지나 덕유산 자락을 서쪽에서 북쪽으로 돌아 무주를 향해 가고 있을 때였다. 북하와 이차현이 호젓한 산길을 걷고 있을 때, 어디선가 사사삭 하는 발소리가 들려왔다. 사람들이 몰래, 그리고 빠르게 움직이는 소리다. 소리로 봐서 수십 명은 될 듯싶었다.

북하는 긴장해서 칼자루를 힘껏 잡았다. 이차현도 움직임을 알아차렸는지, 지팡이를 들고 있는 손에 힘을 주었다.

"주막에서 큰소리친 게 효과가 있는 모양입니다."

"그러게 말일세."

두 사람은 덕유산 인근에서 활동한다는 활빈당이 나타난 것으로 짐작했다. 두 사람이 주막에서 활빈당을 향해 선전포고를 한 거나 마찬가지이니, 그게 그들의 귀에 안 들어갔을 리가 없다.

"꼼짝 마랏!"

아니나다를까, 다시 한 번 발자국 소리가 나더니 건장한 사내 수십 명이 앞길을 가로막고 나섰다.

"무슨 일들이오?"

북하가 검을 뺄 태세를 갖추며 점잖게 물었다.

"너희들이 감히 우리를 보고 손바닥으로 해를 가린다고 비아냥 거렸다는 놈들이냐?"

"오, 그건 그렇소. 그대들이 바로 활빈당이오?"

북하는 상대방을 적대하지 않고 친한 친구를 대하듯 했다.

"그렇다. 감히 우릴 업신여겨?"

"업신어긴 게 아니오. 그내들의 뜻은 가상하나, 그 방법에는 한계가 있다는 말이오. 남을 도우려면 제 것으로 도와야지 언제까

지나 남의 것을 빼앗아서 해결하겠다는 거요? 내 안에 있는 것으로 하지 않으면 임시방편에 지나지 않소."

북하는 차근차근 말했다.

"우리 아우 말이 맞소. 임꺽정이 실패한 것도 그런 대국大局을 보지 못한 탓이오. 천하사天下事에는 임꺽정이나 홍길동, 장길산이 필요한 게 아니라 이 세상 자체를 뜯어고칠 큰 사람이 필요한 것이오. 훔치려면 세상을 훔치란 말이오."

이차현도 겁먹지 않고 나섰다.

"두 분 말씀이 맞습니다. 저희 생각이 모자랐습니다."

두 사람이 몇 마디 하기도 전에 사내들 가운데 한 명이 앞으로 나섰다. 활빈당 두목인 듯하다.

"두 분 말씀을 아우들로부터 전해 듣고 얼마나 부끄러웠는지 모릅니다. 큰 깨달음을 주신 두 분을 평생 형님으로 모시고 싶습니다."

활빈당 두목은 두 사람 앞에 넙죽 엎드렸다. 신인감인가 하여 위험을 자초하며 끌어내었으나, 활빈당 두목은 그만한 인물은 못 되는 것 같다. 다만, 의기가 충천하여 들고 일어선 듯하다.

"형님은 무슨…… 백성을 위하겠다는 그 마음이 참으로 대단하오. 허나 이제부터 도적질로 백성을 돕겠다는 어리석은 생각 말고, 더 좋은 방법을 찾아보도록 하시오."

"저희는 이제 얼굴이 알려져서 세상에 살기도 어렵습니다. 산에서 화전이라도 일구며 살다가 좋은 세상이 오면 그때 내려갈까 합니다."

활빈당 두목은 이미 결심을 굳힌 듯 환한 얼굴로 말을 이었다.

"저희가 도적질이나마 할 생각으로 산에서 무술도 익히고 신체 단련도 많이 하였습니다. 어려운 일이 있으시면 이 덕유산 자락에 오셔서 '활빈당' 하고 큰소리로 외치십시오. 언제든 달려가서 도와 드리겠습니다."

활빈당 두목은 두 사람한테 다시 목인사를 크게 올리더니 부하들을 데리고 숲속으로 빨려 들어가듯 사라져 버렸다.

북하와 이차현은 무주에 도착해 다시 바둑기사 단주를 찾았다. 단주의 기원에는 전과 마찬가지로 대국을 기다리는 사람들이 줄을 지어 있었다. 차례가 가까운 사람은 아예 단주와 대국자^{對局}^者 주위에 둘러앉아 변화무쌍한 바둑판을 지켜보느라 세월 가는 줄 모르고 있었다.

"아니, 자네가 여기 웬일인가?"

그곳에는 뜻밖에도 신대평과 민부안도 와 있었다. 이들도 대국을 신청해 놓고 순서를 기다리고 있다가 북하를 알아보고는 반가운 인사를 했다.

"두 분 선비님을 여기서 뵙다니 정말 반갑습니다."

북하는 두 선비에게 깍듯이 인사를 했다. 지난번에 동학군 군영에서 친제식을 구출^{救出}할 때 위기에서 구해 준 뒤로 북하는 두 사람에게 늘 고마워했다.

"지난번 일로 어려움이 많으셨지요?"

"어려움은 뭘…… 그때 그 젊은 청년은 어찌 되었는가?"

민 선비가 궁금한 얼굴로 물었다.

"동학군을 따라다니다가 고향으로 돌아갔답니다."

"그 와중에 살아난 모양일세."

신 선비가 다행이라는 듯 고개를 끄덕였다.

"그래, 그 사람이 김항 선생님이 찾는 신인은 아니라던가?"

민 선비가 다른 선비들이 들을세라 북하의 귀에 대고 물었다.

"아니었습니다. 전혀 아니었습니다."

북하는 침통한 표정으로 고개를 설레설레 흔들었다.

"두 분은 그 청년을 빼돌린 일로 낭패는 안 당하셨습니까?"

"웬걸? 별 생각 없이 동학당에 돌아갔다가 하마터면 우리 목이 날아갈 뻔했다네. 분위기가 심상치 않아 얼른 도망쳐서 산방으로 돌아가 있었네. 덕분에 오늘날까지 목숨을 붙들게 된 셈이지."

두 사람은 당시에 겪은 일이 아찔했다는 듯 손날로 목을 베는 시늉을 했다.

"자네들이 함께 다니는 걸 보니, 아직도 신인을 찾지 못했는가 보군. 혹시 오늘도 신인을 찾아서 온 게 아닌가?"

눈치 빠른 신대평이 한 눈을 찡긋 하며 물었다.

"겸사겸사해서 왔습니다."

북하의 대답에 신대평과 민부안은 자기들 차례를 양보했다.

"그렇다면 자네가 먼저 대국하게. 우리는 천천히 해도 된다네."

북하가 바둑기사 단주 앞에 가 앉자, 그는 얼굴을 알아본 듯 이번에는 손가락 아홉 개를 폈다. 지난번 대국에서 북하가 다섯 점을 선착하고도 대패한 사실을 기억한 모양이다.

북하는 단주의 요구대로 아홉 점을 먼저 놓았다. 그러고는 단주의 공격을 기다렸다.

단주는 다시 예리하게 파고들어왔다. 아홉 점을 먼저 놓아 견고한 성채 같던 흑집은 몇십 수도 안 가서 형편없이 무너지기 시작했다.

북하는 수를 어떻게 놓아야 할지 막막했다. 단주가 신인인지 아닌지 알아보는 수는커녕, 바둑 한 수조차 제대로 놓지 못해 쩔쩔매고 있는 자신을 생각하니 한심스럽기 그지없다.

북하는 바둑돌을 손에 쥔 채 망설였다.

"이보오, 청년. 그 바둑은 이미 끝났네. 어서 돌 던지고 물러서기나 하게."

북하가 돌을 놓으려던 찰나, 누군가 북하의 엉덩이를 밀어내며 자리를 빼앗으려 했다.

"아니?"

그러잖아도 바둑에 밀려 열을 받고 있던 북하는 상대방의 무례에 화가 나서 소리치려다가 움칠했다. 자리를 밀고 들어온 사람은 바로 스승 석전 아닌가. 바로 뒤는 자리를 양보해 준 신대평의 차례였는데 어찌 된 일인지 석전이 나선 것이다.

"이런! 이대로 나가다가는 초가삼간도 못 짓겠구먼. 그런 솜씨

갖고 바둑의 달인한테 대국하자고 달려들다니, 젊은이 배짱도 대단하군."

북하는 별 수 없이 뒤로 물러앉았다. 석전은 단주의 앞자리에 떡 하니 버티고 앉았다.

북하는 뒤로 물러앉아 석전이 두는 수를 지켜보았다. 뭔가 의도가 있어서 일부러 찾아왔을 거라고 짐작했다.

단주는 앞에 앉은 석전을 보더니 손가락 세 개를 폈다. 석 점을 선착하라는 뜻이다. 석전은 거기서부터 반발을 하기 시작했다.

"석 점을 깔라니? 이 늙은이를 무시하는 거요? 바둑을 두어 보지도 않고 어떻게 내 실력을 안다고 함부로 그러는 거요?"

석전은 씩씩거리며 맞두겠다고 떼를 썼다. 거기다 한 술 더 떠 바둑돌까지 바꾸겠다고 했다. 즉, 실력이 밀리는 사람한테 주는 흑돌 대신에 백돌을 쥐겠다는 것이다.

단주는 석전을 물끄러미 바라보더니 바둑돌을 바꿔주었다. 단주가 사람들을 상대로 대국을 한 이래 처음으로 흑돌을 쥔 것이다.

단주는 바둑판의 한가운데인 천원天元에 흑돌을 척 내려놓았다. 석전은 뭔가 못마땅하다는 듯 단주의 얼굴을 한참 쳐다보았다. 그러고는 백돌을 검지와 중지 사이에 끼고, 한 손으로는 수염을 쓸어내리며 수를 궁리했다.

"잠시 소피 좀 보고 오겠소."

한참 동안이나 시간을 끌던 석전이 첫 수도 놓지 않은 채 일방

적으로 자리에서 일어났다. 단주는 석전에게 고개를 끄덕여 주었다. 바둑을 두다가 자리를 비운다는 건 여간 결례가 아님에도 괘념치 않고 받아들였다. 이미 흑백까지 바꿔 쥔 그인데 뭔들 안 되겠나, 그런 표정이다.

뒷간에 다녀온 석전은 다시 바둑판 앞에 앉았다. 그러고는 옆에 내려놓았던 칼을 무릎 위에 가로로 걸쳐 놓았다. 구경하고 있던 사람들이 모두 놀랐다. 북하도 깜짝 놀라서 지켜보았다.

단주는 그러거나 말거나 무표정한 얼굴로 북하와 칼을 번갈아 보았다. 석전은 아무렇지도 않은 얼굴로 돌을 집었다. 그러고는 왼쪽 위의 맨 귀퉁이에 척 하니 돌을 놓았다. 집을 지을 수도 없는 데다, 한 수만 끼우면 호구(虎口)에 걸리는 수다.

단주는 이게 웬 수인가 싶은지 한참을 생각하다가 석전이 놓은 백돌 바로 옆에 호구를 쳤다. 바둑돌을 처음 쥐는 어린애도 아는 쉬운 수다.

"어찌 그리 박정하시오? 숨쉴 구녕은 터주어야지 그걸 틀어막으면 나더러 죽으란 말씀이오? 사냥감 보인다고 이런 새끼까지 다 잡아버리면 다음에는 어디 가서 사냥한다오?"

석전은 정색을 하고 고개를 쳐들었다.

"한 수만 물러 주시오. 그러면 내 어찌 살아보리다."

석전의 억지에 단주는 아무 대꾸 없이 방금 놓았던 돌을 집어 들었다. 그러든지 말든지라는 표정이나.

"와하하하."

구경을 하던 선비들이 허리가 휘어져라 웃어댔다. 여지껏 단주와 대국하면서 물러 달라고 떼를 쓰는 사람은 처음이다. 게다가 첫수부터 물러 달라고 하니 바둑을 두자는 건지 생떼를 쓰겠다는 건지 모를 태도다.

석전은 구경꾼들의 웃음 따위는 모른 척하고 두 눈을 부릅뜬 채 바둑판을 노려보았다. 그러고는 화점에 바둑돌을 놓았다. 이렇게 해서 십 몇 수가 더 나갔다. 그림만 보아서는 제법 판세가 얽히고설킨 듯 싶게 나아간다. 그러나 실력차가 워낙 커서 석전의 대마는 허술하기 이를 데 없다. 군데군데 구멍이 숭숭 뚫린 듯하다.

웬만큼 판세를 키워가던 단주는 단 한 수에 석전의 대마를 옥죄었다.

"어휴, 호랑이가 뒤를 쫓아오는 것만 같아 가슴이 벌렁거리네. 이보시오, 무슨 수가 없겠소?"

석전은 옆에 앉아서 지켜보고 있는 북하에게 고개를 돌렸다. 북하 실력으로는, 석전의 대마가 소생할 가능성이 조금도 없다. 대답 대신 고개만 흔들었다.

"아무래도 술 한 잔 마셔야 수가 나올 듯하오. 목마다 죄어 놓아 숨쉴 틈이 없으니 목구멍이라도 터야겠소."

석전은 돌을 놓으려다 말고 너스레를 떨었다.

"내가 술을 안 마셔서 이렇게 고전을 하는 듯하오. 술 한 잔만 마시면 머리가 핑핑 돌아갈 텐데, 술 한 잔 주시구려. 혹 질까봐 걱정이라면 안 주셔도 좋소만, 그러자면 내가 주막까지 갔다와야 하니 기사께서는 그때까지 팔짱 끼고 기다려야만 할 거 아니오?"

석전의 너스레에 단주는 어이없다는 얼굴로 바라보다가 하인을 불렀다.

"노인장께 드릴 술을 한 상 차려 오너라."

하인은 금세 나가서 술상을 차려왔다.

"크어어."

석전은 술상을 받자마자 그 자리에서 대여섯 잔을 연거푸 마셨다. 그러는 동안에도 기사의 눈빛은 전혀 흔들리지 않는다.

"으음, 이제야 수가 보이네. 지극히 간단한 바둑을 내가 너무 어렵게 두고 있었구만. 자, 이제 내 차례니 내가 두겠소."

그러고서 석전은 바둑돌 세 알을 들어 한꺼번에 늘어놓았다.

"이게 무슨 짓이오?"

아무런 표정도 없던 기사의 얼굴에 마침내 동요가 일었다. 단주는 불쾌한 낯빛으로 석전을 건너다보았다. 구경하던 사람들도 뜻밖의 사태에 아예 입을 벌리고 말았다.

"아무리 지고 있더라도 이런 법은 없는 거요. 내가 한 점 두면 노인장도 한 점 두는 것이고, 노인장이 한 점 두면 또 내가 한 점을 두는 것이오. 이게 바둑의 기본법도요."

단주는 얼굴에 일던 불쾌한 낯빛을 거두며 천천히, 그리고 위엄 있게 말했다.

석전은 술이 묻은 입가를 손으로 쓰윽 문질렀다. 그리고는 무릎에 걸쳐놓았던 칼집을 들어 칼을 빼냈다.

"지난 동학난리 때 동비東匪, 동학농민들을 낮춰 부르는 말들은 죽창 들어 휘젓거나 혹 칼을 휘두르거나 혹 총을 한 방 땅 쏠 때 관군은 어 쨌소? 눈깜짝할 새에 수백 발을 쏘아대는 기관총을 쏘았소. 세상 은 그처럼 죽창과 기관총이 서로 싸우는데, 왜 바둑판만 돌 하나 에 돌 하나로 싸워야 하오? 칼 잡은 사람은 더 놓을 수도 있는 거 지."

단주는 그런 석전을 흘낏 쳐다보더니 못 본 척하고는 바둑판만 들여다보았다.

석전은 시퍼렇게 날이 선 칼을 빼어 오른손 옆에 놓았다.

북하는 도대체 석전이 무슨 의도로 저러는가 헤아려 보았으나 제대로 짚이지가 않는다.

"기사가 두실 차례요. 어서 놓지 않고 무얼 하시오?"

석전은 태연하게 말했다. 석전이 칼을 꺼내는 바람에 잠시 흔들 린 단주는 다시 침착하게 돌을 들어 한 군데를 골라놓았다. 수를 보니 역시 그의 기는 하나도 흐트러지지 않았다.

"흠, 역시 훌륭한 수요. 그러나!"

석전은 이번에는 두 수를 한꺼번에 놓았다.

단주는 매우 곤혹스러워하다가 또 한 수를 응수했다. 역시 그 의 수는 날카롭다. 상대가 두 개, 세 개씩 놓아가는 수에도 결코 밀리지 않는다.

팽팽한 긴장 속에서 수십여 수를 더 놓은 석전은 자리에서 일 어났다. 그때까지도 실은 석전이 불리하기만 하다.

석전은 칼을 들어 반상의 중앙 천원天元 자리를 콕 찍어 버렸다. 그러고는 칼을 거두어 칼집에 밀어넣었다.

석전은 그대로 서서 연설을 늘어놓았다.

"그대의 첫 돌이 사망했소. 바둑은 상극해야 이기는 오락이니 나도 상극하는 칼을 써서 그대를 이겨본 것뿐이오. 이 반상이 조선이라면 이 첫돌은 아마 임금쯤 되겠지요. 만일 조선 임금이 사라지면 이 판이 어찌 되겠소? 왕비도 경복궁에서 칼맞아 죽는 마당에 왕인들 무사하겠소?"

석전은 노인답지 않게 우렁찬 목소리로 말을 이었다.

"반상에서는 두 사람 모두 돌 하나에 하나씩 응대하지만 세상사에서야 어디 그런 적이 있었소? 양반, 세도가는 백성들이 돌 하나 겨우 놓을 때 수십 수, 수백 수를 먼저 놓지 않았소? 그런데 반상에서만 법도를 찾고 의리를 찾으니 무슨 소용이 있겠소? 동비가 죽창이나 꼬나들 때 관군은 기관총으로 갈겨버렸잖소. 내 말이 무슨 뜻인지들 알겠소? 그 이치를 모르니 우금치에 시신이 쌓이고, 왕이 도망다니고, 왕의 애비가 청나라에 잡혀가고, 왕비가 친정으로 도망다니다 칼 맞는 거 아니겠소."

석전의 태도는 자못 엄숙했다.

"반상盤床이 마치 변하지 않는 진리인 듯이 보이나 이렇게 칼로 그으면 못 쓰고 마는 환상幻床이오. 제 머릿속만 움직이고 나머지는 다 돌멩이인 줄 아는 게 신천의 병통이었으니 놀이를 해도 살리는 놀이를 하고들 노시오. 내가 잠시 농담 좀 했소이다."

그때까지 묵묵히 앉아 있던 단주가 천천히 고개를 끄덕였다. 석전의 말을 긍정하는 표시다. 뜻밖이다.

"우리 손님께서 좋은 가르침을 주셔서 정말 고맙소이다. 허나, 판은 중간에서 거두면 재미없으니 그래도 마저 두십시다. 아니, 내가 마지막 한 수를 둘 기회나 주시오."

단주는 들고 있던 바둑돌 하나를 방바닥에 놓고는 재떨이를 들어 쾅하고 내리쳤다.

바둑돌은 수십 개의 알갱이로 부서진다.

단주는 그 조각들을 쓸어 손바닥에 담더니 바둑판에 뿌렸다.

"이 정도면 서로 이기는 바둑 아니오? 상생相生을 원한다니, 이 바둑이 바로 살리는 바둑이오."

석전은 단주가 하는 양을 보더니 껄껄 웃었다.

"하하하! 국수國手감이라더니, 역시 그 말이 맞구려. 무례하게 군 점, 이 늙은이 나이를 보아 용서하시오."

석전은 바둑돌이 담겨 있던 통을 들어 한꺼번에 바둑판을 향해 내리부었다. 단주도 석전이 깔아놓은 흰 바둑돌 위에 검은 돌을 들이부었다.

"이렇게 하고 보니 참 보기도 좋소. 천하만민이 함께 하는 것 같소."

"흰 돌과 검은 돌이 아주 잘 어울리는군요. 하하하."

단주는 흐뭇한 표정으로 석전을 올려다보았다. 구경꾼들이 '와!' 하고 함성을 지르며 박수를 쳤다.

"이보게. 자네 말대로 다시 와보길 잘했네. 대단한 사람이로군. 반상에서 천하사를 보는 사람이야. 그렇지 않은가?"

뒷자리에서 구경을 하고 있던 이차현이 흥분하여 북하의 귀에 대고 속삭였다. 북하는 고개를 끄덕였다. 단주의 표정 없는 묵직한 얼굴도, 석전의 무례에 대응하는 점잖은 자세도 예사 사람으로는 갖추기 힘든 것들이다.

그러나……

이상하게 북하의 마음속에서는 의심이 꿈틀거렸다. 뭔지는 쉽게 잡히지 않지만, 개운하지가 않다.

"기사님, 오늘 자리는 이만 파하고 술이나 걸판지게 먹읍시다. 오늘같이 기분 좋은 날 술을 안 먹는대서야 되겠소?"

석전은 자신이 술을 내겠다며 큰소리쳤다.

곧이어 술상이 마련되고, 그 자리에 있던 사람들이 모두 한자리에 모여앉아 술을 마시게 되었다. 북하와 이차현도 합석을 하고, 신대평과 민부안 선비도 함께 했다.

바둑기사 단주는 술이 여러 순배가 돌아도 자세가 조금도 흐트러지지 않았다. 반면에 석전은 좌중을 한 바퀴 돌면서 술을 권하고 또 상대방이 돌려주는 술을 받아먹더니 완전히 혀가 꼬부라졌다.

"기사님. 요 임금의 아들 단주는 불초不肖하여 왕위를 물려받지 못하고 순舜에게 제위를 빼앗겼다고 하더이다."

석전은 몸을 제대로 가누지 못할 정도로 취했다. 금세 쓰러질 듯 비틀거리면서도 바둑의 시조로 일컫는 단주란 이름을 쓰고 있는 바둑기사에게 정곡을 찌르는 질문을 던졌다.

단주가 고개를 갸웃거리며 말한다.

"정말로 단주가 불초했다면 당시 조정 신하들이 어찌하여 그가 계명啓明하다고 하였겠소? 만족蠻族과 이족夷族에 대해 오랑캐라고 부르는 것을 그러지 말자고 한 게, 어찌 말이 많고 남과 다투기를 좋아하는 것이겠소? 온 천하를 대동大同 세계로 만들자는 것이 어찌 시끄럽고 싸우기 좋아하는 것이겠소?"

바둑기사 단주는 요 임금의 아들 단주에 대해 왜곡돼 전해 내려오는 주장을 통쾌하게 반격했다.

"허어. 원冤을 품은 요 임금의 아들 단주가 그대로 살아 돌아온 듯하구려."

석전이 감탄사를 흘리며 또 한 번 비틀거렸다.

"노인장은 이곳 분이 아니신 것 같은데……?"

바둑기사 단주도 석전의 정체가 궁금한지 이름을 물었다.

"나는 한양에서 내려온 석전石田이오. 돌 석石에 밭 전田 자를 쓰니 돌밭, 곧 풀도 잘 안 나는 자갈밭이란 뜻이오. 그저 자갈밭이나 가는 노인이라고 자호自號한다오."

말을 끝낸 석전은 수선을 피우며 북하 옆에 앉았다. 그러고는 다른 사람들에게 한 것과 똑같이 북하의 잔에 막걸리를 가득 따라주었다. 그러면서 북하의 귓가에 대고 작은 소리로 빠르게 말했다.

"저 바둑기사 단주가 신인임에 틀림없다. 김항 선생님에게 그렇게 서신을 올려라. 나는 한양에 올라가 있을 테니 한양의 내 거처로 그 결과를 알리도록 해라."

북하에게 말할 때는 석전의 발음이 멀쩡했다. 잠시 후, 큰 소리로 말할 때는 무슨 말인지 알아듣기 어려울 정도로 혀가 꼬였다. 알 수 없는 일이다.

"내가 오늘같이 기분 좋은 날은 처음이오."

석전은 한 말을 하고 또 했다. 좌중은 자기들 대화에 취해 석전의 말은 듣지도 않았다.

"오늘같이 기분 좋은 날, 술을 안 먹는대서야……."

석전은 마침내 그 자리에 벌렁 누워 코를 드르렁드르렁 골았다.

"북하, 저 노인이 자네한테 뭐라고 긴한 말을 하던 것 같은데?"

옆에 앉은 이차현이 뭔가 이상하다는 얼굴로 물었다.

"긴한 말은요? 뭐라고 말은 했는데 하도 혀 꼬부라진 소리를 해서 한 마디도 알아들을 수가 없던 걸요."

북하는 딱 잡아떼었다.

제4부
내가 하늘이다

무녀 연화

북하는 이차현에게 바둑기사 단주에 대해 서찰로 알릴 것이 아니라 곧바로 향적산방으로 가 김항 선생님께 직접 전하자고 주장했다. 이차현 역시 그를 신인으로 확신하는 바라 두 사람은 다음 날 즉시 향적산방으로 향했다.

이번에는 일행이 네 명이다. 머리를 식히러 잠시 나들이를 나섰다가 바둑기사의 집에서 마주친 신대평과 민부안 선비도 동행을 하기로 했다.

북하와 이차현은 향적산방에 닿자마자 별채로 김항을 찾아뵈었다. 그는 서탁에 앉아서 글을 쓰다가 두 사람을 맞이했다.

"바둑기사와 대국을 한 그 사람은 누구던가?"

두 사람이 바둑기사 단주를 만난 이야기를 하자, 김항은 바둑기사와 괴이한 대국을 벌이면서 시험을 한 석전의 존재부터 물었다.

"한양에서 내려온 석전石田이라는 노인입니다. 그뿐 아는 바가 없습니다."

북하는 석전의 당부대로 그의 존재를 모르는 체했다.

이차현도 들은 대로만 대답했다.

"흠. 도인을 시험하는 도수가 꽤 높구면. 그 정도 경지에 이른 사람이라면 내가 풍문에라도 이름을 들었을 법하건만……"

김항은 고개를 갸웃거렸다. 그러고는 낭패스런 얼굴로 말했다.

"그런데 이를 어쩐다? 신인을 찾았어도 모셔올 수가 없으니……"

김항의 말에 북하와 이차현은 어안이 벙벙해졌다. 여지껏 힘들게 찾아다니게 하고선 이제와 신인이라도 모셔올 수가 없다니 무슨 속셈인지 알 수가 없다. 그렇다면 두 사람은 몇 년을 헛수고했단 말인가.

"무슨 일이 있으십니까?"

이차현이 차마 불만을 터뜨리지는 못하고 볼멘소리로 물었다.

"《정역》이 아직 준비되지 않았어. 좀 말미를 가져야겠네."

"예? 그게 무슨 말씀이십니까?"

북하와 이차현은 동시에 눈을 동그랗게 떴다.

"지금 《정역》에 들어 있는 내용은 그저 《논어》니 《맹자》니 하는 책들과 다를 바 없는 텅 빈 말뿐이라네. 학인들에게나 가르칠 정도의 글이지. 《정역》에 진짜 들어가야 할 내용을 아직 못 썼다네. 신인에게 전해 줄 진짜 알맹이를 못 적었어. 자네들이 신인을 찾아다니는 시간을 말미 삼아 열심히 궁구하려 했는데, 내가 미처 끝내기 전에 자네들이 신인을 찾았구먼."

김항은 탄식처럼 내뱉었다. 그러고는 어느 정도 밝아진 얼굴로 덧붙였다.

"그러잖아도 이제 뭔가 보이기 시작해 그 알맹이를 찾아냈다네. 이거 보게들. 오늘부터 집필에 들어갔다네. 그러니 조금만 기다리면 될 걸세."

김항의 말을 다 듣고 나서야 북하와 이차현은 안심했다.

"그렇다면 얼마나 기다리면 신인에게 전해 줄 《정역》이 완성될까요?"

북하는 길어야 며칠, 아니면 한두 달 정도만 기다리면 될 것으로 짐작하고 물었다. 그 정도라면 김항이 만나 보겠다고 할 때까지 북하가 신장이 되어 그 바둑기사 단주를 호위하면 된다.

"한 일 년쯤 걸릴 것 같네. 하늘과 땅을 새로 바꾸는 일이 어디 그리 쉬운가."

김항은 북하의 기준으로서는 엄청난 세월을 말했다. 북하는 실망했다. 온몸에서 맥이 쭉 풀려나간다. 이차현도 마찬가지인 모양이다. 어깨를 축 늘어뜨린다. 그동안 온통 긴장하여 신인을 찾아다니다가 겨우 신인으로 보이는 사람을 찾았는데 이제 또 일 년을 넘게 기다리라니, 앞으로 어쩌라는 것인지 알 수가 없다.

"그렇다면, 선생님."

이차현이 잠시 망연자실 앉아 있더니 대안을 제시했다.

"일단 그 바둑기사를 만나 보시지요. 그리고 선생님께서 그분이 신인인지 아닌지 한 번 더 판단해 주시면 그에 따라 저희가 행동을 하면 좋겠습니다. 신인이면 지켜드리고, 신인이 아니라면 다른 신인을 찾아나서야 할 것 아니겠습니까?"

이차현의 말에 김항은 고개를 저었다.

"지금 만난다면 그분이 신인이든 아니든 아무 의미가 없다. 괜히 세상 소문이 시끄러워지면서 그분만 혼란스럽게 할 것이다. 미뤄둠세. 일 년쯤 더 기다린다고 무슨 일 나겠나."

김항은 한참 동안 궁리를 하더니 이렇게 결론을 내렸다.

"대신 내가 《정역》을 보완하는 동안 차현이는 그 바둑기사 밑에서 문하생으로 있으면서 지키도록 해라. 그러다가 위험이 닥칠 것 같으면 북하에게 도움을 청하도록 하고."

"그럼 저는 어찌할까요?"

북하가 답답해진 마음에 나서서 물었다.

"북하, 너는 네 가족을 거두어야지? 일전에 물한이가 산방에 가을걷이한 쌀을 들여놓으면서 꽃님이를 데려왔더구나. 벌써 많이 자라서 걸음마를 하는 것이 앙증맞기 그지없더구나. 내려가서 그동안 못한 아비 노릇 좀 질 해 주려무나. 신인을 찾아 온 세상을 구하는 것도 중요하지만, 내 곁에 있는 가족부터 온전히 거두는 것이 바로 온 세상을 거두는 첫걸음이니라."

김항은 엄격한 스승이 아니라 인자한 할아버지가 되어 일렀다.

"아버지 오셨다!"

북하가 집에 들어서자, 아이를 등에 업고 저녁 준비를 하고 있던 부영이 반갑게 웃으며 맞았다.

"아부지, 아부지."

아이는 그새 말을 배웠는지 북하를 보더니 더듬더듬 말을 했다.

"어디 보자. 우리 꽃님이 많이 컸구나."

북하는 밭에서 무를 뽑듯이 포대기에서 아이만 쏙 뽑아내어 머리 위로 번쩍 들어올렸다.

"헤헤헤."

겨드랑이를 잡고 까부르자 아이는 간지러운 듯 까르르까르르 웃어댔다. 아이는 얼굴이 둥그스름한 게 부영을 닮았으나, 눈매만큼은 날카로워 여느 아이답지 않은 영리함이 느껴졌다.

"꼬, 꽃님이 아버지 와, 왔구먼."

저녁때가 되어 물한이 건너왔다.

"예. 형님께서 제 식솔들 거두시느라 애 많이 쓰셨다지요?"

북하가 물한에게 고마움을 먼저 표시했다. 물한은 농사를 지어 그것으로 부영과 꽃님이를 먹이고, 향적산방의 식량까지 대고 있었다.

"애는 무, 무슨…… 꼬, 꽃님이 엄마가 도와 줘서 어, 얼마나 힘

이 되는지 몰라. 그리고 꼬, 꽃님이 재롱 보느라 세, 세월 가는 것
도 모르겠어."

물한은 꽃님이 아버지 노릇까지 해 주고 있었다. 꽃님이만 보면
예뻐서 어쩔 줄 모르고 아낌없이 귀여워하니 북하가 못 다한 아비
의 정을 물한이 대신 듬뿍 준 셈이다.

"형님 덕분에 제가 안심하고 돌아다녔습니다."

북하는 물한의 거친 손을 꼭 잡았다.

"나, 나 같은 무지렁이가 뒷받침이라도 해야 자, 자네가 크, 큰
일을 하러 다닐 수 있지 않겠는가?"

물한은 북하가 김항의 명을 받아 큰일을 하러 다닌다는 사실
을 어렴풋이 알고 있다. 그래서인지 북하를 볼 때면 귀한 임무를
띤 사람을 보듯 존경 어린 눈빛으로 바라보곤 했다.

밤이 되어, 북하는 웃방에 따로 펴놓은 이부자리에 들면서 부
영의 팔을 잡아끌었다. 꽃님이는 안방에 이미 잠들어 있다.

부영은 북하가 집에 오면서부터 긴장했다. 한편으로는 반가워
어쩔 줄 모르면서도 다른 한편으로는 바짝 긴장하여 온몸이 굳은
모양이다. 북하와 잠자리를 같이하는 날이면 몸이 딱딱하게 굳어
버리던 일이 생각나 지레 반응을 보이는 것이다. 그런 줄 알기 때
문에 북하는 부영이 지레 긴장하지 않도록 일부러 세상 이야기를
늘어놓았다.

"그대 얼굴이 더욱 고와 보이오. 나이를 거꾸로 먹나봐?"

"논밭에 나가다 보니 새카맣게 탔는걸요?"

목소리가 떨린다.

"이리 들어오오. 함께 누워서 이야기나 합시다."

나모하린 이래 여자를 품는 것이 낯설고 서툴다. 그렇지만, 부영은 역졸들에게 겁탈당한 기억이 되살아나 몸이 마음처럼 움직이지 않고, 북하도 부영이를 생각하여 합궁을 해 보려 노력했지만 번번이 실패했다.

그때 충격이 얼마나 심했으면 부영이 이 지경에 이르렀는가 하여 가슴이 아프다. 그래서 북하는 자신의 욕정을 풀기 위해서가 아니라, 부영의 과거를 풀기 위해 일부러 더 노력했다.

부영은 옷을 입은 채 북하의 이불 속으로 들어왔다. 북하는 이런저런 이야기를 하면서 부영의 옷을 하나하나 벗겨 주었다. 그러면서 부영의 몸을 부드럽게 어루만졌다. 저고리를 벗기면서 목덜미를 쓰다듬고, 치마를 벗기면서 허리께를 어루만지고, 다시 속치마를 벗기면서 젖가슴을 두 손으로 감쌌다.

세상 이야기는 시냇물처럼 흐른다. 그간 돌아다니며 보고 들은 이야기다.

북하가 옷을 벗기는 동안 뻣뻣하게 굳었던 부영의 몸은 차차 풀려나갔다. 누운 자세에서도 곧추세우고 있던 등줄기가 편안하게 내려앉고, 꼿꼿하게 뻗은 두 다리도 부드럽게 풀렸다.

북하는 부영의 이런 변화를 하나하나 느꼈다. 북하가 몇 달 떠나 있는 동안 부영은 어느 정도 그때의 충격을 이겨내고 있는 듯

했다. 북하는 다행이라고 생각하면서 서두르지 않고 천천히 부영의 몸을 열어나갔다.

부영의 속곳까지 벗겨 내린 북하는 알몸이 된 부영의 가슴으로 올라가 세상 이야기를 계속 해나갔다. 단주의 바둑 이야기, 무당 연화 이야기, 활빈당 이야기, 한양 소식도 들은 대로 속삭였다.

그의 입술로 천천히 부영의 몸을 훑어내렸다. 목선을 지나 젖가슴 가운데를 지나 전보다 조금 더 두둑해진 배 위를 지나 아래로 아래로 내려갔다.

"으음."

부영의 입에서 가느다란 신음이 터져 나왔다.

북하는 혹시라도 부영이 긴장할까 걱정할까봐 동학 이야기를 해 주고, 군산 시장에 나온 서양 물산 이야기도 재미나게 해 주었다.

북하는 한 손으로는 부영의 허리를 받치고 다른 손으로는 귓볼을 만지다가 목으로 흘러내려 가슴에 와 머물렀다. 이야기는 계속된다.

북하는 부영의 젖가슴을 커다란 손으로 감싸고는 꽉 움켜쥐었다.

"왜인이 구운 빵이 딱 이런 모양입디다."

"우웃."

부영은 허리를 위로 휘면시 다시 힌 번 신음을 토했디.

북하는 쉬지 않고 세상을 이야기를 해가면서 부지런히 손길을 움직였다. 잘룩한 허리를 지나 펑퍼짐한 엉덩이를 쓰다듬다가 앞으로 향했다. 손길이 허벅지 사이를 지나자 부영은 본능적으로 허벅지에 힘을 주며 두 다리를 잔뜩 움츠렸다. 북하의 손을 몸속으로 빨아들이기라도 하려는 듯.

"장에 가면 고운 서양 분도 있다던데요?"

"응, 내가 하나 사오리다. 하도 바빠 그걸 생각 못했네. 하도 정신없이 다녀서."

북하는 두 허벅지 사이를 조심스럽게 탐색해 거웃 아래쪽을 살짝 스쳐지나가 보았다. 촉촉한 무엇인가가 손끝에 느껴졌다.

'아, 이젠 됐다!'

부영의 몸이 마침내 열렸다.

북하는 안심하며 제 옷을 하나씩 벗었다. 그러는 동안 부영도 북하의 몸을 쓰다듬었다. 널찍한 등판에서, 날렵한 엉덩이까지 손이 내려왔다.

모든 준비를 갖춘 듯, 부영의 다리가 조금씩 벌어졌다. 북하는 심호흡을 하고 부영의 몸으로 뛰어들었다.

"읍."

부영의 음문을 여는 순간, 몸이 다시 뻣뻣하게 굳어 버렸다. 그와 함께 음문마저 꽉 닫혀 버렸다. 부영은 눈까지 허옇게 뒤집어썼다.

"이보오, 부영. 정신 차리시오."

북하 역시 잔뜩 긴장해서 정신줄을 놓으려는 부영의 몸을 잡아

흔들었다.

"괜찮소. 이제 됐소. 아무 걱정 마시오."

북하가 애타게 부르짖자 부영의 눈빛이 제대로 돌아왔다. 몸은 여전히 장작처럼 굳어 있다.

북하는 다시 옷을 입었다. 그리고 부영에게도 옷을 입혀 주었다.

"꽃님이 아버지, 미안해요. 몸이 말을 듣지 않네요. 저는 북하님을 받고 싶은데, 몸이 움직여 주질 않아요. 저 때문에 북하님만 매번……."

얼마 후, 몸이 어느 정도 풀린 부영은 기어이 눈물을 흘렸다.

"괜찮소. 이 일이 어찌 그대 탓이겠소."

북하는 허탈한 심정으로 천장을 바라보며 누웠다.

"부영, 이번에 여행하면서 연화라는 무녀를 만났소. 무슨 문제든 사람 얼굴만 보면 알아차리고 해결해 준다고 하오. 그대 이야기를 했더니, 자기가 고칠 것을 장담하며 꼭 데려오라고 했소."

"굿을 해서라도 고칠 수만 있다면 어딘들 못 찾아가겠어요? 저는 정말 당신에게 안기고 싶어요."

부영은 북하의 가슴에 머리를 파묻었다.

진안 고원에는 다른 곳보다 겨울이 일찍 찾아왔다. 눈이 내려 산과 들과 집과 길에 하얗게 덮여 있다.

젖먹이를 데리고 가는 여행길이라 준비를 단단히 한다고 했지만, 그래도 한기가 파고든다. 겨울바람 한 줄기가 휘잉 하고 지나갈 때마다 귓불이 떨어져 나가는 것만 같다.

북하는 부영의 등에 업힌 꽃님이한테 찬바람이 들까봐 몇 번씩이나 포대기를 여며 주었다. 포대기로 감싸고, 다시 토끼털 덮개까지 씌운 덕분인지, 아니면 제 어미의 체온 때문인지 꽃님이는 기척도 없이 잠을 잔다.

굿당에 다다르자, 대문이 활짝 열려 있고 처마에 하얀 종이 연꽃이 주렁주렁 매달려 있다. 연꽃 빛깔만으로도 무녀가 손님을 받는 날이라는 것을 금세 알 수 있다.

하얀 연꽃이 달린 날인만큼 마당에는 손님이 들어차 있었다. 안에서는, 어느 집 귀신을 위로하는지 굿판이 한창 벌어지고 있었다. 들여다보니 무녀 연화는 울긋불긋한 무복을 입고 북과 징소리에 맞추어 칼춤을 추고 있었다. 몸이 어찌나 가뿐한지 땅에 발을 대지 않는 것만 같다.

손님은 무녀의 어린 딸이 맞고 있었다. 열두세 살쯤 되어 보이는 아이지만, 다부진 솜씨로 손님을 받았다.

"손님은 사흘 후에나 오셔야겠어요. 미리 약조해 둔 손님이 많으시거든요."

북하와 부영은 사흘 뒤에 다시 오기로 예약을 해놓고 굿당을 내려왔다. 그러고는 깨끗한 주막을 찾아 방을 정했다.

사흘 후, 다시 굿당을 찾자 손님이 아무도 없었다.

"두 분을 맞기 위해 다른 손님은 받지 않기로 했거든요."

무녀 연화는 북하를 기억하고 있었다. 지난번에 만났을 때 북하가 말한 내용도 또렷이 기억했다.

"우선 부인의 사연부터 들어봐야겠습니다. 손님께서는 아기와 함께 이 방에서 기다리시지요."

무녀는 대기실로 쓰이는 큰 방에 꽃님이와 북하를 남겨 놓고 자신은 부영을 데리고 신중탱화가 있는 작은 방으로 건너갔다.

무녀와 부영은 두 식경이 지나도록 나오지 않았다. 어미와 떨어지기 전 젖을 배불리 먹은 꽃님이가 다시 젖을 보채도록 방안에서는 소식이 없었다.

"으아앙."

처음에는 칭얼거리며 젖을 달라던 꽃님이가 기다리다 지쳤는지 자지러지게 울어대기 시작했다. 북하가 아무리 얼르고 달래도 들은 척도 하지 않고 울어댔다.

"아가 아가, 아버지 여기 있어. 우리 꽃님이 착하지."

아무리 얼러도 꽃님이는 입술이 새파래지고 숨이 꼴딱 넘어갈 정도로 울어대기만 했다.

마침내 작은 방이 열리면서 무녀가 얼굴을 내밀었다.

"아이 어머니는 지금 나갈 수 없습니다. 아기가 배고파 우는 것 같으니 미음이라도 끓여 먹이지요."

그러고는 딸을 불러 아기 미음을 끓여 내오라고 시켰다.

부녀의 딸이 미음을 끓이는 동안에도 꽃님이는 울음을 그치지 않았다.

곧 미음이 들어왔다. 북하는 호호 불어가며 더 식힌 다음 아이를 방바닥에 앉혀 놓고 숟갈로 떠먹였다. 어미젖만 빨다가 숟가락을 처음 대한 꽃님이는 안 먹겠다고 도리질을 치더니, 얼핏 맛을 보고는 숟가락을 뺏으려 들었다.

"아부지, 아부지. 맘마, 맘마."

꽃님이는 입맛을 다시며 맛나게 미음을 받아먹었다. 빠른 애들은 돌 지나면 바로 젖을 뗀다는데 꽃님이도 이젠 젖을 떼도 될 만하다. 미음 한 공기를 다 먹고 난 꽃님이는 북하가 건네주는 숟가락을 쥐더니 그걸로 밥을 뜨는 시늉을 했다. 얼마간 밥공기와 숟가락을 갖고 놀던 꽃님이는 북하의 품에 안겨 잠이 들었다.

"얘야, 내일 오실 손님이 저 아래 혹부리 주막에 묵고 계신다고 했지?"

저녁 해가 넘어갈 무렵에야 무녀는 작은 방에서 나와 딸을 불렀다. 얼굴이 지쳐 있다.

"냉큼 내려가서 그분들께 여쭈어라. 내일은 굿을 하기 어려우니 모레 올라오시라고."

무녀의 딸은 어머니의 말이 떨어지자마자 쪼르르 산 아랫마을로 달려 내려갔다.

"손님, 부인은 오늘 저하고 같이 주무셔야겠습니다. 손님께서는 주막으로 내려가셨다가 내일 아침에 다시 올라오세요. 아기는 미음을 끓여 달라고 해서 먹이셔야겠습니다. 젖 뗄 때가 되었으니 그래도 괜찮을 겁니다."

무녀는 북하에게도 일렀다.

"집사람은 어떻습니까?"

부영만 남겨 놓고 내려가기가 걱정스럽다.

"아직 모르겠습니다."

무녀는 휘청거리는 걸음으로 마루 끝에 서더니 가슴을 앞으로 내밀고 두 팔을 뒤로 젖히면서 크게 숨을 쉬었다. 부영이는 울고 있는지 가늘게 흐느끼는 소리가 방에서 흘러나온다.

다음 날 아침 일찍 북하는 주막에서 이른 아침을 얻어먹고 굿당으로 올라왔다. 처음으로 어미 품을 떨어진 꽃님이가 밤새 어미를 찾는 바람에 잠을 제대로 못 자서 몹시 노곤하다.

"제가 부르기 전까지는 무슨 일이 생기든 상관하지 마시고 여기서 기다려 주세요."

무녀는 오늘도 북하와 꽃님이를 대기시켰다. 북하가 하루 종일 하는 일이라곤 꽃님이를 상대로 놀아 주고, 배고프다고 칭얼대면 미음을 얻어 먹이는 일뿐이다. 그러면서도 북하는 무녀가 부영을 어떻게 치료하는지 궁금해 작은 방을 향해 귀를 기울였다.

점심과 저녁 중간 무렵이다. 그동안 두런두런 이야기가 오가던 작은 방에서 갑자기 큰 소리가 나기 시작했다. 내용은 알아듣기 어렵지만, 욕설을 퍼붓고 있다는 것만은 알아들을 수 있었다. 뒤이이 큰 싸움이라도 벌이는 듯 방에서 우당탕퉁탕 소리가 들려왔다.

북하는 걱정이 되어 방으로 뛰어들고 싶은데, 함께 기다리던 무녀의 딸이 입에 손가락을 갖다 대면서 가만히 있으라는 신호를 주었다. 꾹 참고 꽃님이를 등에 업고 밖으로 나가 이것저것 놀렸다.

다시 해가 넘어갈 무렵이 되어서야 무녀가 밖으로 나왔다. 옷이 뜯겨 너풀거리고 얼굴에는 손톱자국이 나서 여기저기 피가 묻어 있다. 눈가에는 멍자국도 있다.

"어찌 된 일이오? 둘이 싸움이라도 했단 말이오?"

북하가 놀라서 물었다.

"아주 크게 싸웠지요. 업보와 싸우고 운명과 싸웠지요."

무녀는 몹시 아픈 듯 얼굴을 찡그리며 대답했다.

"치료는 돼가는 것이오?"

"예. 아주 잘 돼가고 있습니다."

무녀는 다시 딸을 부르더니 오늘 오기로 했다가 하루 미룬 손님들을 하루 더 지난 다음에 오도록 심부름을 시켰다.

"손님께서도 주막에서 주무셨다가 내일 아침에 올라오시지요. 내일이면 끝날 것 같습니다."

무녀는 지치고 아픈 모습으로 마루에 걸터앉았다. 부영은 아무런 기적이 없다.

"집사람은?"

북하는 궁금하여 안달이 났다. 무녀가 이렇게 다쳤으면 부영은 얼마나 더 다쳤는지 걱정이다. 무녀가 사람을 치료한다면서 심하게 폭행하는 건 아닌가 하는 의심도 든다.

"잠이 들었어요. 쉬게 하려고 잠을 재웠지요."

무녀는 기둥에 몸을 기댔다. 그러면서도 몸만 움직이면 아픈지 끄응 하고 신음을 낸다.

셋째 날이다. 무녀는 이날도 북하와 꽃님이를 큰방에서 기다리게 해놓았다.

부영을 데려온 이래 사흘째 부영의 얼굴을 보지 못하고 무작정 기다리기만 하는 것이다.

무녀가 무엇을 어찌 하는지도 모르면서 기다리자니 온갖 불길한 상상이 다 뻗쳤다. 병을 치료하러 왔다가 덧들려 가는 건 아닌가 하는 의심이 자꾸 생긴다. 오늘까지만 참고 기다리자고 마음먹으면서 불끈거리는 가슴을 가라앉혔다.

점심상이 작은 방안으로 들어간 지 얼마 안 지나서다. 무녀가 북하와 꽃님이가 기다리고 있는 방으로 건너왔다. 무녀는 어제 입은 옷을 그대로 입고 있다. 옷이 찢겨져 나간 걸 보니 몹시 흉하다. 머리도 헝클어진 채 그대로고, 세수도 하지 않았는지 하룻새에 꾀죄죄해졌다.

"옳지. 이것이면 되겠구나."

큰방에서 무엇인가를 한참 찾던 무녀가 한쪽에 똘똘 말아놓은 꽃님이의 포대기를 보더니 그것을 번쩍 집어들었다.

"어디에 쓰려고 그러오?"

북하가 영문을 몰라 묻자, 무녀는 대답 없이 포대기를 들고 부영이 있는 작은 방으로 들어갔다.

얼마 후, 다시 어제와 비슷한 소란이 들려왔다. 고래고래 소리를 지르기도 하고 욕설을 퍼붓기도 했다. 아기 우는 소리도 들려왔다. 뒤이어 무엇인가를 집어던지고 때리는 듯 우당탕퉁탕하는 큰 소리가 들려왔다.

북하는 불안한 마음으로 하루가 어서 지나기를 기다렸다.

해가 넘어가서야 무녀는 부영을 데리고 작은 방에서 나왔다. 두 사람 다 입성이 볼만하다. 옷은 찢기고 머리카락은 흐트러진 게 둘 다 실성한 여인네 같다. 부영은 무녀와 달리 얼굴에 상처가 없다. 몰골은 흉하나 다친 데는 없다.

부영이 나오자 꽃님이가 금세 알아보고 뒤뚱거리며 달려갔다.

"엄마. 맘마."

꽃님이는 부영에게 달려가 안기더니 젖가슴부터 파고들었다.

"꽃님아! 아이고 우리 딸 꽃님아."

꽃님이가 퉁퉁 불은 젖을 빨기 시작하자 부영은 갑자기 울음보를 터뜨렸다.

"왜 그러오. 임자. 진정하오."

북하가 위로하자 무녀가 내버려 두라고 눈짓을 했다.

"아이고 우리 꽃님아. 으흑흑."

부영은 한동안 꽃님이를 부둥켜안고 큰 소리로 목을 놓아 울어댔다. 어미가 너무 세게 끌어안자 숨이 막힌 꽃님이까지 울음을 터뜨려 모녀의 울음소리로 굿당이 떠나갈 듯하다.

"부인의 병은 이제 반은 나았습니다. 겁탈한 사내를 찾아 부인이 보는 앞에서 벌을 내리면 나머지 반도 낫게 될 것입니다. 허나, 그렇게 하기는 어려운 일. 남편으로서 하실 일은 부인이 당시에 겪은 일을 있던 그대로 입 밖으로 몇 번이고 말해 천지신명이 듣도록 해 주는 것입니다. 그래야 마음도 풀리고 몸도 풀릴 것입니다."

당시 일을 덮어두고 잊게 하려던 북하와 달리, 무녀는 그때 일을 끄집어내어 말하게끔 하라고 했다.

"그때 생각이 자꾸 나서 더 큰 상처를 받게 되지는 않을까요?"

"천지신명에게 말을 해야 그만큼 가벼워집니다. 말이란 게 얼마나 큰 힘을 지녔는지 몰라요. 그때 어떤 일이 일어났고, 그때 심정이 어땠는지 차분히 들어주세요. 그것만으로도 부인의 병이 많이 가실 것입니다. 이제 됐습니다. 불쌍한 모녀를 데리고 내려가시지요."

무녀는 북하에게 말을 마치고는 그 자리에 픽 쓰러졌다.

"여보시오, 여보시오."

놀란 북하가 달려들어 몸을 흔들자, 무녀의 딸이 소리를 듣고 뛰어 들어왔다.

"괜찮습니다, 손님. 어머니께선 힘들여 굿을 하시고 나면 저렇게 잠시 혼줄을 놓으신답니다. 곧 깨어나실 테니 걱정 말고 돌아가십시오."

돌아가라는 딸의 말을 듣지 않고 얼마간을 기다리사 무녀는 눈을 가느다랗게 떴다.

무녀의 딸이 우물에서 길어온 찬물을 어미의 입에 흘려넣었다. 무녀는 물을 받아 마시더니 기운을 차렸다.

"저는 괜찮으니 어서들 내려가십시오."

"한 사람을 치료하는데 이렇게 혼신을 바쳐서야……."

북하는 무녀가 정신을 차리는 모습을 보고나니 어느 정도 안심이 되었다.

"저는 진흙에 뿌리를 박고 살아가는 연꽃입니다. 꽃을 피우기 위해서는 더러운 진흙탕을 마다해서는 안 되지요."

백짓장처럼 창백한 무녀의 얼굴이 연못에 피어난 한 송이 백련 白蓮처럼 눈부시다.

부영은 진안에서 연산까지 걸어 집으로 돌아오도록 무녀가 어떤 치료를 했는지 말을 하지 않았다.

집으로 돌아와서도 닷새나 지나고 나서야 그때 일을 말했다.

"첫날엔 제 이야기를 듣기만 했어요."

무녀는 부영에게 살아온 내력을 무엇이든 다 이야기하라고 했다.

"신명이 들으니, 아무리 부끄러운 이야기라도 빠짐없이 하라고 했어요. 무녀를 의식하지 말고 거울을 보고 혼자 이야기하듯 담담하게 이야기하라고 했어요."

처음엔 입이 떨어지지 않던 부영은 무녀가 "예, 예" 하며 열심히 듣자 나중엔 저절로 이야기가 풀려나왔다. 역졸들에게 겁탈당하는 장면에 와서는 입이 다시 얼어붙었다. 무녀가 "아이고, 얼마나 괴로웠으면 말을 꺼내기도 어려워요. 신명들이 함께 우십니다." 하며 닫힌 마음을 알아주자 부영은 부끄러움을 이겨내고 이야기를 해나갈 수 있었다.

"그동안 이야기를 다 듣고 나더니 무녀는 제게 이렇게 묻더군요. '그 역졸들이 앞에 있다면 어떻게 하고 싶어요?' 하고. 그러고는 자기가 역졸이라고 생각하고 하고 싶은 대로 하라고 했어요."

처음에는 무녀가 역졸로 보이지 않았다. 그런 무녀를 상대로 역졸이라 생각하며 말하기가 어색했다. 시간이 지나면서, 이야기를 나누자니 무녀의 얼굴이 점점 자신을 겁탈한 역졸로 느껴졌다.

부영은 실성한 듯이 무녀를 향해, 아니 역졸을 향해 욕을 퍼부었다. 그리고 마구 때리고 발로 짓밟았다. 그것이 둘째 날 북하가 들은 싸움 소리다. 그래서 무녀는 온몸에 상처를 입은 것이다.

마지막으로 무녀는 꽃님이를 짚고 나왔다. 그렇게 해서 낳은 꽃님이에게 어떤 생각이 드느냐고 대놓고 물었다.

"저는 꽃님이를 목숨처럼 생각한다고 말했지요. 진짜로 그랬으니까요."

무녀는 부영의 대답에 고개를 흔들었다. 그러고는 밖으로 나가서 꽃님이 포대기를 가져다가 돌돌 말더니 아기의 형상을 꾸몄다. 눈을 그리고 입을 표시했다. 그러고는 포대기를 부영에게 안겨주었다.

"꽃님이를 사랑하는 마음을 안대요. 그렇지만 그 마음만 있는 게 아니라는 거예요. 그러면서 포대기를 안고 꽃님이라고 생각하고 이야기를 해 보래요."

부영은 처음엔 평소처럼 포대기로 만든 꽃님이를 얼르면서 토닥거렸다. 그러다가 감정이 북받쳐 올랐다. 부영은 꽃님이를 향해 한탄을 하기 시작했다.

"너 때문에 엄마가 얼마나 힘든 줄 아니? 네가 태어나지만 않았어도 이렇게 힘들진 않았을 게다. 그자들 생각을 말끔히 잊어버리고 새 삶을 살 수도 있었을 게다."

마침내 부영은 꽃님이를 부둥켜안고 울부짖기 시작했다.

"너를 보고 있으면 그때 생각이 나서 엄마도 죽고 싶어. 네가 그 웬수의 자식이란 걸 생각하면 죽여 버리고 싶어. 너 때문에 내가 살지만, 너 때문에 내가 죽어가고 있어."

무녀는 부영에게 꽃님이에게 하고 싶은 대로 하라고 했다. 부영은 포대기로 만든 꽃님이의 엉덩이를 두드려 팼다. 그러다가 그것으로는 모자라는지 벽을 향해 집어던졌다. 발로 질겅질겅 밟고 던지고, 데려다가 끌어안고 울다가 다시 집어던지고는 짓밟았다. 그러는 동안 무녀는 계속 아기 울음소리를 내며 울었다.

"나중에 밖으로 나와 꽃님이를 대하는 순간 얼마나 죄책감이 들었는지 몰라요. 그래서 젖을 먹겠다고 품을 파고드는 꽃님이를 안고 울었던 거예요."

부영이는 꽃님이를 꼭 끌어안았다.

"이제는 꽃님이 원망 안할 거예요. 꽃님이가 그렇게 태어나고 싶어서 태어났겠어요? 에미마저 저를 원망하면 우리 꽃님이는 저보다도 더 불쌍해지는 거지요."

부영은 평온한 얼굴로, 정이 담뿍 담긴 눈으로 꽃님이를 내려다
보았다.

그날 밤 두 사람은 합방에 성공했다. 북하가 별로 노력을 하지
않았는데도 부영의 몸이 쉽게 열려 두 사람은 부부의 연을 맺은
이래 처음으로 합궁했다.

"아타라시가 무슨 뜻인지 알아냈소."

북하는 운우지정雲雨之情을 나누고도 한동안 자신의 품에 안겨
있는 부영에게 말을 꺼냈다.

"일본말이라고 합디다."

북하는 일본인 장사치한테서 들은 것을 조심스럽게 설명했다.
무녀 연화에게 치료를 받은 뒤로 힘들게 아물어가는 부영의 상처
를 잘못 건드릴까봐서다.

"저도 그럴 거라고 생각했어요. 그렇다면 그 역졸들이 왜놈들
일까요?"

"그게 모를 일이요. 당시 고부 상황으로 보아 왜놈이 역졸이 될
리는 없는데……."

"왜놈들일 거예요. 그렇지 않고서야 그렇게 잔인하게 겁탈하겠
어요? 언니를 죽이고 불까지 질렀잖아요?"

부영은 그 역졸들이 일본인이라고 확신하는 눈치다.

그들이 마두다!

어느덧 병신년丙申年, 1896년 봄이 왔다.

북하와 부영은 부부의 정을 나누며 화목하게 지냈다. 그 사이에 꽃님이도 무럭무럭 커서 제법 뛰어다니기도 하고 말도 몇 마디씩 한다.

북하는 겉으로는 행복한 표정을 지었으나 가슴 속에선 언제나 나모하린을 그리는 마음이 따로 꿈틀거렸다. 어차피 부영과 부부가 되어 사는 마당인지라 북하는 나모하린을 잊으려고 애를 썼다.

무녀 연화의 말을 듣자면, 나모하린은 전주에 있는 어느 부잣집의 소실이 되어 살고 있고 주인으로부터 지극한 사랑을 받고 있다. 그런 나모하린을 찾아 무엇을 어찌 하랴 싶기는 하다. 그때마다 전주로 나가 나모하린을 찾고 싶은 마음을 누르고 또 눌렀다.

그런 중에 사월초파일이 다가오자, 북하는 더 이상 자신을 억누를 수가 없었다. 북하는 마침내 괴나리봇짐을 등에 지고 집을 나섰다.

"새언니…를 찾아보시게요?"

부영도 북하의 속마음을 알아챘다. 아직도 나모하린을 잊지 못하는 북하에 대해 속으로 서운한 마음이 없지는 않으나 그런 내색을 하지는 않는다. 노자까지 두둑하게 쥐어 주며 꼭 만나고 오라고 했다.

모악산 금산사에는 전주 황 진사 부인도, 그의 아들 영재도, 그리고 나모하린도 나타나지 않았다. 혹 나모하린이 찾아왔을지도 모르나 만나지는 못했다. 옷을 곱게 입은 부잣집 부인네부터 다 해진 옷을 입은 거지까지 눈이 빠져라 살폈지만 찾을 수가 없다.

북하는 혹시나 하여 전주로 나가 황 진사 집까지 찾아가 보았다. 다른 사람들이 살고 있었다. 황 진사의 부인이 집을 팔고 전답은 친정 오라버니한테 맡기고 한양으로 올라갔다는 소문을 들었다. 황 진사 부인과 아들 영재마저 한양으로 가버렸다면 굳이 모악산 금산사를 찾지 않을 것이고, 이제 나모하린을 만날 길이 다시 아득해진 셈이다.

북하는 나모하린을 찾는다고 전주부 일대를 다 뒤실 수도 없어 하는 수 없이 발길을 돌렸다. 다만 연산으로 향하지 않고 무주로 발길을 돌렸다. 무주의 바둑기사 단주 밑에서 바둑을 배우며 그를 지키고 있는 이차현을 만나 보려는 것이다. 그라도 만나 하소연하지 않으면 가슴이 허하여 세상 살아갈 힘을 잃을 것만 같다.

"어떠십니까, 형님?"

북하는 자신의 답답한 가슴을 털어놓는 대신에 이차현의 안부부터 물었다.

"단주는 정말로 대단한 분이네."

이차현은 자신의 안부를 묻는 북하에게 자기 얘기는 않고 바둑기사 단주 얘기부터 꺼냈다. 이차현은 기꺼운 마음으로 단주를 지키고 있는 듯하다.

"행주좌와 어묵동정行住坐臥 語默動靜 ; 걷거나 머물거나 앉거나 눕거나, 말하거나 침묵하거나 움직이거나 멎거나에 흐트러짐이 없으시네."

단주를 가까이에서 모시며 시중을 들고 있는 이차현인지라 그의 일과를 빠짐없이 꿰고 있었다.

단주는 어둠이 깔리는 해시亥時 무렵이면 어김없이 잠자리에 들었다가 닭이 우는 인시寅時가 되면 자리에서 일어나 새벽 우물에 나가 목욕을 한 다음 좌정을 했다. 다른 사람과 다른 점이 있다면 단주는 바둑판을 앞에 두고 좌정을 한다는 것이다. 정좌를 한 채 눈을 지그시 내려뜨고 숨을 지킨다. 이렇게 인시가 끝날 때까지 정진을 하고 난 뒤에야 아침을 먹고 뒷산에 올라갔다가 내려온단다. 문필봉이라 부르는 이 산은 덕유산의 북쪽 끝에 있는 작은 산이다.

단주가 산에서 내려오는 시각은 정확히 사시巳時. 그때부터 단주는 손님을 맞아 술시戌時까지 대국을 한다. 그 이후엔 저녁을 먹고, 문하생들에게 바둑을 가르친다. 가르치는 것은 다른 게 아니다. 함께 대국을 하며 수리를 설명하는 게 전부다. 낮에는 먼 데서 온 손님들을 맞느라 못 둔 바둑을 저녁 때 문하생들과 돌아가며 대국해 주는 것이다. 그런 다음 다시 해시에 잠자리에 든다.

"생활이 규칙적이시니 보필해 드리기가 수월하다네."

단주는 기원의 살림을 문하생들에게 맡겼다. 그는 돈이 얼마가 들어오고 나가는지 모른다. 밥과 반찬도 상에 오르는 대로 먹고, 옷도 해 주는 대로 입는다.

"선생님께서 《정역》을 어서 완성하시면 좋으련만……."

이차현은 김항과 신인의 만남을 기다리기가 지루하다며 조급한 마음을 드러냈다.

북하는 집으로 돌아가기 전에 향적산방에 들렀다. 김항은 학인들을 가르치는 시간 말고는 여전히 서탁에 앉아 집필에 몰두했다.

"《정역》은 언제쯤 다 지으시겠습니까?"

김항은 한숨부터 푹 내쉬었다.

"늙어서 그런지 글도 잘 안 되네. 시간이 더 걸릴 것 같아. 요즘은 붓도 무겁구나."

예성했던 1년보다 더 길릴 거라는 말이다.

"쉬엄쉬엄하십시오."

북하는《정역》을 다시 집필하면서부터 초췌해진 김항을 향하여 절을 하고는 물러나왔다.

"여보게, 북하. 김항 선생님께서 무엇을 저리 열심히 쓰시는가? 비서祕書인가 보이?"

북하가 학인들의 방에 들어서자 누구보다도 신대평 선비가 반가워한다.

"잘 모르겠습니다. 새로운 책을 집필하시는가 봅니다."

북하는 모르는 척했다.

"책 제목은 뭐라고 하던가?"

민부안도 물었다.

"아직 안 정하신 것 같습니다. 다 지으시면 말씀하시겠지요."

한 번 모르는 척하였더니 계속 거짓말을 할 수밖에 없다.

"자네, 살림 재미가 좋다며?"

신대평이 북하의 생활로 대화를 돌렸다.

"살림집이 산방하고 가까운 음절리라며 초청 한번 안하다니, 섭섭하이."

"맞아, 맞아. 물한이도 근방에 산다면서?"

신대평과 민부안은 산방 생활이 따분하다며 북하의 집에 한 번 놀러가고 싶어했다. 북하는 친근하게 구는 두 사람이 싫지는 않았다.

"모내기철이 끝나면 막걸리 빚어놓고 두 분 선비님을 모시지요."

북하는 기꺼이 두 사람을 초청하겠다고 약속했다.

모내기가 끝나고 조금 한가해진 초여름, 북하는 신대평과 민부안 두 선비를 초청했다. 생명의 은인을 집으로 맞이하는 만큼 과하다 싶게 상차림을 했다. 두 사람한테 호감을 갖고 있는 물한도 자청해서 상 차리는 일을 도와주었다. 잘 익은 막걸리도 걸러냈다.

점심 무렵에 두 선비는 산방에서 내려왔다.

"이렇게 불러 주니 정말 고맙네."

두 선비는 싱글벙글 웃는 낯으로 음절리 북하의 집을 찾아왔다.

"어서 오십시오."

북하와 물한은 물론 부영도 대문 밖까지 나와서 두 선비를 안으로 맞아들였다.

"어이구, 이분이 부인이신가?"

민부안이 부영을 보고 반갑게 인사했다.

"따님이 참 곱습니다. 이름은 뭐라고 하는지요?"

신대평이 부영의 품에 안긴 꽃님이를 보고는 볼을 만져 보았다.

"아버지 성이 이李씨라 이름을 화花로 지었습니다."

"그렇다면 성과 이름을 합쳐 오얏꽃이로군요. 참 예쁜 이름입니다."

신대평은 꽃님이 얼굴을 들여다보며 말했다.

"집에서 부를 때는 그냥 꽃님이라고 합니다."

"따님 얼굴하고 꼭 들어맞는 이름이로군요. 어디 보자. 꽃님아."

신대평이 이름을 부르자 꽃님이는 생글생글 웃어 보였다.

"자, 안으로 드시지요."

북하를 따라 신대평과 민부안은 방으로 들어섰다.

"어이구, 상다리가 부러지게 차렸군."

"이거 너무 무리한 것 아닌가?"

두 선비는 미리 차려놓은 음식을 보고는 입을 딱 벌렸다.

"생명의 은인들께 이 정도 대접해 드리지 못한대서야 되겠습니까?"

여름이지만 손님을 우대하느라 아랫목에 앉히고 자신은 물한과 함께 윗목에 앉았다. 부영은 따뜻한 밥과 국을 푸러 부엌으로 나가면서 꽃님이를 북하에게 맡겼다.

"그래, 농사짓는 재미는 어떤가?"

민부안이 북하에게 물었다.

"농자가 천하의 근본天下之大本이란 뜻이 무언지 어렴풋이 알겠습니다."

올해 처음으로 제대로 모를 내본 북하가 부끄러운 기색으로 대답했다.

"물한이 이 사람은 벌써 농사꾼 다 되었군그래."

"그, 그럼요. 농사지은 지 벌써 여러 해인 걸요. 저, 저한테는 농사짓는 게 처, 천직인 듯싶습니다. 하, 학문만 생각하면 머리가 지끈지끈 아픕니다. 머, 먹글씨 보면 피를 뽑듯이 뽑아버리고 싶어요. 하하하."

물한이 사람 좋은 얼굴로 웃으며 대답했다.

"이차현 그 사람은 근래 만나 보았나?"

신대평이 이차현의 안부를 물었다.

"예. 잘 지내고 있답니다."

북하가 대답했다.

"그 사람도 참 재미있는 사람일세. 학문을 폐하고 갑자기 바둑기사 문하생이 되다니……. 국수라도 되려는가봐. 하하하."

민부안이 말했다.

그때다. 밖에서 갑자기 쨍그랑 소리가 났다. 사기그릇이 떨어져 깨지는 소리다.

"아니, 무슨 일이오?"

북하가 놀라서 밖으로 뛰어나가 보니 부영이 국과 밥을 떠오던 쟁반을 놓친 채 서 있었다.

"저런, 어디 다친 데는 없소?"

물한과 두 선비도 밖을 내다보고는 놀라서 물었다.

"괘, 괜찮습니다."

부영은 황급히 떨어진 밥그릇과 국그릇을 쟁반에 주워 담았다.

"다시 떠오겠습니다. 잠깐만 더 기다리셔요."

부영은 허둥거리며 부엌으로 들어갔다. 북하는 걱정이 되어 부영을 따라 들어갔다.

"저, 저 사람들……."

부영은 얼굴이 하얗게 질린 채 숨을 몰아쉬었다. 귀신이라도 보고 놀란 듯한 표정이다.

"저 사람들이라니, 신 선비와 민 선비를 말하는 거요?"

북하가 묻자 부영은 거친 숨을 겨우 고르고는 대답했다.

"예. 두 사람 가운데 키 작은 사람 말예요."

"그분은 민부안 선비요. 왜 그러오?"

부영은 떨리는 목소리로 대답했다.

"그 사람 왼팔에 흉터가 있는지 좀 몰래 봐주세요. 꼭 확인해 주세요."

부영은 북하에게 단단히 부탁을 하고는 밥과 국을 다시 퍼서 쟁반에 올렸다. 그리고 북하에게 쟁반을 들고 들어가게 했다.

"밥과 국이 넉넉히 있었는가 보군. 오늘 굶고 가나 했네."

신대평이 밥을 크게 한 술 떠서 입에 넣으며 너스레를 떨었다.

북하는 어떻게 하면 민부안의 왼팔에 흉터가 있는지 알아볼까 궁리했다.

"아이쿠."

잠시 후, 방법을 생각해낸 북하는 젓가락으로 김치를 어설프게 집더니 일부러 민부안의 팔소매에 떨어뜨렸다. 그 바람에 민부안의 하얀 모시 저고리에 벌건 김칫물이 들었다.

"저런. 집사람에게 어서 빨아오라 이르겠습니다."

북하는 괜찮다는 민부안에게서 모시 저고리를 벗겼다. 초여름 이지만 부쩍 더워진 날씨에 모시 저고리까지 꺼내 입은 민부안은 홑저고리 차림이다.

부영의 말대로 민부안의 왼쪽 팔에는 흉터가 남아 있었다. 삼각형의 넓은 흉터다. 자국이 넓은 것으로 보아 찢어지거나 긁힌 게 아니라 불에 데인 흔적이다.

북하는 착잡한 심경으로 안 넘어가는 밥을 억지로 먹었다. 도대체 부영이 무엇 때문에 민부안의 팔뚝에서 흉터를 찾아보라고 했는지 짐작이 가지 않는다. 북하의 속내를 모르는 두 선비는 호탕하게 웃고 떠들며 밥을 먹고 기분 좋게 술을 마셨다. 부영은 민부안의 모시 저고리에 물든 김칫국물을 지르잡아서 들이밀고는 내내 부엌에 있었다. 숭늉을 줄 때만 잠깐 얼굴을 다시 비쳤다.

"잘 먹고 잘 마셨네."

"북하. 이렇게 환대해 주어서 고맙네. 물한이 자네도 마찬가지 세."

해가 기울녘에야 신대평과 민부안은 자리에서 일어섰다.

"이건, 오늘 오시지 못한 산방 학인들을 위해 준비해 둔 겁니다."

부영이 미리 마련해 둔 떡과 유과 보따리를 두 선비에게 전해 주었다. 목소리는 상냥하지만, 표정은 어딘가 초조하고 불안하다.

막걸리에 거나하게 취한 두 선비는 부영의 표정을 읽지 못했다. 두 사람은 보따리를 나누어 들고 갈지자로 고샅을 걸어 나갔다.

북하가 동구밖까지 두 선비를 배웅하고 돌아와 보니, 부영은 상을 치우지도 않은 채 넋을 잃은 사람처럼 안방 벽에 기대어 앉아 있었다.

"어디 아프오?"

북하는 걱정이 되어 물었다.

"팔뚝에 흉터는 있던가요?"

"그렇소. 불에 데인 자국인 것 같습디다."

북하의 대답에 부영은 숨을 헉헉 몰아쉬었다. 그러고는 한참만에야 입을 떼었다.

"저 사람들이 저를 겁탈한 역졸들이에요. 바로 그놈들이에요."

북하는 뒤통수를 얻어맞은 듯 뒷골이 땡겼다.

"저 사람들이 역졸이라니? 우리 향적산방 학인들이라니까."

"아니에요. 바로 저놈들이 저를 겁탈했어요. 키 큰 놈이 먼저 제 몸을 빼앗고, 작은 놈이 다시 옷을 벗고 달려들 때 제가 화로에 꽂혀 있던 인두로 그놈 팔을 지졌어요. 그놈 팔뚝에 난 흉터가 바로 그때 생긴 거예요."

"그때 얼굴은 제대로 보지 못했다고 하지 않았소? 그런데 어떻게 그들을 알아본 거요?"

북하는 부영이 제발 잘못 보았기를 빌었다.

"목소리는 기억나요. 아까 얼굴을 볼 때는 그 목소리를 알아듣지 못했는데, 밖에서 밥과 국을 들고 들어오면서 목소리만 들으니 바로 그놈들이라는 걸 확연히 알 수 있었어요. 무엇보다도 그 웃음, 그 웃음소리가 기억나요."

부영은 몸서리를 쳤다.

"그렇다면, 그 두 사람이 당신을 겁탈한 역졸이라면, 그들이 왜 놈?"

그렇게 의심하고 나니 머리가 뒤엉키는 것 같다. 일본인인 두 사람이 왜 역졸 노릇을 하고 산방 학인 노릇까지 하고 있단 말인가.

"당신, 꼼짝 말고 집에 있어. 놈들이 바로 왜놈 첩자들이야, 그래 맞아. 이거 여간 큰 문제가 아니야. 당신 한 사람 문제가 아니라구."

머릿속에 불이 오른 북하는 그길로 이차현이 있는 무주로 달렸다.

이차현은 단번에 답을 찾아냈다.

"틀림없다."

"일본 첩자가 역졸이 되어 패악질을 하고 다닌 것까지는 이해가 갑니다. 왜 우리 향적산방에 입문한 것일까요?"

북하는 관자놀이를 두 손으로 꽉 누르며 물었다. 두 선비의 정체를 헤아리자면 머리가 빠개질 듯 아파온다.

"그거야《정역》때문이지. 왜인들이 뭔가 냄새를 맡은 거라구."

이차현은 고민하는 북하와 달리 쉽게 답을 내렸다. 진작부터 두 사람의 정체를 의심했기 때문이다.

"북하 자네는 생명의 은인이라는 망상 때문에 그놈들을 똑바로 보지 못하고 있었네. 하지만, 그 생각은 일단 한쪽으로 치워두고 내가 하는 말을 차근차근 들어 보게. 자, 처음부터 하나하나 짚어 보자구."

이차현은 두 사람이 향적산방에 입문하던 때부터 의심해 들어가기 시작했다.

"두 사람이 처음 양식을 과하게 가져온 것부터가 수상해. 게다가 그들이 들어오고 나서부터 선생님께《정역》을 공개하라는 요구가 드세지기 시작했거든."

"그렇다면 놈들이《정역》을 노리고?"

"그렇지.《정역》이 없어지고 나서 얼마 있다가 두 사람은 산방을 내려갔어. 딱 들어맞잖아?"

이차현은 범인을 쫓는 포졸처럼 눈빛을 반짝거렸다.

"그렇다면《정역》을 훔친 것도 그 두 선비란 말씀이구요?"

"그래. 그러다가 그것이 진본이 아닌 것을 알아차린 거야. 그래서《정역》을 발표하기 전날 산방을 떠난 우리가 빼돌렸나 해서 동학까지 따라온 거지."

"하지만,《정역》진본을 내놓으라며 칼을 들이댄 것은 전혀 모르던 사람들이고, 오히려 그 두 선비는 저하고 천제석 선비를 구해 주었는데요?"

"그게 이상하지 않나? 어떻게 그렇게 때를 척척 맞추어 자네를 구해 준단 말인가? 게다가 우리에게《정역》진본의 행방을 집요하게 묻지 않았나?"

이차현이 알아듣기 쉽게 따지자 북하도 두 사람이 의심스러워지기 시작했다.

"하지만, 두 사람이 왜놈이라면 무엇 때문에《정역》을 그렇게까지 노릴까요? 대체 거기서 돈이 나옵니까, 쌀이 나옵니까.《정역》이 무슨 비서秘書 술서術書라도 됩니까."

"신인에게 《정역》이 전해지면 기울어가는 조선이 벌떡 일어설 것이 아닌가? 조선뿐만 아니라 세상이 변할 것 아니겠는가? 내 생각에 그 왜인들은 선천 악귀의 우두머릴세. 인간 세상을 말살하려는 독기를 품은 악귀들이란 말일세. 그런 악귀들이《정역》이 존재하는 걸, 그리고 그것을 쓸 신인에게 전달되는 걸 막으려 나서는 거야 당연한 일 아니겠는가?"

이차현의 말을 듣고 보니 머리털이 쭈뼛 선다.

"그들이 여기까지 찾아오지 않았었습니까? 그렇다면?"

북하의 머릿속에는 신대평과 민부안이 바둑기사의 집에 와서 대국을 기다리다가 자신에게 차례를 양보하던 생각이 났다.

"그렇지. 기사님께서도 위험하시네."

"큰일이군요."

"걱정할 것 없네. 전부터 뭔가 위험이 도사리고 있는 것 같아 무술에 능한 사람을 모셔와 문하생들을 훈련시키고 있네. 나 역시 기사님 곁에서 한시도 떨어지지 않고 보살피는 중이고."

말을 마친 이차현은 지필묵을 들어 당장에 김항에게 편지를 썼다. 신대평과 민부안 두 선비가 의심스럽다는 내용과 함께 어서 빨리《정역》을 완성하시어 신인에게 전해 주십사는 내용이다. 편지는 북하가 직접 김항에게 전달했다.

"북하야, 안 되겠구나. 가서 단주 선생을 이리 모셔오너라."

김항은 이차현의 편지를 받아놓고도 말이 없더니 한 해가 다 갈 무렵이 되어서야 북하를 불러올렸다.

"모레가 길일이니, 그날 단주 선생을 모셔와라."

북하는 무주에 있는 이차현에게 달려가 이 소식을 전했다.

이차현은 바둑기사 단주 앞에 나아가서 아뢰었다.

"실은, 우리 선생님의 분부를 받아 문하생을 핑계대어 기사님의 안전을 지키고 있었습니다."

"허허. 그러셨소? 어쩐지 그대의 자세가 다른 문하생들과 어쩐지 다르다 싶었소. 그래 왜 나를 지키셨소?"

단주는 깊은 우물 속에서 울려나오는 듯 묵직한 목소리로 물었다.

"우리 선생님은 오래전부터 이 상극의 선천 상극 세상을 뜯어고칠 신인을 기다리고 계셨습니다. 그 신인께 후천 개벽의 설계도인 《정역》을 드리고자 70성상 가까이 준비해 오셨습니다."

"내가 신인이란 말이오? 나는 바둑판에서 일어나는 일은 훤히 꿰뚫을 수 있으나 바둑판을 한 치만 벗어나면 젬병이 돼버립니다."

"바둑판이 곧 삼라만상이라고 하지 않습니까? 그 안의 이치를 아시면 그 밖의 이치에도 곧 통달하시게 될 겁니다."

이차현의 말에 바둑기사는 모를 말이라면서 고개를 저었다.

이차현과 바둑기사 일행이 향적산방에 도착한 것은 저녁 무렵.

아침 일찍 떠난 길이지만 워낙 산길이 많아 하루가 꼬박 걸렸다.

향적산방에 도착해 보니 2십 명이 넘는 학인이 모두 문밖까지 나와 단주 일행을 맞이했다. 그 가운데는 신대평과 민부안도 있고, 전날 소식을 전해 주고 곧바로 되돌아간 북하도 앞에 서 있다.

"어서 오십시오. 이렇게 뵙기 위해 수십 해를 기다렸습니다."

김항은 단주를 보자마자 땅바닥에 머리를 대고 큰절을 올렸다. 깜짝 놀란 학인들도 우르르 엎드려 절을 했다.

당황한 단주가 김항을 붙잡아 일으켰다.

"선생님, 저는 아직 신안神眼이 트이지 않았습니다. 선생께서 저를 바른길로 이끌어 주시오."

김항은 단주의 손을 잡아 이끌었다.

"단주 선생, 날씨가 추운데 안으로 드시지요."

별채에는 미리 음식상이 푸짐하게 차려져 있었다. 학인들의 방에도 신인을 찾은 기념으로 잔칫상이 마련되었다.

"하늘의 뜻을 받자와 천지공사의 도수度數를 이 책에 담았습니다. 저는 이제 늙고 지쳤으니 나머지 일을 부탁드리오니 부디 신인께서 사람 공사를 맡아 주시기 바랍니다."

단주와 마주앉은 김항은 비단 보자기에 곱게 싼《정역》을 넘겨 주었다.

그 순간이었다.

별채 뒷문이 왈칵 열리면서 검은 복면을 한 괴한 7명이 들이닥쳤다.

"《정역》을 이리 내놓아라!"

괴한 가운데 하나가 소리를 쳤다. 나머지 사내들은 김항과 단주에게 칼을 겨누었다.

"웬 놈들이냐?"

밖에서 지키고 있던 북하와 이차현이 동시에 방으로 뛰어들었다. 북하는 단주를 지키고, 이차현은 김항을 막아섰다. 이차현이 함께 데리고 온 단주의 문하생들도 괴한들을 상대하기 위해 늘어섰다.

창. 채앵.

곧 괴한들과 문하생들 사이에 시퍼런 칼날이 번쩍이며 살벌한 싸움이 벌어졌다. 그 사이에 북하와 이차현은 단주와 김항을 밖으로 모시고 나왔다. 단주는 비단 보자기로 싼 《정역》을 가슴에 품었다.

네 사람이 밖으로 나오자 별채에서 칼부림을 하던 괴한들도 밖으로 뛰쳐나왔다. 그들에 맞서는 문하생들도 칼을 쳐들고 쫓아나왔다.

"무슨 일이야?"

방에서 음식을 먹으며 한담을 나누던 학인들이 놀라서 우르르 뛰쳐나왔다. 그리고는 한바탕 싸움판이 벌어진 것을 보자 저마다 몽둥이를 찾아들고 반격에 나섰다.

복면 괴한들의 무예는 뛰어났다. 이차현의 주도로 일 년여 훈련받은 단주의 문하생들로는 어림없었다. 더구나 서탁 앞에서 글만 읽던 학인들은 그야말로 오합지졸이다.

단주의 문하생들과 학인들은 뒤로 밀리기 시작했다. 김항과 단주를 에워싸고는 있지만, 금세 방어벽이 뚫릴 지경이다.

"형님께서 두 분을 맡으십시오."

북하가 직접 나설 수밖에 없다.

"이야압!"

북하가 앞으로 내달으며 몸을 훌쩍 날려 괴한 가운데 한 명의 얼굴을 발로 걷어찼다. 괴한은 컥 하는 비명을 쏟으며 뒤로 벌렁 나자빠졌다.

"자, 덤벼 봐랏!"

북하는 전에 석전이 준 칼을 빼들었다. 그러자마자 달려드는 괴한의 칼을 칼등으로 쳐내면서 재빨리 상대의 어깨를 내리찍었다.

"윽."

북하의 칼이 괴한의 어깻죽지를 깊이 그으며 지나갔다.

"이얏."

칼을 맞은 괴한이 힘을 잃고 무릎을 꿇었다. 북하는 그의 어깨로 펄쩍 뛰어오르더니 뒤통수를 칼등으로 내려쳤다.

"으으윽."

괴한은 신음을 내며 앞으로 고꾸라졌다.

"이번에는 누구냐!"

순식간에 두 괴한을 해치운 북하가 남은 다섯을 향해 소리쳤다.

"하잇!"

괴한들은 서로 눈짓으로 신호를 주고받더니 북하를 에워싸고 빙빙 돌았다. 그러다가 한꺼번에 고함을 지르며 덤벼들었다.

"차앗."

북하는 공중으로 몸을 붕 띠우면서 날았다. 그리고 양발을 벌리며 두 놈의 머리를 걷어찼다.

이제 남은 건 셋, 겁을 먹은 듯 쉽게 공격을 가해오지 못한다.

"으이얏."

북하는 그 가운데 칼을 고쳐잡고 있는 놈을 향해 몸을 날렸다. 이번에도 주무기는 발이다. 몸을 공중으로 날리며 발끝으로 턱 밑 급소를 차고는 사뿐히 착지했다.

"헙."

공격을 받은 괴한은 고개가 꺾이며 그대로 무릎을 꿇었다.

"이야앗."

북하는, 맥없이 쓰러지는 동료를 보고 겁에 질린 또 한 놈에게 돌려차기를 한 방 먹였다. 가슴을 직격으로 맞은 그는 저만치 나가떨어진다.

"으으으."

남은 한 놈은 오금이 얼어붙는 듯 그 자리에 서서 다리를 떨었다.

"오라를 지어주시오."

북하는 학인들더러 쓰러진 괴한들을 묶으라고 부탁했다. 넋을 잃고 구경하던 학인들은 그제야 정신을 차리고 새끼줄을 내와 괴한들을 차례로 묶었다.

"웬 놈들이냐?"

북하는 공격도 못하고 도망도 못 가고 엉거주춤 서 있던 놈에게 다가가 벽력같이 소리를 질렀다. 놈은 그 자리에 스르르 무너져 내리더니 두 손을 싹싹 빌었다.

"다스케테 구다사이^{살려 주세요}."

녀석은 혼이 나간 사람처럼 두 손을 빌어대며 뭐라고 중얼거렸다.

"이 녀석이 뭐라는 거요?"

북하는 괴한이 하는 말을 알아듣지 못하고 좌중을 둘러보았다.

"일본말인 것 같네."

일본인을 몇 번 대해 본 적이 있는 이차현이 대답한다.

"왜놈들이 왜 여길? 너희가 무슨 이유로 《정역》을 빼앗으려 한 것이냐?"

북하가 다시 괴한을 향해 호통쳤다. 놈은 알아듣지 못할 일본말만 중얼대며 머리를 굽신거렸다.

"보쿠 난니모 시리마셍^{저 아무것도 모릅니다}. 보쿠와 난니모 시리마셍^{저는 아무것도 모릅니다}."

이차현이 다시 나섰다.

"북하, 이 녀석들 가운데 조선말을 하는 녀석이 있었네. '《정역》을 내 놓아라' 하고 소리친 놈이 있지 않은가?"

"그렇지. 덩치 작은 녀석, 바로 이놈이야."

북하가 오라에 묶인 괴한 가운데 한 명을 끄집어내었다.

"이보시오, 북하!"

그때 학인들 가운데 섞여 있던 신대평이 앞으로 나서며 소리쳤다.

"우리 선생님을 해치고 《정역》을 탈취하려던 녀석들을 무엇하러 살려 두는 거요? 당장 죽여 버립시다."

언제 칼을 뽑았는지 신대평은 북하가 말릴 사이도 없이 키 작은 괴한의 목덜미에 칼을 내리꽂았다.

"큭."

괴한은 짧은 비명을 지르더니 피를 뿜으며 옆으로 쓰러졌다.

"신 선비님, 이게 무슨 짓이오? 누구의 짓인가 확인하여 배후를 캐려는 판에?"

북하가 신대평의 갑작스런 행동에 놀라 물었다.

"북하, 당신 행동이 뭔가 의심스럽소."

이번에는 민부안이 앞으로 나섰다.

"의심스럽다니 뭐가 그렇다는 거요?"

북하가 영문을 몰라 물었다.

"당신은 이놈들을 공격하는 척하면서 한 녀석도 죽이지 않았소. 대부분 칼등이나 발로 공격해 정신을 잃게만 하고, 칼로 찍을 때도 일부러 급소를 피했소. 《정역》을 잃을지도 모르는 위급한 상황에서 그렇게 봐주는 이유가 뭐요?"

"민 선비 말이 맞소. 북하, 당신 이놈들과 짜고 《정역》을 빼돌리려 한 것 아니오? 그렇지 않고서야 어찌 이들이 여기까지 나타났소?"

두 선비의 말에 좌중은 물을 끼얹은 듯 조용해졌다.

"북하 당신은 정체부터가 의심스럽소. 공부를 한다고 산방에 들어와서 무슨 공부를 했소? 산방 학인으로서 우리와 서탁에 앉아본 게 대체 몇 번이나 되오?"

"그리고 학문을 하겠다는 선비가 언제 무예를 닦아 그런 솜씨를 가졌소? 계획적으로 산방에 접근해 《정역》을 훔치려던 것 아니오?"

두 선비는 번갈아가며 북하를 의심했다.

"그 무슨 억울한 말씀들이오? 북하 이 사람은 김항 선생님을 위해서 목숨을 걸고 신인을 찾아다녔소."

이차현이 북하를 두둔했다.

"억울하다고? 북하 이자의 과거를 알기나 하고 그러는 것이오? 알고나면 놀라 자빠질걸?"

신대평은 입가에 비웃음을 날리며 품에서 무언가를 꺼내 그곳에 서 있는 학인들을 향해 펼쳐 보였다.

"이것은 전주부에 나붙었던 방이오. 자, 보시오."

신대평이 펼친 방에는 북하의 얼굴모양이 선명하게 그려져 있다.

"북하, 이자는 포졸 한 명, 보부상 두 명을 살해한 죄로 전주 감영의 수배를 받아온 범인이오. 그 죄로 붙잡혀 형 집행일을 기다리다가 동학군이 처음 봉기할 때 파옥하고 도망쳤소. 이후, 신분을 숨기려고 동학당에 들어갔다가 우리 산방까지 흘러들어온 것이오."

"드러난 죄만 이뿐, 그 뒤로 얼마나 많은 사람을 죽였는지 모르오."

방까지 내보이자 그때까지만 해도 긴가민가하던 학인들이 술렁이기 시작했다.

"이차현 선비. 당신에게 묻겠소."

이번에는 민부안이 나서서 이차현을 향해 몸을 돌렸다.

"최 서방이란 보부상이 김항 선생님께 당신 서신을 전달하다가 죽을 뻔하지 않았소? 그 이후 다시 당신 서신을 전달한 뒤로 그 사람이 어디로 갔는지, 살았는지 죽었는지 본 사람이 아무도 없소. 그 일에도 북하 이 사람이 개입된 것 아니오?"

"복잡하게 지난 사연 들출 필요 없이 현장에서 저자의 정체를 확인해 보도록 합시다."

신대평은 이렇게 말하며 북하가 맨 처음 취조를 하던 녀석에게 다가갔다.

신대평은 차렷 자세를 하고 쿵 소리가 나도록 칼집을 땅에 꽂으며 물었다.

"너는 저 사람을 아느냐?"

신대평이 북하를 가리키며 묻자, 그때까지 덜덜 떨고 있던 괴한이 다리를 곧추세우고 양다리를 척 갖다붙이며 대답했다.

"하잇!"

일본말이라 무슨 뜻인지는 모르지만, 긍정한다는 말이라는 건 알 수 있다. 괴한의 대답에 학인들이 다시 술렁이기 시작했다.

"너는 누구의 명령으로 《정역》을 탈취하러 왔느냐? 바로 저 사람 지시지?"

신대평이 다시 묻자 괴한은 다시 "하잇!" 하고 대답하며 다리를 갖다붙였다.

"자, 이제 눈으로 확인들 하셨으니 이제 우리 말을 믿으시겠지요?"

신대평이 학인들을 향해 몸을 돌리면서 칼을 휘익 그었다. 칼은, 조금 전에 "하잇!"을 연발하던 괴한의 목을 지나갔다. 동맥을 잘랐는지 피가 콸콸 쏟아져 내린다. 괴한은 고개를 돌려 신대평을 노려보며 고꾸라졌다.

"여러분, 북하 이 사람을 묶으시오. 그런 다음 이자의 죄를 따져 물읍시다."

민부안이 들뜬 목소리로 학인들을 선동했다.

학인들은 민부안의 주장에 따라 새끼줄을 들고 북하에게 달려들었다.

"그게 아니오, 저들이 내게 누명을 씌운 것이오."

북하가 뒤로 물러서며 변명했으나 학인들은 물러서지 않았다. 다들 진짜 살인범이라도 잡으려는 눈빛이다.

"오히라, 도미야쓰!"

그때 날카로운 여인의 목소리가 들려왔다. 모두 목소리가 나는 쪽을 돌아다보았다. 산방 부엌 쪽에서 한 여인이 아기를 안고 나타났다. 부영이다.

"오히라, 도미야쓰. 잘도 둘러대는구나!"

부영이 신대평과 민부안에게 다가서며 노려보았다.

"아니, 당신은 북하의 부인!"

신대평과 민부안이 당황해서 부영을 바라보았다.

"이 여인이 실성했나? 우리에게 웬 일본 이름을 부르는 게야? 우린 조선인이야!"

민부안이 주춤거리며 뒤로 물러섰다.

"여러분, 이 두 놈들은 왜놈 첩자입니다. 이자는 오히라! 이놈은 도미야쓰!"

부영이 신대평과 민부안을 차례로 손가락으로 가리키며 소리쳤다.

"민씨란 성은 갖다붙인 것이고, 대평大平이란 이름은 일본말로 오히라입니다. 그리고 이자의 이름 부안富安 역시 일본말로 하면 도미야쓰입니다."

부영은 서릿발 같은 목소리로 말을 이었다. 신대평과 민부안이 집에 다녀간 이래 이들을 왜놈 첩자로 의심하기 시작한 부영은 그동안 일본인 상인들을 찾아다니며 일본과 일본말에 대해 배웠다. 그리하여 이들이 이름조차 일본 이름을 그대로 쓰면서 조선 선비인 양 행세하고 다닌 것을 알아낸 것이다.

"여기 온 괴한들은 이자들이 끌어들인 것임에 틀림없습니다. 자신들의 정체를 발설할까봐 두려워 지금 거꾸로 제 남편에게 누명을 씌우는 것입니다."

그러자 북하를 묶으려던 학인들이 신대평과 민부안 쪽으로 움직였다.

"이런 발칙한 년! 제 남편이 궁지에 몰리니까 엉뚱한 사람에게 없는 죄를 뒤집어씌우는구나. 우리가 어째서 왜놈이란 말이냐?"

"그따위 해괴한 소리를 하다니, 우리 조상신들이 네년을 가만두지 않을 거다."

신대평과 민부안이 제법 위엄을 갖추는 척하며 부영을 꾸짖었다.

"이자들은 동학운동 때 역졸로 위장해 온갖 패악을 저지르며 관군과 동학군을 이간질했습니다. 그러던 가운데 우리 외숙모를 겁탈하려 들어 외숙모는 자결하고, 나는 꼼짝없이 당하고 말았습니다. 저 키 큰 녀석, 오히라 저 녀석이 바로 처녀인 내 몸을 짓밟았습니다."

"뭐, 뭐야? 이년이 없는 말을 자, 잘도 꾸며내는구나."

신대평이 당황하여 말을 더듬거렸다.

"오히라! 네놈은 아타라시를 좋아한다고 떠벌였지? 그래, 조선의 숫처녀를 겁탈한 맛이 어떻더냐!"

부영은 신대평을 향해 피를 토하듯 울부짖었다.

"도미야쓰! 네놈은 아타라시는 설익어서 싫다며 농익은 오바상이 좋다고 했지? 그래, 이후로 조선의 부인네를 얼마나 겁탈하고 다녔느냐?"

부영의 말에 민부안은 뒤로 움찔움찔 물러서면서도 입으로는 부정을 했다.

"뭐야? 대체 이년이 제정신이 있는 게야, 없는 게야? 멀쩡한 조선 선비더러 왜놈이라니?"

"여러분, 민 선비, 아니 도미야쓰 저 녀석의 왼쪽 팔뚝에는 흉터가 있습니다. 오히라 녀석이 저를 겁탈한 후, 저 녀석이 또 덮치려고 할 때 제가 인두로 지진 자국입니다."

부영이 다가서자 민부안은 당황해서 왼팔을 감쌌다.

"이년의 말은 모두 거짓이오."

"제 남편을 살리기 위해 거짓말을 꾸미는 것이오."

신대평과 민부안은 계속 부영의 말을 부인했다.

"저는 이놈 때문에 원치 않는 아이를 가졌습니다. 그래서 목을 맨 저를 살려 준 북하님에게 와서 저를 책임지라고 요구했습니다. 이후로 북하님은 억지로 지아비가 되어 딸까지 거두어 주었습니다."

부영이 털어놓는 엄청난 사연에 산방 학인들은 말을 못하고 입만 떡 벌렸다.

"자, 오히라! 이 아이가 바로 네놈이 뿌린 더러운 씨앗으로 생겨난 딸 꽃님이다. 일본 이름을 붙여줄까? 한자 이름 화花에 너희들이 즐겨 쓰는 자子 자를 붙이면 바로 화자花子, 하나코다! 너는 아무렇게나 더러운 씨를 뿌리고 다녔지만, 내 남편은 그 씨를 받아들여 조선의 딸로 거두어 주었다."

부영이 꽃님이를 두 손으로 들어 높이 쳐들며 외쳤다.

"무엇이? 조선의 딸?"

조선의 딸이란 말을 듣는 순간, 신대평의 눈에 핏발이 섰다.

"위대한 황국 신민을 조센진의 딸로 키울 수는 없다!"

순간, 신대평이 부영에게 달려들어 꽃님이를 낚아채려 했다. 북하가 재빨리 앞을 가로막고 섰다.

"어딜! 내 딸의 터럭끝이라도 건드리면 네놈을 당장 없애버리겠다."

학인들도 일제히 몽둥이를 고쳐 잡고 두 사람을 겨누며 포위해 나가기 시작했다.

"휘익."

학인들이 두 사람을 거의 다 에워싸고 덮치려 할 때다. 민부안이 휘파람을 길게 불었다.

쉬익, 쉭.

붉은 두건을 쓴 괴한 2십여 명이 바람소리를 내며 나타났다. 지붕에서 뛰어내리는 사노 있기, 담장 뒤에 숨어 있다가 나타난 자도 있다.

"흐흐흐. 우리가 그렇게 쉽게 당할 것 같으냐? 이 어리석은 조
센진들."

신대평이 음흉하게 웃으며 북하와 이차현, 그리고 산방학인들
을 둘러보았다.

북하와 단주의 문하생들은 다시 앞으로 나섰다. 붉은 두건들
도 칼을 빼들고 이들을 향해 공격을 퍼붓기 시작했다.

북하는 역시 날래고 공격이 정확했다. 이번에도 놈들을 죽이지
는 않고 정신을 놓을 정도로만 가격했다. 한 놈, 두 놈, 세 놈.

북하는 상대방의 허점을 노려 한 놈씩 침착하게 때려 눕혔다.
이렇게 반쯤 때려 눕혔을 때다.

"휘익."

이번에는 신대평이 휘파람을 날카롭게 불었다.

사사삭.

푸른 두건을 쓴 괴한 2십 명이 또 나타났다.

조금 전에 7명을 혼자서 해치우고 다시 10명을 해치우느라 힘
을 뺀 북하로서는 남은 10명과 나중에 가세한 2십 명을 혼자 당
해내기엔 역부족이었다.

"북하, 네가 아무리 몸이 날래다고 해도 이번만은 어림없다."

신대평이 기분 나쁜 웃음을 실실 흘리며 북하를 노려보았다.

"모두 나와라."

그때 북하가 허공을 향해 크게 소리쳤다.

둥! 둥! 둥!

깽, 깨갱깨갱, 깽!

갑자기 징소리와 꽹과리 소리가 울리면서 수백 명이나 되는 장정들이 산방으로 몰려 들어왔다. 이들은 손에 죽창과 몽둥이와 칼을 들고 있었다.

"아니, 저들은?"

이차현이 그들을 알아보고 눈을 둥그렇게 떴다. 활빈당이다. 덕유산 자락에서 북하를 형님으로 모시겠다며 절을 했던 바로 그들이다. 필요하면 언제든 불러달라던 그들을 북하가 오늘에 대비해 미리 숲속에 잠복시켜 두었다.

이들이 몰려들자, 산방은 순식간에 아수라장이 되었다. 붉은 두건과 푸른 두건을 둘러쓴 자들은 무술이 뛰어나긴 하나 활빈당의 엄청난 수에 제대로 싸워 보지도 못하고 무릎을 꿇었다. 한 시간도 지나지 않아 활빈당은 놈들을 모두 제압해 산방 마당에 묶어 놓았다.

"이자들도 묶어라."

북하는 신대평과 민부안도 포승으로 묶도록 활빈당을 향해 명령했다.

"옛, 형님."

활빈당 두목은 북하보다 열 살도 훨씬 넘지만, 북하를 형님으로 깍듯이 모시며 명령을 받들었다.

"자, 칼을 저리 버리시고, 순순히 두 손을 내미시지."

활빈당 두목이 빙글빙글 웃으며 다가설 때다. 신대평이 갑자기 부영에게 다가가 품에 안겨 있던 꽃님이의 목에 칼을 들이댔다.

"우리를 보내 줘라. 그렇지 않으면 이 아이를 죽이겠다."

너무도 갑작스런 사태에 주위에 둘러선 사람들은 그저 멍하니 바라보기만 했다. 어린아이의 목에, 그것도 제 자식의 목에 칼을 들이대는 잔인한 부정父情에 모두들 몸서리를 쳤다.

"보내 주어라."

북하가 활빈당 두목에게 손짓을 했다.

"너희 목숨은 살려 줄 테니, 아이는 이리 주어라."

북하가 신대평에게 말했다.

"어림없는 소리. 아이를 주고 나면 우리를 죽일 게 아니냐?"

신대평은 꽃님이를 품에 안고 어두운 숲속으로 달려갔다. 민부 안도 그의 뒤를 좇아 산속으로 내달렸다.

"꽃님아, 꽃님아!"

부영은 미친 듯이 숲으로 달려갔다. 두 마두는 어디론가 자취를 감춰 버렸다.

"꽃님아, 꽃님아! 에미가 잘못했다. 너를 데리고 오는 게 아닌데 그랬구나."

부영은 실성한 사람처럼 숲속을 헤치고 다녔다. 뒤따라온 북하도 꽃님이를 찾아 함께 숲속을 뛰어다녔다. 신대평이 도망치면서 꽃님이를 끝까지 데리고 다니지는 않으리라 짐작했기 때문이다. 꽃님이를 버리고 가되, 죽이지만 않았으면 하고 간절히 빌며 두 사람은 숲속을 헤맸다.

"엄마, 엄마."

그때였다. 숲속 바위 밑에서 아이의 울음소리가 들려왔다.

"꽃님아, 우리 애기 살아 있었구나."

부영은 아이에게 달려들어 와락 끌어안았다.

'함정일지도 모른다!'

북하는 부영과 달리 주변을 경계했다. 놈들이 꽃님이를 미끼로 자신을 노릴 수도 있기 때문이다. 북하는 꽃님이에게 다가가는 척하면서 칼자루에 손을 얹었다.

아니나다를까. 바위 뒤에서 그림자 둘이 칼을 내리꽂으며 뛰어내렸다.

북하는 재빨리 칼을 뽑아 높이 쳐들었다.

"으윽!"

한 놈의 가랑이 사이에 칼이 꽂혔다.

칼을 박아 넣은 채 옆으로 몸을 비낀 북하는 바위를 차면서 그 반동으로 나머지 한 놈에게 몸을 날렸다. 한 발로는 그의 칼을 차 떨어뜨리고 다른 발로는 가슴을 걷어찼다.

사타구니에 칼이 꽂힌 자는 민부안이다. 그는 눈을 허옇게 뒤집어쓰고 무너졌다. 달빛 아래 보이는 그의 몰골은 지옥의 악귀처럼 흉칙스럽다.

북하의 발에 맞고 쓰러진 자는 신대평이다. 그는 바닥에 널브러거거서 정신을 치리지 못했다.

북하는 민부안의 몸에 꽂혀 있던 칼을 빼들었다. 그러고는 쓰러져 있는 신대평의 목을 발로 누르며 심장에 칼끝을 갖다댔다.

"부영, 이자를 어떻게 하고 싶소?"

북하가 신대평의 목을 꾹 밟아 누르자 그의 목에서 끅끅거리는 소리가 났다.

"칼을 주세요. 제 손으로 죽이겠어요."

부영은 꽃님이를 내려놓고 일어섰다. 그러고는 북하가 건네주는 칼을 받아들었다.

"으윽. 사, 살려 줘."

그 사이, 정신을 차린 신대평이 목숨을 구걸했다.

"우리 모녀의 이름으로 너를 죽인다. 네놈들 손에 억울하게 간 조선 여인들을 대신해 네놈을 처단한다!"

부영은 칼을 높이 쳐들었다. 그러나 차마 내리꽂지는 못하고 팔을 내렸다. 북하가 칼을 쥐고 있는 부영의 손을 꼭 쥐었다. 그리고 높이 쳐들었다가 신대평의 심장을 향해 내리꽂았다. 그러고는 목을 누르고 있던 발을 내려놓았다.

정확하게 심장에 칼을 맞은 신대평은 몸을 부르르 떨더니 이내 움직임을 멈추었다.

"무엇이라고?"

향적산방에서 간신히 목숨을 구해 달아난 마두로부터 보고를 받은 이시다는 허연 수염을 부르르 떨었다.

"오히라와 도미야쓰까지 죽었다고? 칙쇼畜生. 짐승. 개새끼, 빌어먹을, 제기

^{랄 등의 뜻으로 쓰이는 일본 욕}. 그렇게 멍청한 녀석들은 죽어도 싸다. 물어다 준 먹이도 차지하지 못하다니."

울컥 분이 치밀어 오른 이시다의 늙은 얼굴이 새파랗게 질렸다.

"할 수 없다. 이젠 내가 직접 나설 수밖에……."

이시다는 책장을 덮고 벌떡 일어섰다.

만남

　동학군의 거사가 실패한 뒤, 일본 낭인의 손에 왕비 민자영의 목숨까지 잃은 조선은 점점 더 나락으로 치달았다. 이젠 그 누구도 일제의 걸림돌이 되지 못했다. 일본인들이 기대하는 대로 여기저기서 자신과 문중의 이익만 좇는 친일파가 등장하고, 그들의 협조 덕분에 일본의 조선 침탈 계획은 순조롭게 이루어졌다.

　임진왜란 때 그 엄청난 전력의 열세에도 불구하고 조선이 단 1년 만에 왜구를 몰아낼 수 있던 것은 조선 백성들이 위에서 아래까지 일치단결한 덕분이다. 양반 집권층으로부터 천대받던 노비, 기생, 승려, 갖바치, 백정 같은 사람들까지 너나없이 들고 일어난 그 정신이 바로 왜구를 몰아내는 원동력이었다.

이제는 달라졌다. 우선 양반들부터 일제에 붙기 시작했다. 그들 중 상당수가 친일에 앞장서고, 보부상 같은 장사꾼들이 이들에 빌붙어 돈을 벌어들였다.

바람 앞의 등불 같은 조선의 마지막 숨결이 하늘거리는 이 비극적인 상황에서도 천제석은 책을 읽고 또 읽었다. 그러다 마지막 책의 마지막 장을 넘겼다.

방안 가득 수많은 책이 쌓여 있다. 앞서 읽은 책에는 먼지가 뽀얗게 앉고, 나중 읽은 책은 방바닥에 쌓여 있다. 어떤 책들은 보자기에 싸여 방 한켠에 차곡차곡 정리되어 있고, 어떤 책은 서가에 가지런히 꽂혀 있다.

3년 가까이 되는 긴 세월이다. 그동안 천제석은 처남 정남기의 집에 서숙을 차리고 공부에만 힘써 왔다. 서숙을 열 때, '이 방 가득 책을 쌓아 놓고 모두 읽기 전에는 자리에서 일어나지 않으리라' 다짐하던 일이 새삼스럽다. 결국은 모두 읽어내고 말았다.

천제석은 방에 쌓아둔 책을 두루 만져보고 펼쳐보며 책 사이를 돌아다녔다. 유儒·불佛·선仙·음양陰陽·참위讖緯, 심지어는 천주교의 교리책까지 있다. 그러나 꼭 한 권, 꿈속에서 만난 노인이 전해 준 책만은 아직도 머리에서 빙글빙글 돌기만 한다. 비록 꿈에 읽은 책이지만 아직도 눈에 선하다.

천제석이 그 많은 책을 읽어댄 데는 사실 꿈에서 본 책을 풀어내려는 목적도 있다. 알 수 없는 그 책의 내용을 다른 책을 통해서 풀 수 있을 것만 같기 때문이었다. 오랜 시간 치열한 독서 끝에도 그 책의 내용은 알 길이 없다. 실마리조차도 잡을 수 없다. 천제석으로서는 자신의 공부가 얼마나 얕은가를 절감하게 해 주는 책이다.

천제석은 서재를 나와 뜰로 내려섰다. 어느덧 가을의 숙살^{肅殺;} 열매만 남기고 나머지는 떨구는 기운을 만난 나무들이 잎을 하나둘씩 털어 내고 있다. 오랫동안 마당을 쓸지 않아서인지 뜰에는 떨어진 낙엽으로 맨땅을 보기 어려울 지경이다. 발을 한 걸음 옮길 때마다 바스락거리며 낙엽이 부서지는 소리가 들린다.

천제석은 헛간에 세워 놓았던 갈퀴를 꺼내들고 뜰에 쌓인 낙엽을 긁어모으기 시작했다.

"흠약호천^{欽若昊天} 역상일월성신^{曆象日月星辰} 경수인시^{敬授人時}라."

천제석은 갈퀴로 낙엽을 한 번 긁을 때마다 자신이 읽은 책을 한 구절씩 암송했다.

"초일^{初一} 왈오행^{曰五行} 차이^{次二} 왈경용오사^{曰敬用五事} 차삼^{次三} 왈농용팔정^{曰農用八政} 차사^{次四} 왈협용오기^{曰協用五紀}……."

글을 암송하면서 낙엽을 모으길 한참, 뜰 안의 낙엽이 한 곳에 제법 수북이 쌓였다.

천제석은 이마에 맺힌 땀을 닦아내며 뜰을 둘러보았다. 주위는 깨끗하지만 처음 갈퀴질을 시작한 부근에는 또다시 낙엽이 떨어져 있다.

천제석은 고개를 들어 나뭇가지를 올려다보았다. 아직도 붙어 있는 이파리가 많다. 누렇게 물이 든 놈, 아직 퍼런 빛깔로 남아 있는 놈. 한 나무에 달린 나뭇잎이지만, 저마다 생장성쇠生長盛衰가 다른 게 마치 인간의 삶을 보는 듯하다.

바람 한 줄기가 휙 불고 지나가자 나뭇가지에서 낙엽이 후두둑 떨어져 내린다.

천제석은 작대기를 가져다가 나뭇가지를 두드려 보기도 하고 손으로 흔들어 보기도 했다. 바람이 불 때보다 훨씬 더 많은 낙엽이 쏟아져 내린다.

"군자이자강불식君子以自彊不息이라."

천제석은 또다시 글을 암송하며 낙엽을 긁어모으기 시작했다.

"군자이신언어절음식君子以愼言語節飮食이라."

그 사이 해는 낮 동안의 마지막 빛을 발갛게 남기고는 서쪽으로 넘어갔다.

천제석은 뜰 한가운데 쌓아놓은 낙엽더미에 불을 붙였다. 누런 불은 낙엽더미 속으로 파고들면서 빨갛게 퍼져나갔다. 가끔 밖으로 튀어나온 불길은 잠시 활활 타오르고는 이내 사그라든다.

매캐한 연기가 하늘을 향해 피어오른다. 불이 오를수록 낙엽더미는 조금씩 꺼져들어 자꾸만 키가 낮아진다.

천제석은 헛간 옆에 갈퀴와 작대기를 세웠다. 그러고는 불타는 낙엽더미 옆에서 아직도 낙엽을 몇 장씩 떨구고 있는 나무를 올려다보았다.

'공부의 결과가 겨우 이것밖에는 안 되는가.'

낙엽 타는 연기가 얼굴로 확 달려든다. 매캐한 연기에 눈물이

찔끔 흘러나온다. 연기 때문에 나는 눈물만은 아니다.

천제석은 매운 내를 피할 생각도 하지 않고 연기를 맞으며 눈물을 흘렸다. 책을 읽어서 얻은 것이라고는 사람에 대한 연민뿐. 그래서 눈물이 저절로 흘러나온다.

다음 날 아침 천제석은 일찍부터 아우를 찾았다.

"형님, 부르셨어요?"

형 천제석이 그의 글공부 선생이 되면서 형에 대한 아우의 예우는 언제나 극진하고 공손하다.

"그래. 좀 앉거라. 공부는 잘 돼가고?"

"예. 형님 가르침이 큰 힘이 되었습니다."

"그렇다면 다행이고."

천제석은 자리에서 일어나 방문을 열고 뜰로 내려서며 아우에게 말했다.

"내가 좀 나갔다 와야 할 것 같구나. 너는 처남하고 같이 서숙을 정리하고 천천히 집으로 돌아와라."

아우는 그제야 형이 또다시 역마살이 도져 떠날 때가 되었다는 걸 알아차렸다.

"이번에는 언제쯤 돌아오게요?"

아우는 말려서 될 일이 아니라는 것쯤은 잘 알고 있다.

"글쎄다. 나가 봐야 알겠지만 한 2년은 걸릴 것 같구나."

"허면 형수님하고 조카들은 어떻게 하고요?"

과부 아닌 과부로 사는 형수가 측은하기만 하다.

천제석은 대꾸하지 않았다. 집을 생각하면 늘 가슴이 쓰라리다.

"가는 길에 잠시 들러보마."

집으로 가는 길은 변함없이 정겹다. 동진강을 건너 작은 지류인 정읍천을 따라가는 길가에는 둑길을 따라 하얀 꽃이 핀 갈대가 우거져 바람이 불 때마다 마른 잎사귀가 비비적거리는 소리를 들을 수 있다.

멀리 단풍이 들어가고 있는 두승산이 눈에 들어온다. 시루봉도 그 둥그런 산비탈 여기저기 울긋불긋한 단풍물이 들기 시작했다.

오랜만에 집에 들르자 그렇지 않아도 밖으로만 돌던 남편이 몇 년 만에 들어와서는 한다는 소리가 또 나간다니 아내의 걱정이 이만저만 큰 게 아니다.

"또 나가야만 하겠어요?"

아내가 두꺼비처럼 거칠어진 손을 비비며 야속한 남편에게 투정을 부렸다.

"부모님은 어떠시오? 요즘도 불편하신가?"

천제석은 부모님 얘기로 화제를 돌렸다. 그가 아내의 속마음을 이해해 줄 리는 애초부터 없고, 천제석 또한 아내에게 이해해 달라고 밀할 처지가 아니다.

"부모님 생각은 그렇게 하시면서 처자식한테는 어찌 그리 박정하십니까?"

아내로서는 천제석의 말 한 마디 한 마디가 모두 섭섭하게만 들린다.

올해가 정유년丁酉年, 고종 34년, 1897년이니 천제석의 나이 스물일곱. 아내와 혼인을 한 지도 햇수로는 벌써 7년이 된다.

부모님은 어려서부터 신동이라 불리던 아들의 결혼에 관심이 컸다. 매파를 두어 여러 차례 간선揀選하였으나 마음에 드는 며느리를 구하지 못한 채 세월을 보내게 되었다. 아버지 천문회는 간선을 너무 심하게 했다고 생각하고 며느리를 맞는 것을 운명에 맡겼다. 그리고 이후에는 어디서든지 청혼이 들어오면 즉시 허혼하리라 마음을 먹었다.

이렇게 하여 혼인하게 된 사람이 지금의 아내다. 그러다보니 천제석도 혼례 치르는 자리에서 아내를 처음 대면하였다.

이때 문제가 생겼다. 아내의 한쪽 다리가 눈에 띄게 짧았다.

천제석의 부모는 불구를 속였다고 파혼을 주장했지만 그는 이제 와서 어쩌겠느냐며 도리어 부모를 설득하여 혼인을 했다.

결혼하고 3년 동안 천제석은 다른 사람들처럼 신혼살림을 꾸렸다. 처음부터 며느리가 별로 마음에 들지 않던 시부모는 며느리를 그리 따뜻이 대하지 않았다.

결혼한 지 3년 되던 해 천제석은 동학을 따라 종군하기 시작하고, 그 이후로도 집에 머문 시간은 며칠 되지 않는다.

천제석은 쪽마루를 지나 골방으로 들어섰다. 흥부 자식들처럼 세 아이가 한 줄로 누워 자고 있다. 천제석이 동학을 따라다니는 사이 둘째아이가 호열자콜레라로 죽었다는 소식은 들었다. 그래도 천제석은 집으로 돌아오지 않았다.

천제석은 자고 있는 막내아이의 볼을 어루만졌다. 녀석은 제 아버지가 온 줄도 모르고 깊은 잠에 빠져 있다.

막내 곁에서 잠자고 있던 첫째가 사람의 기척에 눈을 떴다가는 천제석과 눈길이 마주치자 화들짝 놀라서 그대로 눈을 감아 버린다.

"자식한테도 낯선 아버지라니."

한동안 눈에라도 집어넣을 것처럼 아이들을 바라보던 그는 방문을 밀고 마당으로 내려섰다. 고향집의 밤하늘에 둥그런 달이 걸려 있다. 추석이 멀지 않았다. 모두들 고향으로 돌아오게 만드는 추석달을 보면서도 천제석은 오직 떠나갈 생각만 했다.

새벽이 올 때까지 천제석은 뜬 눈으로 밤을 지새웠다. 어디서 새벽닭 우는 소리가 들려온다.

밤새 훌쩍거리던 아내가 일어나 부엌으로 나갔다. 천제석의 머리맡엔 지난밤에 아내가 싸놓은 괴나리봇짐이 단정하게 놓여 있다.

아이들은 아침상 앞에서야 아버지가 왔다는 사실을 알았다. 아이들은 아버지가 왔다는 사실보다는 밥상에 평소보다 두어 가지 더 오른 반찬을 더 반가워했다.

천제석은 더 머물렀다가는 가슴이 미어져 견딜 수 없을 것만 같았다.

아침상을 물리자마자 괴나리봇짐을 메고 일어났다.

길은 땅끝이 하늘과 맞닿은 데까지 이어졌다. 가물가물 하늘로 솟아오를 것만 같은 길끝을 바라보았다. 차가운 외로움이 온몸으로 밀려온다.

천천히 발걸음을 뗴었다.

흰구름도 제 갈길을 간다.

"휴우."

마을이 저만치 보이자 북하는 걸음을 멈추고 이마에 솟은 땀을 훔치며 하늘을 올려다보았다. 북하와 벗해 오던 뭉게구름은 서쪽으로 흐르고 있다. 마치 석양이라도 맞으러 가는 유람객처럼 천천히 무리지어 움직인다.

가을철이지만 낮기운은 아직 뜨겁다. 더구나 쉬지 않고 걸어온 북하의 몸이 열기를 내뿜는다.

나무그늘에서 잠시 땀을 식히고 난 북하는 집을 향해 다시 걸음을 옮겼다.

"아버지."

벌써 네 살이 된 꽃님이가 고샅으로 들어서는 북하를 발견하고는 쪼르르 대문 밖으로 뛰어나왔다.

"오냐, 우리 꽃님이 잘 있었어?"

북하는 꽃님이를 들어서 하늘 높이 올렸다. 꽃님이는 까르르 웃어댄다.

"새언니 소식은 들었어요?"

저녁상 앞에 마주앉자 부영은 북하가 다녀온 결과부터 물었다.

"소식은 알아냈소만……."

북하는 침통하게 말했다.

"그래요? 어디에 있대요? 만나 보셨어요?"

부영이 반가워하며 물었다.

"…비구니가 됐다고 하오."

북하가 쓸쓸한 얼굴로 허공에 눈길을 던졌다.

"비구니가?"

부영이 예상 밖의 일이라는 듯 눈을 동그랗게 떴다.

올 한 해도 북하는 물한과 부영이 농사짓는 일을 별로 거들지 못했다. 바깥출입이 잦기 때문이다. 바쁠 때면 일을 돕고 조금 한 가해지면 집을 나서서 이곳저곳 돌아다녔다.

주로 간 곳이 전주다. 무녀 연화로부터 나모하린이 전주 어느 부잣집 소실로 있다는 이야기를 들은 것을 실마리 삼아 이집 저 집 찾아다녔다. 사월초파일에는 모악산 금산사도 잊지 않고 갔다. 황 진사의 부인이 나모하린의 아들 영재를 데리고 한양으로 올라 가 버렸지만, 나모하린이 이사 소식을 모른다면 금산사에 나타날 지도 모르기 때문이다. 그러나 나모하린은 보이지 않았고, 북하는 실망해서 모악산을 내려왔다.

초파일이 지나면서부터 북하는 전주 부잣집을 한 집씩 훑기 시작했다. 이번에는 4년 전 황 진사 집을 찾아갈 때처럼 담을 타넘지 않고, 주인을 직접 찾아가 정중하게 동생을 찾는다고 말했다.

몇 년 전 수배를 당할 때만 해도 사람 많은 곳을 다닐 때면 여간 조심이 되는 게 아니었지만, 온 백성이 동학군의 난리를 겪고, 왕비까지 시해된 뒤라 이제 북하쯤은 묻혀지고 말았다. 관아에서도 북하를 놓친 사실을 얼버무리기 위해 아예 없던 일로 해놓은 듯, 더 이상 북하한테 관심을 보이지 않았다. 북하의 외관 또한 많이 변해, 그때는 남의 집 머슴 같았는데 지금은 어엿한 양반가 선비 얼굴이라 설사 당시 사건을 맡았던 포교가 북하와 마주친다고 하여도 알아보기 어렵다. 덕분에 북하는 안심하고 호남대로라도 돌아다닐 수 있다.

전주에는 부잣집이 많다. 가난한 백성도 많지만, 부자로 사는 사람도 짐작보다 훨씬 많다. 그런 집을 일일이 찾아다니며 주인을 만나다 보니 세월이 오래 걸릴 수밖에 없다.

북하가 밖으로 돌아다닌 또 하나의 목적은 김항에게 《정역》을 전해 받은 바둑기사 단주를 찾기 위해서다. 지난번 《정역》을 전달해 줄 때 한바탕 혈투가 있고 난 후 북하가 꽃님이를 찾아 숲속을 헤맨 뒤 돌아와 보니 단주는 문하생들과 함께 어디론가 가고 없었다.

단주가 살던 무주로 돌아갔는가 보다 생각하고 있었는데, 석전이 서신을 통해 불호령을 내려서 그가 어디론가 사라졌다는 사실을 알게 되었다. 석전은 편지에서 북하를 엄하게 꾸짖었다. 신장이 신인을 지킬 생각은 하지 않고 정에 이끌려 제 자식이나 찾으러 가다니 그게 될 법이나 한 소리냐는 것이었다. 당장 신인 단주를 찾아 지켜드리라는 엄명도 있었다.

그렇지만, 신장인 북하는 신인인 단주를 찾지 못했다. 무주에 가보니, 단주는 이차현과 함께 연산으로 간 뒤로 돌아오지 않았다 하고, 김항에게 물어보아도 이차현과 문하생들이 모시고 간 것만 알지 행방은 모르고 있었다. 북하는 이곳저곳 돌아다니며 단주의 행방도 찾고, 그러는 길에 전주에도 들러 나모하린의 소식도 묻고 다닌 것이다.

그러다가 이번 여행길에서 마침내 북하는 나모하린이 머물던 집을 찾아내었다.

주인은 백남신이다. 부호이면서 가문도 좋은 집이다.

"어서 오시오. 그렇지 않아도 그대를 한 번 보고 싶었소."

백남신은 북하가 자기소개를 하자 무척 반가워했다. 그는 북하보다 훨씬 위의 연배이면서도 북하에게 깍듯이 대했다.

"하린이가 오라버니 이야기를 많이 했소. 많이 그리워하기도 하고."

북하는 백남신이 나모하린을 하린이라고 부르는 것을 보고, 그가 하린을 데리고 무녀 언화를 만나러 갔던 선비임을 금세 알아차렸다. 무녀가 관찰한 대로 백남신은 나모하린을 무척 위하는 듯

했다. 하린이란 이름 두 자를 말하는 어감에서 북하는 그런 백남신의 마음을 그대로 느낄 수 있었다.

"하린이는 하늘을 그리워했소. 이 땅의 삶을 허망하다고 했소. 아마 돌림병으로 딸을 잃고 난 뒤라서 더욱 그랬을 것이오."

"딸을 잃다니요? 누구의 아이인가요?"

황 진사 집에서 쫓겨난 이후 나모하린이 어떻게 살았는지 알지 못하는 북하가 애가 타서 물었다.

"황 진사 집 머슴의 아이라고 하오. 하린은 소실로 살던 황 진사 집에서 그 집 부인의 농간으로 머슴과 함께 쫓겨났는데, 그 머슴이 돈만 챙겨 도망갔다는 거요. 그후 그 머슴의 딸을 낳아 거지처럼 떠돌다가 기어코 아이가 병으로 죽었소. 그때 내가 하린이를 발견해 우리 집으로 데려온 것이오."

백남신은 하린을 만날 때의 이야기를 담담하게 들려주었다. 그의 목소리에는 하린에 대한 연민이 담뿍 묻어 있다.

'그렇다면, 모악산 금산사에서 황 진사 아들 영재에게 구걸을 하던 여인이 바로 나모하린이 맞구나. 그때 내가 나모하린을 알아봤더라면 딸을 잃는 불행까지는 막을 수 있었을 텐데…….'

북하는 백남신의 말을 들으며 나모하린을 바로 앞에 두고도 알아보지 못한 자신의 미욱함에 가슴을 쳤다.

"그렇다면 나모하린이 이 댁에?"

"떠났소."

"떠나다니요? 어디로 떠났소이까?"

북하가 다시 한 번 절망하며 물었다.

"하린이는 삶을 너무 허무하게 여겨, 먹는 것까지 손을 놓을 정도였소. 하도 답답하기에 체면 불구하고 무당을 찾아가 굿까지 하려 했지요. 그랬더니 무당의 말이 하린은 하늘 사람이라 하늘 사람만이 고칠 수 있다고 하더이다. 무당이 하는 말이라 그대로 믿을 수는 없지만, 그냥 두었다가는 죽을 것만 같아 내가 방편을 썼소이다. 절에 가서 비구니가 되라고 하였더니 기운을 내더이다."

"어느 절로 갔는지요?"

"모르겠소. 입산하기 전에 아들 얼굴을 마지막으로 보고 싶다고 했으니 황 진사 부인이 이사한 곳을 찾아 한양으로 갔을 것이오. 이후에는 발길 닿는 대로 가겠다고 하였으니, 아마도 팔도 유람을 하다가 마음에 드는 절이 있으면 거기에 가 있을 거요."

백남신도 섭섭하다는 눈치다.

"어쨌든 하린은 어느 하늘 아래서고 살아 있을 거요. 길을 떠나보내면서 어떤 일이 있어도 제 손으로는 죽지 않겠다는 다짐을 받고 보냈으니까. 나는 그 믿음으로 살아간다오. 하린이 이 세상 어느 하늘 아래선가 숨을 쉬며 살아 있다는 것을 의지로 삼아."

백남신이 허허로운 웃음을 웃었다.

북하는 그 웃음 속에서 백남신이 나모하린을 얼마나 그리워하는지 알 수 있었다. 북하가 나모하린을 그리워하는 것 못지않게 백남신 역시 나모하린을 잊지 못하고 있다.

북하는 힘없이 일어섰다. 나모하린을 만날 수 있다는 희망을 갖고 찾아왔다가 어디로 갔는지 행방조차 모르게 되니 더 맥이 빠진다.

비구니가 되었을 거라는 정보는 얻었으니 팔도의 비구니 사찰을 뒤지다 보면 언젠가는 찾아낼 수 있을 것이다. 북하는 십 년이고 이십 년이고 나모하린을 찾으리라 결심하며 백남신의 집을 나섰다.

"하린이한테서 소식이 오면 언제든 그대에게 연락을 보내리다. 자네가 사는 연산 음절리로 서찰을 보내주리다."

백남신이 북하와 헤어지는 게 영 아쉬운 듯 대문 밖까지 배웅해 주면서 말했다.

"우리 하린이를 거두어 주시고 이렇게까지 신경써 주시니 정말 고맙습니다."

북하는 공손히 인사를 하고 돌아섰다. 그러다가 불현듯 생각나는 게 있었다. 북하는 돌아서서 대문 안으로 들어서는 백남신을 불러세웠다.

"어르신, 여쭐 게 하나 더 있습니다."

북하의 부름에 백남신이 다시 대문 밖으로 나와 궁금한 얼굴로 물었다.

"무엇이오?"

"하린이가 어르신의 친구분을 뵌 이후로 병이 더 깊어졌다고 하던데, 그 친구분이 뉘신지요?"

"허허, 그 사람?"

백남신의 얼굴에는 무어라고 표현하기 어려운 온갖 미묘한 감정이 서려 있다. 북하는 그 감정이 무엇인지 알아차릴 수가 없다.

"나보다는 열서너 살 아래인 젊은 선비요. 고부에 살고 있지요. 매일 속이 빈 나무처럼 맥없이 지내던 하린이가 그 선비를 보더니 그만 하늘의 별처럼 반짝이더이다. 그렇다면 그 무녀의 말처럼 그 사람도 하늘 사람인가? 허허."

백남신이 혼잣소리처럼 묻고는 한숨 쉬듯 웃었다.

"고부에 사는 선비라면, 혹시 천제석ᵀ帝釋 선비가 아니신지요?"

북하의 물음에 백남신이 깜짝 놀랐다.

"어떻게 그 사람 이름을 아오?"

"만나 뵌 적이 있습니다. 동학군을 따라다니는 걸 잠깐 뵈었지요."

북하는 백남신과 이별하고 돌아오는 길에 홀로 생각에 잠겼다.

'하늘 사람, 하늘 일……'

무녀 연화는 북하를 보고 하늘 일을 할 사람이라고 했다. 스승 석전이 지시한 대로 신장으로서 신인을 지킨다면 그게 바로 하늘 일 아닌가.

무녀는 나모하린 또한 하늘 사람이라고 했다. 하늘 사람인 나모하린이 천제석 선비를 한 번 본 이후로 몹시 그리워하여 병까지 얻었다지 않은가. 그러면서 백남신은 전제석 역시 하늘 사람인지도 모르겠다며 쓸쓸하게 웃었다.

천제석 선비.

오랫동안 잊고 지낸, 아니 그 얼굴이 떠오를 때마다 애써 지워 버리곤 한 천제석의 맑은 얼굴이 떠올랐다.

북하는 눈을 꽉 감고 머리를 흔들었다. 생각 자체를 떨쳐버리고 싶다. 그 얼굴만 생각하면 가슴이 아려온다.

"어느 절에 있답니까?"

북하가 백남신을 만난 이야기를 듣고 난 부영이 물었다.

"그건 모른다고 하오."

북하가 침통하게 대답하자 부영이 그를 위로했다.

"그래도 전보다는 찾기가 훨씬 쉽겠네요. 비구니 절을 몇 군데 찾아가 행방을 물으면 될 테니까요. 참, 당신께 서찰이 하나 와 있어요."

부영이 서탁 서랍에 넣어 둔 서찰을 꺼내 주었다.

스승 석전으로부터 온 것이다.

아직도 신인 단주를 찾지 못했느냐는 채근이다. 신장으로서 신인을 지키기는커녕 있는 곳조차 모르다니 말이 되느냐는 꾸지람과 함께 단주의 행방을 알아내면 자신에게 즉시 알리라는 지시도 들어 있다.

"그리고 돌아오는 대로 향적산방에 다녀가시라는 전갈도 왔어요."

부영은 북하가 집에 없는 동안 온 연락을 하나하나 전해 주었다.

향적산방에 오르니 김항은 국사봉에 올라가고, 대신 이차현이 북하를 맞았다.

이차현은 그동안 다른 문하생들과 함께 단주를 모시고 있다가 김항 선생님의 건강이 좋지 않다는 소식을 듣고 향적산방으로 돌아온 것이라고 했다.

"북하, 단주 선생님께서 일 년 만에 《정역》 공부를 마치시고 이제 신인의 경지를 터득해 가고 계시다네. 나는 이곳에서 김항 선생님을 보살펴 드릴 테니, 이제부터는 자네가 문하생들을 이끌고 단주 선생님을 지켜 드리게."

이차현은 북하에게 단주가 머물고 있는 곳을 자세히 일러주었다. 신장인 북하가 그렇게도 찾아 헤맨 신인 단주는 막상 연산에서 그리 멀지 않은 진안 마이산의 토굴에 있었다.

북하는 향적산방을 내려가는 대로 괴나리봇짐을 쌌다. 그리고 그 즉시 길을 떠났다.

다만 마이산이 있는 남쪽으로 방향을 잡지 않았다. 한양이 있는 북쪽으로 길을 잡았다. 스승 석전을 찾아가려는 것이다. 신인을 찾는 대로 즉시 알리라는 석전의 지시를 제대로 수행하려면 이런 중요한 소식은 인편으로 보내지 않고 발빠른 자신이 직접 스승을 찾아가는 게 낫다고 생각했다. 북하는 나는 듯이 한양을 향해 걸었다.

석전의 집을 찾기 전에 북하는 우선 황 진사 부인이 이사했다는 교동 집을 찾아갔다. 백남신이 알려준 대로 가다 보니 황 진사 부인이 이사간 집은 쉽게 찾을 수 있었다. 그런데 황 진사 부인과 아들 영재는 그곳에 없었다. 얼마 전에 친정 오라비를 따라 한양 집마저 팔고 일본으로 건너갔다는 것이다.

'나모하린도 헛걸음을 했겠구나.'

나모하린의 행방에 대해 한 가닥 실마리라도 잡고 싶어서 황 진사 부인 집을 찾은 북하는 실망하여 돌아섰다. 마지막으로 아들의 얼굴을 보고 싶어 찾아왔던 나모하린이 얼마나 실망하였을까 생각하니 가슴이 아리다.

북하는 교동에서 석전의 주소지인 통인방으로 발길을 잡았다.

석전의 집은 일본 공사관에서 얼마 떨어지지 않은 골목에 있었다.

그런데 골목의 집들 모양이 좀 특이하다. 기와집이긴 한데, 기둥이며 담 모양, 처마 선 등이 여느 집과 다르다. 일반 기와집은 여인의 저고리 끝처럼 살풋이 처마를 하늘로 치켜올리는데, 석전의 집 골목에 있는 집들은 그 선이 부드럽지 않고 날카롭게 뻗쳐 있다. 북하는 골목 안 다섯 번째 집을 찾기 위해 한 집 한 집 유심히 살피며 걸어들어갔다.

이상한 것은 또 있다. 각 집마다 문패가 붙어 있는데, 이름이 모두 넉 자나 된다.

"山村正夫, 川上一男, 土屋太郎, 橫山正史……"

문패에 적힌 글자를 하나하나 읽어가던 북하는 이들이 일본인들 이름이라는 사실을 뒤늦게 알아차렸다. 일본인들은 성이 두 자인 사람이 많으므로, 이름자를 두 자 붙이면 성명이 네 글자로 늘어나는 것이다.

'일본 놈들이 한양에 집까지 버젓이 짓고 사는군.'

알고 나니 입맛이 쓰다. 하필 스승 석전이 왜 일본 놈들이 사는 골목에 거처를 마련해 사는지 그것도 미심쩍다.

석전의 집인 다섯 번째 집에는 문패가 붙어 있지 않았다. 대신 커다란 은행나무가 있어서 찾기는 쉬웠다.

"주인장 계시오?"

북하는 목소리를 길게 뽑으며 대문을 두드렸다. 안에서 발자국 소리가 나며 젊은 사람의 목소리가 들려왔다.

"뉘시오?"

"나는 연산에서 온 이북하라고 하오. 이곳이 석전 선생님 댁 맞소이까?"

"뉘라고?"

목소리가 바뀌어 들려왔다. 석전의 목소리다. 뒤이어 발자국 소리가 들리더니 문이 열렸다.

"아니, 북하 네가 여기까지 웬일이냐?"

석전은 북하의 등장에 크게 놀란 표정이다.

"긴히 드릴 말씀이 있어 직접 왔습니다."

북하가 안으로 들어서고 보니 조금 전에 목소리를 냈던 젊은이는 어디로 갔는지 보이지 않고 석전만 서 있다.

"미리 알리고 와야지 이렇게 불쑥 찾아오는 건 법도가 아니다."

석전이 북하를 나무라면서 집안으로 안내했다.

마당이 꽤 비좁다. 대문에서 몇 걸음 안 걸어 바로 집안으로 들어가는 문이 나왔다. 좁은 마당에는 향나무가 몇 그루 있는데, 나무마다 잔인할 정도로 가지치기를 해놓은 것이 눈에 거슬린다. 둥그렇게 자르기도 하고, 세모꼴로도 잘라 놓는 둥, 나무로 온갖 멋을 냈다.

문을 열고 들어서자, 긴 복도가 나 있고 양 옆으로 방이 있었다. 그 방 가운데 한 군데는 가죽신이 여러 켤레 놓여 있었으나 밖으로는 아무런 기척도 들려오지 않았다.

석전은 끝에 있는 방으로 북하를 데리고 들어갔다. 방에는 조선 가구라고는 아무것도 없고, 한쪽 벽에 벽장만 있다. 바닥에는 군산에서 잠시 본 다다미가 깔려 있다. 일본인들이 온돌 대신 쓰는 것이다.

"그래, 무슨 일로 나를 직접 찾아왔느냐?"

석전은 북하가 직접 찾아온 것이 아직도 못마땅한 듯 이맛살을 찌푸린 채 물었다.

"단주 선생님의 행방을 찾았습니다."

"그래? 그거 잘됐구나."

북하의 말에 석전이 찡그렸던 얼굴을 환히 폈다.

"어디에 있다더냐?"

"마이산 토굴에 있다고 합니다. 《정역》을 공부하여 신인의 경지를 터득해 가고 있다고 들었습니다. 가서 만나셔야 되지 않을까요?"

"흠."

북하의 말에 석전의 얼굴이 심각해졌다.

"그렇다면 신장인 네가 먼저 가서 신인을 지켜 드려야지."

석전은 말을 해놓고는 잠시 생각에 잠겼다. 그러다가 이내 입을 열었다.

"네 누이동생 소식은 알아냈느냐?"

석전은 느닷없이 나모하린의 소식을 물었다.

"예. 하오나 행방은 찾지 못하였습니다. 비구니가 되어 있을 거라고 하는데, 아직 어느 절에 있는지는 알아내지 못하였습니다."

석전은 웃는 낯으로 북하를 건너다보았다.

"내가 가르쳐 주련?"

"예? 제 누이동생이 있는 곳을 스승님께서 어찌 아시나요?"

북하는 귀가 번쩍 뜨였다.

"네 사정이 딱하여 그간 나도 나름대로 사람을 놓아 네 누이동생의 소식을 알아보았다."

석전은 부드러운 눈길로 북하를 건너다보았다. 북하는 그런 스승한테 감격해 넙죽 설을 올렸다.

"아이고, 고맙습니다, 스승님."

"네 누이동생은 경상도 울주에 있는 석남사로 출가했다는구나. 법명은 묘법妙法이라고 한다. 앞으로 신인을 모시려면 누이동생을 만나기 어려울 테니, 이길로 내려가서 누이동생을 만나 원이라도 풀어주도록 해라. 그 다음에는 오래 지체하지 말고 곧바로 진안으로 가서 신인을 지키는 임무를 수행하도록 하고. 알겠느냐?"

"예, 스승님."

북하는 몇 번씩이나 머리를 땅에 대고 스승께 절을 올렸다.

한편, 구름처럼 바람처럼 길을 걷던 천제석은 충청도 강경 땅을 지나 연산으로 향했다. 언젠가 만났던 북하와 이차현이 한 말이 떠오른 데다, 《정역》을 써놓고 그것을 전달하기 위해 신인을 기다린다는 그들의 스승 김항을 만나보고 싶은 생각이 갑자기 들었다.

천제석은 무엇에 이끌리기라도 하듯 연산으로 발걸음을 옮겼다. 구름 사이로 달이 가듯 천천히 걸었다. 서책으로 배울 건 거의 배웠으니 이제 이 세상을 배워야 한다고 생각하여 나선 걸음이다.

집을 떠난 지 오래된 천제석은 행색이 초라하기 이를 데 없다. 노자는 진작에 떨어지고, 옷도 오랫동안 갈아입지 못해 추레하다. 얼굴만큼은 진흙 속에서 솟아나온 연꽃처럼 말갛다.

연산에 닿을 때에는 짚신조차 거의 닳아 버선발이 삐져나왔다. 그러거나 말거나 그는 길을 물어 향적산방으로 향했다.

산방으로 가는 산길에는 낙엽이 쌓여 있었다. 낙엽을 밟고 걷자니 그나마 발바닥이 푹신푹신하다.

어느덧 산방이 가까웠는지 돌층계가 나타나고, 양 옆으로는 은행나무와 단풍나무가 하나 건너 하나씩 서 있다. 노란 은행잎과 붉은 단풍잎이 멋지게 어우러져서 마치 산중에서 잔치를 벌이고 있는 것 같다.

천제석은 아름다운 가을 경치를 구경하며 돌층계를 하나씩 밟아 올라갔다. 방금 비질을 했는지, 빗자국이 선명히 남아 있고, 낙엽이 떨어져 있지 않다.

"어서 오십시오."

층계의 끝부분에 다다랐을 때, 누군가 층계 맨 꼭대기에 서 있다가 그를 맞이했다. 백발이 성성한 노 선비다. 조금 야위었지만, 학처럼 고고한 자태로 서 있는 그를 보고 천제석은 깜짝 놀랐다. 어디선가 본 듯한 얼굴이다. 지난번 두승산 시회에 다녀오다가 꿈결에 만난 노인의 얼굴 같기도 하고, 오래전 어느 날 꿈에서 본 신선의 모습 같기도 하다. 어쨌든 그가 김항일 거라고 직감한 천제석은 공손히 머리를 숙였다.

"선생님을 뵙고자 이렇게 찾아왔습니다."

"기다리고 있었소. 천 선비."

김항도 단번에 천제석을 알아보았다.

"저를 알고 계시는군요? 그렇다면 제가 올 것도 아셨단 말씀이십니까?"

천제석은 조금 전에 올라온 층계에 낙엽이 하나도 떨어져 있지 않은 것을 떠올렸다. 게다가 김항은 층계 끝에서 기다리고 있지 않은가.

"오, 하늘이여. 왜 이제야 오십니까. 평생 기다렸습니다."

김항이 자신의 별채로 앞장서 걸었다.

별채에는 조촐한 음식상과 술이 마련돼 있다. 오는 시각도 알고 있었다는 뜻이다.

"제가 어젯밤 꿈에 천 선비를 만났지요. 하늘에서 천사가 내려오더니 저더러 옥경玉京으로 올라오라 하더군요. 천사를 따라 옥경에 올라가니 웅장한 대궐이 보이더군요. 천사를 따라 그곳에 들어가니, 가운데 커다란 황금의자에 어떤 분이 앉아 계셨는데 그분이 저를 반가이 맞으시더군요. 그분이 바로 천 선비였습니다."

"그럴 리가요. 저는 어젯밤 남의 집 헛간에서 덜덜 떨며 자고 있었는걸요."

"하늘 일이야 워낙 신비로우니 눈에 보이는 바가 다는 아니지요. 화신化身, 아바타 나투는 거야 손오공도 한다니까요."

김항은 천제석의 잔에 술을 그득 따라 주었다.

한편 울주로 내려간 북하.

석남사 입구에는 아름드리 거목이 울창하게 서 있다. 낙엽 썩는 냄새가 시큼하다.

북하는 코를 벌름거리며 일부러 그 냄새를 맡았다. 그러면서 두근거리는 가슴을 진정시켰다.

'이 절에 나모하린이 있다!'

가슴이 벅차오른다. 며칠 동안 잠도 몇 시간 안 자며 부지런히 걸어왔건만 조금도 피로하지 않다. 곧 나모하린을 만날 거라는 생각에 온몸이 잔뜩 긴장될 뿐이다.

일주문을 지나고 다시 계곡에 난 다리를 건너 절 마당으로 들어섰다. 어린 비구니 몇이 마당에 가을 곡식을 말리고 있다. 가을 햇볕이 따가운지, 그들은 머리에 면포를 두른 채 일을 하고 있다.

북하는 그들 가운데 나모하린이 있지 않을까 하여 떨리는 가슴으로 조심조심 다가갔다.

"저, 스님네들. 말씀 좀 여쭙겠소이다."

그가 기척을 내자, 비구니들은 하던 일을 멈추고 북하를 돌아다보았다. 나모하린은 보이지 않는다.

"묘법 스님을 뵈려고 찾아왔습니다."

북하의 청에 비구니들은 누구냐, 왜 찾아왔느냐 따위를 귀찮게 묻지 않고 순순히 답을 해 주었다.

"묘법 스님께서는 지금 저쪽 텃밭에서 일하고 계십니다."

북하는 어린 비구니가 가리킨 쪽으로 걸어갔다. 그곳에서는 비구니 몇이 깨를 털고 있었다.

북하는 가슴에 손을 대보았다. 툭툭, 심장 뛰는 소리가 손바닥으로 느껴진다.

"저, 묘법 스님."

북하는 비구니들이 모여 있는 곳을 향하여 무작정 이름을 불러 보았다. 그러면 나모하린이 알아서 대답하리라 생각했다.

"예."

북하에게 등을 보이며 앉아 있던 비구니가 몸을 돌렸다.

'아니?'

묘법이라는 법명에 대답한 비구니의 얼굴을 보고 그는 깜짝 놀랐다. 나모하린이 아니다. 나이가 서른 살도 훨씬 넘어 보이는 중년의 비구니다.

"저를 찾으셨나요?"

묘법이 의아한 눈길로 북하를 바라보았다.

"스님이 묘법 스님 맞으십니까?"

"예. 그렇습니다만……."

북하의 말에 묘법이 고개를 끄덕였다.

"저, 스님 말고 다른 묘법 스님은 안 계십니까?"

"묘법이란 법명을 가진 비구니가 어찌 저 하나겠습니까만, 우리 절에는 저밖에 없습니다."

묘법의 대답에 다리에서 힘이 쫙 빠져나간다.

진안 마이산은 숫마이산과 암마이산이 나란히 서 있다. 산과 물이 산태극수태극으로 뭉쳐 오묘한 기가 모인다는 명산이다. 이 두 산 사이에 나도마이산이라는 작은 산이 있다. 단주는 그 산의 한쪽 기슭에 토굴을 만들어 거기 머물면서 《정역》을 공부하고 있다.

"음……."

이차현이 직접 가지고 온 김항의 서신을 읽고 난 단주는 낮은 신음을 냈다. 그러고는 벽에 등을 기대고 앉았다.

"내가 몸이 아파 붓을 들 힘조차 없구려. 어찌 됐든 김항 선생님께 고맙다는 말씀을 꼭 전해 드리시오. 누천년 쌓인 원冤을 풀게 되니 미련 없이 떠날 수 있겠소이다."

단주는 숨을 몰아쉬며 겨우 말을 마쳤다. 그런 다음 문하생들을 불렀다.

"너희들은 이차현 선비와 함께 마을로 내려가거라. 그리고 내일 오시午時에 올라와 나를 거두거라."

문하생들은 갑작스런 하산 명령에 영문을 몰라 서로 얼굴을 마주보았다.

그들은, 단주가 워낙 엄하게 명하는지라 아무런 대꾸도 못하고 토굴을 나섰다. 이들에게 단주는 신인이다.

이차현과 문하생이 모두 하산하자 홀로 남은 단주는 아픈 몸을 세워 서탁 앞에 앉았다. 허리를 세우기 위해 단전에 힘을 주자 배에 통증이 느껴진다. 단주는 배를 만져 보았다. 빵빵하게 배가 불러 마치 임신한 여인 같다. 벌써 몇 달 전부터 만져지던 딱딱한 혹조차 손에 잡히지 않을 정도다. 어떤 의원은 종양腫瘍이라고 하고, 어떤 의원은 복수腹水가 찬 것이라고 신난했나. 둘 다일 가능성도 높다. 어쨌건 엄연한 사실은 단주가 의원들이 진료를 포기할 정도로 병이 깊어 이제는 죽어가고 있다는 사실이다.

이차현이 이 소식을 갖고 김항을 찾아가자 그는 급히 답신을 보내왔다.

> 그대가 세상을 뜨더라도 지금까지 닦은 공부는 결코 헛되지 않을 것이오. 또한 신인께서 그대 단주(丹朱)의 오랜 원(寃)을 풀어 주시리니, 기꺼이 죽음을 끌어안으시오. 오늘 자정에 하늘이 그대를 맞으리다. 하늘 가서 편안히 기다리시오. 그대의 사명은 충분히 이뤄졌소.

한 번 더 자세를 추스르자 통증은 느껴지지 않는다. 단주는 등잔불에 불을 붙여 김항의 서신을 태웠다. 그리고 서탁에 《정역》을 펼쳐놓았다. 눈이 희미해져 글씨가 잘 보이지 않는다.

단주는 눈을 부릅떠가며 글자를 한자 한자 짚어 내려갔다.

얼마가 지났을까.

밤이 깊다.

단주는 다시 책장을 천천히 넘겼다.

눈앞이 가물가물한 게 정신이 들어왔다 나갔다 한다. 단주는 자세만은 흐트러뜨리지 않고 반듯하게 앉으려 노력했다.

단주는 책장을 넘기려고 손을 뻗쳤다. 손이 움직이질 않는다. 서탁 위 책이라도 들여다보고 싶지만 이젠 아무것도 보이지 않고 그저 깜깜하다. 눈을 감고 있는지 뜨고 있는지도 알 수 없다.

그때 귀에 발자국 소리가 들려왔다. 한 사람의 발소리가 아니다. 조심스럽게 다가오는 걸 보니 몰래 숨어든 모양이다.

'하늘문이 열리는구나.'

단주는 자정이 되었구나 하고 생각했다. 자신을 찾아온 죽음이라고 믿었다.

기꺼운 마음으로 그들을 맞이했다. 그들이야말로 자신의 지긋지긋한 고통을 없애줄 고마운 존재들이다. 더구나, 요堯 임금의 아들 단주부터 쌓여 온 원寃이 있다. 그물에 갇힌 토끼처럼 마음껏 뛰고 싶어도 덫이나 그물에 걸려 뛰지 못하는 것이 원寃이다. 이 덫과 그물을 신인이 나타나 풀어 준다니 단주는 기꺼이 죽음을 맞을 수 있다.

발자국 소리가 점점 가까워진다. 단주의 귀에는 그들의 발자국 소리마저 들리지 않는다. 죽음이 다가오기도 전에 단주는 이미 혼백을 놓았다.

"챠앗."

단주에게 다가선 검은 그림자는 칼을 높이 쳐들었다가 힘껏 내려쳤다. 그는 힘없이 앞으로 고꾸라졌다.

"흥! 조선의 신인이란 별것들 아니로구나. 칼 한 번 휘두르니 맥없이 가버리다니. 최제우, 전봉준, 김치인, 단주, 김항, 뭐 그렇고 그런 장삼이사에 불과하군. 크하하."

검은 그림자는 이시다. 그는 서탁 위에 엎어진 단주의 상투머리를 잡아당겼다. 그리고 그 밑에 깔려 있던 《정역》을 집어들었다.

"드디어 진본 《정역》을 손에 넣었다. 으하하."

이시다는 《정역》을 손에 들고 통쾌하게 웃어젖혔다. 토굴이 메아리로 흔들린다.

"아니, 이건 가짜잖아?"

《정역》을 손에 들고 후루룩 넘기던 이시다의 얼굴이 창백해졌다.

"오히라와 도미야쓰가 가져왔던 것과 같은 책이잖아. 이런, 내가 속았다."

이시다는 단주가 읽던 《정역》을 공중으로 집어던졌다. 그러고는 칼을 빼내어 공중에서 여러 번 그었다. 책은 예리한 칼날에 잘려 조각나 버렸다.

"그렇다면 이자도 가짜?"

이시다는 서탁에 엎어져 있는 단주의 시신을 발로 걷어찼다. 아직 굳지 않은 단주의 시신은 이시다의 발길에 채여 벌렁 누웠다.

"바둑기사 단주는 맞는데……."

이시다는 턱수염을 쓰다듬으며 생각에 잠겼다. 함께 온 낭인 가운데 하나가 단주의 몸을 가리켰다.

"저 배 좀 보십시오. 산송장이나 다름없었을 겁니다. 죽을병을 앓고 있던 게 틀림없습니다."

낭인의 말대로 단주의 배는 불룩하게 튀어나와 있다. 산달이 가까운 임신부의 배 같다.

"속았다, 속았어. 신인도 가짜고 《정역》도 가짜다!"

이시다는 발로 땅을 구르며 분통을 터뜨렸다.

율려(律呂)

밤 깊은 산방 별채, 김항의 목소리가 나지막하게 흘러나온다.
학인들은 별채에 무슨 일이 있는지 아는 사람이 없다. 다만 손님
하나가 들어 서로 이야기를 나누는 중이라고만 알았다.

"아주 오래된 옛날이야기 하나 해 주겠소. 그래, 아주 오래된
옛날이야기지. 선비도 알고는 있지만 아직은 기억하지 못할 그 이
야기를 말이오. 그러니 내 얘기를 들으면서 기억 좀 더듬어 보구
려. 실은 선비의 이야기이기도 하니 말이오."

72세나 된 김항의 얼굴에서는 한치의 흔들림이나 그늘 같은 것
을 찾아볼 수가 없다. 한결같은 미소와 그윽한 눈매, 표정이 흔들
림 없이 고요한 호숫물 같다.

"부도符都란 말은 들어 보셨소? 그 옛날, 하늘 아래 인간의 땅에 천국天國의 도시 부도가 건설되었다는 말 말이오?"

김항은 하늘거리는 등잔불 너머 천제석을 향해 나직이 이야기를 하기 시작했다.

"어려서 어르신들이 하는 말씀을 듣긴 들었습니다. 그저 재미나는 옛날이야기로만 알고 있습니다."

"옛날 부도를 세우던 일을 선천先天 개벽開闢이라고들 하는데, 이 신비로운 태곳적 이야기를 잘 들어 보시오. 이제는 그 하늘이 묵어서 낡고 쓸모가 없게 되어 버렸지만 원래는 그런 게 아니었다오. 다만 인간들이 저마다 욕심을 채우기 위해 서로 죽이고 할퀴고 자꾸만 원한을 쌓다 보니 그게 사무쳤다고나 할까. 사람도 늙으면 죽는 법, 선천 하늘도 너무 늙어 이제는 도道를 이루지도 못하고 덕德을 펴지도 못하게 되었다오. 이제 상극의 묵은 하늘을 버리고 상생의 새 하늘을 열어야 할 즈음에 이르러 그 묵은 하늘을 처음 세우던 이야기를 하지 않을 수 없구려. 새 하늘도 실은 이 묵은 하늘을 처음 열던 그때와 다르지 않으니 천 선비가 꼭 들어야 할 것 같습니다."

김항은 푸근하고 약간 느린 목소리로 이야기를 풀어나갔다.

선천을 처음 열 때는 아무것도 없었다. 공空, 즉 텅 비어 있었다. 물질도 없고 생각도 없었다.

그때 팔려八呂, 즉 쇠金, 돌石, 실絲, 대竹, 바가지匏, 흙土, 풀草, 나무木 등 여덟 가지 소재로 만든 천상 악기의 음音이 하늘에서 들려왔다. 천상의 음악, 하늘의 화음和音인 율려律몸다. 궁상각치우宮商角緻羽 다섯 가지 음音과 일곱 가지 음계調가 어울려 가히 천상의 음악답게 아무것도 없는 이 땅에 골고루 울려 퍼졌다.

이 율려에서 양기가 꽉 찬 실달성實達城과 음기가 꽉 찬 허달성虛達城이 나왔다. 하여 음양陰陽이 되었다. 이 두 성에는 사람이나 짐승, 초목이 사는 게 아니라 그저 기운으로 가득 찬 성이다. 그러니까 천상 율려에서 기운이 내려온 것이다.

그런 다음 그 기운이 뭉쳐 마고성麻姑城과 마고성에 사는 천신天神 마고麻姑도 나왔다.

마고는 선천을 남자로 하고 후천을 여자로 하여 하늘의 기운을 뽑아 궁희穹姬를 빚고 땅의 기운을 뽑아 소희巢姬를 만들었다. 마고는 음양에 치우친 드러난 존재가 아니라 양성을 갖춘 전인격체다.

마고는 궁희와 소희에게 오음칠조五音七調의 음절을 맡아보게 했다. 다른 무엇보다 세상을 돌리는 기운은 오음칠조에 있다.

그 뒤 궁희와 소희 역시 각각 천인天人 둘과 천녀天女 둘을 낳았다. 합하여 하늘 사람 여덟 명이 태어났다. 이 하늘 사람들은 성城에 솟아나는 지유地乳를 먹고 자랐다. 두 천인에게는 율律을, 두 천녀에게는 여몸를 맡아보게 했다. 이들은 첫째가 황궁씨黃穹氏, 둘째는 백소씨白巢氏, 셋째는 청궁씨青穹氏, 넷째는 흑소씨黑巢氏다.

선천 하늘이 활짝 열리자 율려律몸가 충만하여 음상音象을 이루었다. 성聲과 음音이 음양의 조화를 잘 이루었다. 마고는 이 음상으로 물과 땅을 갈라 바다와 육지를 만들었다. 낮과 밤이 갈리고, 나아가 사계四季를 구분하고 초목과 짐승을 길러내기 시작했다. 모든 땅에 일이 많아졌다. 비로소 역수曆數가 시작되었다. 이 모든 것은 율려라는 천상의 음악으로 이루어졌다.

천지가 안정되자 마고는 천인과 천녀에게 명을 내려 겨드랑이를 열어 땅에 살 하늘 사람을 각각 출산하게 했다. 처음으로 열두 쌍의 남녀를 낳았다. 이들이 바로 사계절이 지상에 처음으로 보인 인간의 시조로 남녀 열두 쌍이 열두 달을 나누어 맡았다.

이 남녀들은 또 결혼하여 9대代를 지나는 사이에 족속이 불어나 각각 3천 명이나 되었다. 이로부터 열두 시조는 각각 성문을 지키고 그 나머지 자손은 향상響象을 나눠 관리하고, 그것을 받아 심신을 다스렸다.

이 하늘 사람들은 품성이 순정純精하여 조화를 부릴 줄 알고, 지유를 마시므로 혈기가 이슬처럼 맑았다. 귀에는 오금烏金이 있어 천음天音을 빠뜨리지 않고 들을 수 있었다.

그러던 어느 날.

백소씨 족의 하늘 사람 지소씨支巢氏가 지유를 마시려고 젖샘에 갔다. 사람은 많고 샘은 작아 차례를 양보하다가 끝내 마시지 못했다. 그러기를 모두 다섯 번, 허기진 몸으로 집에 돌아왔으나 너무나 배가 고파 머리가 어지러웠다. 몸에서 힘이 쑥 빠지고 귀에서 이명까지 울렸다. 그때 집에 열려 있는 열매를 하나 따서 입에 넣어 보았다. 기운이 쭉쭉 뻗치면서 유쾌해졌다. 그가 먹은 것은 잘 익은 포도알이었다. 그는 그만 포도에 취하고 말았다.

지소씨는 술에 취해 집에서 내려와 여기저기 돌아다니면서 노래를 불렀다. 금세 배고프다며 쓰러질 것 같던 지소씨가 기운차게 돌아다니는 것을 본 다른 하늘 사람들은 호기심에 하나둘씩 포도를 먹어 보았다. 그때까지 지유 말고는 아무것도 먹을 줄 모르던 하늘 사람들이다.

포도를 먹은 하늘 사람들은 지소씨처럼 기운이 펄펄 나는 것을 느꼈다. 그들은 다투어 포도를 먹게 되고, 나아가 포도뿐만 아니라 땅에서 나는 열매와 풀, 뿌리 등을 이것저것 씹어 보았다. 그리하여 하늘 사람들은 온갖 열매를 따먹고, 식물을 뜯어먹고, 심지어 짐승의 살코기까지 먹었다.

백소씨 족의 하늘 사람들은 이 소식을 듣고 깜짝 놀라 지유 말고는 아무것도 먹지 못하도록 금지했다.

하늘 사람들이 지유를 먹지 않고 아무 거나 닥치는 대로 먹기 시작하자 마고는 성문을 닫고 하늘의 기운을 거두어 버렸다.

이때부터 지유 대신 열매나 뿌리, 잎사귀 따위를 먹고 사는 하늘 사람들의 입에 이빨이 생겼다. 또 입에서는 뱀의 독과 같은 침이 나오기 시작했다.

그런 뒤부터 하늘 사람들은 혈육이 탁하고 심기心氣가 혼란스러워졌다. 결국 천성天性을 잃고 우매하게 되었다. 귀에 있던 오금烏金이 변해 토사兎沙가 되어 나중에는 하늘의 소리를 들을 수가 없게 되었다. 음音을 받아쓰지 못하므로 발은 무겁고 땅은 단단하여 걷기는 하지만 뛸 수가 없었다.

태정胎精이 불순하여 짐승처럼 생긴 하늘 사람이 많이 태어났다. 새로 태어난 사람들은 죽을 때면 천화遷化되지 못하고 썩어 고약한 냄새가 났다. 하늘과 땅 사이에 이어져 있던 음音과 향響이 끊겨져 서로 어울리지 못하기 때문이다.

그렇게 되어서야 짐승처럼 타락한 하늘 사람들은 지소씨 때문에 그렇게 되었다며 그를 원망했다. 지소씨는 하늘 사람들을 보기 민망하여 일족을 거느리고 성을 나가 버렸다. 다른 씨족 중에서도 지유 대신 다른 것을 먹은 하늘 사람들도 지소씨를 따라 밖으로 나갔다.

이때 황궁씨는 성 밖으로 나간 하늘 사람들을 불쌍히 여겨 일일이 붙들고 설득했다.

"여러분이 하늘의 성품을 저버렸으므로 어쩔 수 없이 같이 살 수가 없게 되었소. 다만 열심히 수련하여 더러움을 깨끗이 씻고 천성을 되찾으면 옛날로 돌아갈 수 있으니 노력하고 노력하시오."

세월이 흐르면서 성을 떠난 하늘 사람들 가운데 전날의 잘못을 뉘우친 사람들이 성을 찾아와 직접 복본復本을 하려고 노력했다. 잘못을 뉘우치는 것만으로는 복본이 되지 않아서 원대로 되질 않았다. 이 하늘 사람들은 지유를 마시면 도로 옛날대로 변할 수 있다고 믿어 성郭 밑을 파헤쳤다. 위낙 많은 하늘 사람들이 달려들어 성 밑을 팠으므로 성벽은 크게 무너졌다. 게다가 젖샘도 말라버렸다.

성에 있던 하늘 사람들마저 지유를 마실 수 없게 되었다. 이제는 너나없이 풀과 과일을 먹고 살아야 했다.

황궁씨는 마고를 찾아가 엎드려 사죄했다.

"뼈를 깎는 각오로 수련을 하여 반드시 복본하도록 하늘 사람들을 이끌겠습니다."

그 뒤 하늘 사람들은 각기 따로 살면서 수련을 하기로 했다. 그래서 황궁씨는 모든 하늘 사람들에게 천부天符를 신표信標로 나누어 주고 뿌리를 캐서 식량을 만드는 법을 가르쳐 주었다. 그렇게 해서 독을 덜 먹으면서 하늘과 땅의 기운에 응하여 천성을 회복하려는 것이다.

따로 살자는 약속에 따라 청궁씨는 권속을 이끌고 동쪽문을 나가 운해주雲海洲로 갔다. 백소씨는 권속을 이끌고 서쪽문을 나가 월식주月息洲로 갔다. 흑소씨는 권속을 이끌고 남쪽문을 나가 성생주星生洲로 갔다. 황궁씨는 권속을 이끌고 북쪽문을 나가 천산주天山洲로 갔다.

황궁씨 일족이 떠나간 천산주는 매우 춥고 위험한 땅이었다. 황궁씨는 고통스런 길로 가서 복본의 고통을 빨리 이겨내려고 맹세했다.

나누어 살기로 한 각 씨족이 각각의 땅에 이르러 산 지 1천 년이 지났다. 그때는 이미 옛날에 먼저 성을 나간 지소씨 무리들이 여러 곳에 섞여 살면서 그 세력이 자못 강성해진 때다. 그렇기는 하나 모두가 그 근본을 잃고 성질이 사나워져서 새로 온 족속을 보면 무리를 지어 쫓아가 이들을 해치곤 했다. 그들은 이미 맹수나 다를 바 없이 타락해 있었다.

황궁씨는 천산주에 도착하여 어서 빨리 해혹^{解惑}하고 복본할 것을 서약하고 수련에 힘썼다.

"수련을 게을리하지 말자. 반드시 복본하여 모두 하늘 사람으로 돌아가야 한다. 우리가 살 곳은 이곳이 아니라 마고성이다."

황궁씨는 곧 장자 유인씨^{有因氏}에게 인간 세상의 일을 밝히게 하고 둘째아들과 셋째아들에게는 모든 땅을 순행^{巡行}하며 살피라고 시켰다. 천산 마고성에 살 때는 하늘과 땅이 순조로워 아무것도 필요한 게 없었지만 이제부터는 먹고 마시는 것부터 하나하나 직접 해결해야만 한다.

황궁씨는 하늘 사람들에게 가르침을 전한 뒤 스스로 천산의 큰 돌이 되었다. 그러고는 힘이 들고 어려울 때 자신을 부르면 돕겠다고 약속했다. 이것이 굿이 생긴 까닭이다.

황궁씨가 땅으로 스며든 뒤 대를 이은 유인씨는 황궁씨로부터 받은 천부삼인^{天符三印}으로 하늘 사람들을 다스렸다. 천부삼인은 곧 천지본음의 상^像으로서 하늘 사람들이 알지 못하는 천상의 본음^{本音}을 들을 수 있는 마지막 수단이다. 천부삼인이 있어야만 임시나마 하늘의 천성을 회복할 수 있다. 하늘 사람들은 복본해야 한다는 마지막 목표를 잃지 않았다.

유인씨는 하늘 사람들이 추위에 떨고 어둠에 시달리는 것을 불쌍하게 여겨 불을 일으키는 법을 알려주었다. 그 뒤 하늘 사람들은 불로써 어둠을 물리치고, 몸을 따뜻하게 하고, 또 음식물을 익혀 먹는 법을 깨우치게 되었다.

유인씨는 1천 년이 지나 아들 환인桓因씨에게 천부를 전하고 곧 천산으로 들어가 하늘에 제사를 올리고는 다시 세상에 나오지 않았다.

천부삼인을 이어받은 환인씨는 하늘 사람들을 깨우치는 일에 더 노력하여 하늘 사람들은 밝게 살아갈 수 있었다. 하늘 사람들이 복본에 가까워지자 천산주에 햇빛이 고르게 비치고 기후가 순조로워져 생물들이 안도하며 살 수 있게 되었다. 그러면서 괴상한 모습으로 변했던 하늘 사람들이 점차 본래의 모습으로 돌아가게 되었다. 이것은 황궁黃穹씨, 유인有因씨, 환인桓因씨가 3천 년에 걸쳐 하늘 사람들에게 열심히 수련하기를 권한 때문이었다.

김항은 여기서 이야기를 끊고 천제석의 눈을 들여다보았다. 그러다가 엷은 미소를 띠고 마저 이야기를 했다.

"환인씨가 다스리는 무리는 천산산맥을 지나 알타이산맥을 넘어 몽골 고원과 시베리아로 진입하였어요. 그리고 세월이 지남에 따라 흥안령산맥을 넘어 만주 평원으로 들어서고. 그 뒤로 이 나라에 신시神市가 열리고 조선朝鮮의 역사가 펼쳐진 것이오. 오늘날 그 끄트머리에 내가 있고 천 선비가 있는 거요. 물론 우리는 그 시작에도 있었고 중간에도 있었소. 그렇듯이 오늘 그 끝에도 있는 것이고."

"저는 처음 듣는 이야기입니다."

김항의 이야기에 빠져든 천제석이 면구스러워하며 말했다.

"너무 아득해서 책이나 전설로밖에는 전해져 오지 않으니 관심이 없으면 모를 수밖에."

김항의 이 같은 기나긴 이야기를, 천제석은 허리를 꼿꼿이 세운 채 들었다.

"그 뒤 배달국을 세운 환웅은 18대 1565년 동안 번성했지요. 이 환웅시대가 끝나고 새로 시작된 것이 바로 우리 민족의 시조로 추앙되고 있는 단군왕검의 시대입니다. 지금으로부터 5천 년 전 단군은 참성단에 단을 쌓고 하늘에 제를 올렸지요."

"그랬군요."

"우리 역사의 맥은 복본複本, 즉 우리 스스로 하늘 사람이라는 사실을 깨닫는 데 있답니다. 그래서 우리 천손天孫들은 일찍이 몸과 마음을 수련하는 데 남다른 노력을 기울였지요."

"복본이란, 천산지대에 열려 있던 그 처음으로 돌아가려고 노력하는 거로군요."

"그렇소. 우리 조상들은 원시반본原始反本하기 위해 피눈물 나는 노력을 기울여 왔소. 황궁씨는 땅으로 천화遷化하시고는 굿을 통해 후손들에게 나타나시곤 하였답니다. 오늘날에도 이어지는 신교神教지요. 그 신교는 불교가 들어오고 요즘에는 천주교다 동학이다 남학이다 해서 요란하지만 그래도 이 민족의 전통으로 이어져 오고 있소. 신교는 바로 우리 민족의 역사 속에 살아 있는 독특하고 뜻깊은 사상이오. 환국의 개국 이념이던 제세이화濟世理化, 광명이세光明利世, 홍익인간弘益人間이 바로 그것이오. 그것이 배달국 시절에는 배달도로, 삼국시대에는 풍류도·화랑도·문무도로, 통일 신라시대에는 국선도·조의선인제도로 이어지고, 고려시대에는 한배검교로 이어져 왔소. 이 민족의 근기이자 지주가 된 큰 사상이지요."

"조선시대에 와서는 사라졌는가요?"

김항이 고려까지만 이야기를 하고 말을 잠시 쉬자 궁금증을 이기지 못한 천제석이 다음 말을 기다리지 못하고 질문을 했다.

"아니오. 진리는 사라지는 게 아니오. 진리는 썩거나 줄어들지 않소. 찾으면 언제나 거기 있소. 언제나 말이오. 신교의 맥은 조선 시대에도 살아 있소. 선비 정신으로 숨어 살아 있지만 그것이 변질되면서 나라꼴이 어수선해지고 결국 동학이 그 맥을 잇고자 뛰쳐나온 거요. 그런 동학이 뜻을 펴지 못하고 흩어지고 말았으니 이제 그 맥을 누군가 다시 이어야 하오. 우리는 하늘 민족이다, 우리는 하늘 사람이다, 이 사실을 깨우쳐야 하오."

"그걸 누가 어떻게 이을 수 있다는 말씀이신지요?"

"바로 천 선비요."

김항은 가슴 속에 묻어 두었던 본론을 꺼냈다.

"천 선비는 내가 찾던 바로 그 신인이오. 하늘 사람들을 깨우치기 위해 직접 내려온 하늘이란 말이오. 그러니 오금烏金을 되찾으면 그날 즉시 하늘 사람이 되고, 하늘이 되는 것이오. 그래서 나는 천 선비에게 선천의 오금을 뒤집은 금오金烏라는 후천의 호를 준비했소. 후천 금오를 얻으면 하늘문이 열리면서 언제든지 소통하고 마음대로 오갈 수 있소."

김항은 천제석의 두 손을 마주잡고 마음속에 가둬 두었던 말을 봇물처럼 토해냈다.

별채의 등잔은 중간에 병기름을 갖다 부어가며 밤새 꺼지지 않고 어둠을 밝혔다. 도란도란 두 사람이 나누는 대화는 그칠 줄을 몰랐다. 거기서 김항이 칠십 평생 깨우쳐 온 지혜를 전해 장차 하늘을 뜯어고치려는 대역사가 시작되었건만, 밤은 여전히 깊고 고요하다.

마치 오랜 벗을 만난 듯 두 사람은 마주앉아 밤을 꼬박 새우며 천天과 지地와 인人의 개벽 이야기를 나누었다. 그러는 중에 김항은 영가무도詠歌舞蹈를 손수 보여주기도 했다.

김항과 천제석의 대화는 새벽녘이 되어서야 끝이 났다.

"벌써 날이 밝았소. 가을밤이 짧기만 하구려."

먼동이 트는지 창호가 서서히 밝아오면서 천제석의 수려한 얼굴을 비쳤다.

"선생님 말씀을 듣다 보니 하룻밤이 단숨에 지나간 것 같습니다."

김항과 천제석은 전날 처음 만난 사람 같지가 않다. 김항의 나이 일흔둘, 천제석의 나이 스물일곱. 두 사람은 나이 차이가 마흔다섯 살이나 나지만, 그런 세월의 거리쯤은 아무런 장애도 되지 않는다. 두 사람은 오래전부터 준비된 만남을 이렇게 나누었다.

"아침밥은 자시고 떠나구려."

밥을 굶다시피 다니고 있는 천제석은 수줍어 뵈는 웃음으로 답례했다.

"물한이는 올라왔느냐?"

아침상이 들어오자 김항이 밖에 대고 소리쳤다.

"예. 크, 큰아버님."

간밤에 기별을 받고 날이 밝자마자 산방으로 올라온 물한이 별채 앞에 달려와 허리를 숙였다.

물한은 긴 여행을 떠나는 사람처럼 단단히 차비를 하고 있었다. 등에 커다란 봇짐을 지고, 짚신도 여러 켤레 매달았다.

"이리 들어오너라."

김항은 물한을 불러들여 천제석에게 소개했다.

"이 아이는 내 조카 물한이오. 어려서부터 미욱하여 글공부에 진척이 없길래 잔심부름이나 시켰지요. 이 아이를 천 선비께 붙여 드릴 테니 많이 가르쳐 주시기 바라오."

천제석보다 나이가 더 많지만 얼굴은 어린아이처럼 천진무구해 보인다.

"물한아, 너는 이제 이 선비님의 수족手足이 되어 극진히 모셔 드려야 한다. 큰애비 받들 듯 모셔야 하느니라. 천 선비를 부를 때는 꼭 '금오 선생님'이라고 부르거라. 알겠느냐? 내가 네 머리에 숨겨둔 걸 다 전하거든 알아서 돌아오라."

"예."

물한은 김항의 분부를 받고 머리를 깊이 숙였다.

김항은 천제석에게 가까이 다가가더니 귓속말로 속삭였다.

"천 선비, 사실은 이 아이 머리에 《정역》을 숨겨두었소. 그대에게 전해 주려고 내가 이 아이의 머릿속에 《정역》을 한 글자 한 글자 심어 놓았다오. 이 역을 함부로 전했다가 장차 다가오는 후천 개벽 세상을 잘못 열까봐 아무에게도 보이지 않으려 숨긴 것이오. 이 아이의 머리가 미욱하여 《정역》을 모두 담는 데 무려 10년이 걸렸다오. 이제 내 조카가 천 선비를 모시면서 한 구절, 한 구절 풀이낼 테니, 그것으로 숙연宿緣을 닦고 신안神眼을 열어 새 세상을 여시기 바랍니다. 부디 금오金烏를 얻어 하늘과 소통하시오. 하늘더러 하늘하고 소통하라고 말하다니, 이거 참 미안하오."

천제석은 깊은 배려에 진심으로 머리를 숙였다. 《정역》을 노리는 자들이 많을 것을 미리 안 김항은 남들의 이목을 끌 리가 없는 어리석은 조카의 머릿속에 《정역》 진본을 감쪽같이 숨겨 놓았던 것이다.

종이로 쓴 진본이란 애당초 존재하지도 않는다. 이시다를 비롯한 마두들은 그런 줄 모르고 《정역》 진본을 찾기 위해 그렇게 용을 쓴 것이다.

"고맙습니다, 선생님. 이제야 답답하던 가슴이 열리는 듯 시원해지는 듯합니다. 선생님이 설계하신 후천 세상을 제 힘으로 공사工事하여 활짝 열어젖히겠습니다."

"고맙소. 나는 모사謀事를 했으니 그대는 성사成事를 해 주시오. 이제 내 일은 이로써 마칩니다. 하늘 화신이여, 저는 이제 하늘로 돌아가겠습니다."

김항은 천제석에게 간곡하게 뒷일을 부탁했다.

고봉밥 한 그릇을 뚝딱 먹어치운 천제석은 물한과 함께 향적산 방을 내려갔다.

학인들은 천제석이 누구인지 알지 못했다. 그저 스승 김항이 손자뻘 되는 청년을 하룻밤 재워 주고 물한이 편에 내려보낸 것으로만 짐작할 뿐이다.

신장(神將) 북하(北河)

석남사에서 또 헛걸음을 한 북하는 나모하린을 찾는 일을 그만 두기로 했다.

석남사 비구니들은, 묘법이라는 법명이 흔한 편이어서 그런 이름을 가진 다른 비구니가 또 있을 거라고 위로해 주었다.

하지만 나모하린이란 이름을 가진 여진족 여인이 머리 깎고 입산했는지에 대해서는 아는 사람이 없다. 하린이란 이름의 여인도 모른다고들 한다. 그도 그럴 것이 출가한 여승들이 속세 과거를 즐겨 말할 리 없다.

나모하린에 대한 희망을 접은 북히는 신장의 임무라도 제대로 하자며 부지런히 길을 걸었다.

진안에 들어서자 어느새 해가 머리 위에 올라와 있다. 정오가 가까운 시각이다.

멀리 마이산의 두 봉우리가 보이기 시작했다. 이름 그대로 두 산이 말귀처럼 쫑긋 서 있다.

'바둑기사 단주가 정말 신인일까?'

관찰해 온 대로 그는 예사 인물이 아니다. 특히 석전의 도발적인 시험에 반응하던 그의 자세는 당사자인 석전이 감탄한 대로 신인의 경지다.

'그러나……'

북하는 단주를 신인으로 인정하는 게 뭔지 모르게 걸렸다.

'스승님이 시험하던 날 단주는 바둑돌을 부줬다. 스승님이 바둑을 상극의 놀이라고 비난하자, 단주는 상생하겠다는 의미로 바둑돌을 부순 것이다. 그 이후로도 단주는 바둑을 계속 두었다. 손님을 맞아 대국을 하는 일도 계속했다. 그렇다면 바둑돌을 부수고, 흰 돌과 검은 돌을 섞은 것은 대체 무슨 의미가 있단 말인가?'

석전의 무례한 도전을 멋지게 받아넘긴 단주지만, 그 이후로 변화가 없다. 그게 못마땅하다. 그렇다면 그날의 일은 단지 말뿐이었을까. 그런 의심이 자꾸만 든다.

하지만, 이차현도 그가 신인이라고 주장하고, 스승 석전도 그가 신인이라고 결론을 내고, 김항조차 그를 신인이라고 인정하여 《정역》 진본을 전해 주었다. 그런 그를 죽이고《정역》을 탈취할 목적으로 일본 낭인들이 대거 유혈극을 벌이고, 그런 중에 신대평과 민부안, 아니 오히라와 도미야쓰도 정체가 탄로나 그의 칼에 죽임을 당했다.

현실을 받아들여야 한다. 신장인 북하는 신인인 단주를 기꺼운 마음으로 지켜야만 한다.

북하는 내키지 않는 마음을 애써 바꾸며 걸음을 성큼성큼 옮겼다.

토굴이 있다는 나도마이산 기슭을 올라갈 때였다. 앞서가는 무리들이 보였다. 이차현과 함께 단주를 호위하여 향적산방으로 모시고 왔던 단주의 문하생들이다.

북하는 그들과 합류하여 함께 토굴로 올라갔다.

"아니, 단주님!"

토굴에 맨 먼저 도착한 문하생이 기겁을 하며 비명을 질렀다. 단주가 피를 철철 흘린 채 누워 있었다. 숨이 끊긴 지 오래된 듯, 벌써 차갑게 굳어 있다.

"이게 웬 변고입니까?"

문하생들은 참혹한 시신 앞에서 울음을 터뜨렸다.

북하는 절망했다. 자신이 나모하린을 찾는 일에 마음을 빼앗긴 사이 누군가가 신인의 목숨을 앗아간 것이다.

'이를 어쩐단 말인가?'

눈앞이 캄캄히다. 신장이라면서 신장 노릇이라곤 제대로 해 보지도 못한 자신의 무능과 어리석음에 부아가 치민다. 당장이라도 자기 가슴에 칼을 꽂고 싶을 정도로 울화가 치밀어 오른다.

그런 북하의 눈에 땅에 떨어진 책 조각이 들어왔다. 날선 칼로 여러 번 자른 듯 조각 나 있는 책, 《정역》이다.

'그렇다면……?'

《정역》을 노린 자들의 소행이 틀림없다. 그들은 《정역》뿐만 아니라 신인의 목숨까지도 앗아간 것이다. 헌데, 그들이 사람의 목숨까지 없애면서 정작 《정역》이 갈갈이 찢겨진 채 떨어져 있는 까닭은 무엇일까.

그들이 찾던 책이 아닌가. 그렇다면? 《정역》 진본이 아니라는 말이다.

'김항 선생님이 가짜 《정역》을 바둑기사 단주에게 주었다? 그렇다면 단주도 신인이 아니다?'

"아이고, 단주 선생님께서 돌아가실 걸 미리 아시고 우리를 내려 보내셨구나."

문하생 가운데 하나가 단주의 시신을 수습하면서 울음을 터뜨렸다.

"그게 무슨 말씀이오?"

북하가 궁금하여 그에게 물었다.

"단주 선생님께서 어제 우리에게 이르기를 이차현 선비와 함께 내려가라 하셨소. 그렇지 않아도 선생님 건강이 오늘내일 하실 정도로 악화된 차라 우리는 며칠째 번을 서면서 혹 선생님이 임종하시지 않을까 지켜보고 있던 참이었습니다. 헌데 모두 내려가라고 추상같이 말씀하시길래 모두 아랫마을로 내려갔지요. 그때 선생님께서 덧붙이시기를 내일 오시午時에 와서 나를 거두라시기에, 때맞춰 오시에 올라왔지요. 헌데 이렇게 참혹하게 돌아가실 줄이야……."

문하생의 말을 듣자하니, 단주는 《정역》을 노린 자들의 칼이 아니라도 죽을 운명이라는 것이다. 그렇다면 단주가 신인의 경지를 터득해 가고 있으니 어서 가서 지켜드리라는 이차현의 말은 무엇이란 말인가.

"이차현 선비와 함께 내려가라 하셨다고요? 그렇다면 이 선비가 이곳에 왔다는 말이오?"

김항의 건강이 염려돼 향적산방으로 돌아왔다는 이차현이 단주의 토굴에 있었다는 말을 듣자 북하의 머리는 더욱 혼란스럽다.

"김항 선생께서 보낸 서신을 가져왔습니다. 단주 선생님은 그 서신을 읽고 난 뒤에 바로 저희들을 내려 보내셨지요."

그러고 보니 서탁 바로 옆에 있는 화로에 종이재가 담겨 있다. 편지를 태운 모양이다.

"이 선비는 지금 어디 계시오?"

"뒤따라오신다고 했는데…… 아! 저기 오는군요."

과연 이차현이 토굴로 올라오고 있다.

혼자가 아니다. 그의 뒤로 늙수그레한 남자 하나가 따라오고 있다. 남자는 실고 거나란 상자를 올린 지게를 짊어지고 있다. 괸이다.

이차현은 단주가 죽은 것을 알고 시신을 수습할 채비를 갖추어 올라오고 있었다.

"미안하네, 북하."

장의사가 문하생들의 도움을 받아 단주의 시신을 씻기고 염하는 사이 이차현이 북하에게 사과를 했다.

"미안하긴요. 도대체 어찌된 일입니까?"

북하는 도무지 앞뒤가 맞지 않는 상황에서 이차현이 사과를 해 오자 더욱 머리가 혼란스러웠다. 무엇보다도 궁금한 것이 단주가 병으로 죽어가는 줄 알면서도 북하한테 그를 지키러 가라고 시킨 이유다.

"자네도 짐작했겠지만, 단주 선생님은 신인은 아니었어. 나도 그 사실을 안 것은 얼마 되지 않았네."

이차현은 북하의 머릿속에 있는 의문을 하나하나 풀어 주었다.

"단주 선생님은 불치병에 걸려 있었네. 선생님도 모르고 나도 몰랐지. 그런데 최근 악화되어 죽음을 눈앞에 두게 되었네. 의원마다 병명을 다르게 진단했지만, 결론은 하나였네. 곧 돌아가시게 될 거라는 거였지. 이해가 가지 않았네. 신인이라면 이 세상을 뜰 어고치고 하늘로 올라가야지, 저렇게 《정역》을 공부하다 말고 허겁지겁 돌아간다면 말이 안 되지 않는가?"

"그래서요?"

북하가 답을 재촉했다.

"선생님을 찾아가 그 말씀을 드렸지. 그랬더니 선생님께서 이렇게 말씀하시더군. 단주가 비범한 사람이기는 하지만 신인은 아니라고. 물론 단주에게 전한 《정역》 역시 요체는 모두 뺀 껍데기라네."

"음……."

이차현의 말에 북하는 고개를 끄덕였다. 의문은 이것으로 다 풀리지 않았다.

"하지만, 김항 선생님께서 분명히 단주 선생님이 신인이라며 산방 학인들과 함께 그분을 맞는 잔치까지 벌이지 않으셨습니까? 그렇다면 그 모든 것이 일부러 꾸민 연극이었다는 말씀입니까?"

"그렇지."

"왜 그러셨답니까?"

"진짜 신인을 보호하기 위해서였다네. 자네도 알다시피 왜놈 첩자들이 신인과 《정역》을 없애기 위해 혈안이 되지 않았었나? 우리가 몰라 그렇지 신인이다 싶은 사람이 보이면 어김없이 죽었다네. 선생님은 그걸 의심하셨지."

"그렇다면 저더러 죽어가는 단주 선생님을 모시라 한 뜻은 무엇일까요?"

"그 역시 진짜 신인을 보호하기 위해서지."

"예?"

"거듭 미안하이. 말하자면, 자네를 이용했다네."

이차현은 북하로서는 점점 더 모를 소리를 했다.

"어떻게 된 까닭인지 모르지만, 우리가 신인을 찾아다닐 때부터 이상하게 자네와 왜놈 첩자들이 밀접하게 연관되어 있었기 때문이네. 우리가 신인을 만나러 가는 곳마다 정체 모를 괴한들이 얼씬거리고, 결국 지난 해 단주 선생님에게 《정역》을 전달할 때는 왜놈 첩자들이 대거 몰려오지 않았나? 물론, 그들에게 알리려고 일부러 잔치까지 열고 소란을 피우기는 했지만 말일세."

"그렇다면 형님은 저를 의심하셨겠군요?"

"그건 아닐세. 자네 자체는 추호도 의심하지 않았네. 다만 자네의 의도와 상관없이 왜놈 첩자와 연결되는 수수께끼 같은 고리가 있을 거라고만 짐작했을 뿐이네."

이차현은 북하가 상심할까봐 조심스럽게 말을 이었다.

"어쨌거나, 이번 일로 다시 한 번 내 의심이 전혀 근거 없는 건 아니라는 게 밝혀지지 않았나? 단주 선생님의 거처를 아는 사람은 김항 선생님과 나, 그리고 이곳에 있는 문하생들뿐이었네. 그리고 또 한 사람, 자네일세. 자네에게는 바로 며칠 전에 내가 직접 알려주지 않았나? 그런데 당장 사단이 벌어졌네. 누군가가 찾아와 단주 선생님을 죽이고 《정역》을 조각내 놓았네. 그들이 누구일까? 짐작 가는 사람 없나?"

이차현의 물음에 스승 석전의 얼굴이 떠오른다. 자신이 단주에 대해 이야기한 사람은 오직 석전뿐이다.

북하는 고개를 세차게 흔들었다.

스승 석전이 왜 단주를 죽인단 말인가. 석전은 북하더러 신인 단주를 제대로 모시지 않는다고 오히려 역정을 내지 않았던가.

북하로서는 스승 석전이 단주를 죽였다고는 인정할 수가 없다.

"누구, 짚이는 사람이 없는가?"

이차현이 북하의 표정이 변하는 걸 보고 물었다.

"그분은 그럴 리가 없습니다."

북하는 다시 한 번 도리질을 했다.

"그분이라니? 누구?"

"제 스승이십니다."

북하는 별 수 없이 석전에 대해 털어놓았다. 상황이 이러니만큼 석전에 관해 말하지 않기로 한 약속을 저버릴 수밖에 없다.

"그분은 제 생명의 은인이시자, 무지한 저에게 글과 무예를 가르쳐 준 스승이시지요."

북하는 석전과 만난 인연부터 오늘날까지의 사연을 이차현에게 들려주었다.

"가만!"

북하가 나모하린을 찾으러 석남사에 간 이야기를 하자, 이차현이 손가락을 튕기며 끼어들었다.

"바로 거길세. 이번 일은 분명 자네 스승이란 사람이 꾸민 짓이야."

이차현이 사건을 추리해 나갔다.

"석전이란 사람은 자네를 따돌린 거라구. 있지도 않은 석남사에 니모히린이 있다고 속인 거야."

"하지만, 석남사에 '묘법'이란 비구니가 있긴 있었습니다. 나모하린은 아니지만……."

북하는 이차현의 추리를 긍정할 수 없다. 이차현의 말을 긍정한다는 것은 곧 스승 석전에 대한 믿음을 뿌리부터 흔드는 것이다.

"석남사에 '묘법'이란 비구니가 있건 없건 그건 상관없는 일일세. 묘법이라면 흔해 빠진 법명이야. 자네 스승은 다만 자네를 따돌리는 데 목적이 있었으니까. 단주라는 신인을 없애고 《정역》만 차지하면 되는 일이니까."

그러니까 이차현의 말은 북하의 스승이 석남사에 '묘법'이란 비구니가 있는 걸 미리 알아서 거짓말을 했을 수도 있고, 보지도 않고 멋대로 꾸며냈을 수도 있다는 것이다.

"의심이 안가나?"

북하는 대답을 하지 못하고 머뭇거렸다. 설사 이차현의 의심이 사실이라 하더라도 스승 석전이 왜 그런 짓을 한단 말인가.

"우리 스승께서 왜 단주 선생님을 죽이고 《정역》까지 뺏으려 할까요?"

"그 대답을 하기에 앞서 내가 한 가지 묻겠네. 자네 스승이 혹 단주 선생님의 집에 찾아왔던 석전이란 그 노인 아닌가?"

북하의 질문에 이차현은 대답 대신 다른 질문을 던졌다.

"예. 헌데, 그건 어떻게 아셨습니까?"

북하는 어리둥절했다.

"허허. 역시 그랬구먼. 그렇다면 모든 의문이 시원하게 풀리네."

이차현이 무릎을 치면서 말했다.

"말해 줄 테니 잘 들어 보게."

이차현은 침을 꿀꺽 삼키고 추리를 했다.

"무주에서 자네와 내가 함께 주막에 들 때 신대평과 민부안, 아니 오히라와 도미야쓰가 하인을 보내 나를 부르지 않았는가? 자네하고도 잘 알면서 그들이 굳이 나만 불러낸 것이 좀 미심쩍더라구. 게다가 볼 일이 딱히 있는 것도 아니면서 말이야. 돌아와 보니, 자네가 삿갓을 쓴 사람과 긴한 이야기를 나누고 있더구먼. 이상해서 물으니까 자넨 모르는 사람이라며 시치미를 떼었지. 그렇지?"

북하는 고개를 끄덕였다. 그때 이차현에게 거짓말을 한 생각을 하면 지금도 미안하다. 하지만, 석전의 분부대로 그의 존재를 알리지 않기 위해서는 어쩔 수 없는 노릇이었다.

"그때 나는 뭔가 켕기긴 했지만 그냥 넘어갔지. 헌데, 그 이후 바둑기사의 집에 찾아온 노인을 보는 순간, 바로 그 사람이다 하는 생각이 들었네. 그날 얼굴은 보지 못했지만, 노인답지 않게 꼿꼿한 자세를 보고 대번에 알아차릴 수 있었지. 노인은 기상천외한 방법으로 단주 선생님을 시험하고, 술에 취한 척하면서 자네한테 가서는 귓속말로 무엇인가 속삭였네. 그때 자네는 별 얘기 안 나누었다고 딱 잡아떼었지만 사실 나는 의심하고 있었지."

"죄송합니다, 형님."

기어이 북하의 귀밑이 벌개졌다.

"주막에서 삿갓 쓴 노인과 만난 이후 그때까지만 해도 단주에 대해 심드렁하게 생각하던 자네가 달라졌어. 단주가 신인일지도 모른다며 그를 만나러 다시 가자고 서두르고, 거기서 석전이란 노인을 만나더니 그때부터는 단주가 신인이라고 확신했지. 그러면서 김항 선생님께 어서 보고 드리자고 나를 채근했어. 그렇지?"

"예. 그랬습니다. 석전 스승님께서 그렇게 지시하셨기 때문입니다."

"그때부터 난 석전이란 노인의 존재에 대해 의심을 품었네. 그래서 뒷조사를 해 보았지. 헌데, 한양 어디에서고 석전이란 노인의 자취를 찾을 수가 없었네. 그를 아는 사람도 아무도 없었어. 단주 선생님에게 문답을 하는 품으로 보아서는 학식이 높은 사람이고, 그만한 학식을 가진 사람이라면 웬만큼 공부한 학인이라면 이름 정도는 들었을 법하건만, 아무도 그 존재를 모르더란 말이야."

이차현은 잠시 말을 멈추었다. 북하는 잔뜩 긴장하며 귀를 기울였다. 부끄러워 어차피 할 말도 없다.

"헌데, 자네가 신대평과 민부안을 의심하여 부인까지 데려와 놈들이 왜놈 첩자라는 정체를 밝혔지. 그때 모든 의문이 풀렸어. 무주 주막에서 있었던 일을 돌이켜보면 분명 석전 노인이 자네와 단 둘이 대화를 나누기 위해 신대평, 민부안을 시켜 나를 따돌린 거란 말일세. 그렇다면 놈들은 한통속, 즉 석전 노인도 왜놈이라 이 말일세."

"예? 석전 선생님이 왜놈 첩자라고요?"

청천벽력 같은 말이다. 그렇게 믿고 따르던 스승이 왜놈 첩자라니.

"석전이란 이름부터 알아보았네. 놀라지 말고 듣게. 석전石田이란 이름은 일본말로 하면 이시다라고 하네. 바로 일본 성姓일세. 신대평, 민부안처럼 일본 성을 자기들 호나 이름으로 쓴 거라구."

눈앞이 캄캄해진다. 그런 북하의 귀에 더 심각한 진실이 떨어져 내린다.

"이시다란 이름을 갖고 조사를 하다 보니 그나마 아리송하던 그 노인의 꼬리를 겨우 잡을 수 있더군. 일본 낭인들에게 접근해 알아보니, 이시다란 자는 일본 첩자단의 우두머리라고 하더라구. 학식과 무예가 출중할뿐더러 지략이 뛰어나기로 일본에서도 이름이 난 사람이라네. 아주 오래전부터 조선에 잠입해 조선말은 물론 조선 문물을 능숙하게 익혔다는군. 조선 사람인지 일본인인지 구별을 할 수 없을 정도라고 말이야. 얼마 전에 비명에 가신 국모님도 그자가 시해했다는 소문이 있어. 하지만, 그자의 얼굴을 아는 사람은 아무도 없었네. 그자의 존재는 일본인들 사이에서도 전설처럼 떠돌고 있더라고. 그런 일본 첩자의 우두머리가 바로 자네를 포섭하여 부하로 삼으려 한 것이네."

"아! 어찌 이럴 수가……"

북하는 탄식을 길게 내뱉었다.

그러면서도 마지막 남은 의심을 따져보았다.

"석전 선생님은 죽어가는 저를 굳이 살려 주고 글과 무예를 가르쳐 주었습니다. 그리고 제가 신인을 지키기 위해 하늘에서 내려온 신장이라고 하였습니다. 왜 그랬을까요? 왜 내게 그렇게 엄청난 임무를 부여하며 부추겼을까요?"

"그거야 신인을 찾아 죽이기 위해서겠지. 내 생각엔, 석전이 처음부터 의도적으로 접근한 것 같네. 부하들을 보부상으로 가장시켜 자네에게 죽지 않을 정도로 상처를 입힌 다음 석전이 목숨을 구해 주는 순서를 밟은 것으로 보이네."

"왜 저를 골랐을까요?"

"그거야 자네가 태껸을 하고, 한이 많고, 몸이 빠르기 때문이었겠지."

기가 막힌다. 처음부터 끝까지 북하는 석전에게 철저히 속아온 것이다.

"제가 신장이라는 말은 당연히 거짓말이겠군요?"

북하가 또다시 절망하여 물었다.

이차현은 대답은 않고 빙그레 웃기만 했다.

"김항 선생님께서 자네를 데려오라고 하셨네. 그 질문은 선생님께 드려 보게. 내가 대답할 수 있는 말은 아니네."

북하는 고개를 저었다.

"저는 먼저 가볼 데가 있습니다. 그놈 석전, 아니 이시다를 찾아가 보아야겠습니다. 가서 죽이든 살리든 사생결단을 내겠습니다."

북하는 배신감과 분노로 이를 갈았다.

바로 며칠 전만 해도 석전이 살고 있던 한양 집에는 낯선 문패가 걸려 있었다. 대문을 두드려 보았다.

기모노를 입은 일본 여인이 나와 일본 여인 특유의 가성으로 말했다.

"우리는 며칠 전에 새로 이사왔스므니다. 그 전에 살던 사람에 대해서는 잘 모르므니다."

별 수 없이 북하는 끓어오르는 분을 터뜨리지도 못한 채 돌아서고 말았다.

연산으로 돌아오는 길에 북하는 깊은 절망에 빠졌다. 모든 게 끝난 듯하다. 신장이라는 엄청난 임무를 띤 채 팽팽한 긴장감으로 살아오던 북하는 자신의 존재마저 잃은 듯 허전하다. 자신이 무엇 때문에 살아야 하는지 의미를 찾을 수가 없다. 부영과 꽃님이가 있기는 하지만 앞으로 세상을 살아갈 힘을 이끌어내기에는 역부족이다. 한때는 나모하린을 찾겠다는 일념으로 마음의 불길을 태웠지만, 지금은 그것조차 시들하다.

머리가 아프고 골이 쑤셔온다. 북하는 터덜터덜 길을 걸었다. 이대로 세상을 끝내고 싶은 절망감이 밀려들었다. 그렇지만 김항이 부른 이상 한 번 뵙기는 해야 되겠다는 생각이 그래도 북하를 연산까지 이끌어 주었다.

김항은 늙어 가는 모습이 확연하다. 일흔둘의 나이이니 그럴 만도 하다. 다른 노인들과는 달리 학처럼 고고하다.

김항은 무릎 꿇고 앉은 북하를 지긋한 눈길로 건너다보았다.

"마음고생이 많았지?"

김항은 며칠 새에 수척해진 북하를 안쓰러워하며 인자한 웃음을 지었다. 따뜻한 듯하면서도 어딘가 소름끼치게 차가운 면이 있던 석전과는 다른, 부드럽고 편안한 웃음이다.

"내가 왜 너를 불렀는지 알겠느냐?"

햇살이 문틈으로 비쳐들어 김항의 얼굴로 떨어진다.

"네게 신장의 임무를 붙이려고 불렀다."

북하는 제 귀를 의심했다.

또 신장이라니?

신장이란 말은 석전이 자신을 이용하기 위해 만든 거짓말 아니었던가.

"고맙게도 일본 첩자 이시다가 너를 훌륭한 신장으로 키워 놓았구나."

"하오면, 제가 정말 신장이기는 한 겁니까?"

북하는 눈물을 툭 터뜨리며 물었다.

"그렇고말고. 이시다는 너를 이용하기 위해 거짓으로 신장이라고 했지만, 그런 인연이 괜히 맺힌 게 아니다. 이시다가 하필 너를 선택한 것은, 하늘이 이시다를 써서 너를 준비시킨 것이니라. 하늘을 의심하지 말라. 이시다가 너를 이용한 것이 아니라 하늘이 이시다를 이용한 것이다."

눈물이 왈칵 쏟아져 나온다.

북하는 눈물을 닦지 않은 채 목이 메어 물었다.

"하오면, 제가 지킬 신인이 있기는 한 겁니까?"

"그렇고말고. 네가 이시다한테 속아 휘둘리는 사이, 내가 이미 그분에게 《정역》을 전달해 드렸다. 그분은 단주가 죽던 그날 밤, 스스로 이곳을 그림자처럼 찾아왔다가 바람처럼 떠나가셨다."

김항이 평온한 표정으로 대답했다. 할 일을 다한 사람의 여유가 그 얼굴에서 느껴졌다.

"그 신인이 누구입니까?"

"누구겠느냐? 짚이는 사람이 있을 터?"

김항의 질문을 받는 순간 북하는 천제석 선비를 떠올렸다. 대답을 하지는 못했다.

천제석 신비를 기꺼이 모시면서 실망한 이후 애써 그를 미워하며 잊으려 노력했는데, 새삼스레 지금 와서 그를 신인으로 생각한다는 게 말이 안 된다.

"뭘 망설이느냐. 바로 그분이시니라. 이젠 너를 믿어라."

김항은 북하가 대답하지도 않았는데 고개를 끄덕였다. 마치 그의 머릿속을 들여다보기라도 하는 듯.

"그분을 의심하는 네 마음은 잘 안다. 하지만, 그분도 인간의 몸을 받은 화신化身인지라, 그때는 숙연宿緣을 닦느라 네 눈에 그리 비친 것이다. 그분은 이제 누세累世의 묵은 인연을 말끔히 씻어 버리고 인간의 육신에 내이지 않는 신인神人의 길로 접어들었다. 언젠가는 신인만이 갖는 금오金烏를 얻어 자신이 하늘이라는 사실을 확실히 깨달을 것이다."

김항은 북하의 마음까지 읽어내고 있었다.

"그분은 지금 《정역》을 읽으면서 천태千態와 만상萬象을 공부하고 계시다. 이 공부를 마치면 머지않아 머릿속에 금오金烏가 열리면서 신안이 크게 열릴 것이다. 아직은 마두들이 그분의 목숨을 노리고 있다. 정역을 고스란히 전할 때까지 네가 뒤따라가서 지켜드려라. 털끝 하나도 다치지 않게 철통같이 호위해 드려라. 사람들 눈에 띄지 않게 숨어서 지켜라. 이것이 신장의 임무이니라."

"그분을 어디에 가면 찾을 수 있겠습니까?"

"그분이 지나간 곳마다 자취가 남아 있을 것이다. 깊은 산 수풀이라도 더덕이 있는 곳에는 그 향기가 은은히 풍겨나오듯, 그분이 지나간 곳마다 체취를 맡을 수 있을 것이니라. 지금은 물한이가 모시고 있으니 네 눈에 쉽게 띌 것이다."

"물한 형님이요?"

"오냐, 물한이를 딸려 보냈다. 물한이가 제 머릿속에 있는 진짜 정역을 꺼내 그분에게 전하고 있을 것이다. 아마 여러 날 걸릴 것이다. 그 다음에야 누구도 신인을 해치지 못하리니 그때는 너도 돌아와라."

"그럼 분부 받들어 목숨 걸고 그분을 지키겠나이다."

김항은 검버섯이 핀 손으로 북하의 두 손을 잡았다. 떨리는 목소리로, 그러나 단호하게 말했다.

"신장 북하여, 정역이 고스란히 전해질 때까지 신인 천제석을 호위하거라. 다만 정역이 다 전해지거든 물한이를 데리고 돌아오라. 신인이 천태만상하는 기간에는 방해하지 말고 홀로 두어라. 그가 주유를 끝내고 고향에 돌아오거든 그때부터 지켜줘라. 이는 하늘이 스스로 정한 일이니라."

김항의 준엄한 명령이 신장 북하의 어깨로 묵직하게 떨어졌다. 북하는 그대로 엎드렸다.

뜻은 하늘에, 발은 땅에

북하는 길을 떠나기 앞서 부영과 꽃님이에게 이별을 알렸다.

"이건, 당신을 시집보낼 때 전하려던 패물이오. 내가 얘기했었지요?"

"그렇기는 하지만 어떻게?"

"성 참판 댁에 가서 소금 독에 숨겨져 있던 걸 구해왔소. 다른 곳에 숨겨두었던 걸 이번에 찾아왔어요. 당신이 언젠가 다른 사람에게 시집갈 때 주려고 받아놓은 건데, 임자가 시집갈 때 주라는 것인데, 이거 참."

"북하 님, 저는 이제 당신의 아내예요."

"아무렴. 당신은 암만 생각해도, 또 생각해도 내 아내요. 그러니 더 기다릴 것도 없지 싶어 찾아온 거지 뭐."

북하는 성 참판 집 며느리가 맡긴 패물을 부영에게 건네주었다. 누가 뭐래도 두 사람은 이제 진짜 부부란 뜻이다.

부영은 북하가 건넨 패물 주머니를 가슴에 품으며 눈물을 내비쳤다.

"당신이 언제고 건강하고 평범한 사람에게 시집가 행복하게 살기를 바랐는데, 그렇게 해 주지 못해 미안하구려. 못난 내가 결국 당신 남편이라니, 정말 미안하오."

"무슨 말씀이에요. 저는 당신의 아내인 게 행복해요. 우리 혼인 예물로 여길게요."

"정말 미안하네. 자네나 나나 참 불쌍도 하지?"

"그런 말씀 마세요. 전 행복해요. 이번에 가시면 언제 돌아오시나요?"

북하가 훌쩍 떠났다가 슬쩍 나타나곤 하던 때와 다르다고 느끼는지 부영이 불안한 기색으로 물었다.

"잘 모르겠소. 아마 물한 형님 데리고 한두 달 안에는 돌아올 것 같으니 걱정 마시오. 길지 않다오."

북하는 부영과 꽃님이의 손을 꼭 잡아 주고는 집을 나섰다.

북하가 천제석의 뒤를 좇는 것은 그리 어려운 일이 아니었다. 김항이 일러준 대로 길을 가니 천제석이 지나간 곳은 어디든 지취가 남아 있었다.

북하가 천제석의 행적을 따라잡은 곳은 공주부다.

그 사이 물한이 머릿속에 숨긴 정역을 꺼내 전해 주느라 천제석은 공주부에 머물고 있었다. 대통교大通橋 근처의 글방에 한 달이나 머물면서 정역을 이어받는 중에 북하를 만났다.

물한은 따로 다른 주막에 있으면서 가끔씩 찾아가 몰래 정역을 전하곤 했는데, 천제석이 이제 끝났다고 말해 주었다. 그래도 물한은 천제석이 《정역》을 그대로 외우나 안 외우나 알아보기도 했다.

그쯤해서 물한은 북하더러 음절리 집으로 돌아가자고 했다. 두 사람은 글방으로 가 천제석에게 인사를 드린 다음 조용히 물러나왔다.

이제 천제석은 천제석의 길을 가야만 한다. 그가 때려 부술 선천 상극 세상을 자기 눈으로 직접 살펴봐야만 후천 도수를 제대로 놓을 수 있다.

그는 글방에 머물면서 선천 상극의 기운을 살핀다면서 사람들의 명리命理를 보기 시작했다. 그러자 그 명성이 공주부에 널리 퍼져 많은 사람이 몰려들어 운명을 물었다. 어찌나 잘 보는지, 감동한 공주부 사람들이 소를 잡아 공양하기까지 했다고들 말한다.

"명리命理로 길흉吉凶을 가리고 화복禍福을 조절하려는 것은 잘못입니다. 길吉과 복福만 인생이 아니라 흉凶과 화禍도 인생이기 때문입니다. 동지冬至 속에 하지夏至가 있고, 하지 속에 동지가 있음을 안다면 요행을 바라지 않게 될 것입니다."

그러면서 척척 비방을 해 주고, 저마다 딱부러지는 처방을 하더라는 것이다.

"돈 벌고 싶으면 적선하시오. 귀해지고 싶으면 덕을 베푸시오. 농사짓는 이익의 백배로 돌아옵니다. 가난한 사람, 과부, 아픈 사람, 몸이 불편한 사람, 천한 사람을 보거든 먹을거리든 입을거리든 나눠주시오. 그러면 선업이 쌓여 기어이 꽃 피리니 그래서 적덕자積德者는 필유경必有慶이란 말이 있다오."

천제석은 공주에서 웬만큼 선천 사람들을 읽은 다음에는 대전으로 떠나버렸다.

그 뒤로는 경기, 황해, 강원, 평안, 함경, 경상 각지에서 선천 세상을 살폈다. 망해가는 나라의 망해가는 백성들의 삶은 고단하기 짝이 없었다.

천제석은 해진 짚신으로 길을 가고, 그러다가 밤이 되면 남의 집 행랑이나 헛간 같은 데서 잠을 자고, 배가 고프면 인가에서 걸식을 하거나, 그마저 어려울 때는 며칠씩 굶기도 했다. 때때로 들일을 하는 농부들을 거들어 가며 밥술을 얻어먹고, 산판이 벌어진 데 이르면 나무를 찍어 노잣돈을 마련하기도 했다. 농부를 만나면 대신 밭을 갈아 주고 장인匠人과 함께 일을 하기도 했다. 쉴 때는 누대에 올라 농악을 듣고, 노인들과 옛일을 이야기하며, 관리를 만나 시사를 논하기도 했다.

하늘에서 내려온 신인의 유력遊歷으로는 너무도 초라한 행차다. 그는 일부러 험하고 고통스런 천태만상千態萬象을 찾아다니며 직접 느꼈다. 하늘의 화신이 그토록 낮은 데까지 찾아올 줄 아무도 아는 이가 없었다.

천제석은 북도 北道 를 한 바퀴 돌아내려와 충남 비인에 이르러, 그곳에서 도를 닦는 노인을 만났다. 이 노인은 불교 진언이나 도교 주문 따위를 외워서 도통 道通하기를 바라는 사람이었다고 한다.

천제석은 이 노인이 말하는 4백 년 전의 인물 김경흔이란 도인이 남긴 비록을 보았다. 4백 년 전이면 임진왜란 직전으로, 그때는 조선에 수많은 도인이 떼를 지어 나타난 시기다. 토정 이지함을 비롯해 화담 서경덕, 북창 정염, 허준, 정염 정작 형제, 이율곡, 박지화, 정개청, 남사고, 정희량, 서산, 사명당 등이 활동했다. 그 시절, 김경흔은 불교 진언종과 도교 부주 符呪파 수행자들이 많이 이용하는 진언과 주문을 찾아 열심히 수행했다.

비인을 떠난 이후로도 천제석은 온갖 곡절을 다 겪으며 조선 팔도 곳곳을 다녔다. 잘 데가 없으면 짐승처럼 나무 밑이나 바위굴 따위에서 웅크리고, 견디기 어려운 지경에 처하면 곡식 거두는 일을 돕거나 벌목장에 들어가 나무를 베고 날랐다. 장에서 장꾼을 도와 짐을 나르기도 하고, 개화 이후 생겨난 공장에 들어가 일을 해 보기도 했다. 그야말로 만고풍상 萬古風霜을 두루 겪었다. 햇빛이 비쳐들 듯, 땅거미가 스미듯 그의 발길이 이르지 않은 곳이 없었다.

천제석에 관한 소문은 가끔 바람처럼, 철새처럼 보부상들을 통해 한두 마디씩 그렇게 흘러왔다. 그가 팔도주유하면서 선천 상극 세상의 무엇을 보았는지는 모른다. 오직 혼자 겪은 일이라 그저 풍문으로 한두 마디 전해들을 뿐이다.

북하는 물한과 함께 산방에 가 《정역》이 무사히 전해졌다고 보고를 올렸다.

"《정역》이 주인에게 무사히 넘어갔으니 이젠 한숨 돌려도 된다. 너희는 음절리로 돌아가 쉬어라. 나도 쉬고 너도 쉬고 다 쉬자."

북하는 물한과 함께 음절리로 내려왔다.

천제석이 만고풍상을 겪으며 선천 상극의 천태만상을 겪는 이 무렵이 북하가 평생 누린 가장 행복한 인생이다. 그는 모처럼 부영과 꽃님이를 보살피며 행복한 나날을 지냈다. 장터에 나가 아내와 딸을 위한 꽃신을 마련하고, 옷가지를 사는 작은 기쁨을 누렸다. 남들이 누구나 누리는 하찮은 삶이 그에게는 한없는 행복이었다.

그런 중에 김항이 세상을 떠났다. 무술년戊戌年, 1898년 11월 24일에 일흔셋의 나이로 학이 하늘을 날아오르듯 고요히 승천했다. 숨을 거두기에 앞서 김항은 명년에는 천제석이 주유를 마치고 돌아올 것이니 그때부터는 그의 그림자로 살라고 북하에게 일렀다.

이듬해 겨울, 천제석의 고향으로 가보니 그는 정말 집으로 돌아와 있었다. 스물일곱 살 때인 정유년丁酉年, 1897년에 떠나서 시른 살인 경자년庚子年, 1900년에 돌아왔으니 3년 동안 천하를 유력한 것이다.

북하가 그를 찾아가니 반갑게 맞아주었다.

"북하, 자네가 왔군. 오리라는 건 알고 있었네."

3년 주유를 마치고 돌아온 천제석의 얼굴은 깊은 강물처럼 고요했다. 바위도 뚫고 산과 들의 모양도 바꾸는 물과 같은 힘이 들어 있는 것 같다. 예전의 나약하고 여리기만 한 백면서생이 아니다.

"이제부터 제가 그림자가 되어 선비님을 지켜 드리겠습니다. 김항 선생님의 분부십니다."

"고맙구나."

"저는 아마 잘 보이지 않을 겁니다. 보더라도 모른 척해 주십시오."

천제석은 그러라고 허락했다.

3년 주유 끝에 집으로 돌아온 천제석의 첫 변화는 고향 집에서부터 일어났다.

달도 뜨지 않은 캄캄한 밤, 이웃집 들창에서 흘러나오던 희미한 불빛마저 모두 꺼져 칠흑 같은 어둠만 깔렸다. 하늘에는 흐린 빛을 흘리며 별 몇 점이 가까스로 떠 있다. 간간이 시루봉 쪽에서 산짐승이 울부짖는 소리가 아련히 들려온다.

고즈넉한 밤, 고부 덕천 객망리의 천제석의 본댁 사랑채에는 밤늦도록 불이 켜져 있다.

자시子時가 지날 무렵이다. 사랑문이 열리면서 천제석이 책과 종이를 한아름 안고 밖으로 나왔다.

잠시 후 안마당 구석에 있는 우물가에 불길이 일기 시작했다. 이윽고 불길은 너울너울 춤을 추며 타오르고, 그 그림자가 안채의 창문까지 어른거린다. 안채 문이 열리면서 천제석의 모친이 숨넘어가는 소리로 외쳤다.

"불이야!"

온 집안 사람들이 잠에서 깨어나 마당으로 뛰어나왔다. 아닌밤중에 온 집안은 벌집을 쑤셔놓은 듯이 소란스러워졌다. 식구들은 모두 불길이 타오르고 있는 우물가로 모여들었다.

그곳에는 천제석이 서 있다.

그는 집안 사람들의 소란에도 아무렇지도 않다는 듯이 마른 나뭇가지를 긁어모아 계속 불을 지폈다.

그의 얼굴에 벌건 불빛이 어른거린다. 불길이 오를수록 얼굴은 더 붉게 상기된다. 그의 눈에서도 불길이 이는 듯하다.

가족들은 넋을 잃은 듯 그 자리에 얼어붙었다. 누구도 입을 열지 못하고 천제석이 하는 양을 그저 지켜보았다.

모닥불이 불끈 일어나자 천제석은 가슴에 품고 있던 책과 종이를 집어던졌다. 그제야 부친이 한 발짝 앞으로 나서며 물었다

"지금 불에 던진 것이 무엇이냐?"

"아버지, 세상을 바꾸겠습니다."

천제석은 또 다른 책과 문서를 꺼내 불길에 던져 넣으려 했다. 그때 부친이 달려들어 책과 문서를 빼앗아 들더니 불빛에 비춰 보았다.

"아, 아니!"

부친은 입을 떡 벌리고 아들을 빤히 쳐다보았다. 책을 움켜쥔 부친의 손이 덜덜 떨린다.

집안 대대로 전해오던 교지教旨, 4품 이상 벼슬아치의 사령와 공명첩空名帖, 實職은 주지 않고 명목상으로만 관직을 내린 서임서이다.

"문중 가보를 불태우다니…… 이럴 수는 없는 법이다. 이래서는 안 되는 것이다."

비록 자신이 낳은 아들이지만, 제석이 예사 사람이 아니라고 여겨 함부로 대하지 않아온 부친이다. 그러나 조상대대로 내려오던 가보를 태우는 것만은 차마 그냥 바라볼 수 없다. 난리가 나더라도, 비록 가족의 목숨이 위태롭더라도 산 사람들의 목숨보다 더 소중하게 챙기던 것들이다.

"문중 어른들이 이 일을 알면 크게 난리가 난다. 그러면 네가 하고자 하는 일도 방해를 받을 것이 틀림없다. 아들아, 제발 다시 생각을 해 보거라."

부친은 터져 나오는 격정을 꾹 참으며 아들을 설득했다. 그가 무겁게 입을 뗐다.

"아버님, 다가오는 세상에서는 이런 것에 의지해서는 안 됩니다. 이 아들이 묵은 하늘, 묵은 땅, 묵은 사람을 없애고 새 하늘, 새 땅, 새 사람으로 바꾸려 합니다. 그 시작입니다."

천제석은 부친에게 손을 내밀어 두 손을 꼭 잡았다. 그리고 진심을 다해 말했다.

"아버지, 모든 것이 저로부터 다시 시작됩니다. 앞으로 오는 세상은 아버지가 살아온 그런 세상이 아닙니다."

아들의 간곡한 설득에 부친은 할 말을 잃었다. 하는 수 없이 교지와 공명첩을 천제석에게 도로 내밀었다.

"그래. 네가 하는 일이니 이 애비는 목숨같이 여겨온 것들이지만, 그렇지만 내놓겠다. 이 애비는 너를 믿는다."

천제석은 부친이 내민 책과 문서를 받아 불길에 던졌다. 서서히 사그라들고 있던 불길이 훅 하는 바람소리를 내며 다시 타오른다. 이어 사서삼경이니 서당에서 배우는 책들을 차례로 불에 던져버렸다.

"다가오는 세상에는 이런 책을 읽는 사람이 없습니다. 새 땅 새 사람들은 여러분이 보지 못한 책을 읽습니다. 후천 상생하는 세상을 보여주면 여러분은 다 놀라자빠질 것입니다."

가족들은 불길에 타들어가는 책을 안타깝게 지켜보며 눈물을 삼켰다. 천제석이 도대체 무슨 말을 하는지 들리지가 않는다.

천제석은 모닥불을 들쑤시며 책들이 재로 변할 때까지 태웠다.

"묵은 것은 과감히 버려야 합니다. 버리지 않고는 새 세상을 맞을 수 없습니다. 사사로운 구습이나 과거의 영화에 매달려서는 큰일을 하지 못합니다. 저는 장차 이 세상 창생을 모두 건지겠습니다. 그러자면 선천의 지식이나 형식이나 율법은 아무 쓸 데가 없습니다."

북하도 먼 데서 이 광경을 지켜보았지만, 그게 무슨 뜻인지는 알지 못했다. 그 역시 바라보기만 했다.

이 사건은 불길이 번지듯 삽시간에 인근 동네와 문중에 퍼져 나갔다. 그렇지만 누구도 천제석이 한 일에 대해 대놓고 비난하지 못했다.

이후로 천제석은 마을 뒤에 있는 시루산 상봉에 올라가 머리를 풀고 수도했다. 시루산은 백두대간의 맥이 두승산을 통해 이어지는 산이다. 천제석은 상봉에서 정진을 하다가 때로는 민족의 비운을 보며 산 밑에 있는 샘이너머에 가서 크게 울기도 했다.

하루는 천제석이 시루산 정상 바위에 앉아 공부를 하고 있는데, 호랑이가 다가갔다. 공부에 방해가 될까봐 멀리서 지키고 있던 북하는 호랑이가 천제석을 해치지는 않을까 하여 칼을 바짝 움켜쥐었다. 그런데 이 호랑이는 강아지가 주인을 따르듯 천제석 옆에 쓰윽 앉았다.

마침 동네 나무꾼들이 지나가다가 이 광경을 보고는 기겁하여 천제석의 부친에게 알렸다. 그의 부친도 깜짝 놀라 마을 사람들과 함께 시루봉에 올라왔다. 그때는 이미 호랑이가 사라진 뒤였다.

천제석이 공부한다는 소문이 인근에 널리 퍼지자 고부 경무청에서 긴장하기 시작했다. 자칫 민중의 지도자로 커서 반란이라도 일으킬까봐 두려워한 것이다. 그래서 경무청에서는 천제석이 '요술 공부를 한다' 하여 붙잡으려고 순검을 보냈다. 그러나 그날따라 인근에 안개가 자욱하게 끼어 순검들은 천제석을 잡는 일을 포기하고 돌아갔다.

　다음해인 신축년辛丑年, 1901년. 천제석이 서른한 살 되는 해다.

　천제석은 선천 시대에 쓰이던 법술法術로는 세상을 건질 수 없다고 생각했다. 모든 일을 자유자재로 할 수 있는 조화권능造化權能이 아니고서는 천하를 구할 수 없는 패운敗運에 이를 것이라고 믿었다. 그래서 금오를 얻을 때까지 더욱 수도에 정진하기로 결심했다.

　6월의 일이다. 이때도 천제석은 시루산에서 용맹정진에 들어갔다. 이 무렵에는 부인이 남다른 정성으로 그의 뒷바라지를 맡았다. 아버지에 이어 부인까지 천제석의 뜻에 응원을 보내기 시작한 것이다.

　부인은 하루 세 번 산을 오르내리며 밥을 날랐는데, 그때마다 몸을 정결하게 하고 옷을 갈아입었다. 이 무렵에는 가세가 더 어려워져 나들이옷이 한 벌밖에 없었다. 매번 옷을 빨아 입어야 했다. 볕이 드는 날에는 나들이옷을 빨아서 널어놓고는 누더기 차림으로 농사일을 했다.

　천제석이 시루산에서 수도를 시작한 지 열나흘째 되는 날이다.

　그날은 온종일 비가 내렸다. 장대같이 굵은 빗줄기가 산등성이를 후려치면서 번개가 번쩍이고 천둥이 북소리처럼 울렸다. 빗줄기가 너무 거세어 부인은 시루산 공부막工夫幕까지 갈 엄두가 나지 않았다. 그렇게 주저하는 사이 시간만 흘렀다. 깨달음을 이루고

자 용맹정진하는 남편의 끼니를 거르게 할 수는 없었다. 한 차례 끼니를 거른 것으로 그간에 쏟아 부은 정성이 헛되이 날아갈 수도 있는 일이다.

부인은 용기를 내어 일어섰다. 기왕 시작한 일이니 마지막까지 온 정성을 다하기로 결심한 그는 말려둔 옷을 걸치고, 밥과 찬을 보자기에 싸서 머리에 이고 눈을 질끈 감고는 마당으로 내려섰다. 그 순간, 거짓말처럼 비가 그치더니 하늘이 개기 시작했다.

부인은 눈이 휘둥그레져서 사방을 둘러보았다. 그야말로 비 갠 뒤의 세상은 청명하기만 했다.

공부막에 오르자 신선한 바람이 불어 올라왔다. 시루봉 아래로 솜털 같은 안개 덩어리가 듬성듬성 떠 있어 공기가 한층 더 상쾌하다.

"고생이 많구려. 당신 정성이 하늘에 통했는지 오던 비도 그쳤구려."

그 순간 부인은 오랜 세월 가슴에 응어리진 한恨 덩어리가 스르르 녹는 것을 느꼈다. 그 오랜 세월 가정을 돌보지 않은 남편을 향해 내심 원한을 쌓아둔 게 사실이다. 알 수 없는 깨달음의 힘을 보여주면서 위로하는 천제석의 따뜻한 말에 그는 모든 원망을 거두어들였다.

천제석은 보자기를 풀고 밥그릇 뚜껑을 연 다음 보리밥을 맛나게 떠먹었다. 그런 천제석의 모습을 부인은 연모를 가득 담은 표정으로 바라보았다.

6월 16일.

천제석은 2차 공부처로 가까운 모악산을 골랐다.

전라도 김제와 완주를 경계로 호남벌의 동쪽 언저리에 우뚝 솟은 모악산은 새벽 동이 틀 때부터 그 웅장한 위세를 드러낸다. 울창한 숲, 둥지를 차고 나온 산새들이 요란하게 지저귄다. 예불을 올리는 목탁소리가 산사의 낮은 담장을 타고 넘어 숲이 울창한 계곡을 흘러 내려온다.

똑똑똑 또그르르…….

모악산의 한 자락을 따라 깊게 패인 계곡의 한켠에 있는 대원사 대웅전.

안에서는 여느 때보다 청명한 염불과 목탁소리가 흘러나왔다. 한참이나 계속되던 목탁소리는 동쪽 산 능선 위로 한여름이 붉은 햇살이 고개를 내밀 무렵 뚝 그쳤다.

법당 문이 열리며 한 승려가 절 마당으로 나섰다. 이 절을 중건한 금강산 출신 금곡錦谷이다.

"어험."

아침 햇발이 따갑게 비껴드는 절간 마당에 내려서서 헛기침을 한 번 한 다음 눈을 들어 도량을 한 바퀴 휘둘러보았다. 여느 때보다 밝은 햇살이 검푸른 숲 사이로 스며든다. 절 마당에 신비로운 기운이 느껴지면서 누군가 귀한 사람이라도 찾아올 것 같은 예감이 일어난다. 나이 쉰이 되도록 이처럼 아침부터 기분이 들뜨기는 처음이다.

금곡은 대중들에게 절간 구석구석을 깨끗이 청소하라고 이른 뒤 자신도 손수 빗자루를 들고 나섰다. 도량 구석구석 청소하느라고 금곡을 비롯한 승려, 처사, 보살들이 부산을 떠는 동안 한여름의 뜨거운 해가 어느덧 중천으로 솟았다.

도량을 치우고 제각기 승방과 불당으로 흩어진 뒤에도 금곡은 절 마당을 왔다갔다하면서 누군가를 기다렸다.

누가 온다는 연락을 받은 적은 없다. 이 날을 골라 찾아올 만한 사람을 손꼽아 보아도 얼른 떠오르지 않는다. 그저 예불을 올리려고 사하촌에서 올라온 몇몇 신도들의 일상적인 발걸음만 있을 뿐이다.

그렇게 오시午時가 지날 무렵. 승방으로 들어가 좌정했다. 그로부터 몇 숨 고를 사이도 없이 동자승이 급히 뛰어오며 소리쳤다.

"주지 스님, 손님이 찾아오셨습니다."

"내가 기다리고 있었다."

금곡은 가부좌를 풀고 밖으로 나갔다. 대웅전 앞에 젊은 선비가 서 있다. 전에 한 번도 본 적이 없는 사람이다.

금곡은 기다리던 방문객이 바로 이 선비임을 의심치 않았다. 옷차림은 운수 다니는 걸승 못지않게 남루하지만 범상치 않은 기운이 흐른다.

금곡은 자신보다 2십 년 가량이나 젊어 보이는 선비를 향해 자기도 모르게 허리를 숙였다.

"어서 오시오, 젊은 처사님."

"저는 고부 사람 천제석이라고 합니다."

열흘여 모악산 일대를 살피며 수행처를 찾던 걸음이 이제야 대원사에 이르렀다.

"기다리고 있었습니다. 소승은 이 절 주지 금곡이라고 합니다."

"금산사부터 시작하여 마땅한 수도처를 둘러보던 중 발길이 저절로 이 절까지 이끌려 왔습니다. 여기서 얼마간 하늘을 좀 왕래할까 싶은데 도와주시면 고맙겠습니다."

금곡은 공손하게 청하는 천제석을 깨끗하고 넓은 객방으로 손수 안내했다. 그리고 절에서 기거하는 함 처사와, 절 살림을 맡아보던 박 처사를 불러 천제석에게 인사시켰다. 박 처사는 주지 금곡의 조카로, 금곡과 함께 오랜 세월 대원사를 지켜온 신심 높은 불제자다.

"이 세상에 신인이 강림하신 것이라. 우리 절을 찾아오시니 영광이라."

금곡은 함 처사와 박 처사에게 천제석을 소개했다. 두 처사 역시 천제석을 보자마자 마음속에 이상한 기운이 흐르는 것을 주체할 수 없었다. 주위를 압도하는 어떤 힘이 천제석의 온몸에서 흘러나왔다.

천제석은 대원사를 둘러보고 나서 칠성각을 최후의 수도처로 삼았다. 절에 있는 칠성각은 본래 불교 신앙에서 유래한 것이 아니다. 배달 이래 한민족의 고유 신앙인 신교에 그 뿌리를 두고 있다. 조선 중기만 해도 드물었는데 후기에 갑자기 많아졌다.

대원사를 중건할 때 금곡이 이 칠성각을 새로 지었다. 북두칠성을 중심으로 한 천상세계를 의지하는 조선인들의 민족신앙을 받아들인 곳으로, 한국불교에만 있는 전각이다. 조선인들은 이 북두칠성이 모시는 북극성 자미원에 옥황상제가 살며, 태미원과 천시원이 이곳을 둘러싼다고 믿는다.

이런 뜻으로 천제석은 하늘과 대화를 나눌 장소로 칠성각을 고른 것이다. 여기서 금오金烏를 열어 하늘과 통해야 한다.

"스님, 저는 이제 한번 칠성각에 들어가면 하늘문을 열어 자미원에 들어갑니다. 하늘에서 볼 일이 있어 올라갈 것인즉 다 마치기 전에는 나오지 않을 것입니다. 그러니 제가 먹을 것이든 마실 것이든 번거롭더라도 스님께서 직접 가져다주시고, 아무도 칠성각 근처에 오지 못하도록 해 주십시오. 이 몸 건사하자면 가끔 내려와 공양도 하고 소피도 보겠지만 저는 하늘일이 바빠 이 세상일에는 신경을 쓸 새가 없습니다."

"걱정 마시구려. 내가 직접 지키리다."

천제석은 금곡에게 다짐을 받은 뒤 칠성각으로 들어갔다. 인간세의 숙연을 버리고, 천상세의 도수를 끌어들이기 위한 마지막 고행이다.

사실 천제석은 김항의 《정역》을 비밀리에 전수받은 뒤 천하주유를 하면서 만법의 묘한 이치를 깨우치고, 시루산 공부막에서 용맹정진하면서 무궁한 조화의 법을 터득했다. 선천 공부는 다 끝나고, 이제 후천 도수를 제대로 펼치기 위해 자신의 임무를 확인하는 절차를 가지려는 것이다. 사람의 몸을 갖고 천지인 삼재를 잡는다는 것은 이토록 어려운 일이다. 무엇보다도 하늘문을 활짝 열어놓고 천상의 일꾼들을 자유자재로 부릴 수 있는 게 관건이다.

천제석은, 어떤 때는 가부좌를 튼 채 고요히 앉아 여러 날을 숨만 쉬며 지내기도 하고, 혹은 천지풍운의 조화법을 시험하기도 했다. 바로 그 풍운조화법을 시험하는 날 밤이면 천둥과 번개가 번갈아치며 밤새 굵은 빗줄기가 휘몰아쳤다. 그런 가운데 천제석은 크게 호령을 하기도 하고 발을 구르기도 했다. 그 소리가 얼마나 크던지 대중이 잠을 자다가 깨어날 정도였다. 그래도 칠성각에는 아무도 접근하지 않았다.

몇째 날이던가. 칠성각에서 들려오는 고함에 밤새 잠을 설친 금곡은 새벽 일찍 도량송을 하러 나섰다. 그러다가 절 마당을 둘러보고는 깜짝 놀랐다. 칠성각에 봉안한 선승禪僧 진묵眞默대사의 영정이 절 마당에 뒹굴고 있었다. 진묵과 천제석이 500년의 시간을 두고 만난 자리가 칠성각이다.

진묵대사는 부처의 화신으로 추앙되는 조선시대 중기 고승이다. 이 절 대원사를 중건한 분이기도 하다. 그의 존재는 아직도 한국불교의 불가사의이자 전설이다.

부처님만큼이나 진묵스님을 높이 모시던 금곡은 깜짝 놀라 칠성각으로 뛰어올라갔다.

금곡은 거기서 또 한 번 놀랐다. 칠성각 네 기둥이 마구 뒤틀려 있었다.

"천 선비님, 큰일났습니다."

눈이 휘둥그레진 금곡은 진묵대사 영정이 절 마당에 나뒹굴고 칠성각 기둥이 뒤틀려 있다는 사실을 천제석에게 알렸다.

안에서는 아무렇지도 않다는 나지막한 대답이 들려온다.

"걱정할 것 없습니다. 다시 둘러보십시오."

이게 어찌된 일인가. 어느 틈에 칠성각의 집채는 원래 모양으로 감쪽같이 돌아와 있었다. 절 마당에 뒹굴던 진묵대사의 영정도 보이지 않는다.

모를 일이다. 그 짧은 순간에 모든 것이 제자리로 돌아가 있었다. 눈 깜짝할 사이에 벌어진 일이다.

"오, 나무아미타불. 옥황상제님, 진묵대사님!"

천제석은 점점 더 수행의 단계를 높여 나갔다. 먹는 것마저 줄이다 보니 쓰디쓴 담(痰)이 나왔다. 그렇게 이레가 지나자 담이 나오지 않으면서 도리어 몸과 마음이 맑아지는 경지에 이르렀다.

그러던 중에 천제석은 주지 금곡을 불러 돈 10전을 내주었다.

"쓸 데가 있으니 이 돈으로 술을 좀 사다 주시오. 다만 주지스님이 하지 않으면 소용이 없습니다."

금곡은 깜짝 놀랐다. 술집이 있는 아랫마을까지는 왕복 십 리가 넘는 먼 길이다. 명색이 주지인 그가 술을 사러 가는 것도 어색한 일이지만, 그보다는 불도량^{佛道場}에서 술을 만진다는 것 자체가 불편하다.

"수행 도량에서 술을 마시는 것은 좀……"

금곡은 선뜻 돈을 받지 못하고 망설였다.

"내가 마시자는 술이 아닙니다. 겨우 하늘문을 열어 신명을 부리는 중인데, 공짜로 시킬 수가 있어야지요."

그제야 금곡은 말귀를 알아듣고는 얼른 돈을 받아 술을 사왔다. 천제석이 칠성각에서 하늘문을 열어 신명을 다스리는 동안 금곡 혼자서만 수발을 맡기로 약속했으므로 누굴 대신 시킬 수도 없다. 금곡은 술을 사다 칠성각 안에 들이밀기는 했지만 천제석이 그 술로 무엇을 어떻게 하는지는 알지 못했다.

그 뒤로도 금곡은 하루에도 두세 번씩 술심부름을 더 했다. 그런 금곡을 천제석은 따뜻한 말로 위로하곤 했다.

"백 년 수행을 해도 한 번 법을 깨닫느니만 못하지요? 부처도 6년 고행하다 하룻밤만에 성도했잖습니까."

"백 년이 아니라 억겁을 수행해도 법을 깨닫지 못하면 소용없지요. 미륵보살이 부처되려면 56억 7천만 년을 기다려야 한다는데, 우리 같은 하근기^{下根機 ; 공부 인연이 약한 사람 혹은 지능이 낮은 사람}야 그렇게 시간이 지나도 부처가 못되지요. 소승이 나이 쉰이 넘어서도 머리에 안개가 낀 듯 흐릿하기만 한데 어느 세월에 깨닫겠습니까."

"하늘문을 열어 천지공사를 시작하게 된 인연으로 제가 주지스님의 소원 한 가지를 들어주고 싶습니다. 한번 말씀해 보시지요."

"제가 평생 이 절 주지로 있으면서 부처의 길을 가게 해 주십시오."

"그야 어려운 일이 아니지요. 그렇게 하십시오."

말 한 마디면 충분하다. 천제석은 이 한 마디로 주지의 일생을 짧게 예언하고, 주지 역시 의심 없이 굳게 믿었다.

"주지스님은 전생前生에 월광月光대사라는 법명으로 불도를 닦았는데 그 후신後身으로 대원사에 오셨습니다. 스님이 하실 일은 이 절을 원만히 중수重修하여 많은 미래 수행자의 큰 도량을 여는 것입니다."

금곡은 내친 김에 한 가지 더 청했다.

"할 일이 아직 많이 남았으니 아흔 살까지는 살게 해 주십시오."

"수행에 딱히 나이가 필요한 건 아니지만 원한다면 그리 될 것입니다. 때가 되면 허리병으로 입적하게 될 것이니 그 수壽에 감사하시지요."

금곡은 깜짝 놀랐다. 몇 해 전에 허리를 다친 사실을 그가 어찌 알고 하는 말인가 해서다.

이후 주지는 천제석이 하는 말이라면 숨소리까지 다 믿었다.

이때 북하는 대원사 객방에 들어와 허드렛일을 자처했는데, 금곡은 그가 누구인지 알지 못했다. 대중들도 그의 존재를 모른 채 출가하려는 청년인 줄로만 알았다.

하늘문을 열다

신축년辛丑年, 1901년 7월 7일.

천둥과 번개가 몰아치면서 모악산 일대에 큰비가 내렸다.

우르르, 쾅—.

우레가 칠 때마다 지진이 일어나듯 땅이 흔들리고, 마치 산이 통째로 무너져 내릴 것만 같다. 봇물이 터진 듯 하늘은 굵은 물줄기를 쏟아 부었다. 대낮인데도 천지는 늦은 저녁처럼 어두컴컴하다. 번개가 번쩍일 때마다 숲과 전각이 눈에 번쩍 띄었다가 금세 어둠 속으로 잠기곤 한다.

천둥 번개가 쉬지 않고 내리치자 대원사 승려늘과 처사늘은 방 안에 틀어박혀서 꼼짝도 하지 않았다. 주지 금곡도 방문을 열지 않았다. 그때까지 절의 처사들과 섞여 궂은일을 맡아하던 북하만 방문을 빼꼿 열어놓고 칠성각 쪽을 돌아다보곤 했다.

천제석은 천둥 번개 속에서도 끄떡도 하지 않고 칠성각에 머물며 수도에 몰두했다.

그때, 북하의 눈에 누군가가 산문으로 들어서는 모습이 보였다. 왼손에 칼집을 들고, 삿갓을 깊이 눌러쓴 채 굵은 빗줄기를 헤치며 칠성각 쪽으로 걸어가고 있는 그는 분명 석전, 아니 이시다다.

북하는 방문을 박차고 빗속으로 뛰쳐나갔다.

석전은 날이 시퍼렇게 선 칼을 빼들더니 칠성각 층계를 올랐다. 북하는 나는 듯이 달려 그를 가로막았다.

"북하로구나. 기특하게도 이 스승의 명을 충실히 받들고 있었구나."

석전은 삿갓을 벗어 제 모습을 드러내며 만족스런 웃음을 지었다. 북하가 자신의 존재를 모르는 줄 알고 상황을 모면해 보려는 것이다.

"여긴 웬일이십니까."

"음, 암계룡이라는 이 모악산에 칼침을 박으러 왔다. 숫계룡에는 박았으니 이제 여기만 박으면 백두대간은 푹 꺼져 한 백년 쉬게 될 것이라."

"무슨 말씀이신지요?"

"칼침 놓으려 왔단 말이다. 다만 여기는 모악산 정기를 입은 한 사람의 정수리에 칼침을 박을 것이다."

"예?"

"신인이 여기서 기도하고 있다는 소문을 듣고 찾으러 왔다. 내가 직접 확인할 것이다."

"저는 신장으로서 하늘의 명을 받아 이곳을 지키고 있습니다."

북하는 칠성각을 지키듯이 계단에 버티고 서서 말했다.

"저 안에 있는 자가 신인인지 아닌지 내가 직접 확인하러 왔다. 아니면 그 정수에 칼을 박을 것이다."

"49일이 지나거든 확인하십시오. 저 분은 49일 수도에 들어갔습니다. 며칠 더 있어야 합니다."

"뭣이! 네가 내 명을 거역하느냐?"

석전은 북하의 태도에 놀라 주춤거리며 뒤로 물러섰다.

"북하, 내 명이 곧 하늘의 명이라는 걸 모르느냐? 의심이 들어 내가 여기 온 것이다. 가짜라면 처단할 것이다. 스스로 하느님이라고 하는 자, 스스로 상제라고 우기는 자, 스스로 하늘의 사자라고 떠드는 놈을 모두 죽이고, 오직 신인을 지키는 게 내 임무다."

석전은 눈을 크게 뜨고 북하를 휘어잡을 듯이 쏘아보았다.

북하는 칼집을 꽉 잡았다.

"어? 배은망덕한 녀석. 감히 생명의 은인에게 칼을 겨누다니! 죽어가는 네놈을 거둬 살려주고 먹여주고 가르쳤더니 은혜를 원수로 갚으려느냐?"

순간 석전의 눈에 핏발이 섰다. 그러자마자 긴 칼을 휘둘렀다.

“읍.”

갑작스런 공격에 하마터면 북하는 칼에 정통으로 맞을 뻔했다. 재빠르게 상체를 숙여 피했다.

“챠앗!”

북하도 칼을 뽑아 반격에 나섰다.

“49일이 며칠 안 남았으니 그때까지만 기다려 주십시오.”

북하는 석전이 이시다라는 의심은 하고 있지만 더 확실한 증거를 잡고 싶었다.

석전은 북하의 반격에도 늙은이답지 않게 가뿐하게 뛰어오르며 북하의 칼을 피한다.

“히얏!”

석전이 괴성을 지르며 북하의 왼쪽 어깨로 칼을 내려쳤다. 북하는 오른쪽으로 몸을 비틀며 석전의 허리를 왼발로 차올렸다. 그는 저만치 몸을 피한 뒤다.

두 사람의 실력은, 스승과 제자인만큼 막상막하다. 힘이 북하에 미치지 못하는 석전은, 대신 꾀가 많아 북하의 검술을 미리 알고 그때마다 몸을 피하곤 했다. 북하는 몸이 빠른 덕분에 그의 변화무쌍한 공격을 잘 막아냈다.

두 사람이 생사를 넘나들며 혈전을 벌이고 있지만, 막상 칠성각에 있는 천제석은 밖에서 무슨 일이 일어나는지 알지 못했다. 금곡 등 주지와 처사들도 천둥 번개와 소나기 소리에 빠져 아무도 이 사실을 알지 못했다.

"으이얏!"

"타앗."

몇 차례 공격을 주고받다 보니 북하와 석전은 좁은 칠성각 층계에서 빠져나와 대웅전 앞 넓은 절 마당으로 옮겨왔다. 넓은 편이 공격하는 쪽이나 수비하는 쪽이나 움직이기가 편하다.

"이얍!"

챙! 차앙!

워낙 비바람이 거세기 때문에 소리는 멀리 가지 않는다.

"아무리 용을 써도 스승만한 제자는 없는 법!"

석전은 북하를 금세라도 벨 기세로 칼을 휘둘렀다. 얼굴은 사납게 일그러졌다. 이제 보니 악귀만 같다.

"스승님, 한 마디만 물어보지요."

이시다는 칼을 놓친 채 쓰러진 북하를 경계하지 않는다.

"얼마든지 물어봐라!"

"저더러 신인을 지키라고 하시고선 왜 이제 와서 방해를 하시는 겁니까? 제게 신장의 임무를 부여하신 게 다 거짓이었단 말씀입니까? 천제석을 죽일 작정입니까?"

"그렇다. 가짜라면 반드시 죽여 없애는 게 내 임무다. 혼군昏君 하나가 천하를 어지럽히거든."

"저를 속이셨습니까? 신인을 지키라는 말씀은 거짓말이었습니까?"

북하는 뒷걸음질을 치며 물었다.

석전은 여전히 칼을 겨누며 한걸음씩 다가서며 대답했다.

"거짓은 무슨 거짓? 그건 네 오해다. 다만 네가 지켜야 할 사람이 누군지 확인하러 온 것이다. 칠성각에 있는 저놈이 만약 신인이 아니라면, 세상을 어지럽힐 악귀일 것이다! 선천 상극하는 무리를 이끌고 혹세무민할 악귀나 파순일 것이다. 그러니 내 눈으로 확인하고 신인이 아니라면 이 손으로 처단할 것이다."

"악귀요? 파순요? 대체 천제석도 신인이 아니라면 제가 지킬 신인은 누굽니까?"

"물론 저놈은 아니지. 아니고말고."

석전은 고개를 흔들었다. 그러고는 얼굴 가득 미소를 띠면서 대답했다.

"네가 지킬 사람은……, 바로 나의!"

"예? 스승님을요?"

"물론 내가 신인이란 뜻은 아니다. 네가 지켜야 할 신인은 내가 모시는 분이란 말이다."

북하가 어리둥절한 눈빛으로 석전을 똑바로 쳐다보았다. 한 걸음 더 물러섰다. 무슨 말인지는 들어봐야 한다.

"무슨 말씀인지 알아듣지 못하겠습니다."

북하는 될 수 있는 대로 공손히 말했다. 석전이 이시다라는 마두의 두목이라는 의심은 더 굳어진다. 아니, 확실하다. 도무지 앞뒤가 맞지 않는다.

"그 사이 나는 신인을 찾았다. 장차 이 나라 조선을 굳건히 일으킬 신인이 따로 계시다. 그분은 그럴 만한 엄청난 힘을 가지고 계시다. 그러니 칠성각 안에 숨어 있는 저놈은 가짜다."

"가짜라구요?"

"그렇다. 인내천人乃天이라던 최제우도 가짜요, 동학을 일으킨 전봉준도 가짜요, 남학 김치인, 정역 김항, 단주, 그리고 저놈 다 가짜다. 다른 놈은 다 죽었으니 저놈만 죽으면 된다."

"스승님이 그들을 다 죽이셨다고요?"

"그렇다. 세상을 속이는 자들은 내 손으로 죽이거나 고발하거나 죽도록 암수暗數를 놓았다. 하다못해 민비閔妃, 명성왕후 민자영도 내 손으로 죽이고, 대원군도 별장에 유폐시켰다. 대가리를 쳐들고 나대는 놈은 다 죽였다."

석전은 자랑스럽다는 듯이 이리저리 움직이며 칼을 고쳐 잡았다.

그럴 때마다 북하도 마당을 빙빙 돌면서 그의 칼을 피했다.

"신인 한 사람을 위해 가짜를 다 죽였다고요? 그래서 오히라와 도미야쓰를 시켜 김항 선생을 죽이려 하고, 단주를 죽이셨습니까."

"하하하. 당연한 얘기니라. 영웅이 한 사람 나기 위해서는 수많은 목숨이 제물로 바쳐지는 법이다. 북하 너는 내 말을 잘 새겨들어라. 신인을 지키라는 건, 신인을 흉내내거나 가짜들을 가려내 처단하라는 뜻이기도 하나. 그러지 않으면 천지개벽이라는 대사명을 완수할 수가 없다."

"그렇다고 무고한 동학 농민들을 총쏴 죽이고, 부녀자들을 겁탈합니까. 그게 무슨 법도입니까."

"선천 세상에서는 영웅 한 명이 지나가는 길에 무수한 생령이 짓밟혔다. 선천 상극의 조선을 때려 부수어 후천 상생의 조선으로 바꾸자 해도 수많은 생명이 죽어나갈 것이다."

북하는 칼을 쭉 빼어 석전이 더 가까이 다가오지 못하도록 막아서며 절 마당을 빙빙 돌았다. 기회가 닿는다면 석전 이시다는 분명 북하를 베려들 것이다. 그러면 천제석까지 죽는다. 그런 일은 없어야 한다.

"전 그런 개벽은 원하지 않습니다. 그런 신인이라면 필요하지 않습니다."

"내가 찾은 신인께서는 선천 상극의 조선을 개벽하는 데 필요한 기술, 문화, 신문명을 갖고 계시다. 세상에서 가장 강한 군대까지 가지고 계시다. 곧 그분 말씀 한 마디면 천하가 다 복종할 것이다. 이런 분이야말로 너희 조선인들이 애타게 기다려온 신인이 아니겠는가?"

"그분이 누구십니까?"

"나는 그분을 대리하여 이십년 전부터 조선 땅에 건너와 모진 고생을 감내해 왔다. 내가 그동안 너를 시험한 것은 그때에 이르러 너를 중히 쓰기 위함이었다. 우리는 그 신인의 명령으로 선천 상극의 조선을 후천 상생의 조선으로 개벽할 것이다. 반상^{班常}으로 나뉘어 상민과 천민을 개돼지처럼 부려먹는 이 상극의 선천 조선을 때려 부수고, 누구나 제 능력에 맞게 잘 살 수 있는 상생의 후천 조선으로 바꿀 것이란 말이다. 너 같은 청년들이 대우받고 잘 사는 후천 개벽 세상을 열 것이란 말이다! 이 스승의 말을 믿어다오!"

석전은 신이 오른 듯 북하를 설득했다.

"지금 다른 나라에서는 신문물이 피어나 좋은 옷을 입고, 좋은 음식을 먹고, 개화된 문명을 누리고 있지만 이 나라 조선에서는 아직도 거적데기 같은 무명옷이나 걸치고 머리엔 상투나 틀고 앉아 척화斥和 타령만 하고 있다. 양반이란 것들은 주둥이만 놀리지 누구도 손을 쓰지 않는다. 양민, 천민은 가축이나 다름없는 취급을 받으며 굶어죽고 있다. 두고 보아라. 신인의 감화가 이 땅에 미치기 시작하면 이 더러운 조선은 크게 변할 것이다. 상민들도 누구나 공부하여 나라에서 중용될 것이고, 여자들도 능력대로 사는 좋은 세상이 될 것이다. 이미 우리는 낡은 조선에서 과거제도를 폐하고, 수많은 개혁 조치를 단행하고 있다. 하루가 다르게 세상이 변해 갈 것이다. 이것이 바로 후천 개벽 아니고 무엇이겠는가? 최제우가 이랬는가, 전봉준이 이랬는가, 대원군이 이랬는가, 민자영이 이랬는가!"

비는 하염없이 쏟아져 내렸다. 번개가 또 한 차례 번쩍거린다. 벼락이 멀지 않은 곳에 떨어진 듯, 천둥소리가 곧바로 이어졌다. 큰 북을 마구 두드리는 듯하다.

"스승님, 어느 분이시길래 그렇게 위대한 신인이 계십니까?"

석전은 한껏 고무되었는지 칼을 들어 동쪽하늘을 가리켰다.

"놀라지 마라. 그분은 바로 대일본제국의 천황 폐하시다. 천황 폐하야말로 선천 상극의 조선을 후천 상생의 조선으로 바꿔주실 개벽의 주인공이시다. 천황 폐하가 아니고는 누구도 이 썩어빠진 조선을 구할 수 없다. 대일본제국 천황 폐하 만세!"

바로 그 순간.

번쩍!

모악산 봉우리에 잔뜩 모여든 먹구름 사이에서 번개가 일었다. 하늘을 두 쪽으로 가를 듯 엄청난 기세로 일어난 번개는 그대로 석전이 높이 쳐든 칼끝으로 내리꽂혔다.

그는 온몸을 부르르 떨더니 막대기처럼 꼿꼿이 선 채 엎어졌다.

"석전 스승님!"

"북하야, 천황 폐하를 잘 모셔라!"

"이시다! 나는 천제석이 진짜 신인이라고 생각합니다. 일본 황제는 가짜 신인입니다. 제 손으로 당신을 처단합니다."

"뭐, 뭣이!"

번개를 맞은 석전 이시다는 몸을 바들거리며 떨었다. 내버려둬도 죽을 것이지만, 그의 말대로 신인을 위해 악귀를 처단하는 것이 신장인 북하의 의무다.

북하는 석전 이시다의 심장을 향해 칼을 내리꽂았다.

"하늘의 명으로 선천 악기惡氣를 지키려는 마두를 응징했습니다!"

콰르릉!

뒤이어 천둥이 지축을 흔들어댄다.

얼마 후, 천지를 뒤바꿀 듯 내리퍼붓던 폭우와 번개와 천둥이 언제 그랬느냐는 듯 그치고 먹구름이 물러가며 파란 하늘이 보이기 시작했다. 그 사이로 햇볕이 눈부시게 쏟아져 내렸다.

그 사이 북하는 석전 이시다의 시신을 끌어다가 숲속 멀리 내다 버렸다. 산짐승이나 날짐승, 벌레들이 두고두고 파먹을 것이다.

빗물에 흠뻑 젖은 채 칠성각 앞에 시립(侍立)한 북하의 어깨에서 물이 뚝뚝 떨어져 내렸다.

북하는 꼼짝하지 않고 서서 주위를 휘둘러보았다. 석전이 데려온 마두가 또 나타날지 모른다. 어떠한 마두가 오더라도 목숨을 걸고 지키겠다는 일념으로 그는 칠성각을 지켰다.

얼마나 지났을까.

해가 났다. 비에 젖은 북하의 옷이 거의 다 말라갈 무렵이다.

칠성각 문이 열리면서 천제석이 밖으로 나왔다.

"북하야. 네가 나를 지켜주었구나."

북하는 그가 하늘문을 활짝 열어젖혔음을 알아차렸다.

"드디어 하늘문을 열어 도수를 제대로 맞추셨군요! 금오 선생님!"

"그래, 이루었노라. 다 이루었노라!"

"저는 사라집니다."

북하는 칼을 숨기고 요사채로 돌아갔다.

대원사 골짜기의 온갖 새와 다람쥐, 청설모 같은 산짐승들이 칠성각으로 모여들었다.

"너희들도 후천後天 해원解冤을 구하느냐?"

산새들이 지저귀고, 산짐승들이 찍찍거리며 칠성각을 맴돌았다.

"알았으니 물러들 가거라."

비가 다 그치자 절간에 머물던 대중과 처사들이 방문을 열고 밖으로 나오기 시작했다. 먼저 주지 금곡이 알아보고 달려왔다. 천제석이 칠성각에서 나왔다는 것은 그의 하늘일이 다 끝났다는 뜻이다.

"천 선비님, 드디어 도통道統을 이루셨군요?"

"이룰 건 이루고 버릴 건 버렸습니다. 이제부터 할 일이 더 많습니다. 금오金烏가 열려 이젠 하늘이 북치는 소리를 또렷이 듣습니다."

"금오가 뭐지요?"

"하늘이 보이고, 하늘이 들리는 천안과 천이가 열렸다는 뜻입니다. 나는 이제 금오입니다."

"오, 금오 선생!"

금곡은 이날 크게 음식상을 차려 부처에게 공양을 하듯 천제석에게 정성스레 올렸다.

천제석이 칠성각에 머무는 동안 근접도 하지 못한 절 식구들도 가까서 천제석을 만날 수 있게 되었다. 그 틈에 북하도 모르는 척하고 끼어 앉았다.

"부처님은 처음 깨달음을 얻으신 다음 다섯 제자들에게 초전법륜初轉法輪을 굴리셨는데, 금오 선생께서도 깨우친 바를 저희들에게 설파하여 주시길 청합니다."

금곡이 간곡히 청했다.

"위로는 천문天文에 통하고, 아래로는 지리地理에 통했습니다. 천문과 지리, 여기까지는 옛 성인들 가운데 더러 통하신 분이 있었지만 나는 한 가지 더 갖추었습니다. 바로 중통인의中通仁義에 통했지요. 바야흐로 사람의 이치를 다 깨우쳤습니다."

"천지인天地人 삼재三才의 도리를 모두 통하셨다니 가히 우주 삼라만상의 도에 통하셨다는 말씀이시군요. 저희들에게도 그 지혜를 나누어 주십시오."

"중통인의中通仁義란 사람의 이치를 말하는데, 어떤 성인도 보지 못한 바입니다. 허나, 내 세상은 말로 설명할 수 없는 후천 개벽 세상이니 말을 한들 알아듣지 못할 것이니 이를 어쩌겠습니까? 나는 세상을 교화하러 이 세상에 온 성인이 아닙니다. 석가나 야소처럼 교단을 만들지도 않습니다. 그저 이 세상을 뜯어고치러 온 하늘 그 자체입니다. 나는 하늘과 땅, 그 하늘과 땅에 있는 사람, 이승과 저승에 있는 모든 사람과 신명을 구원하러 왔습니다. 일이 끝나면 조용히 떠나 내 자리인 저 하늘로 돌아갈 것입니다. 제기 디너기도 지취가 없을 것입니다. 세상만 바뀌는 거지요."

천제석은 글공부를 마친 여느 선비처럼 봇짐을 지고 대원사를 나섰다.

천제석이 하늘문을 열기 직전, 이를 방해하기 위해 찾아온 마두 이시다까지 물리친 북하는 자랑스러운 마음으로 금오 천제석이 밟고 지나간 자취를 따라 내려갔다.

천제석은 고향 고부로 발길을 향했다.

집으로 돌아온 천제석은 그간 자신을 따르던 사람들을 불러모아 일대 선언을 했다. 그렇다고 여럿인 것도 아니다. 동생, 몇몇 친구, 그리고 틈에 끼어 있는 북하 정도다.

"온 천하가 다 큰 병에 들었으니 내가 이 몹쓸 세상은 버리고 새 세상을 열리라. 장차 내가 하늘과 땅과 사람을 개벽開闢하여 불로장생不老長生하는 신천지를 열려 한다. 나는 하늘이니라."

천제석의 말에 이들은 머리를 조아렸다.

"이제 묵은 하늘 선천先天은 상극相剋의 시대였으나 다가올 새 하늘 후천後天은 상생相生의 대도大道가 충만한 세상이 될 것이다."

천제석은 좌중을 둘러보며 찬찬하면서도 힘 있게 말을 이었다.

"이 선천 묵은 하늘에는 원한이 가득 차서 화액禍厄이 넘칠 듯 터질 듯하다. 하늘에서 그 원한에 사무친 절규를 차마 들을 수 없어 내가 내려온 것이다. 도저히 어쩔 수 없을 만큼 악기惡氣가 넘치니 세상 자체를 쳐서 없앨 수밖에 없게 되었다. 오죽하면 세상을 뜯어고치고 하늘을 바꾼다 하겠는가."

천제석은 뜨거운 열정으로 앞으로의 계획을 설파해 나갔다.

"이제 내가 지금부터 돌릴 천하 도수를 말하겠다. 앞으로 9년 동안 나는 묵은 하늘과 묵은 땅을 버리고 새 하늘 새 땅을 여는 천지공사天地公事를 집행할 것이다. 3년은 하늘을, 3년은 땅을, 3년은 사람을 개벽할 공사를 할 것이다. 마지막 3년, 나는 하늘보다도, 땅보다도, 인간의 도를 깨우쳤으니 중통인의中通人義라. 천존天尊, 지존地尊보다 인존人尊이 더 크니, 마지막에 인존의 시대를 열어젖힐 것이라."

북하는 천제석이 무슨 말을 하는지 잘 알아들었다. 다른 사람들은 어리둥절하여 긴가민가하는 이도 있지만 북하는 천제석의 말 한 마디 한 마디를 놓치지 않았다.

"이제 온 천하가 대개벽기에 들어섰다. 후천 상극 세상에서 갈래갈래 찢어지고 나뉜 것이 장차 하나로 돌아가는 대통일大統一의 시대가 올 것이라. 지금은 선천 상극의 말운이라 천하 열강들이 달려들어 조선을 물어뜯으며 으르렁거리고 있다. 내가 앞으로 9년간 하늘과 땅을 개벽하여 이 조선 땅에 5만 년 신천지를 열 것이다. 여기 살 수 있는 새 사람을 내가 도수에 맞춰 내리니 앞으로 선인들이 그리던 용화세계龍華世界가 여러분 눈앞에 펼쳐지리라."

조선은 일본의 침략으로 주권을 잃고 곳곳에서 무너지는 소리가 들려왔지만, 북하는 절망하지 않았다. 선천 하늘이 철저히 무너져 내려야만 후천 하늘이 새로이 펼쳐질 것이기 때문이다. 그 새로운 하늘을 세울 분이 자신의 눈앞에 강림해 이제 곧 천지공사를 시작한다.

북하는 손에 쥔 칼집을 불끈 쥐었다. 그리고 속으로 외쳤다.

"나는 신장 북하다. 하늘의 명을 받아 신인을 목숨 바쳐 지키리라."

하늘은 곳곳에서 무너지고 있었지만 오랜만에 북하는 평안을 느낄 수 있었다. 9년, 그가 정한 천지공사의 도수를 돌리는 시간이다. 그 시간이 곧 북하의 시간이다.

천지굿

모악산 칠성각에서 하늘문을 열어젖히고 천지개벽의 도수를 짠 천제석은 이후 9년간 하늘에서 본디 그가 예정했던 도수 그대로 천지공사를 보기 시작했다. 하늘문을 열어놓고 하루도 빼지 않고 일일이 각종 공사를 처결해나갔다.

그가 이룬 천지공사는 해원상생解冤相生, 원시반본原始返本, 보은報 恩이 큰 주제다. 이를 위해 수없이 많은 공사를 하였지만, 혼자 계획하고 혼자 실행하기 때문에 사람들은 그 깊은 뜻을 알지 못했다. 아무리 가까이 있는 사람도, 그를 따르는 제자도 사실은 알지 못했다.

그는 오직 천지공사에만 전념하여 교단教團을 키우지도 않고,

제자들에게 계급을 주거나 패거리를 짓게 하지도 않았다. 따로 가르치는 바도 없었다.

그를 따르는 사람은 있어도 그가 천지개벽의 도수에 대해 알려주거나 가르치는 제자는 한 명도 없었다. 그렇기 때문에 더욱 고독하고, 가는 길이 더욱 험난했다. 개벽 세상을 바라고 따르던 제자들은 이따금 행패를 부리기도 하고, 몰려다니다 보니 의병으로 오해받아 체포되기도 했다.

그는 인간으로서 어떠한 영화나 부귀도 누리지 않았다. 원하면 가능한 일일 것이나 그는 모두 거부하고, 사람들은 전혀 알지도 못할 '이상한 행위' 즉 천지공사에만 몰두했다. 사람들이 보기에 쓸데없는 짓이요, 미친 짓일 뿐이었다.

그런 동안 천지공사의 현장에는 항상 북하가 그림자처럼 따르면서 지켰다. 사람들은 북하가 그를 호위한다는 사실도 알지 못했다. 그냥 이름 없는 젊은 청년이 제자처럼 머슴처럼 따라다닌다고만 여겼다.

그가 해나가는 천지공사는 북하의 눈으로 보아도 도저히 이해할 수 없는 것 투성이다. 그를 위해 일하는 사람들은 이승 사람들만이 아니라는 걸 북하는 알고 있지만, 다른 사람들은 전혀 알지 못했다. 그는 인간의 눈 밖에 존재하고 인간의 귀 밖에 존재하는 무엇인가로 공사를 치렀다. 그러기 위해서 그는 하늘문을 열었다 닫았다 했다지만, 이 또한 제자들 눈에는 전혀 보이지 않았다.

그러던 어느 날.

또 천지공사를 하러 가던 도중에 문둥병에 걸린 거지가 얼굴과 몸을 천으로 칭칭 동여맨 채 남의 집 처마 밑에서 따뜻한 햇볕을 쬐고 있는 걸 보았다. 그것도 잠시. 대문이 열리더니 주인이 나와서 욕설을 퍼부으며 작대기로 거지의 등짝을 밀어댔다. 마을 아이들도 달려들어 거지에게 돌팔매질을 하였다. 거지는 뒤뚱거리며 마을을 벗어나 논길을 걸어갔다.

"북하야. 저 거지를 이리로 데려오너라."

길을 가던 그가 그림자처럼 따르던 북하에게 나직이 말했다.

북하가 가까이 다가가서 보니 거지는 논둑에 쌓인 볏가리에 기대어 잠을 자고 있었다. 얼굴은 짓물러 고름이 흘러내린다. 피부가 짓물러 휘감은 천이 고름으로 누렇게 물들고, 손톱은 빠져 피가 흐른다. 북하는 차마 다가서지 못했다. 그의 명령인지라 꺼림칙한 마음을 애써 버리며 자고 있는 거지를 깨웠다.

"이보시오."

거지는 햇볕을 가리고 선 북하를 물끄러미 올려다보았다. 지저분한 얼굴이지만, 눈을 뜨니 까만 눈망울이 별처럼 반짝인다.

거지는 북하의 얼굴이 보이지 않는 듯 몇 번 눈을 깜박이다가 다시 올려다보았다. 그러더니 눈을 감고 고개를 외면한다. 그 눈에 눈물이 흐른다. 가녀린 어깨가 들썩인다.

"저기 저 선비님께서 부르시오."

북하는 거지의 팔을 부축해서 일으켜 세웠다. 몸이 허깨비를 안은 듯 가뿐하다. 가녀린 골상으로 보아 거지는 분명 여인이다.

"흐흐흑."

여인은 북하의 손에 이끌려 가면서도 울음을 그치지 않는다. 아이들이 던진 돌에 맞아 아픈 모양이구나. 북하는 그렇게 생각했다.

"데려왔습니다."

천제석은 측은한 눈길로 북하를 건너다보았다. 그 눈에도 이슬 같은 눈물이 맺힌다.

"북하야, 너는 이 여인이 누구인지 모르겠느냐?"

그의 말에 북하는 뒤통수를 얻어맞은 듯 눈에서 불이 번쩍거렸다. 얼른 거지 여인의 얼굴을 자세히 들여다보았다. 천으로 감싼 얼굴에 눈만 간신히 내놓은 문둥이 여인은 아직도 눈물을 흘리고 있다.

"아, 나모하린? 으아, 아!"

북하는 황소처럼 울부짖었다.

북하는 그제야 이 거지 여인이 꿈에도 그리던 나모하린이라는 것을 알아차렸다. 북하를 먼저 알아본 나모하린은 그래서 아까부터 눈물을 흘리고 있었던 것이다.

그는 얼른 여인의 얼굴을 감싸고 있는 천을 풀어냈다. 피고름이 뒤엉키고 코와 입술이 뭉개진 얼굴이 드러난다. 참혹하고 처절하다.

"오라버니."

여인의 뭉개진 입으로 오라버니라는 말이 살뜰하게 새어나온다. 얼굴 형체는 알아볼 수 없이 뒤틀렸지만, 틀림없는 나모하린의 목소리다.

"나모하린, 어쩌다 네가 이렇게 되었어? 어쩌다가!"

북하는 나모하린을 끌어안고 마구 울부짖었다.

"너무 힘들어 이제 그만 하늘로 돌아가고 싶었어요. 세상 사는 게 허망하여 이리저리 떠돌아다녔지요. 오라버니를 찾아 헤맸지요. 그랬더니 하늘이 이런 병을 주며 나더러 하늘로 돌아가라네요."

나모하린이 너무 늦게 만난 북하의 가슴을 향해 그대로 무너져 내렸다.

"하늘로 돌아가다니, 이제야 그렇게도 그리던 우리가 만났는데 어디로 간다는 말이냐? 미안해. 내가 잘못했어."

북하는 나모하린을 힘주어 껴안았다. 문둥병에 걸린 짓무른 피부가 하나도 두렵지 않다. 죽어도 같이 죽고 살아도 같이 살고 싶다.

나모하린은 북하의 품에서 살짝 빠져나오며 절망스럽게 말한다.

"너무 늦게 만났어요. 저는 이제 얼마 못 살 사람, 이렇게 오라버니 얼굴을 본 것만으로도 족하니 오라버니는 오라버니의 길을 가세요. 병 옮아요. 저리 가요."

나모하린은 천으로 다시 얼굴을 동여매기 시작했다.

"하린아, 이리 오너라."

그때 천제석이 나직이 나모하린을 부른다.

나모하린도 천제석을 알아보는 눈치다.

"네가 묵은 하늘을 짊어지고 혼자 앓고 있었구나. 하린아, 네가 곧 선천^{先天} 상극의 상징이니라. 그 질곡을 혼자서 다 앓아내고 있는 것이다. 상극 선천 세상의 여성이 원과 한이 사무쳐 내가이 세상에 내려온 바도 있느니, 너를 통해 선천 여성의 아픔과 병통을 대신 앓게 한 것이다. 네가 이제 그 고통을 온몸으로 앓았으니 후천 세상의 여성들은 선천의 고통을 면하리라. 내가 여태 선천 남성들의 병을 대신 앓았듯이 나모하린 네가 그 역할을 한 것이라. 나야 하늘이니 그 책임으로 그랬다지만 나모하린 너 혼자이 세상 여성들의 고통과 질병을 다 앓느라 그 여린 몸으로 얼마나 고생이 많았느냐? 미안하구나, 정말 미안하구나."

천제석은 목이 메인 소리로 위로하고는 나모하린의 얼굴을 감싼 천을 다시 풀어주었다. 그러고는 그 얼굴을 손으로 어루만졌다.

신기한 일이다. 그의 손길이 닿는 곳마다 피고름이 마르고 새살이 돋아나기 시작했다. 비온 뒤 버섯이 자라듯, 나모하린의 얼굴에서 새살이 돋았다.

"선비님, 선비님은 과연 신인이시로군요. 제가 잘못 본 게 아니었군요."

그의 손이 닿기만 해도 새살이 돋는 것을 지켜보던 나모하린이 감격하여 울부짖었다.

"그렇다. 내가 바로 하늘이니라. 나모하린도 하늘 사람, 북하도 하늘 사람이니라. 자, 이제 하늘로서 명하노니, 너는 네 목숨이 다할 때까지 이 세상에서 새 삶을 살아가거라. 그리하여 새 세상의 일꾼이 되어야 한다."

북하는 눈물을 흘리며 본래의 모습으로 되돌아오는 나모하린을 지켜보았다. 비록 피고름이 밴 남루한 옷을 입었지만, 제 모습을 되찾은 나모하린은 어렸을 적 그때처럼 자태가 곱다.

"나모하린, 이제사 너를 온전히 만나는구나."

북하는 나모하린을 꼬옥 끌어안았다.

다시 만난 북하와 나모하린은 둘이서 함께 천제석의 뒤를 그림자처럼 따랐다. 나모하린은 그의 시중을 들고, 북하는 그를 지켰다. 두 사람이 하늘에서 온 존재라는 사실을 아는 마을 사람은 아무도 없다. 그저 미친 사람 천제석이 미친 짓을 할 때 뒤따라다니며 거드는 머슴이나 노비쯤으로 여길 뿐이다. 천제석은, 제자들이 모인 자리에서는 단 한 번도 이들을 거론하지 않았다. 사람들은 북하와 나모하린을, 그저 잔심부름이나 하는 천한 일꾼으로 여겼다.

천제석은 9년 동안 천지공사를 하는 중에 희한한 기행과 무수한 상징으로 온갖 행위를 치렀다. 제자들은 그 많은 공사의 내용을 다 보지도 못했을뿐더러 공사의 뜻이 각각 무엇인지 알지도 못한다.

그러므로 세상에 알려진 것은 소 한 마리에서 나온 터럭 몇 개에 지나지 않는다. 아니면 망원경으로 바라다본 별빛처럼 흐릿한 형체 같은 것일 뿐이다. 그렇기 때문에 천제석이 어느 정도의 인물인지 알아보는 사람도 없고, 짐작하는 사람도 없다. 그가 치른 마지막 천지공사는 더욱 특이하다.

9년이 지난 어느 날, 그는 천지공사를 모두 마쳤다며 마지막으로 자신을 이을 제자를 한 명 뽑았다. 그가 뽑은 제자는 혼자 사는 과부로 얼굴 한 번 본 적도 없는 여인이다. 그런데도 그는 굳이 이 여인을 제자로 삼아 수부首婦라고 명명했다.

그는 제자들이 모여 앉은 가운데 이 수부高首婦를 불렀다.

그는 방바닥에 누운 다음 수부더러 자신의 배에 올라타 힘껏 구르라고 시켰다. 선천 상극 세상에서는 여자들이 남존여비男尊女卑하느라 남자 밑에 깔려 신음했지만 이제 새 세상 후천 상생 세상에서는 여자들이 위에 서리라는 상징이다. 유교사상에 길들여져 있던 수많은 남성 제자들에게는 경천동지할 사건이었다.

무신년戊申年, 1908년 12월.

그는 천지공사가 잘 끝났음을 정리하는 굿을 한판 벌였다. 두 칸 장방에 먼 데서 몰려온 제자들이 가득 차게 앉았는데 그가 직접 장구를 치며 외쳤다.

"하늘도 뜯어고치고 땅도 뜯어고쳐 물샐 틈 없이 도수度數를 짜놓았다. 씨실 날실 잘 섞어가며 촘촘하게 잘 짰다. 이제 도수를 따라 두 바퀴만 제대로 돌리면 새 기틀이 열릴 것이다. 내가 이제 하늘문을 열어 그간 묵은 하늘을 뜯어고치고 새 하늘을 여는 나를 도와 무사히 천지공사를 마치게 도와 준 신명들과 여러분을 모두 불렀으니 천지인天地人 삼재三才가 한바탕 어울려 춤을 추자꾸나."

그는 둥둥둥 신명나게 장구를 쳤다.

"자! 천지인天地人 삼재三才는 들으시오. 우리 율려를 부르며 굿 한 석 크게 놉시다. 이 굿은 천지굿이라."

그의 사설을 따라 제자들이 뛰어나와 춤을 추고, 그도 마당을 돌며 신나게 놀았다.

"천지굿 한 자리에 세계 해원解冤 다 끄르고, 세계 해원解願 다 되는구나."

신명이 오른 제자들도 저마다 사물을 들고 쳐대면서 마당으로 몰려나왔다. 신이 오르기 시작하자 사람들은 마당으로 몰려나와 함께 춤을 추기 시작했다.

"자, 신명들도 춤을 추어라!"

그는 장구를 내려놓고 북을 들어 허공을 향해 두드렸다. 신명들이 춤을 추는지는 사람들 눈에 보이지 않았으나 춤을 추던 사람들은 하늘이 와자지껄 떠드는 소리를 저마다 들었다.

그는 춤을 추다 북을 치다 하면서 신나게 놀았다. 그러는 틈틈이 산같이 쌓아놓은 과일, 떡, 고기 같은 제물을 들어 하늘을 향해 십어넌시기도 하고, 구경니온 어린아이들의 입에 물려주기도 했다.

"올커니. 이 음식 맛나게 먹고 세상 해원^{解冤} 다 끄르자! 엉킨 것 풀고, 맺힌 것 죄다 녹여 버리자! 그래야 새 하늘이 열리고 새 땅이 일어난다. 머지않아 후천 상생하는 새 사람도 생긴다."

천지굿.

날이 어두워지자 횃불이 타오르기 시작했다. 너울거리는 불 속에서 춤과 노래와 음악이 밤이 새도록 이어졌다.

음악소리, 노랫소리, 춤사위에 맞추어 달도 별도 흔들거렸다. 그의 손끝이 치켜올라가면 구름이 출렁거리고, 발을 구르면 땅이 우르릉 소리를 내었다. 그때마다 하늘북이 울렸다. 과연 천지^{天地}로 몸을 삼고 일월^{日月}로 눈을 삼은 경지다.

이듬해인 기유년^{己酉年, 1909년,} 그는 정초부터 병을 앓기 시작했다. 병은 한 가지가 아니다. 제자들로서는 일찍이 보지도 못하고 들어보지도 못한 병을 천제석은 며칠씩 번갈아 앓았다. 피를 토하기도 하고, 식은땀을 하루 종일 흘리기도 했다. 어떤 날은 너무나 고통스러워 방바닥에서 뒹굴기도 했다.

놀란 제자들이 약을 지어 올렸으나 증상이 매일매일 달라져 약을 제대로 쓰지도 못했다. 다행히 때에 맞추어 약을 올려도 그는 받아 마시지 않았다.

8월이 되어 하루는 하늘이 우르릉우르릉 우는 소리가 들려왔다. 사람들은 비라도 오는 줄 알고 펼쳐놓은 곡식을 거두고, 멍석을 말아 헛간으로 들였다.

그때 천제석은 북하와 나모하린을 몰래 불렀다.

"북하야, 하린아. 오늘 하늘북이 우는 소리를 들었느냐?"

"예, 들었습니다. 누가 천지굿이라도 하나 의심했습니다."

"저도 들었습니다. 제가 거지로 떠돌 때, 문둥병자가 되어 추녀에서 떨 때 종종 그런 소리를 들었습니다."

천제석은 고개를 끄덕이며 두 사람을 바라보며 웃었다.

"우리는 하늘에서 온 사람들이라. 하늘에서 가끔 북을 두드려 신호를 보내온단다. 오늘은 너희 두 사람과 내가 이별하라는 북소리라."

북하가 깜짝 놀라 고개를 저었다.

"안됩니다. 몸도 불편하신데 저희가 지켜드려야 합니다."

"아니다. 이건 병이 아니라 내가 선천 사람을 버리고 후천 새 사람으로 바꾸는 공사라. 나는 내 화신化身을 죽여 선천 인류를 없애고 신인류를 만드는 공사 중이라. 너희가 여기 남아 있으면 여러 가지 모략과 중상이 있을 것이니 오늘 즉시 감쪽같이 사라져야만 한다. 그러니 지금부터 내 말 잘 들어라."

북하와 나모하린은 두 손을 잡고 천제석의 분부를 받았다.

"나는 하늘땅 천지 공사는 이미 마치고 지금은 사람 인 공사 중이다. 천지인 공사를 다 마친 다음에는 나 스스로 하늘로 돌아갈 것이다. 하늘에도 바쁜 일이 아주 많아 어서 가야 하는데, 지금 한 가지 미신한 것이 사람 공사리. 히 늘이 바뀌고, 땅이 바뀌면 그 다음이 사람 공사인데, 이 도수는 여기서 짜더라도 그 마지막 날실과 씨실은 하늘에서 두 갑자 안에는 반드시 짤 것이라. 두 갑자라 해도 하늘에서는 이틀 거리다. 잘 들어라. 저 밖에 있는 자들은 다 묵은 세상의 사람들이라. 저 사람들은 다 사라지고, 장차 새 사람이 이 땅에 나타날 것이다. 저 사람들이 다 사라져야만 후천 개벽이 이뤄지니 내가 저들에게는 차마 이 말을 하지 못하고 간다. 잠깐 기다려라."

천제석은 베개를 잡더니 옆구리를 벌려 뭔가 끄집어냈다. 작은 책이다. 제목은 《논어論語》라고 적혀 있다.

"이 책은 두 겹으로 되어 이 안쪽을 보면 전혀 다른 내용이 적혀 있다. 제목은 《황금부적》이라. 내가 사람들에게 차마 말할 수 없는 내용을 적어두었다. 내가 기억이 안 날까봐 하늘에서 미리 내려 보낸 천서라. 이제는 북하, 너에게 줄 테니 잘 간수해라. 천지인 공사의 도수가 자세히 적혀 있다. 이걸 저 바깥 사람들이 보게 되면 폭동이라도 일어나고, 이 책을 두고 다투느라 여러 사람이 죽거나 다칠 것이다. 한즉, 하린이 네 젖가슴에 숨겨 갖고 여길 나가라. 음절리에 이르기 전까지는 펼치지 말고, 집에 가서도 보지 마라. 너희 둘 사이에 아이가 생기거든 그 아이에게 이 책을 맡겨라. 돌고돌아 다시 너희 손에 들어가도록 내가 도수를 짜놓았다. 너희 두 사람 입에 맷돌을 달고 살 수 있겠느냐?"

"예, 하늘이시여."

두 사람은 똑같이 대답했다.

천제석이 책을 내밀자 나모하린이 받아들어 저고리 안쪽 젖가

습에 찔러 넣었다. 감쪽같다.

"북하 그대는 지금 즉시 나모하린을 데리고 음절리로 돌아가 네 처자를 돌보아라. 너희들이 선천 해원을 하고 나면 그대들의 자손이 후천 새 사람의 시조가 될 것이라. 나는 하늘 일이 바빠 곧 이승을 떠나 하늘로 돌아갈 것이니, 너희는 선천 상극 인류가 맺은 척과 한을 풀고 끄른 다음 천천히 돌아오라. 천지공사를 하느라 내가 두 사람을 너무 혹독하게 부렸으니 얼마 안 되는 행복이나마 작은 선물로 주리라. 지금 당장 연산으로 떠나되 다시는 고부 땅에 나타나지 마라. 나를 안다고도 말하지 말고, 알았다고도 하지 말라. 우리는 하늘에서 다시 만날 것이니 허튼소리를 하면 못쓴다. 지금 저 밖에 있는 사람들은 곧 개벽이 온다고 발을 동동 구른다. 하늘의 도수는 동지에서 하지로 나아가듯 느릿느릿 천천히 돌아간다. 동지 다음 날 하지가 되면 사람들은 깜짝 놀라지만 천천히 천천히 하지가 되면 으레 그런 줄 안다."

"그래도 언제 개벽하리까?"

"올해 갑자가 기유년이렷다? 늦어도 두 갑자 돌면 기운이 몰아치리라. 하늘 가서도 이틀은 애써야 하느니라. 너희는 그때를 기다려 새 하늘, 새 땅, 새 사람을 보거든 하늘로 돌아오라."

"그러면 저희는?"

"미안하지만 한 번 더 사람 몸으로 태어나야 한다. 나는 오늘부터 곡기를 끊어 하늘로 돌아가리라. 하늘에 내가 없고 지금 전쟁이 났다. 어서 가야만 한다."

천제석의 유언을 받든 북하와 나모하린은 눈물을 머금고 그를 이별했다. 그들이 밖으로 나서자마자 천제석이 마당에 모여 웅성거리던 제자들을 둘러보며 말했다.

"거기, 자네!"

"저, 저 말입니까, 상제님"

"오냐. 혹시 누가 돈푼이라도 가지고 있더냐?"

"예, 조금 있습니다만."

"저것들이 내가 병들었다고 다른 집 머슴 살러 떠나겠다는구나. 괘씸한 것들, 내가 병 좀 들었다고 뭐 당장 죽기라도 할 줄 아느냐? 가겠다는데 막을 것 없다. 돈푼이라도 주어 어서 보내라. 에이, 퉷."

그러고는 방문을 쾅 닫아버린다.

북하와 하린이 머뭇거리는 사이 상수제자를 자처하는 이가 다가와 주머니를 뒤져 돈을 꺼내 주었다.

"쌀 한 섬 값이니 어서 받고 멀리 가거라. 새경으로는 적지 않으리라."

"예, 예. 감사합니다."

북하는 허리를 깊이 숙여 굽신거리며 물러나왔다.

이때 천제석은 두 사람이 떠나가는 걸 문구멍을 통해 내다보았다. 그의 두 눈에 눈물이 그렁그렁 맺힌다.

— 미안하구나. 내가 줄 수 있는 행복이 너무 짧도다. 하늘 일이 바빠 나도 서둘러 떠나는 마당에 너희라고 한가하게 행복할

수가 없구나. 너희 앞날이 슬픈 도수로 짜여 있으니 이를 어쩐단 말인가. 죽을만큼 힘들거든 너희 또한 나 같은 화신인 줄 알기나 하라.

북하와 하린 두 사람은 그길로 걸음을 재촉하여 연산 음절리로 사라졌다. 천제석의 제자 중 누구도 두 사람의 존재를 눈여겨보지도 않고, 어디로 가느냐고 묻는 이도 없다.

천제석은 이날부터 곡기를 끊었다. 제자들이 갖은 음식을 해다 바쳐도 거들떠보지 않았다.

8월 9일음력 6월 24일, 그는 서른아홉 살의 나이로 숨을 거두었다. 제자들에게는 어떤 유언도 남기지 않았다. 자신을 신앙하지 말 것이며, 상제니 하느님이니 파는 사람은 화를 당하리란 경고만 남겼다.

그의 장례를 치르는 날, 가깝고 먼 데서 수많은 제자들이 찾아왔지만 북하와 하린은 나타나지 않았다. 이후 천제석을 기리는 어떤 행사에도 이들은 모습을 드러내지 않았다. 그들을 찾는 사람도 없었다.

〈소설 하늘북 끝〉

소설《하늘북》은 100년의 시공간을 뛰어넘어
소설《황금별자리》로 이어집니다.

  소설 《하늘북》이 끝났다. 그러나 소설 《하늘북》은 세월과 공간
을 훌쩍 뛰어넘어 《황금별자리》로 다시 시작된다.

  여기까지는 김항이 《정역》을 쓰고, 그것을 신인神人 천제석에게
전달하고 선천을 누르고 후천을 여는 과정을 그렸다.

  천제석은 '정역'이란 설계도를 펼쳐놓고 먼저 천개벽天開闢, 지개벽
地開闢부터 9년간 터다짐을 해놓았다. 터다짐이란 천지공사를 의미
한다. 즉 천지인天地人 중에서 하늘과 땅을 먼저 다스린 다음, 마지
막으로 심혈을 기울인 것이 인개벽人開闢이다. 인개벽이란, 바로 사
람을 개벽하는 것이다. 새 인종人種 새 인류人類를 만드는 것이다.

  그의 기록을 보면 천지개벽은 많아도 인개벽에 대해서는 그리
많은 이야기를 남기지 않았다.

  사람을 개벽한다는 뜻은 아마도 신인류의 탄생을 가리킬 것이
라고 나는 생각한다. 그것도 인간 유전자 해독 작업인 게놈 프로
젝트가 완성되는 21세기에 윤곽이 잡힐 것으로 보인다. 스티븐 호
킹 같은 과학자도 21세기에는 현대 인류보다 훨씬 향상된 능력을
지닌 신인류가 탄생할 것이라고 예측했다.

지금으로부터 1백20여 년 전에 행한 천제석의 천지공사는 이미 우리 앞에 현실로 이루어지고 있다. 이것이 바로 후천 세계다. 다만 개벽이 서서히 이루어져 가는 중이므로, 어느 날 갑자기 하루아침에 땅이 갈라지고 하늘이 무너지는 일은 없다. 세기말에 이르러 세계 곳곳에서 지진이 발생하고, 지구 기후 변화 등이 바로 후천 세계의 작은 징후 가운데 하나일 뿐이다.

사실 천지개벽은 지구 역사에서 여러 번 있던 일이다. 그리고 이미 천지개벽은 일어났다. 1909년, 천지개벽이 왜 안 오느냐고 천제석에게 따지고 욕하던 사람들이 이 시대를 보면 분명히 이렇게 말할 것이다.

― 천지개벽이 일어났구나.

다만 인개벽은 이제 시작되고 있다. 우리가 새로 열어야 할 시대는 왕권王權이 판을 치던 봉건시대도, 금권金權이 판을 치는 자본주의시대도 아니고 생명이 존중받는 새로운 인존人尊의 시대이다. 지금처럼 실체가 존재하는 이승의 세계뿐만 아니라 사이버 영토에서 마치 신명神明처럼 형체 없이 존재하는 사람들이 새 세상을 좌지우지할 것이다. 마치 이승과 저승의 통교가 이루어지듯이 말이다.

이렇게 볼 때 종말론은 가당치도 않은 주장이다. 만약 종말이 있다면 선천先天시대의 구습舊習에 대한 종말이 있을 뿐이다. 남을 깔아뭉개고 죽여야만 이기는 상극相剋이나, 남자가 여자를 노리개나 하인처럼 부리는 존양억음尊陽抑陰이나, 거짓말하고 죄를 지어야만 먹고 사는 위선의 시대는 이제 종말을 고할 것이다.

21세기는 새 하늘이 열리는 상생相生의 시대이다. 그 미래비밀이 이 책에 담겨 있다. 사람들이 두드리는 하늘북 소리를 들을 수 있다면, 그때 이 소설이 완성된다.

실제로 인개벽, 즉 묵은 사람을 대신하여 신인류, 새 사람이 나타나는 이야기는 다른 소설 《황금별자리》로 이어진다.

이 소설의 주인공은, 여러 가지 오해를 피하기 위해 실존 인물의 호와 성명을 금오 천제석으로 설정하였다. 금오 천제석이 가리키는 실존 인물은, 우리 정신문화 역사상 가장 큰 문제의 인물인만큼 해석이 매우 다양하고, 추종자 집단이 많아 그들 중 어떤 주장에도 기울거나 비판하지 않기 위한 최소한의 장치로 여겨주기 바란다.

내 당숙은 해방이 되면서 개벽을 맞이한다며 가족을 데리고 부산 감천동으로 떠났다. 종종 고향에 들러 나와 조카들의 이름을 지어주는 등 이런저런 후천 세상 이야기를 들려주시곤 했다. 지금도 내 육촌 형제들은 감천동에 산다. 몇 년 전에는 차길진 법사가 친할아버지인 차경석에 관한 자료를 주고, 그가 생각하는 개벽에 대해 설명해 준 뒤 세상을 떠났다.

지은이 이재운 | 발행인 김윤태 | 발행처 도서출판 선 | 교정 김창현 | 북디자인 디자인이즈

등록번호 제15-201 | 등록일자 1995년 3월 27일 | 초판 1쇄 발행 2020년 8월 10일

주소 서울시 종로구 삼일대로 30길 21 종로오피스텔 1218호 | 전화 02-762-3335 | 전송 02-762-3371

값 15,000원

ISBN 978-89-6312-601-2 04800

　　　978-89-6312-599-2 04800(세트)